RODOLFO ALPÍZAR CASTILLO

Robaron mi cuerpo negro

Rodolfo Alpízar Castillo, nacido en La Habana, Cuba (1947), y residente en ella, es traductor literario y narrador. Durante años fue investigador lingüístico y tuvo una activa participación como terminólogo en el área luso-hispana. De esa época fueron fruto, entre otras, sus obras *El lenguaje en la medicina, usos y abusos* (1983), *Cómo hacer un diccionario científico técnico* (1995), y *Para expresarnos mejor* (1985). Como traductor ha introducido en su país a varios de los principales escritores africanos de expresión portuguesa (Mia Couto y Paulina Chiziane, de Mozambique; Pepetela y Manuel Rui, de Angola; Germano Almeida y Manuel Lopes, de Cabo Verde, entre otros), además de gran cantidad de autores brasileños. Ha traducido las novelas del Nobel José Saramago: *Levantado del suelo* (1989), *Las intermitencias de la muerte* (2010 y 2016) y *El viaje del elefante* (2012), y las obras de teatro *Don Giovanni* (2007) e *In nomine Dei* (2015). En 2011 la Federación Internacional de Traductores le otorgó el premio *Aurora Borealis* de literatura de no ficción por la obra realizada a lo largo de su vida. Entre sus novelas están: *Sobre un montón de lentejas* (1989), *La sublime embriaguez del poder* (2008), *Evangelios, encuentros y desencuentros* (Madrid, 2018), *Brindis por Virgilio* (2012) y *Estocolmo* (2018).

Robaron mi cuerpo negro recibió primera mención en el Premio de Novela Alejo Carpentier en 2015 y fue publicada por primera vez en Cuba en 2016.

Robaron mi cuerpo negro

RODOLFO ALPÍZAR CASTILLO

Colección Galápago

Ediciones Scriba NYC

Robaron mi cuerpo negro, Rodolfo Alpízar Castillo © 2016

Ediciones Scriba NYC
Colección Galápago – Novela
Narrativa

Arte de portada: Ursula Muñoz Schaefer © 2019
Portada: Jorge Muñoz
Edición: Patricia Schaefer Röder
Ediciones Scriba NYC, 2019

ISBN: 9781732676725

Impresión: Kindle Direct Publishing

Scriba NYC
Soluciones Lingüísticas Integradas
26 Carr. 883, Suite 816
Guaynabo, Puerto Rico 00971
+1 787 2873728
www.scribanyc.com

Septiembre 2019

*A Alberto Granado, Elvira Pardo y Mirtha Botana, amigos,
por su inestimable ayuda en la localización de la
información.*

*A Ramón Moya, sacerdote de Ifá,
por su apoyo y más de medio siglo de amistad.*

Para Ale y Rodo, Nacho y Nachito.

Robaron mi cuerpo negro

RODOLFO ALPÍZAR CASTILLO

ÍNDICE

TERCERA PARTE

PRÓLOGO

Conocí a Rodolfo Alpízar Castillo en la Feria Internacional del Libro de Guadalajara en 2018, en un hervidero de ideas, letras y mucha, mucha gente que insiste en perseguir sus sueños literarios, y de otros tantos que buscan vender derechos de obras o cerrar contratos de publicación.

En medio del bullicio de fondo, Rodolfo me habló de *Robaron mi cuerpo negro* y de Fermina. El tema de la novela me cautivó de inmediato, no solo por su temática histórica, también por la importancia de aquella mujer negra y esclava, para quien la libertad de su pueblo era un ideal supremo que estaba por encima de la libertad individual. Rodolfo me contó sobre el papel clave de Fermina en el movimiento de rebeliones de esclavos en la Cuba de 1843. Allí, al igual que en el resto de América, los alzamientos de esclavos comenzaron desde su introducción a principios del siglo XVI y se extendieron en este caso durante casi cuatro siglos, hasta la abolición de la esclavitud en 1886.

En palabras del propio Rodolfo, *Robaron mi cuerpo negro* "es una novela feminista" que resalta a la mujer empoderada, su capacidad de lucha y supervivencia, y sobre todo su resiliencia, adaptada a las condiciones inhumanas que el destino le impuso cuando manos criminales robaron su cuerpo solo por ser negro. La historia se desarrolla en torno a las sublevaciones de los esclavos en los ingenios azucareros de la región de Matanzas, en particular el Ácana, el Concepción y el Triunvirato.

Rodolfo se da a la tarea de presentar los diferentes personajes de manera integral, ahondando especialmente en su origen, carácter y pensamientos, lo que nos permite comprender mejor sus acciones y su función en medio de los acontecimientos que describe con gran maestría literaria. *Robaron mi cuerpo negro* relata la historia de Fermina, la líder, una esclava de primera generación, inteligente, capaz y fuerte en todos los sentidos, a quien los demás esclavos respetan y obedecen; también nos cuenta las vidas de Tomás, José Dolores, Domingo y Juliana, entre otros esclavos, así como la del mayoral Blanco Gordo, del administrador José Manuel y de otros blancos, cada quien desempeñando la función que le dio el destino y la pluma de Rodolfo.

La forma y el estilo narrativo intimista, tan característicos de Rodolfo, le imparten un sello muy particular a esta obra, que constituye un fragmento no muy conocido de la historia de la Cuba del siglo XIX. La trama, expuesta de manera anecdótica, fresca y sincera, se siente como si fuese contada por nuestros abuelos en reuniones familiares de varias generaciones, tan importantes para mantener la identidad de familias y pueblos enteros, y así no olvidar esa realidad no tan lejana de Cuba, penúltimo país en abolir la esclavitud en el continente americano.

Sin limitarse a relatar los acontecimientos, Rodolfo teje el texto de manera orgánica, poniendo atención al ambiente, la naturaleza, las tradiciones y usanzas de la época y el momento histórico, llevándonos así a comprender la vida de los personajes y su importancia desde un punto de vista mucho más profundo que la mera descripción de su existencia.

Robaron mi cuerpo negro es una novela importante, fuerte y sobre todo, muy humana, que nos muestra sin tapujos la realidad bochornosa a que fue sometido el pueblo africano durante la época de la esclavitud en Cuba, y que sin duda alguna constituye el triste reflejo de lo acaecido en muchos otros países a lo largo de todo el Nuevo Mundo.

Los invito entonces a regresar al pasado para conocer las vidas de aquellos que, sin historia registrada, dieron forma a la historia de Cuba y de América.

Patricia Schaefer Röder

PRIMERA PARTE

Tomás

Sobre una hamaca improvisada con dos camisas y dos palos, Eduardo y Juan cargan a Tomás. Ya casi alcanzan los límites de la finca. Atrás queda el mundo de los blancos: el ingenio, los cañaverales, el barracón ahora en llamas.

Fuego. Llamas. Señal del camino recorrido en pos de la libertad.

No es cierto que incendien plantas o instalaciones a su paso: ellos queman el látigo, la esclavitud, la ignominia.

Y la desesperanza.

Detrás también ha quedado un rastro de sangre: el carcelero blanco muerto a machetazos para rescatar al amigo de su encierro; los dos contramayorales negros que quisieron cerrarles el paso y hubo que machetear aunque fueran hermanos de raza; el boyero en quien habían jurado vengar la muerte del Inocente.

Fuego, llamas. Muerte. Nada existe sin precio.

«Blanco Gordo se escapó», comenta Juan. Hasta el momento todo ha ido saliendo bien, los tambores del ingenio Concepción han avisado que su dotación los secunda, pronto se encontrarían con ellos. Después, todos juntos, continuarían levantando dotaciones. La gran revuelta ha comenzado. Pero la posibilidad de que el mayoral haya escapado lo enfurece. Eduardo, quien sostiene por detrás la camilla improvisada, no contesta. El mayoral no es su preocupación: Si se les escapó, es algo ya sin remedio, para qué molestarse. Su atención está concentrada en Tomás: inmóvil, sin emitir siquiera un quejido, pareciera no tener vida. Pero vive, su pecho, aunque débilmente, aún se mueve al ritmo de la respiración.

«¿Hasta cuándo aguantará?», se pregunta Eduardo. No mucho, se responde; es casi un milagro que haya llegado vivo hasta este momento. Cuando, eliminado el carcelero, entraron al calabozo y lo vieron inmóvil en el suelo, en una postura extraña, como si se hubiera revolcado en alguna convulsión, con señales de vómitos y orines alrededor, pensaron que había muerto y dudaron si dejarlo allí o, de todos modos, llevarlo con ellos fuera de la finca, para que al menos después de la muerte alcanzara la libertad.

«Que su espíritu vuele libre al monte y escape de esta esclavitud», había reclamado Fermina, y ellos no iban a desobedecerla.

Aún vivía, aunque estaba inconsciente; volvió en sí cuando lo movieron para cargarlo a hombros. Al percatarse de que sus hermanos habían venido por él, Tomás intentó ponerse sobre sus pies y echar a andar junto a ellos, pero sufrió un vahído, las rodillas se le doblaron, y solo no fue al suelo porque Eduardo y Juan lo sostenían por los brazos.

No podían dejar a Tomás en el calabozo aunque estuviera a punto de morir, había ordenado Fermina, y ellos cumplieron la orden. No solo por obediencia, sino porque concordaban con ella. Cargarlo significaba retrasar la marcha, y él no podría soportar mucho tiempo el esfuerzo, por más que lo llevaran en camilla; moriría de todas maneras. Pero no podían dejarlo atrás. Ya que iba a morir, al menos que fuera al aire libre: Lo merecía más que nadie, pensaban todos.

Cuatro de los hombres más fuertes de la dotación se relevarían para trasladarlo lo más lejos posible de las tierras del ingenio. Después, que pasara lo que hubiera de pasar.

Solo no pudieron llevarlo, como hubieran querido, a ver cómo macheteaban al boyero. La operación exigía rapidez y libertad de movimientos, no podían arriesgarse a fracasar.

«Denle aunque sea un machetazo por mí», reclamó cuando le contaron lo que iban a hacer.

«Uno por ti le di yo, y otro le dio este», le contaría poco después Juan, «No le dejamos un pedazo sano».

Tomás sonrió; los seres que habían protegido al Inocente en vida estarían satisfechos de ellos.

«Esperen un momento», pidió de pronto el moribundo. Habían pasado poco antes la cerca de piedras que señalaba el límite del territorio de la finca. No lejos de ellos, una enorme ceiba ostentaba orgullosa su grueso tronco y su copa frondosa, visibles y reconocibles a pesar de la casi total oscuridad. Señaló hacia el árbol: «Llévenme hasta allí».

Lo llevaron junto al tronco de la ceiba y lo depositaron en el suelo.

«Este es mi lugar de morir», dijo. Adivinando lo que pretendía hacer, los amigos quisieron ayudarlo, pero Tomás se negó, «Esto tengo que hacerlo solo». A rastras, llegó hasta el tronco y, abrazándose a él, intentó ponerse en pie. Otra vez trataron de ayudarlo y otra vez se negó, «Yo solo». La voz sonó clara y firme en los oídos de Eduardo y Juan, aunque apenas era un susurro. Con gran esfuerzo por la extrema debilidad, al fin logró estar sobre sus pies, sostenido por las manos apoyadas en el árbol. Se volvió muy despacio hacia Eduardo y Juan. Ya de frente por completo, la espalda recostada al tronco, abrió mucho los brazos y los alzó; movió los labios, como si dijera algo, pero no se oyó sonido alguno: Ya era bastante milagro que se sostuviera en pie.

No se oían sus palabras, pero en su interior Tomás hablaba con voz enérgica, porque con su espíritu invocaba a sus ancestros, a sus muertos, a los seres del aire, del monte, del agua y de la tierra. Y porque dentro de él no era un esclavo fugado y moribundo quien hablaba, sino el alma que había habitado en él. Un alma libre a la que habían robado el cuerpo. Aquel cuerpo del que ahora se separaba.

Blanco Gordo

«Se llamaba Juan, o, o Manuel…, no me acuerdo bien, no estoy seguro», decían los abuelos de los abuelos al narrar los hechos, o las historias fabuladas a partir de los hechos, «Y le gustaba maltratar a las negras».

Eso: No forzarlas, no revolcarse con ellas, como hacían tantos. No mezclar sudores y flujos, como tantos blancos.

Incluso señoritos. Apenas golpearlas con el látigo, como si ese fuera su órgano viril, disfrutar viendo cómo se levantaba el verdugón sobre la carne prieta por la fuerza de su brazo. Disfrutar cómo se retorcían al recibir el golpe.

Como si las tuviera entre las piernas.

«Acaso fuera Antonio, o Pedro, o de otra manera cualquiera, a quién interesa», se respondía al inquieto preguntón que en todos los grupos casi siempre aparece, con la pregunta tonta, como si un nombre fuera tan importante, y no su físico. O su manía.

«Quién se acuerda de eso ahora, muchacho».

Los pormenores onomásticos se perdieron en la memoria de los que conocieron de cerca la historia verdadera, la transmitieron a sus descendientes, y estos a los suyos, así por generaciones, hasta que los detalles se perdieron, los rasgos de la realidad se oscurecieron, se desdibujaron y se sumaron a lo imaginado, a veces más real que la realidad de donde nació. Solo permaneció la leyenda, como sucede siempre con las tradiciones orales, se diluyen o pierden unos matices y se ganan otros que los trasmisores añaden.

Solo permanece incólume la esencia, por serlo, enriquecida por el paso de las generaciones.

Su aspecto y su manía eran esencia y trascendieron el tiempo.

A decir verdad, entonces, al igual que hoy, el nombre poco venía al caso. «Todos los blancos se llaman con alguno de esos nombres que no dicen nada», repetían los abuelos, cuando no era Antonio era José, o cosas así; en definitiva, eran solo palabras puestas en lugar de la gente, palabras que no informan acerca de las personas nombradas con ellas. Y si nada significan los nombres, qué importa andar por la vida con uno o con otro. ¿Eres más listo, más fuerte, mejor cazador, porque te llames Antonio y no Pedro?

No sucedía lo mismo en la tierra de donde procedían los ancestros, allá el nombre dado al recién nacido hablaba de él, de las circunstancias del nacimiento, de su aldea, de lo que esperaban sus mayores que llegara a ser, de los buenos o malos auspicios con que hacía su aparición en el mundo; en fin, el nombre contenía un significado entendido por los demás. Tratándose de aquel blanco de que hablaba la historia contada por los abuelos de los abuelos y hasta uno llegada, menos todavía importaba cómo se llamara, pues ya en aquellos tiempos en que vivió nadie lo conocía por otro nombre sino el que algún negro alguna vez le asignó. Sin él enterarse, desde luego.

Blanco Gordo decían los esclavos entre sí refiriéndose a él, y con eso bastaba para la identificación, pues el mote, como suele suceder, iba que ni de encargo con su figura. Con el mote había llegado a tener, al menos, algo que lo acercaba a la gente: Este otro nombre hablaba de él, lo describía, al menos en el físico. Sin pretenderlo ni advertirlo, al renombrarlo los esclavos lo habían acercado a ellos, lo habían hecho uno de ellos: Blanco Gordo, sin saberlo, tenía un punto en común con los negros de la dotación, un nombre con significado.

Cierto, había más blancos en la finca y en el ingenio, algunos de los cuales bastante pasados de peso, pero cuando alguien oía en la conversación el nombre

Blanco Gordo no había engaño posible, hasta el menos avisado sabía de quién se trataba:

«Cuidado, que por ahí viene Blanco Gordo».

«Si Blanco Gordo se entera…».

«Blanco Gordo le dio una zurra a Francisca».

«Algún día alguien tendrá que matar a este Blanco Gordo…».

Blanco Gordo… Cualquiera entendía. A eso llaman antonomasia, vaya sabiendo, aunque no interese al tema.

Los negros vivían convencidos de que solo ellos «sabían el secreto», y, desde luego, se cuidaban de dejar escapar el gráfico apelativo delante de él o de cualquier otro blanco. Pero lo cierto es que el nombre era de público y general conocimiento también entre los blancos, enterados nadie sabe cómo, y mejor no averiguar —aunque quizás no era tan difícil que lo supieran, vistos los intercambios genitales que, a menudo, subrepticiamente se producían entre esos mismos blancos y algunas negras.

Era un secreto a voces, como se dice.

Solo Blanco Gordo no sabía que lo llamaban de esa manera, pues, por alguna razón que ellos sabrían, los blancos también se cuidaban de llamarlo así. Un día habría de enterarse, se sabe que nada anda tan oculto que no llegue a ser conocido; si tendrá o no tiempo para aplicar un correctivo a quien se lo diga es lo que está por ver. Más o menos como sucede con el marido engañado. La comparación no está descaminada; después de todo, en cierto sentido, él era el marido de todas las negras de la dotación —o de casi todas—, así que no viene mal la comparación.

Pero todavía no ha llegado el tiempo de hablar de eso. Puestas en su lugar las cosas, el asunto del nombre con el cual dirigirse a un blanco, quienquiera que fuera, tampoco resultaba demasiado importante para un negro.

La forma de hacerlo ya era otra cosa, ahí no podía haber equivocación, y el lomo de quien se equivocara pagaba las culpas. Todos los blancos por igual, fuera mayoral, administrador o responsable de cualquiera de las faenas del ingenio, y sin importar el nombre por el cual se identificaran entre sí, respondían ante un mismo y único vocablo: amo:

«Sí, mi amo», «Sí, señor amo», «Como usted diga, amo», «Perdóneme por diosito, mi amo», eran fórmulas obligatorias que eliminaban la necesidad de cualquier otro vocativo, fuera nombre cristiano vacío de contenido, fuera secreto apodo portador de información sobre la persona.

En fin, sin necesidad de mayor explicación, lo cierto es que Blanco Gordo quedó así, eternizado con ese nombre, en las narraciones escuchadas —en noches de barracón o de palenque, primero; de campamento insurrecto en que los negros lucharían junto con los blancos por una promesa de libertad, ya algo más tarde, o dentro del grupo familiar o de amigos en una república independiente en teoría para todos, mucho tiempo después, cuando ya ninguno de los que supieron de él de manera más o menos próxima existía, y los abuelos contaban lo oído a sus mayores—. Blanco Gordo trascendería en las leyendas, y hasta en los cuentos con que asustar a los niños desobedientes, hasta ese tiempo todavía tan lejano cuando la libertad prometida sería una realidad.

Realidad bastante relativa para un negro, admitamos.

Había en Blanco Gordo una característica que sorprendía a sus superiores, tanto como a sus iguales y, en el futuro, a los que oían las leyendas por primera vez:

No le resultaban atractivas las negras.

Dicho más claro: Las negras no le gustaban, no lo hacían sentir nada como hombre.

«Dónde se ha visto un mayoral», se preguntaban todos a sus espaldas, «que no se haya encaprichado con alguna negra en algún momento de su vida».

«En ningún lugar, no existe ninguno», era la respuesta habitual. Era impensable.

Pues sí que existía ese mayoral, una excepción casi monstruosa a la regla de universal aplicación. Y estaba ahí, cerca de ellos, era Blanco Gordo. En él no se cumplía lo que en el resto de los empleados blancos hasta pareciera cosa de hechicería, pues no había noticia siquiera de uno, fuera peninsular o criollo, ni entre los de mujer reconocida y casa puesta, que no hubiera perdido los sesos al menos una vez en su vida por alguna negra de generoso y ondulante trasero que se le cruzó en el camino. Cualquiera había escuchado alguna vez relatos de duelos a machetazos entre blancos, y hasta entre blancos y negros, por increíble que parezcan ambas afirmaciones, en la disputa por alguna nueva adquisición femenina para la dotación o para el servicio de los señores. Comerse una rica pieza negra era la más natural de las ocupaciones para quien tuviera poder sobre ellas. Y la aspiración de quien no lo tuviera. Rara sería la hembra recién llegada que, al menos en sus primeros tiempos, no se convirtiera en aliviadero de las euforias bragueteriles de capataces y mayorales, previas riñas unas veces, otras mediante negociación entre ellos, cuando no simple imposición del más fuerte o poderoso. Desde luego, siempre que la hembra recién llegada no se contara en el número de las componentes del serrallo particular del amo o el amito, aunque esas resultaban escasas en los barracones, si alguna había, pues por lo general quedaban reservadas para el servicio doméstico y se convertían en coto cerrado al que nadie tenía acceso. Su paso al barracón sería, en tal caso, un raro accidente; por ejemplo, un castigo, o el ocultamiento de una inoportuna preñez, de seguro debida al señor o a su heredero.

Siendo de tal lujuriosa condición la realidad para casi todo hombre blanco involucrado en esta mezcolanza de razas y sexos en que se ha convertido la vida diaria en la mayor Isla descubierta por el Gran Almirante —sobre todo con el extraordinario auge de la industria azucarera, insaciable consumidora de cuerpos negros traídos a la fuerza desde esa África situada en quién sabe qué lejano confín del mundo—, que esta regularidad erótica insular no se cumpliera con Blanco Gordo era causa de admiración — ¿o mejor sería decir de espanto?— para el resto de los varones que lo conocían. Y no había lugar a dudas, no era imaginación de nadie, no se trataba de maledicencia ni de cosa parecida: Era estrictamente cierto que jamás lo habían sorprendido procurando, de grado o por fuerza, los favores de algún miembro femenino de la dotación, por apetitosa que resultara la pieza. Hasta donde se tenía conocimiento, no se había acostado jamás con ninguna, y todo parecía apuntar a que jamás lo haría.

«¿Habrá hecho voto de castidad el hombre?», «Tal vez, pero, ¿sin ser cura?», «Si es que, a veces, ni siquiera los curas…». Historias se han oído, y de curas con sobrinos mulatos también se ha hablado. Bueno, tampoco se ha de hacer caso de tales habladurías; la verdad es que en esta Isla se habla de todo y de todos.

Sin embargo, con Blanco Gordo…, nada de nada. Él era así, incorruptible ante la carne prieta, simplemente porque el sexo de las negras —«Esa cosa oscura y sucia», diría alguna vez— no le llamaba la atención, ¿por qué tenía que hacer él como todo el mundo, si no quería, si ellas no le gustaban? No buscaba negras porque no, y se acabó — era su derecho a la diferencia, se argumentaría si le hubiera tocado vivir en otro tiempo todavía muy lejano.

De manera que con él no cuenten para estar revolcándose con ese tipo de hembras. Para él no existen. Palabras de Blanco Gordo.

Claro, siempre había quien opinara que esos eran cuentos, si no las perseguía era porque no podía, el problema era que, con esa barriga suya, la verga no le respondía. Se discutían posibilidades: Suponiendo que sí quiere estar con una, que la agarró, la tiró contra el suelo, o se la llevó a su catre, ¿qué iba a hacer con ella?; nada, con esas nalgas que tienen, no llegaba adonde se debe llegar.

Lo más seguro es que él no tendría con qué enfrentarse a una hembra de aquellas cuando la tuviera así, delante de él, acostada, caliente, con las piernas abiertas, enseñando aquella cosa prieta que parece estar llamándolo a uno, «Ven, coño, ven, acaba de metérmela ya», «¿Y si de verdad no le gustan?, a lo mejor les tiene asco, qué sé yo; él tiene su no sé qué de señorito», «¿Y acaso los señoritos no se revuelcan con negras, como cualquiera?, ¿no conoces ninguno que lo haya hecho?», «A decir verdad, los señoritos son los primeros... Si hasta muchas veces los propios padres les llevan alguna negra para que se estrenen», «A mí eso no me cabe en la cabeza..., de que le tienen que gustar, le tienen que gustar», «Pues yo le he oído decir que no, más de una vez», «Mierda, palabras, solo palabras, yo sé que le gustan bien...», «¿Y por qué dices que la verga no le llega...? Tú sabes algo; a ver, cuenta, cuenta... ¿Por casualidad tú le has visto...?», «Claro que no, no tengo nada que saber ni nada que mirar, es solo abrir los ojos, fijarse, para darse cuenta. ¿Pero ustedes no se han dado cuenta? Si está más claro que el agua...», «Más claro que el agua, ¿qué cosa?», «Pues que se vuelve loco con ellas, compadre... Con sus culos... Sobre todo con sus culos. Yo me he fijado bien», «¿Con sus culos?», «Eso, ¡con sus culos!», «Bueno, eso yo no se lo criticaría, porque lo que es a mí..., esos culos me matan. ¡Pero mira que dices cosas!», «No tengo nada; yo solo hablo de lo que veo. ¿Se han puesto a mirarlo cuando las castiga? Seguro que no, pero yo sí, lo tengo todo muy bien anotado aquí en mi cabeza. Es como si lo estuviera viendo ahora mismo: Toca las nalgas

de la negra haciendo como si le subiera la falda, y se las
toca otra vez cuando termina, aunque disimule, ahora
haciendo como si la bajara... Lo que hace es pasarle la
mano, como si quisiera palpar los verdugones, o tocar la
sangre que le sacó del pellejo... A lo mejor hasta después
se pasa la lengua por las manos... Pero no va más allá, y si
no va más allá tiene que ser porque no puede, porque no
tiene con qué», «¿Y por qué tú piensas que no puede?,
¿acaso no tiene lo que todo el mundo?», «Piensa,
compadre... Piensa...», «No me parece», «Yo, por lo
menos, estoy seguro...», «¿Seguro de qué, por fin?, tú no lo
has visto en cueros, ¿o sí?», «Claro que no, pero, con lo
gordo que está, vaya, seguro que la cosa no le llega, como
ya dije, o no se le levanta ni un poquito..., mucha grasa,
¿me entienden?, demasiada; o tal vez no se le para como es
debido... Dicen que la gente muy gorda la tiene chiquitica
y no se para como es debido... Y si uno tiene que vérselas
con una negra de esas, con aquellas carnes que ustedes
saben, así..., hay que ser bien macho, si no la tienes bien
grande y bien dura... Ustedes las conocen tan bien como
yo... Si uno se descuida..., hasta son capaces de reírse en la
cara de uno».

Cierto, las mujeres cargan la fama de la
chismografía, pero no hay que hacer demasiado caso, visto
que, al menos, estos que están bebiendo y sacando las tiras
del pellejo del mayoral componen un muy macho y bien
bragado grupo de empleados del ingenio Ácana que
entretienen el ocio de la tarde como pueden, esto es,
hablando mal del prójimo ausente, que es una forma muy
socorrida de ocupar el tiempo, sea entre los hombres, sea
entre la mujeres.

Que no se trataba de un problema de negras o de
blancas, terció un contertulio hasta entonces en silencio, y
puso en el ruedo una nueva inferencia mal intencionada.
No se trataba tampoco de la conformación del órgano,
grande o chico, firme o flácido: Era algo más grave, «Lo

que pasa es que él…, vaya…», «Que él…, ¿qué cosa?», lo apremiaron los demás, acicateados por la intencionada reticencia en la afirmación. «¿Pero ustedes no lo ven? Pero si está muy claro… ¡Lo que pasa es que a él no le gustan las mujeres!», «¡Imposible!, a todo el mundo le gustan las mujeres», «¡Pero, hombre!, no hable usted así», «No exagere, compadre», «Mire que decir que alguien no es macho es cosa grave», protestaron algunos, tratando de contener la habladuría entre límites no tan comprometedores. El de la afirmación solo expresó, aparentando humildad, «Bueno, si no me quieren creer…». Al oírlo, los demás se sintieron en la obligación de defender al ausente acaso calumniado. «Lo demás que se dijo…, todavía va y uno lo acepta, pero…, ¡decir eso!, ¡carajo!», «Cómo puede ser eso que no le gustan las mujeres…», «¿Que no es hombre?…, eso es demasiado», «Entonces, según usted, ¿acaso le gustan los machos?».

Ganado el centro de la conversación, el hombre sonreía socarrón, sin hacer ni un gesto, mientras escuchaba a los demás. Cuando oyó lo suficiente volvió a la carga, «Así que exagero, ¿no?…, bueno, a lo mejor va y sí exagero, a lo mejor ustedes tienen razón…». De nuevo dejó la frase en suspenso, hasta asegurarse de que todas las atenciones estaban pendientes de él. «A lo mejor, pero, vamos a ver, díganme…: ¿Alguno de ustedes lo ha visto alguna vez con alguna mujer?, no digo con una negra, no, pero…, ¿y con una blanca?». Los demás reflexionaron unos minutos, y al final coincidieron en que no, nunca lo habían visto con mujer alguna. Ni siquiera prostitutas. «¡Ahhh!», exclamó el murmurador con expresión de triunfo en el rostro, «¿Vieron?, ni siquiera una puta… Como si no le hicieran falta las hembras… Es lo que me digo yo… Un santo ajeno al pecado…, ¿y eso no les parece raro? Aquí, en esta tierra caliente…, ¿dónde está el que no peca?».

Aunque algunos aún no parecían convencidos, la mayoría concordó en que, cuando menos, no buscar aunque fuera una mísera putica para descargar los genitales, estando en una edad que lo exige, no podía ser normal. De todos modos, siempre hubo quien intentara poner freno a las murmuraciones, acaso sospechando que alcanzar tales cumbres de difamación no era cosa de hombres: «La verdad es que usted tiene una lengua que se la pisa, compadre; usted no tiene pruebas de eso que dice, solo son suposiciones».

No había pruebas para afirmar o negar nada, desde luego, pero a la maledicencia humana nunca le hicieron falta pruebas para realizar su trabajo, y la llamada al orden cayó en el vacío. Y contra Blanco Gordo era más fácil echar a rodar cualquier chisme que contra otra persona, pues lo tenían por un tipo raro, y no resultaba simpático a la mayoría de sus colegas. Cómo iba a serles simpático, si andaba solo de preferencia y no gustaba de juntarse con la gente y emborracharse en grupo, como cualquier persona normal. Es sabido que, en esta Isla donde les había caído en gracia o desgracia nacer a unos, o venir a trabajar a otros, quien no es simpático a su entorno se encuentra expuesto a todo, sin importar el estamento social de pertenencia. En especial a las habladurías. Ocurrió antes y ocurrirá después, pues en eso colonia y república no desmerecerán la una de la otra.

A Blanco Gordo sí le gustaban las mujeres, tanto como al que más, consigna un narrador metiche para sacar la cara por él, ya que no se encontraba allí para defenderse. Bastante fango cargaba su nombre para que también se le echara encima este otro. Lo que se había afirmado era una simple calumnia, como se sabe, pero quien había dejado caer el veneno era alguien que lo quería mal y aprovechaba la ocasión para achacarle una condición de las peor vistas por entonces —los abuelos de los abuelos que primero contaron la historia nunca aclararon el porqué de la ojeriza de aquel hombre, dígase de pasada, por eso no se declara aquí; acaso no fuera por ninguna razón, las malquerencias suelen ser así, gratuitas—. Eso sí, las mujeres, para gustarle, debían ser blancas, y jamás prostitutas, porque se consideraba un hombre de acendrada moral cristiana y no podía permitirse andar con mujeres de mala vida. No había por qué burlarse de la rara pretensión, siempre ha habido personas así, aunque pocas, él no era el único. Que no le conocieran mujer alguna no era razón para pensar otra cosa, qué sabían ellos de su vida anterior para apresurar conclusiones. Quién quitaba que arrastrara en su pasado con algún desengaño amoroso de esos que dejan a un hombre inapetente de mujeres por largo tiempo, algunos hasta por toda la vida. Un héroe romántico sería, en tal caso —todo lo cursi y trasnochado que se quiera, pero, en fin, su derecho tenía—. Su problema, entonces, sería que en los alrededores lo que abundaba eran las negras, no había alguna blanca por la cual pudiera latir con ansiedad su corazoncito. Y era conocido que para Blanco Gordo un blanco bien nacido no debería andar revolcándose con negras. Ellos tenían derecho a no compartir el criterio, incluso a estar en el más acerbo de los desacuerdos, pero no tenían por qué enjuiciarlo por ser diferente, afirmó alguno de los contertulios, con muy buen tino, por cierto, de donde se colige —si no es un anacronismo de algún narrador eso del respeto a la diferencia, como parece— que en todos los tiempos y en todos los ambientes siempre puede haber alguien que piense derecho, aunque antes y ahora tal especie suela resultar escasa.

Claro que, en casos como este, de sentimientos, preferencias y repulsiones, uno está obligado a guiarse apenas por lo que la persona expresa e informa de sí misma, visto que no es posible adivinar lo que en materia de ansias, aspiraciones, frustraciones, o lo que sea, cada cual guarda en lo íntimo de sus pensamientos, de manera que cuantos hablaban de él podían estar tanto acertados como errados. No es el caso, desde luego, de un narrador omnisciente: Ese nos informaría, si le preguntáramos —y hasta sin que le preguntemos, como ocurre ahora—, que la verdad más verdadera, dicho con toda la redundancia del mundo, era muy distinta de lo pensado por sus colegas, unos y otros equivocados, distinta incluso de lo afirmado por él de sí mismo: Si bien jamás lo habría admitido ante nadie, sobre todo y en primer lugar ante su conciencia —porque lo mantenía bien escondido en lo más profundo de su subconsciente—: No eran las mujeres en general las que gustaban, y mucho, al punto de convertirse en verdadera obsesión, a Blanco Gordo.

Ni las blanquitas, ni las amarillitas, ni las mulaticas. Eran las negritas.

No se trataba apenas de que le gustaran, sintiera atracción por ellas o les tuviera ganas, hablando en plata. No, tres veces no: Aunque oculta incluso de sí mismo, Blanco Gordo sentía una arrebatadora, irrefrenable, avasalladora pasión por las negras.

Negras bien negras. Retintas.

Mientras más negras, más grande la atracción.

No una pasión cualquiera, aclárese antes de seguir adelante, de esas que se consumen al poco tiempo de encenderse, banales, corrientuchas, fuego de paja, relámpago que deslumbra por un instante y al momento nos deja a oscuras, sino total, abarcadora de cada poro y cada neurona, indeleble. Vehemente. Arrasadora. Más, mucho más intensa que la experimentada por cualquiera de esos que, por el recurso a la fuerza física, o por la vía de la negociación, los regalos y prebendas —esto último más habitual de lo que a su tiempo historiadores y abolicionistas estarían dispuestos a admitir—, procuraban cada noche una negra en quien desahogar los instintos, algunos hasta dejando esposa blanca y perfumada esperándolos en su cama.

No era cierto, como afirmaba y acaso creía, que el olor acre despedido por el cuerpo de las esclavas al terminar un día de trabajo al sol le provocara repugnancia, sino algo mucho más complicado. Sin ser consciente de ello —en esto último hagámosle justicia: Era verdad que no se daba cuenta de ello—, las emanaciones percibidas cuando alguna negra joven, brillante de sudor, le pasaba cerca, camino al barracón al final de cada jornada —y él, llevado por el instinto, buscaba siempre manera de situarse de forma que pasaran por su lado—, despertaban en su interior un sentimiento que no era desagrado o repulsión, como creía y afirmaba, sino una desazón indefinible, casi dolorosa, que se adueñaba de él, una especie de expectativa que no sabía por qué lo entristecía y desasosegaba, y al mismo tiempo que lo llevaba a repelerlas sinceramente, lo incitaba a procurar en el aire, una y otra vez, con cualquier pretexto dirigido ante todo a engañarse a sí mismo, aquel efluvio que creía odiar, con el placer masoquista del adicto, que reclama y hasta mendiga la droga que lo está matando.

Si el olor que despedían lo intranquilizaba, el movimiento de sus caderas al caminar le provocaba una confusa congoja que no podía explicarse —y cómo podría, si nunca oyó hablar del concepto de erotismo, y para el nacimiento de Freud, quien en su momento lo explicaría, faltaban como diez años—. Si por él hubiera sido, habría castigado a las negras solo por la forma de moverse, pero tal atribución nunca nadie la tuvo. Estaban también los pechos: grandes, pequeños, erectos, caídos, apuntando hacia delante, abajo o a los lados, igual le traían a la cabeza inconfesables añoranzas de recién nacido que dejó de mamar antes de tiempo, pues su madre, a pocas semanas de nacido, había perdido la leche.

Olores, andares, pechos, todo en las negras conspiraba contra la tranquilidad espiritual de Blanco Gordo... Pero ellas tenían además, por si fuera poco, las nalgas.

¡Ah, las nalgas de las negras!, portentosas grupas fondonas que se anuncian bajo el tosco vestido de cañamazo, como retando al macho que las mira pasar: «Dale, móntame si eres hombre».

Y cuánto él hubiera dado por atreverse a montarlas, no una, no a dos, sino a todas cuantas conocía, cuando ni siquiera se atrevía a confesarse que lo deseaba. Si hasta había momentos en que no podía mirarlas más de un minuto sin sorprenderse imaginando que cometía una y otra vez el pecado contra natura. Si hubiera sido capaz de actuar con la brusquedad de tantos otros que trabajaban con esclavas, habría agarrado cada día a una distinta, la hubiera arrastrado hasta su bohío para tirarla contra la cama, pero no para agarrarla y desahogar sus demonios de una sola montada, como cualquiera; ¡no sería suficiente para esas ganas que lo atosigaban!, sino para pasar la noche entera amasando aquellas carnes oscuras con manos y cara, besándolas, mordiéndolas, lamiéndolas, succionándolas poro a poro hasta alcanzar el punto donde se unen, hasta la misma flor de azabache que en los primeros tiempos de su adolescencia alcanzó a ver y se le quedó prendida para siempre en la memoria y las ganas. Llegado a lo más profundo, quedar allí rendido, la boca perdida en el valle entre los dos promontorios, reposando, y más tarde, con el primer canto del gallo, volver de nuevo en sí y, al fin, de un solo golpe, con toda la violencia de que fuera capaz, montarla como el caballo a la yegua y descargar dentro de ella aquel ardor guardado durante tantos años.

O ni siquiera eso, nada de cama ni de espera de la noche o ceremonias de homenaje al círculo de los misterios que lo alucina: derribarlas allí mismo, sobre el surco, rodeado de cañas, sangrando ambos por las heridas con que las hojas mortificarían su lujuria, hacerles conocer a esas negras, una a una, el furor que lo consumía en lo más íntimo y desconocido de sí mismo.

Sudaba Blanco Gordo, y resoplaba cuando lo acometían esos pensamientos en medio del trabajo. Era mucho el sol, eran muchas sus libras, pero no era por eso, sino por los vapores desprendidos de su interior:

«Que Dios me perdone, me estoy volviendo loco». Había días así: Intentaba espantar los pensamientos, pero ellos insistían en regresar a su mente. Tratando de concentrarse en el trabajo, de súbito, al ver las hembras que cerca de él se doblaban para recoger la caña que habrían de llevar a las carretas, se descubría pensando en cuánto le gustaría estrujarse contra aquellas pieles oscuras, lamer aquellas negras desde la cabeza a los pies, tal como estaban, sudadas, llenas de polvo, ardientes de sol. Cerrar los ojos para que la vista no nublara los demás sentidos, olfatear todo lo que en ellas oliera, mientras más fuerte mejor; husmear con nariz, dedos y lengua en pliegues y oquedades, rincones ocultos. Adueñarse de sus olores, bañarse en sus líquidos, beber de sus humores más íntimos.

«¡Qué asco!», se interrumpía al llegar su imaginación a tales extremos, «Dios mío, ¿por qué me castigas así?, ¿por qué me permites pensar estos disparates?».

Ellas, esas negras, eran las culpables de pensamientos tan malsanos; debía castigarlas por provocar tales desatinos en él.

En las noches intranquilas que sucedían a esos días, se adueñaban de él las más disparatadas fantasías. Al comienzo hasta habían resultado agradables, lo relajaban: No sabía si dormía o soñaba despierto, pero flotaba transportado por una nube, acompañado de un sonido semejante a susurros de mujer que cantara a lo lejos y que poco a poco se acercaban, sin llegar nunca a una distancia que le permitiera distinguirlos ni entender las palabras; a veces alcanzaba a vislumbrar caras ocultas tras una densa neblina, pero tampoco lograba definirles los rasgos. A la mañana no lograba recordar más que la sensación provocada por el sueño, o lo que fuera, y que en esencia era placentera. Pero poco a poco, sin saber por qué ni en qué momento, comenzaba a sentir que aquel murmullo era amenazador. Despertaba con miedo de que regresara a la noche siguiente.

De pronto, durante unas semanas no soñaba más. Dormía de un tirón, y a la otra mañana se sentía descansado y sin temor. Pero una noche regresaba el murmullo, y con él llegaba la pesadilla. El murmullo, en definitiva, dejaba de ser amistoso; se convertía en un grito de guerra, y las caras eran las de unas negras que llegaban a ponerle asedio. Una noche.

Unas negras lo tomaban por asalto en su choza, lo llevaban afuera, lo ataban a un árbol, y allí lo excitaban rozándolo con las nalgas desnudas. Toda otra noche.

Despertaba asustado, sudoroso y con el órgano erecto. Verlo así, al menos, tenía algo de reconfortante.

Unas negras lo tomaban por asalto en su choza, lo llevaban afuera, lo ataban a un árbol, y allí lo excitaban rozándolo con las nalgas desnudas y lo poseían con la boca. Otra noche toda.

Despertaba con el órgano viril doloroso de tan excitado. Levemente húmedo.

Unas negras lo tomaban por asalto en su choza, lo llevaban afuera, lo ataban a un árbol, y allí lo excitaban rozándolo con las nalgas desnudas y lo poseían con la boca, mientras, al unísono, con cada succión, otras lo azotaban con su propio látigo. Otra noche toda.

Despertaba con el miembro erguido, doloroso y mucho más húmedo. Corría a masturbarse en medio de la madrugada.

Y así otras noches, muchas noches más: felación y castigo de azote al unísono.

Se despertaba sobresaltado, a veces excitado, a veces bastante húmedo, con el cuerpo dolorido por los golpes recibidos en sueños, que acaso eran solo la consecuencia de un camastro inapropiado para su cuerpo. No volvía a dormirse. Esos días se levantaba malhumorado y mal dispuesto para el trabajo.

Hubo noches en que los golpes del látigo en su sueño eran particularmente fuertes y lograban romperle la piel; al sentir la herida, sentía también brotar de golpe la sangre, pero no desde el punto donde la piel se rompía, sino desde otro, situado entre las piernas. El líquido rojo y cálido salía de su cuerpo en un chorro poderoso e indetenible que lo despertaba. Sobresaltado, se sentaba en la cama y alcanzaba a ver cómo corría entre sus muslos el líquido pegajoso que tantas veces lo había despertado durante la adolescencia.

Las pesadillas desaparecían tan de improviso como regresaban. Nunca adivinaba cuándo iba a ocurrir, pero cada cierto tiempo en sus noches recibía nuevas sesiones de azotes que a veces volvían a hacerlo sangrar, aunque nunca con aquella fuerza de la primera vez: Acaso porque para cada cosa hay una edad, hasta para la polución nocturna, y de una leve humedad no volvió a pasar.

Eran numerosas las negras que ganaban vida en las pesadillas de Blanco Gordo; les veía los bultos, los volúmenes: brazos, piernas, pechos, nalgas, sobre todo nalgas, siempre se las arreglaban para que no dejara de verlas, mas sus rostros eran confusos e indistinguibles. Al despertar, entre sudores y dolores de huesos, sus figuras se borraban de la memoria y él apenas conservaba la sensación de haber tenido enfrente un solo rostro, de que en realidad quien lo azotaba y lo hacía excitarse era una única mujer multiplicada. Ya despierto, miraba entre las esclavas, por ver si la descubría, así tal vez se terminara el hechizo, pues de eso seguramente se trataba, de alguna brujería que le habían echado. Claro que él no creía en brujerías, era blanco, civilizado, pero en casos como el suyo lo asaltaba siempre la duda de que acaso algo pudiera haber de cierto en esas supersticiones, las fuerzas del mal son impredecibles. Buscaba y buscaba, aquella no podía ser una cara imaginada, sino una que veía todos los días.

Pero era incapaz de identificarla.

Una mañana cualquiera, en que no recordaba siquiera haber soñado, pues no sentía dolores ni había despertado excitado, al abrir los ojos se dibujó en su cabeza la imagen de aquel rostro como si lo tuviera ante sí. Mal dormido, la tuvo perfectamente retratada ante sus ojos, como si estuviera en carne y hueso. Era la cara de la mujer múltiple de las pesadillas. Y tenía razón, no era ninguna mujer imaginada, sino una de las esclavas de la dotación que conocía muy bien, cuyo nombre tenía grabado desde la primera vez que la vio.

Lo tenía grabado porque, para él, en realidad no se trataba de una esclava cualquiera. Aquellas facciones que al fin identificaba, y aquel nombre a que respondían, eran las facciones y el nombre de la negra que él con más intensidad detestaba.

Los comedores de gente

Todavía no se llamaba Fermina, pero ya le habían arrancado el nombre original. En realidad, no tenía nombre. Aquellos hombres que habían robado su cuerpo se referían a ella mediante una palabra de una lengua desconocida; no la usaban solo para ella, sino también para el resto de las mujeres apiñadas en aquel rincón en el interior de la bodega de un barco que las llevaba no sabían adónde ni con cuál objetivo:

Negra.

Un centenar de mujeres ya sin sus nombres, la mayoría muchachas, traídas de cualquier lugar y hablando idiomas diferentes, se encontraban confinadas en un área bajo cubierta donde a duras penas cabría algo más de la mitad. Casi no había espacio para moverse, y el techo era tan bajo que ella lo rozaba con la cabeza cuando se ponía de pie. Al olor de los cuerpos sin higiene se sumaba el de los orines, el de las heces y el de las menstruaciones que a algunas se les habían presentado. Apenas había luz ni ventilación, solo la poca que penetraba por una escotilla enrejada.

Una vez al día, la reja de la escotilla se abría, alguien colocaba una escalera de madera, y unos marineros bajaban para traerles comida y agua. Mientras unos servían, otros, a fuerza de gritos, empujones y latigazos, intentaban que el reparto se realizara con orden. Había que andar a la viva, pues los marineros siempre tenían prisa por salir de aquel lugar, y si alguna no alcanzaba debía esperar al día siguiente.

Un día no ocurrió así. Los marineros bajaron sin la comida, abrieron la reja que limitaba el espacio donde se encontraban y comenzaron a hacer señas para indicarles que fueran hacia la escalera y subieran. Al inicio ninguna se movió, en parte por no entender las órdenes, en parte por miedo a lo que pudiera estar esperándolas arriba. Pero, empujándolas con algunos palos —estaban tan apestosas que incluso ellos, hechos a cualquier coyuntura, sentían asco de tocarlas— y haciendo restallar los látigos, los marineros las hicieron subir a cubierta.

A poco de acostumbrar los ojos a la intensidad de la luz del día, algunas de las primeras mujeres en subir comenzaron a hacer gestos de espanto y a gritar aterrorizadas; poco a poco el vocerío se propagó, según iban llegando, hasta que casi todas gritaban. Algunas se desmayaron.

Fermina, una de las últimas en subir, no comprendía el comportamiento de las demás mujeres, pues no entendía las exclamaciones y no veía qué pudiera haber provocado aquella conmoción. Por fin logró oír con claridad la frase que se repetía en varias lenguas: «¡Nos van a comer! ¡Los blancos nos van a comer!». Preguntó a las que se encontraban más cerca de ella, estas a su vez a otras, hasta que alguien exclamó en una lengua que conocía: «Esos blancos son brujos y comen gente... Esos blancos son brujos y comen gente», y le indicó, señalando hacia un punto no muy alejado de donde se encontraban:

«¡Mira eso, mira eso, comen gente!».

Esos blancos que los habían introducido a la fuerza en los barcos con seguridad eran hechiceros que las habían raptado, era lo que algunas habían pensado antes. Pero no se les había ocurrido que se tratara de algo tan horrible: Iban a servir de comida para esos brujos, ahora las hacían subir para cocinarlas. Fermina dirigió la mirada hacia el punto que le indicaban y sintió un estremecimiento: Además de las enormes ollas de donde se desprendía el vapor de líquidos en ebullición, en aquel lugar colgaban trozos de cuerpos sin cabeza, brazos ni piernas.

Parecía tratarse de pedazos de personas.

Los marineros blancos comían gente, afirmaban las más próximas a los garfios de donde colgaban las carnes. Lo que veía era la prueba.

«Eso no puede ser verdad», pensó en un primer momento Fermina. Tenía información abundante sobre las salvajadas cometidas por los extranjeros, había oído muchas historias contadas por quienes trataban con ellos, pero jamás había oído nada revelador de que comieran carne humana, incluso porque practicaban una religión que lo prohibía. Esa religión permitía muchas cosas que para ella y los suyos eran inadmisibles, pero comer gente no, eso era lo que ella conocía. Los blancos podían robar personas y esclavizarlas, incluso matarlas sin justificación, pero nunca comérselas. Sin embargo, lo que se mostraba ante sus ojos parecía ser la prueba de que eso último también les era permitido.

Y si no todos lo hacían, al menos esos blancos del barco en que se encontraban comían humanos.

Los marineros, como no conocían los idiomas en que las prisioneras se expresaban, no comprendían por qué gritaban y armaban tanto alboroto. Interpretaron los gestos de espanto como el principio de la sublevación que de continuo temían, y se prepararon para enfrentarla. Con latigazos primero al aire, después sobre los cuerpos, impusieron silencio y, en apariencia al menos, contuvieron la agitación y los gritos, aunque era obvio que la intranquilidad permanecía.

El capitán y los oficiales de la nave, que también habían oído el griterío, llegaron con sus armas para enterarse de qué sucedía e imponer el orden a como diera lugar: No sería la primera vez que se disparara contra alborotadores o que los lanzaran a los tiburones para restablecer la calma entre los prisioneros.

No fue necesario aplicar ninguna medida extrema, las mujeres no mostraron señales de agresividad, pero ninguno de los subordinados pudo explicar con exactitud lo ocurrido.

«Se pusieron a dar gritos como endemoniadas, y algunas hasta se cayeron al suelo desmayadas», era lo único que podían informar.

El capitán se acercó un poco más a las prisioneras, haciendo algunos gestos demostrativos de la repugnancia que le producían sus olores, para ver mejor la expresión de los rostros y tratar de entender. Lo que descubrió lo dejó asombrado: La alteración entre las mujeres no había respondido a ningún intento de rebelión o de simple protesta, pues lo reflejado en sus rostros no era siquiera un miedo desmedido. Era verdadero terror.

Aquello iba más allá de cualquier explicación racional que él pudiera buscar: Era inimaginable que el hecho de salir a cubierta las hubiera aterrorizado, y el capitán no veía por los alrededores nada que pudiera haberlas conducido a ese estado. Lo lógico hubiera sido todo lo contrario, que se sintieran aliviadas por poder respirar el aire limpio del mar, después de varios días apiñadas en la pestilencia de la bodega.

No, no había ninguna explicación para esa locura colectiva, pensó el capitán. A no ser la de que el encierro les hubiera reblandecido el poco cerebro que se dice tienen los negros. El caso era que aquellas negras seguían mostrándose intranquilas, y quién quitaba que en algún momento algunas se volvieran incontrolables. Todavía faltaba bastante para llegar al puerto de destino, muchas de ellas quedarían por el trayecto; así, no había que arriesgarse a una agitación que terminaría con la pérdida por adelantado de una parte de la mercancía.

Si las asustaba el aire libre, pues que volvieran a su pestilencia, concluyó. Ordenó que las devolvieran a la bodega de donde las habían sacado.

«Si no quieren respirar un poco, allá ellas... Se lo pierden».

Fermina fue de las pocas que habían mantenido la calma: No gritó ni hizo gesto alguno cuando vio los trozos de carne en los garfios. No era porque fuera más valiente o menos impresionable que las otras, sino porque su padre la había enseñado desde muy pequeña a controlar sus emociones. Además, le parecía que algo no encajaba en aquella situación. De momento no se había percatado de lo que era, pero cuando miró con más atención hacia lo que había provocado el terror de las demás se dio cuenta: La carne colgada cerca de los calderos no era negra, sino blanca. ¿Acaso significaba que los blancos se comían entre ellos?

¿Cómo podía ser eso?

Trataba de encontrar dentro de sí una respuesta a algo tan extraño cuando comenzaron los empujones y los latigazos para obligar a las mujeres a hacer el camino de regreso a la bodega; lo hacían, por cierto, con bastante celeridad, con lo que se incrementaba el asombro de los marineros.

Cuando ponía el pie en el primer peldaño de la escalera para bajar, Fermina logró entrever, sobre una caja puesta en un rincón, un par de orejas largas y un hocico puntiagudo que alguien había dejado allí olvidados. Arriesgándose a recibir un latigazo o al menos un empujón, se detuvo un momento para mirar mejor. Trató de imaginar a qué criatura podrían pertenecer…

Y lo descubrió: ¡Aquello era carne de puerco! No pudo evitar una carcajada.

Algunas mujeres se volvieron hacia ella al oírla. «Es carne de puerco», gritó en su lengua, entre risas; en pocos segundos, la frase se había traducido a gritos a todas las lenguas de las prisioneras, quienes, según se iban enterando, comenzaban a soltar carcajadas a su vez. Durante unos minutos los marineros pudieron escuchar, sin entender nada, las risotadas y los comentarios jocosos de las mujeres que regresaban a la bodega: Se burlaban y reían de sí mismas por el susto injustificado.

Seguramente serían las primeras y las únicas risas que soltarían durante mucho tiempo.

«Son unas locas de mierda», exclamó el capitán cuando le comentaron las risas de las mujeres, «Locas y asquerosas. Uno las saca a que tomen un poco de aire y se asustan, y cuando vuelven a su pocilga se van riendo, quién las entiende... Tenían que ser negras».

Cuestión de métodos

Antes se ha afirmado que Blanco Gordo no hacía como sus colegas para aplacar la inconfesable ansiedad que, hemos visto, en él despertaba la cercanía de un apetecible trozo de carne prieta; dicho de otro modo, que no se revolcaba con las negras como todo el mundo.

Lo que ya no se conoce tanto es que disponía de un anafrodisíaco casi perfecto para aquietarse, calmarse, tranquilizarse, secarse las ganas para que no molestaran. Era un recurso propio, aclárese, pues, aunque de modo inconsciente, fue concebido por él sin ayuda de nadie. O, mejor dicho, descubierto, pues le salió por causalidad.

Un recurso que, en esencia, es tan antiguo como el mundo, después de todo, así que, a fin de cuentas, su descubrimiento tampoco era propiedad exclusiva de él: Un recurso llamado odio.

Nada como odiar para desprendernos de esa sensación de impotencia producida por lo que no podemos poseer y ansiamos, por eso mismo, por encima de todo. En honor a la verdad, es mentira que uno logra algo con ello, pero logra engañarse, *quid pro quo* intencional aunque no consciente, y ya eso no es poco, pues ayuda a sobrevivir: Gracias a ese engaño no cargamos con nuestra impotencia, sino con nuestro odio, con el cual nos creemos potentes. Blanco Gordo había logrado convencerse de que odiaba —y despreciaba— a esas mujeres de carne oscura tan consentidas por sus colegas. Si hubiera estado obligado a escoger, antes habría perdonado a un esclavo que a una esclava por alguna pillería. Por nada del mundo hubiera dejado de castigar a una esclava. No pasaba por alto indisciplina alguna de negra, fuera joven o vieja, bonita o fea. Aunque era exigente en especial cuando se trataba de esclavas jóvenes y bonitas, hablemos con propiedad.

Su divisa era democrática en extremo: «Yo no le río la gracia a ningún negro; hembras o machos, me dan lo mismo, conmigo todos tienen que entrar por el aro». De manera que con él no había mujer que se escondiera en zalamerías o achaques femeninos para dejar de trabajar o para hacer menos de lo que correspondiera.

La mayoría de sus colegas, por el contrario, no se caracterizaban por una especial rudeza en el trato con las negras; incluso aquellos que solían actuar con sadismo al castigar a los varones, cuando se trataba de las mujeres, sobre todo si eran jóvenes y risueñas, o incluso maduras, pero de buen ver, llegaban hasta a ser permisivos y pasarles por alto infinidad de faltas, algunas bastante graves, desde el flojo rendimiento en el trabajo hasta, en no pocas ocasiones, ciertos desplantes en la forma de dirigirse a ellos, inconcebibles si el caso se diera con hombres. Más todavía: Algunas negras jóvenes —muy pocas vivían en los barracones— se volvían realmente impertinentes y soberbias como consecuencia de las prebendas de que gozaban gracias a los favores que prodigaban, o prometían prodigar, a quienes podían ampararlas.

No es preciso decir que a esas negras, aunque igual las repudiaba, o quizás más, Blanco Gordo no se atrevió nunca a tocarlas, ni con la punta de su fusta, mucho menos con las manos, por temor a represalias de sus protectores. La razón se mencionó antes, no habría que repetirla: Esas afortunadas desfachatadas pertenecían al coto privado de alguien poderoso; si se le quejaban, su empleo pudiera pasar a ser desempeñado por otro.

Pero en cuanto a las otras, a las negras de barracón que no contaban con padrino fuera de él, ya se sabe: Blanco Gordo no les pasaba por alto la menor de las indisciplinas.

¿Y de qué otro modo podía ser, si, como se ha señalado, las odiaba con todas las fuerzas…, de su impotencia?

«¿Qué es lo que tenemos aquí?», exclama Blanco Gordo, una semisonrisa de burla dibujada en la cara, al ver a una negrita escondida entre las cañas, dormitando, en lugar de estar trabajando como es su obligación.

«¿Te creíste que no me iba a dar cuenta?», «Perdone, mi amo, yo no lo hago más, perdóneme...», suplica la muchacha, incapaz de adivinar que este día el mayoral despertó molesto, tuvo sueños intranquilos, íncubos y súcubos lo atormentaron durante buena parte de la noche, y no se encuentra dispuesto a tolerar infracción alguna a la disciplina, por mínima que sea, menos una tan grave como dormir en hora de trabajo, ¿cómo perdonar tamaño atentado al sagrado deber de incrementar la opulencia de los amos? Menos todavía si el atentado lo ha cometido una esclava que, ante los ojos de cualquier varón, constituye una verdadera golosina.

Otro blanco tal vez le hubiera acariciado el trasero, o los pechos, y le hubiera ordenado verlo al final de la jornada, la muchachita con seguridad lo obedecería, alegre por haberse zafado de una buena zurra. Y no sería raro que, en agradecimiento, esa noche entregara de buena gana lo que iban a solicitarle.

Pero este no es un blanco cualquiera, este es Blanco Gordo.

«Dale, corre y ponte a trabajar... Y procura que cada vez que mire para ti te vea doblando el lomo», ordena Blanco Gordo. La muchacha se va corriendo a cumplir sus obligaciones, casi feliz, pues ha escapado del castigo que era de esperar, y ni siquiera le han insinuado nada para después del trabajo.

«El mayoral no es tan malo», va pensando.

La negrita es de muy reciente adquisición por los amos, hoy es su primer día en el surco, y no está familiarizada todavía con la forma de proceder de quienes la mandan.

Quizás aún no sepa que pocas veces —mejor sería decir jamás, pues nadie recuerda cuándo fue la última vez que lo hizo, si alguna hubo— Blanco Gordo perdona una falta, y no existe razón para hacerlo en esta ocasión. Que la perdonara podría considerarse un milagro de los raras veces vistos, menos un día de mal humor como este. Quizás ella hasta se haya preguntado qué santo la protegió de recibir al menos un latigazo.

No hay milagro, habría que explicarle, sus santos no la protegieron de nada, como creyó; el mayoral no la ha perdonado, solo espera la llegada del momento apropiado para aplicar el escarmiento. Cuando hayan transcurrido las horas que aún faltan para terminar esta jornada, la negrita aprenderá que, cuando una esclava incurre en alguna falta que en opinión de Blanco Gordo merece castigo físico, como en este caso, no lo aplica de inmediato, sobre todo nunca durante la jornada de trabajo. Es otra de sus máximas: «Siempre hay tiempo para un buen castigo; el trabajo no se debe interrumpir por nada del mundo».

Obsérvese, además, que es un empleado dedicado, que pone el enriquecimiento de los amos ante todo. Por eso espera a la tarde, después que todos han salido del surco; cuando se da la señal para que los esclavos vayan de regreso al barracón, ordena a sus asistentes conducir a la infractora hasta el tronco de los castigos y dejarla amarrada allí, en espera de su llegada, pues él no se mueve de su puesto hasta que todos los esclavos estén a buen recaudo.

Se toma su tiempo para que ella sufra además con la espera, con la angustia de no saber qué va a sucederle, quizás hasta había olvidado que cometió una seria infracción.

Cuando está ante la infractora, Blanco Gordo la mira con severidad a los ojos, con la expresión más fiera de que es capaz. Hecho esto, da unos pasos y se sitúa detrás de ella; tal como explicaba el colega maledicente a sus contertulios en la antes vista sesión de adoración al dios Baco; una vez detrás de la muchacha, le levanta la bata y le deja las nalgas al descubierto. Enseguida aplica con la fusta tantos golpes como estime adecuado para que la castigada aprenda a comportarse como corresponde a una esclava obediente y sumisa. Cuando considera terminada la sesión de enseñanza-aprendizaje, que no es demasiado prolongada, por cierto, pues tampoco gusta de exagerar con la cifra de golpes aplicados —no olvida que debe cuidar de la integridad física de los bienes de sus amos—, le baja la bata y se retira a su bohío a descansar del esfuerzo, no sin antes dejar dicho que nadie está autorizado a soltarla. «Que llore y sufra un rato más, para que aprenda».

Una o dos horas más tarde regresará y la desatará, «Ahora dale, negra, vete con tu gente... Y mira si aprendes a portarte bien para la próxima».

Lo ocurrido con la negrita es lo visto por todos, negros y blancos, esclavos y libres, en todos los casos: El mayoral ejecuta un castigo que bien se podría calificar de científico, pues no es aplicado de cualquier modo —como hacen en cualquier lugar quienes tienen la función de lograr que los esclavos trabajen como Dios manda, una casi explosión de ira ante el mal comportamiento del ser que debe obedecer y servir—, sino con medida, con método, con movimientos siempre iguales, que pudieran llevar a pensar en un ritual realizado para exorcizar a los demonios que estos negros suelen llevar dentro y se manifiestan en el momento menos pensado. El resultado positivo del tratamiento queda a la vista de todos: En cuanto Blanco Gordo la desata, la negrita se va llorando a juntarse a los suyos, y pronto se ve que aprendió la lección, pues durante un buen tiempo trabajará sin dar motivo a nuevos correctivos. Nada, que han de admitirlo los detractores: Blanco Gordo aplica, a este mal de la pereza que aqueja a los esclavos, aquello que se conoce popularmente por remedio santo.

Tampoco se debe imaginar que, por santo, el remedio sea infalible en todos los casos, desde luego, eso hay que concederlo, pues siempre hay quien reincide en la enfermedad y será necesario aplicar nuevas dosis de la medicina. No en balde se asegura, y se asegurará durante siglos, que estos negros son muy cachorros.

«¿Por qué no haces lo mismo con los varones?», le preguntaron alguna vez a Blanco Gordo, acaso tratando de sorprenderlo en contradicción, pues a los hombres los castigaba, siempre que entendía necesario hacerlo, en el mismo momento de cometer la falta, sin esperar el fin de la jornada, y no les pegaba en las nalgas, con aquel ritual que todos conocían, sino como hacían los demás, esto es, donde cayera el látigo, y tampoco se medía mucho en cuanto al número y la fuerza de los golpes que propinaba.

«Porque no es lo mismo», respondió. Hizo una pausa, como organizando las ideas, y agregó: «¿No ven que ellos son más fuertes?, uno les puede dar dos fuetazos, que siguen trabajando como si nada... Ellas son más flojas, no aguantan. Además, enseguida empiezan con la lloradera y los gritos. No hay quien pueda trabajar con un montón de mujeres berreando, habría que matarlas para que se callen...».

Pero su método perseguía algo más, explicaba a continuación, como para que todos entendieran que lo suyo no era ninguna improvisación: Al golpearlas en las nalgas no solo las castigaba a ellas, sino también a sus maridos.

«Como les dejo las nalgas ardiendo, esa noche no pueden hacer sus cochinadas, porque les duele, y así los castigo a ellos también, que se quedan con las ganas». De esa manera los propios esclavos se convierten en los principales interesados en que sus mujeres se porten bien y defienden los intereses de los amos. Es fama que los negros tienen que hacerlo todos los días y además les gusta hacerlo por detrás, pero con las nalgas en esas condiciones tienen que aguantarse, esperar a lo mejor hasta una semana, porque la negra no puede, así como está.

No es seguro del todo que el argumento se ajuste a la verdad de su pensamiento, pero no se puede negar que está bien contado, y además es una idea suya, de Blanco Gordo, y él se tiene por gran conocedor de los negros.

Tómese nota, antes de continuar, de que el método de Blanco Gordo es ventajoso dos veces: Como no lastima los brazos de las mujeres al castigarlas, continúan aptas para el trabajo, y también, como les impide cualquier retozo nocturno, están más reposadas al comenzar la jornada durante los días que siguen, acaso hasta rindan más. Algunos colegas no pueden menos que expresar su aprobación por la aplicación, a la protección de los intereses de sus jefes, de un razonamiento que, antes se adelantó, casi nos atreveríamos a calificar de científico.

Es justo afirmar que el mayoral no miente al defender su método; él está convencido de decir la verdad, pero a la vez se ha de admitir que su discurso esconde algo mucho más importante, pero que no se atrevería siquiera a insinuar, ni loco que estuviera:

Al infligir su forma peculiar de castigo a las esclavas, Blanco Gordo satisface ante todo su necesidad de sentirse hombre.

Cuando la negra, casi arrastrada por dos contramayorales, no pocas veces gimoteando o debatiéndose, es llevada hasta el poste y allí es atada, lo que en realidad ocurre pero nadie ve es que, según las cuerdas van ciñendo a la mujer por los brazos, Blanco Gordo —un poco apartado de escena y observando en silencio o, ni siquiera, todavía vigilando a los demás de la dotación, pero imaginando la escena— comienza a sentir los primeros, aunque todavía difusos, anuncios de que algo comienza a despertarse en su interior: Una sensación parecida a un haz de pequeñas descargas eléctricas se esparce por el bajo vientre —aunque él no conoce de gónadas ni de otras glándulas, solo es un simple mayoral de ingenio—, como señal de que la sangre acude a aquel rincón de la entrepierna que por lo general se le mantiene en denigrante reposo. Aunque también desconoce las causas fisiológicas de este fenómeno, percibe el efecto —que es lo que cuenta, al fin y al cabo— y, hay que consignarlo, lo disfruta. La desazón con que se despertó en la mañana, que lo había hecho sentirse particularmente irritable durante la jornada y lo había llevado a encontrar graves faltas donde acaso otro día nada hubiera percibido, lo asalta de nuevo, pero ahora manifestándose de manera distinta, porque ha dejado de atormentar su estado general y se va concentrando en el bajo vientre, como preparando el gran estallido que —eso sí lo sabe aunque todo lo ignore en cuanto a fisiologías e impulsos naturales— ha de llegar de un momento a otro. En ese instante se siente expectante ante la cercana liberación de la ansiedad que lo atormentó el día todo.

«Pónganla ahí; así, bien firme, que no se caiga ni se suelte… Ahora sepárense, esto es cosa mía».

Cuando los auxiliares se apartan para dejarle paso, Blanco Gordo se acerca a la esclava y la mira con rabia a los ojos, como antes vimos, evaluando la expresión con que ella a su vez lo mira. Por lo general, la castigada baja los suyos, pues sabe que no se permite mirar a los ojos de un blanco; él, que también lo sabe, apoya la punta del látigo contra la barbilla de la muchacha y la obliga a levantar la cabeza. No es solo para impresionarla, como antes se afirmó y piensan los que lo miran actuar: Es también porque él necesita verle en los ojos el terror por el inminente castigo, para que el proceso iniciado en su interior no sufra un decaimiento.

En efecto, la muchacha está muy asustada, y él siente, al verle el miedo adueñado de su expresión, la alegría del mensaje que le llega desde la entrepierna. Mientras más terror en ella, más rotundo el mensaje. Ese es el momento en que, satisfecho de sí, se coloca detrás y, como describió el maledicente que no lo quería, le levanta despacio el borde trasero de la bata, según él para castigar la piel sin intermediación de la tela. Eso es lo que, antes se dijo, todos están viendo, aunque algunos ven un poco más y sorprenden el manoseo subrepticio.

Lo que nadie ve, ni siquiera quien le sorprendió la caricia vergonzante, es el estremecimiento que le recorre el cuerpo ante la visión, sin nada que la limite, de esa carne prieta y firme, redondeada, abundante, expuesta ante sus ojos; sobre todo, lo hipnotiza la línea indicadora de la frontera entre ambas nalgas. No alcanza a ver lo que está más abajo de la línea, pero lo adivina. Al pasarle por la mente la idea de lo que no ve pero vislumbra, las primeras gotas de sangre comienzan a concentrarse en el interior de los cuerpos cavernosos que conforman aquella pieza de su cuerpo que hasta hacía pocos minutos colgaba como pellejo inútil. Si al comienzo usó la punta del látigo para ello, termina de alzar el tosco vestido con las manos, y pone muslos y nalgas por completo al descubierto; no pocas veces al hacerlo percibe que desde ahí llega hasta él un vaho mezcla del olor a sudor de todo un día de trabajo bajo el sol y el de los más variados fluidos corporales, unidos de forma anárquica al olor del miedo y de la rabia impotente. El órgano olfatorio se suma a la labor de los ojos para recibir el mensaje que llega adonde debe llegar. Con inconfesable gusto, Blanco Gordo va sintiendo poco a poco, según el aire penetra por la nariz y avanza hasta los centros receptores del cerebro, cómo comienza a dilatarse, a engrosar, crecer y ponerse rígido aquello que, después de todo, no era ningún pellejo inútil.

A fin de cuentas, él es un hombre. Ahora mismo lo está sintiendo, verificando, confirmando.

Este hombre —este macho— que es Blanco Gordo está realizando su trabajo, es lo que ven los demás. Lo hace a conciencia, concuerdan todos. Ha preparado el campo de operaciones, de inmediato va a comenzar a actuar, va a enseñar a estas negras lo que les espera por no portarse como es debido: Levanta el látigo y deja caer, con fuerza, el primer golpe contra la piel desprotegida. La mujer, hasta entonces gimoteando, emite un aullido de dolor y se retuerce.

Quienes observan la escena no ven en el mayoral nada más que el aspecto, concentrado y exento de emociones, de quien cumple con celo una obligación, la misma concentración y ausencia de emociones que se supone en el verdugo cuando retuerce el aro en el cuello del condenado a garrote. Sin ninguna expresión especial en el rostro, ni exclamación alguna salida de su boca. Es lo esperado de alguien que es todo un profesional: Que no se deje llevar por los sentimientos, sino por el raciocinio. Sin embargo, para Blanco Gordo este primer golpe de fusta y el grito que provocó en la supliciada constituyen un momento de gozo fuera de toda comparación, porque en ese instante corrobora que ya no es portador, entre sus piernas, de una miserable cosita incapaz de impresionar a nadie y por completo ineficaz para cumplir su función de hacer disfrutar y gemir o gritar de gozo a una mujer, sino de todo un señor miembro viril, una verga digna de su nombre, tan competente como la que más. Cierto que continúa siendo un aparato bastante reducido en proporciones —tanto en tamaño como en grosor—, y jamás podría compararse con lo que de seguro ostenta el esclavo que por este castigo no disfrutará esa noche de su hembra, pero ya se basta para cumplir con dignidad la función para la cual Dios se lo puso entre las piernas, penetrar en sexo de mujer, si alguna hubiera en su cama esperándolo en este momento, y no el triste servicio de expulsión de orines a que lo tiene destinado.

Esa arista del problema no la ha resuelto Blanco Gordo. No hay mujer alguna esperándolo para ir con él a la cama, nunca la ha habido. Pero eso no tiene mayor importancia ahora; lo importante es que esa erección que percibe y abulta en el pantalón es suficiente para hacerlo recordar que, a pesar de todas las perrerías de la vida que ha llevado, es un hombre como cualquier otro.

Pleno.

Ni un marica ni un impotente. ¿Qué se habían creído?

El primer golpe es el más importante, como se dijo, y no puede ser de otra manera; es el que saca definitivamente al órgano de Blanco Gordo del marasmo, y por ello es también el aplicado con más violencia, de manera que el cuerpo de la negra se estremezca y haga que se despierte el de él; los siguientes son simples movimientos de vaivén necesarios para alcanzar el paroxismo del placer, réplica de los que ejecutaría si pudiera estar sobre ella en la cama o en la hierba. La mujer colabora sin saberlo en el placer de Blanco Gordo, porque, mientras más alboroto y ruido arme, y más se retuerza con los golpes, mayor excitación habrá de provocar en él, más lo acercará al momento cumbre de este gran acto de cópula entre un mayoral y una negra realizado en el sitio de los suplicios.

Mientras más barullo forme la esclava más corta le será la sesión de castigo, porque Blanco Gordo, según errado criterio generalizado entre negras y colegas, no soporta el exceso de algarabía de las mujeres, y termina por irse a descansar sin terminar de castigarlas. Algunas esclavas parecieran darse cuenta, o son por naturaleza exageradas en la manifestación del dolor físico, y convierten la sesión de castigo en un festival de gritos y contorsiones impresionante, y con ello logran salir lo antes posible del trance, a veces sin recibir excesivo maltrato.

Eso de que Blanco Gordo no soporta los aspavientos de las negras, y por eso nunca aplica durante demasiado tiempo los castigos es cierto, pero merece ser matizado. Él no resiste los gritos y las contorsiones, pero no porque sus oídos sean más delicados que los de los otros, o porque los estremecimientos le despierten algún sentimiento de piedad, sino por una inconfesable razón: Lo acercan con demasiada celeridad al paroxismo del placer. Y es sabido que todos gustamos de alargar ese momento cuando estamos a punto de alcanzarlo. Bien quisiera él permanecer un poco más viendo agitarse y oyendo gritar a las esclavas castigadas. Tanto como deseara cualquier hombre disfrutar por unos segundos más de los movimientos pélvicos y el jadeo de la hembra sobre la cual se encuentra, cuando se siente a punto del estallido jubiloso. Blanco Gordo hace el intento, trata de concentrarse, se esfuerza por alargar la sesión de castigo para prolongar el disfrute de los prolegómenos del orgasmo que se le avecina, pero es incapaz de contenerse ante el incremento de los quejidos y los movimientos que el sufrimiento físico provoca en la mujer azotada; las contracciones de las nalgas al recibir los latigazos lo transportan demasiado pronto al punto de máxima excitación, como si no fuera el látigo el que golpeara la carne oscura, sino su verga, que merced a la magia de su poder de posesión sobre ella ha adquirido enormes proporciones y está haciendo gemir de placer a esa negra, a ella sola no, a todas esas mujeres de la dotación que, fuera de este momento de ensoñación, si lo vieran desnudo se burlarían de él comparándolo con lo que sus hombres tienen entre las piernas.

Por eso golpea con el látigo-verga hasta comprender que no puede soportar más la erección, hasta sentir dolor, y, a punto ya de eyacular, interrumpe el castigo para salir en busca del rincón apartado donde podrá proporcionar el escape a los humores que se le han concentrado entre las piernas.

Pero Blanco Gordo es un profesional, se ha afirmado repetidas veces; por tanto, sabe que no debe dejarse llevar por la desesperación, sobre todo porque, aunque pudiera no verlos, no ignora que hay testigos. De modo que, a pesar de estar rabiando por los deseos de culminar lo comenzado, guarda las apariencias que su investidura le impone. Con el basto tejido del pantalón lastimándole el miembro congestionado, recoge el látigo, se llega junto a la mujer y le baja la falda. En verdad —como afirmó el maledicente antes mencionado, y vean cómo las malas lenguas son capaces de adivinar la realidad que no han visto—, pasa la mano izquierda, con mucho disimulo, por encima de las marcas dejadas en la piel por los golpes de látigo, y comprueba si ha sangrado. Si percibe en la mano la humedad de la sangre, un sentimiento cercano a la euforia lo invade. A partir de ese momento, lo único que le pide a su suerte es que ningún imprevisto le impida llegar pronto a su bohío. Escondiendo la mano humedecida de sudor y sangre, todavía da órdenes a los ayudantes, con voz asombrosamente serena: «No vayan a darle ni agua ni comida a esta perra hasta que yo diga», y solo entonces se marcha, disimulando la prisa y abanicándose con el gran sombrero de guano que acostumbra usar, como si el esfuerzo lo hubiera acalorado, pero en realidad tratando de ocultar, como cualquier jovenzuelo de sangre ardorosa, la evidencia de un órgano erguido en momento y lugar inapropiados que imagina se le marca a través del ancho pantalón.

Lo cual es una ilusión sin fundamento real alguno, dígase de paso, pues lo cierto es que el abultamiento es de muy escasa dimensión; habría que fijarse muy bien, y a decir verdad, a ninguno de los presentes le interesa mirar hacia la entrepierna del mayoral.

Poco después, ya encerrado en su rancho y sin riesgo de ser sorprendido por miradas indiscretas, se suelta los pantalones a toda prisa y los deja caer; desnudo por completo, agarra con la mano derecha el instrumento que había comenzado a perder vigor durante la caminata, lo acaricia y lo aprieta y lo sacude con fuerza para reanimarlo, mientras lleva la izquierda a la nariz y aspira con fruición lo que en ella haya quedado del olor de la mujer y para untarse la cara con la sangre hecha brotar con sus golpes. Cierra los ojos mientras aspira y el olor trae de nuevo a la mente la imagen de las nalgas prietas que se contraían al contacto con el látigo-verga. Oye en su cabeza otra vez los gritos y ve las convulsiones de la negra, de regreso en su imaginación con tanta fuerza que se vuelve corpórea, táctil. Al tener a la mujer ante él de nuevo, la huele, la toca, lame la piel lastimada, sudorosa, sangrante; la penetra por detrás así, de pie. Ya está dentro de ella, siente cómo la vaina acaricia el machete recibido en su interior. Frota el órgano con la mano-recto-vagina cada vez con mayor frenesí, mientras con la otra mano amasa sus propias nalgas, convenciéndose de amasar aquellas otras que maltrató, pero nunca se atreverá a tocar.

Pocos minutos después, en medio de espasmos y gemidos que en vano intenta contener para alargar el gozo, alcanza a tener para él solo aquel orgasmo que había amenazado con estallar delante de todos.

Después de ese desahogo, en su espíritu habrá algo semejante a la paz durante unos pocos días, y tanto su látigo como las espaldas de los negros conocerán un poco de descanso.

Fermina

La esclava más particularmente detestada por Blanco Gordo se llamaba Fermina, afirmaban los abuelos de los abuelos que contaron la historia. Con ese nombre ella quedó en el recuerdo de todos, aunque no era el suyo propio, el verdadero, el que le dieron en su tierra y anunciaba a quien lo oyera los auspicios con que había nacido; ese nombre desapareció porque se lo robaron junto a su cuerpo y su nación, como nos hicieron a todos cuando nos condenaron a una esclavitud de la memoria que durará más siglos que la propia esclavitud de los cuerpos.

Había nacido destinada a ser una guerrera, así declaraba el nombre que le pusieron al nacer, después que padres y abuelos consultaron a sus ancestros, pero aquel nombre se olvidó, muerto con los pocos que lo conocían entre quienes llegaron con ella en la bodega de un barco, y fue sustituido por el de Fermina, impuesto al venderla como esclava. Haciendo honor a su nombre original habría de morir, porque los augurios de nuestros dioses siempre se cumplen aunque a primera vista no lo parezca. Huestes de hombres y mujeres, semidesnudos y sin armas, la seguirían al combate, pero sobre las proezas que realizó se desplegaría un velo de silencio tan espeso que no logró cortarlo el afilado machete que en manos negras desbrozó el camino hacia una república proclamada para todos, mas no por todos disfrutada; fue un silencio tejido para que ningún negro, del tiempo vivido por ella, o de los tiempos futuros, alcance a conocerlas y llegue a sentir el orgullo de saber que su raza —si bien dio esclavos sumisos y traidores y libertos esclavistas— produjo hombres y mujeres que no aceptaron el yugo para sí ni para sus hermanos. Y en la patria que algún día se levantará en esta tierra —aunque estará regada con nuestra sangre y será alcanzada con la fuerza de nuestros brazos y el filo de nuestros machetes—, no habrá espacio para nuestra historia…

Fermina ya no era una muchachita cuando sucedieron los hechos relatados por los abuelos de los abuelos, pero aún era una mujer suficientemente joven y, sobre todo, tenía un porte que no pasaba inadvertido. Por su físico, podía contarse en el número de las esclavas con las cuales Blanco Gordo acostumbraba ejercer su particular fórmula de castigo-posesión, pues, si bien las adolescentes eran las más castigadas, en realidad las que más lo atraían eran las de formas más maduras y de buen ver. Más o menos como Fermina. Sin embargo, nadie recordaba que la hubiera castigado alguna vez. Siempre hubo quien se fijara en ello, desde luego, y en cierta oportunidad un colega le hizo un comentario al respecto, como por casualidad; Blanco Gordo respondió sin inmutarse que no la había castigado hasta el momento solo porque ella no había dado ocasión, y él no era de los que castigan sin motivo, aunque fuera inflexible con quien lo mereciera. «Si no fuera así ya ella hubiera conocido la fuerza de mi brazo, puedes estar seguro», concluyó.

No mentía Blanco Gordo con esa afirmación: Fermina era de los contados miembros de la dotación cumplidores de sus obligaciones sin que el mayoral o sus ayudantes estuvieran encima de ellos haciendo restallar el látigo a cada rato para que no se rezagaran. Sin embargo se murmuraba, sobre todo entre los esclavos, que la verdad era otra: Él no se atrevía con ella porque le tenía miedo, porque entraba en pánico nada más de pensar en la posibilidad de que, si la castigara, podría sucederle algo terrible, acaso hasta lo encontraran muerto en su cama sin explicación alguna, como ciertas leyendas afirmaban que pudiera ocurrir. Si ese miedo existía en verdad, o era maledicencia propia de quienes no tienen otro modo de desquitarse que difamar en voz baja, era imposible saberlo, pero con seguridad él no desconocía las historias asociadas al nombre de esa mujer. Era innegable que Fermina era la mejor trabajadora de la dotación, pero esa verdad, aunque lo fuera, también era una razón relativa, porque para un buen mayoral siempre es posible encontrar algún motivo para castigar a un negro. Si no existía se creaba, pues era la forma más a propósito para mantener la obediencia. En el criterio de esclavos y colegas, él bien habría podido encontrar un pretexto para disciplinar a Fermina si se le hubiera antojado; si no lo hacía, pues, era por otra causa.

¿Cuál mejor que el miedo?

Quien observara el comportamiento diario de Fermina habría de admitir, a pesar de los comentarios desfavorables al capataz entre sus colegas, que era cierto que no había necesidad de andar restallando el látigo junto a ella para apresurarla a entrar en el surco, ni para que, ya en él, se esforzara en dar el máximo de sus fuerzas para el sagrado fin de enriquecer a sus amos, que es el encargo que Dios les ha dado en la tierra a los negros, según aseguraba el padre Verdecia, citando a San Pablo. Su resistencia física impresionaba: Era capaz de trabajar a la par de los hombres, y muchos que la conocían aseguraban que su fortaleza era superior a la de la mayoría de ellos. No se tomaba ni un minuto más de los concedidos para descansar o comer, y solo paraba durante unos segundos, como cualquiera, cuando debía beber agua. A esa conducta en el trabajo se añadía que, por lo general, andaba sola, y además hablaba poco, al punto de parecer muda, y mucho menos se involucraba en los escándalos y desórdenes en que a menudo se veían envueltas las esclavas por cualquier motivo o sin él; por el contrario, sin que se supiera a derechas la razón, era notorio que donde estuviera no había quien provocara pendencias, como si las demás mujeres se contuvieran delante de ella.

Cumplidora, pues, y callada y amiga del orden, Fermina resultaba una bestia perfecta para el trabajo, como se comentaba entre los blancos; en verdad, no tendría sentido castigar sin motivo a una pieza de tanto valor, a pesar de que, como antes se anotó, todo esclavo debía recibir un latigazo alguna vez aunque no hubiera motivo, pues eso ayuda a mantener respeto y disciplina. Pero bastante tenían ya el mayoral y sus ayudantes con ocuparse del resto de los esclavos, que sin cesar reclamaban su atención por el desapego al orden y las obligaciones que los caracterizaba, por el descuido con los instrumentos de labor, con sospechosa frecuencia rotos, y por sus intentos de fuga o sus tratos ocultos —nunca se lograba saber cómo lo hacían— con los cimarrones.

Si bien los blancos apreciaban las cualidades de Fermina como trabajadora, tampoco dejaban de sentir cierta aprensión al advertir el innegable ascendiente de que gozaba entre las negras. Y quizás entre los negros, aunque eso no resultaba tan notorio. También había en ella algo mucho más preocupante: No volvía la cabeza al suelo cuando se dirigían a ella, como era normal entre los esclavos. Hacía como que miraba al suelo, pero quien se fijara se daba cuenta de que no era eso lo que ocurría.

Quizás por eso mismo, o por otros motivos que solo ellos conocían y no iban a transmitir a los blancos por más serviles que fueran, los contramayorales negros —a quienes, por cierto, Fermina miraba con visible desprecio— sentían una sensación muy parecida al miedo cuando andaban cerca de ella.

«¿Quién se habrá creído que es?», pensó Blanco Gordo la primera vez que estuvo cara a cara con Fermina, cuando la miró y advirtió que ella no le rehuía la mirada. Ella hizo algo peor: Se la sostuvo con tanta fiereza en la expresión, que algo dentro de él lo obligó a desviar los ojos con disimulo.

«Esta esclava de mierda parece que se olvidó de quién es y se confunde con una reina…, ¿se habrá vuelto loca?», se dijo Blanco Gordo cuando se dio cuenta de lo que pasaba. Se llamó a capítulo. Loca, cuerda, o lo que fuera, él no podía pasar por alto ese irrespeto a su autoridad, quién ha visto a un negro mirar a un blanco de frente, menos a un mayoral. No se atrevió a admitir consigo mismo que había desviado los ojos porque se había sentido imposibilitado de soportar la mirada de una negra. Algo se le revolvió en el estómago, sin embargo, por haberlo hecho, y algo en su interior le recordó que debía obligarla a demostrar respeto. Hubiera sido suficiente hacer restallar el látigo de manera que el movimiento de la punta ocurriera justo en la piel, lo que provoca una sensación similar a la de un alfilerazo, y hace que el negro que lo recibe dé un salto instintivo, a la vez por el dolor punzante y por la sorpresa; él era todo un especialista en ese tipo de fustazo, conocido por casi todos los esclavos de la dotación. Inició el movimiento del brazo para ejecutarlo, siguiendo un impulso reflejo.

De súbito, como un relámpago que en una tarde sin nubes hubiera atravesado el cielo dividiéndolo a la mitad, por su mente pasó la premonición de que, si lo hacía, algo muy grave podría sucederle en ese mismo instante.

Era más que una premonición, una certeza.

En el último instante se contuvo, bajó el látigo y prosiguió su camino.

Quizás por esa razón, a partir de ese día Blanco Gordo detestaba a Fermina más que a ningún otro negro de la dotación. Sin lenguaje inclusivo, ya sabemos que él no hacía distingos.

Si se fuera a dar crédito a algunos de los comentarios que respecto de ella se oían, Fermina había sido reina de veras en su tierra, como pensó irónicamente Blanco Gordo, pues eso era lo que aseguraban muchos esclavos viejos, aunque prestar oídos a las habladurías de los negros sería una locura, sobre todo si son viejos, esos son los más mentirosos, se pasan la vida haciendo cuentos de sus tierras, de reinos asombrosos, de reyes mitológicos, capaces de hablar con los animales y hasta con los elementos. En fin, fabular es lo que mejor saben hacer estos negros, inventar historias que luego ellos mismos se creen. Además de revolcarse con sus mujeres cada noche o emborracharse a la menor oportunidad, desde luego. El barracón es un lugar muy grande, como es sabido, pero con demasiada gente apiñada dentro y sin privacidad para lo más elemental que pueda realizar el ser humano.

Y eso no puede dejar de tener consecuencias. Como las leyendas, por ejemplo.

Por tal hacinamiento obligado, ese lugar se presta, además de para esas desvergüenzas que cualquiera imagina, para la creación de toda clase de chismes e informaciones tergiversadas, chismes y tergiversaciones que no pocas veces circulan tanto y adquieren tal consistencia ahí dentro que, más tarde o más temprano, terminan por desbordar los muros donde se encierra a los negros y alcanzar a quienes viven fuera de él, sean negros, sean blancos. Fue lo que sucedió en este caso, los chismes creados en el barracón en torno a Fermina sobrepasaron sus límites —culpa con seguridad sería de ciertos inconfesables intercambios entre los blancos y algunas de sus habitantes—, y por ello también entre los blancos de menor categoría se rumoreaba que, en la tierra de donde provenía, ella había sido reina o hija de reyes. O cosa parecida, pues la definición tampoco era exacta. A quién se le ocurre pedir exactitudes a un comadreo.

Hágase la salvedad, antes de continuar, de que rumores como ese, surgido de los barracones, no alcanzaban a los blancos de alcurnia, o muy raramente lo hacían, pues ellos poco o nada acudían a los lugares donde nacía su riqueza, para eso tenían al pequeño ejército de administradores, mayorales y otros empleados, y solo alternaban con los negros de la servidumbre. Estos, por su parte, hechos al mundo de sus amos, también evitaban el contacto con los esclavos de los barracones, por lo general sucios y malolientes. «Uno es negro», pensarían, «Pero con distancia y categoría».

Porque al que anda con la miel su poco de dulce se le pega; negro que anda cerca del blanco es menos negro que otros. No en balde afirmaba un antiguo proverbio de tierras de Angola que el esclavo de un blanco también es blanco: *M'bika a mundele, mundele uê*.

Algo que se suele olvidar, por cierto.

Charlas de blancos

«¿Hija de reyes?, ¿de qué reyes habla usted?», exclamó, incrédula, la mujer del maestro de azúcar, dirigiéndose a su amiga la mujer del administrador del ingenio, mientras le servía una nueva taza de café, en una de las habituales reuniones de los domingos por la tarde en que los empleados blancos intentaban disimular el aburrimiento en que vivían. A falta de otros asuntos de qué tratar, casi siempre terminaban hablando de sus negros, pasando por alto, por cierto, el pormenor de que no eran sus, pues sus respectivos maridos, en esencia, no eran más que empleados de los verdaderos dueños de los esclavos, incluso de los que servían a sus personas. Ninguna de las dos mujeres conocía a aquella esclava de que se hablaba, no había razón para ello, pero sus maridos sí y en ocasiones la mencionaban, sobre todo el administrador. Comentaban precisamente acerca de lo mentirosos que solían ser los negros, y en algún momento el maestro de azúcar había mencionado el nombre de aquella esclava, sobre la cual, decía, se tejían muchísimas leyendas.

«Mi marido me ha contado que entre los negros la tienen por hija de reyes africanos», había comentado la mujer del administrador, acaso para dárselas de enterada, aunque lo cierto era que su marido no era del tipo que comenta con la esposa los asuntos del trabajo.

«No veo cómo nadie puede decir una cosa de esas, si allá, en el lugar ese donde los cazan para traerlos aquí, ellos viven en cuevas según me han dicho, o sobre los árboles, qué sé yo, o en manadas, como las fieras... En fin, más o menos es lo que me han contado, que viven como animales... Y nada más hay que mirarlos, esas caras que meten miedo, la forma como se comportan, esas costumbres groseras de ellos. ¡Qué va! Y que no cambian, amiga, ni porque algunos llevan tiempo aquí con nosotros, en la civilización… Siguen en la misma», soltó la mujer del maestro de azúcar casi sin respirar. «No, si yo tampoco creo nada de eso», se rectificó la otra, «Solo le repito lo que me contó mi marido».

El administrador lanzó una mirada reprobatoria a la esposa, mientras se reprochaba por haber hecho el comentario, y se preguntaba cómo ella no se daba cuenta de que no todo lo hablado en casa se puede repetir fuera de ella. Y nada menos que delante del maestro de azúcar, hombre incapaz de encontrar nada positivo en un esclavo, y de su mujer, tan ignorante que era capaz de creer el cuento de que los negros vivían encima de los árboles.

«Yo no he afirmado nada de eso, yo solo comenté lo que a su vez han comentado los negros que trabajan cerca de mí… Y qué voy yo a saber de eso, si nunca estuve en esas tierras», se defendió de posibles efectos negativos de lo expresado por su mujer.

«Jesús, ni falta que hace, ¿verdad?», exclamó la mujer del maestro de azúcar, mientras se persignaba tres veces, como si hubiera oído mencionar el infierno con todos sus condenados juntos. Y continuó: «También mi marido me ha contado muchas cosas que ellos hablan, como él tiene que alternar tanto con ellos, imagínense, en el ingenio; pero yo no hago caso, esos negros son muy fantasiosos», «Yo diría mejor mentirosos», precisó la otra, «Aunque, bueno, si es verdad que algunos viven juntos, en sus tribus, como dice mi marido, o en aldeas, alguna organización tendrán, y alguien tendrá que mandarlos, ¿no?», «No sé, la verdad es que no se me ocurre cómo podría ser, pero…».

La mujer del maestro de azúcar se interrumpió para dirigirse al administrador, «¿Usted está seguro de que no viven encima de las matas?». El marido, a su vez, disimuló una sonrisa de burla ante la pregunta tonta, mientras el administrador arriesgaba una respuesta tratando de no comprometerse demasiado, «Claro que no, si vivieran ahí cómo iban a encontrarlos para traerlos. Sería muy difícil, ¿no le parece? Yo he leído que viven agrupados en aldeas, y que algunas son bastante grandes..., pero no sé demasiado».

Miró con disimulo la expresión del maestro de azúcar, pero no pareció que sus palabras lo hubieran molestado; en realidad, este tampoco tenía en gran estima la inteligencia de su mujer, capaz de opinar una cosa y al poco rato opinar lo contrario, tanto que enseguida había respondido al administrador, con la entonación de quien ha hecho un gran descubrimiento: «Es verdad, es verdad, así mismo es».

La mujer del administrador volvió a la carga, como para demostrar su superioridad intelectual sobre la otra: «Pues, si viven juntos, tiene que haber alguien que los mande, ¿no? En todas partes, cuando la gente se junta, siempre hay uno que manda a los otros, si no, es una locura, nadie se entiende», «Bueno, pensándolo bien, sí, pero, como son tan salvajes...», aceptó la otra. «Aunque sean salvajes, entre ellos tendrá que haber un jefe... Un jefe de tribu o algo así..., a saber... Como se llame...», «Sí, a saber. Pero no van a ser reyes, no», «No, reyes no me parece que tengan, eso sería demasiado para los negros», «Imagínese, tan ignorantes como son, tan incivilizados; no podrían tener rey, y a saber cómo iban a comportarse en un palacio, en una corte, para eso hay que tener clase, no es cosa para negros», resumió con tono doctoral la mujer del maestro de azúcar.

«Sea como sea», intervino el administrador, hastiado de la conversación entre las esposas, «Yo no sé nada de reyes, ni nunca he estado en una corte, ni sé cómo será eso. Y me da lo mismo si allá tienen reyes o lo que tengan, de lo que estábamos hablando era de lo que algunos dicen de aquella negra. Acá el amigo la conoce». El otro se limitó a hacer un movimiento afirmativo con la cabeza. «Y yo la conozco desde antes, porque yo fui quien la compró a sus antiguos dueños, y sí hay algo que puedo decirles, y es que, por la forma como se comporta y el trato que le dan los demás negros, cualquiera pensaría que debió de haber sido gente principal allá en su tierra y que de alguna manera los demás lo saben», «¿Gente principal dijiste?», lo interrumpió su mujer, con una inflexión en la pregunta que más parecía recriminación por haber soltado un soberano disparate, «¿No te parece que se te va la mano?», «Bueno, gente principal o como quiera que se llame al que manda a los demás allá en esa África de donde trajeron a la dichosa negra… Además, lo más seguro es que nada de eso sea verdad… Como dijimos, habladurías… Lo que digo es que me llama la atención la forma como la tratan los demás negros…, ese respeto tan especial. Desde el mismo día en que fui a buscarla me llamó la atención… Por algo será, supongo yo», «Por algo será», repitió el maestro de azúcar, con entonación ambigua.

«Hay que ver, además, que es una mujer muy alta y, tiene, cómo decirlo, cierto porte…, cierto aire de importancia», quiso concluir el administrador, aunque al terminar la frase tuvo la sensación de que había cometido un error.

«No, si tú no exageras…», intervino su mujer, como para demostrarle que, en efecto, había dicho un despropósito. «Tú lo que estás delirando…, ¿cómo dijiste, cierto porte?, ¿porte una negra? Eso sí que está bueno. Cuando yo lo digo…, esos tabacos te están nublando el cerebro», remató, aprovechando de paso para recordarle que los varios años de matrimonio no habían bastado para hacerla tener como bueno el exagerado gusto por los tabacos que tenía el marido, quien mal terminaba con uno ya estaba encendiendo el otro.

«Habladurías de los negros, paluchas, fantasías que ellos se inventan para que uno crea que valen algo, o hasta para creérselo ellos mismos… Eso es lo que hay. ¿Quién ha visto reyes negros, ni gente principal negra? ¡Ni negras con porte! Solo falta que me digan que hay negros de sangre azul… ¡Vaya ocurrencia!».

«¡Vaya ocurrencia…, claro que sí! No…, claro, si tú tienes toda la razón del mundo, quién lo niega», prefirió retractase el administrador, aunque era difícil discernir si apoyaba a la mujer o se burlaba de ella. «Pero yo no estoy afirmando ni negando nada…, yo no hablo por mí, yo no sé nada de reyes ni de príncipes o princesas como ya dije; en mi vida he visto uno y no creo que vaya a verlo alguna vez; yo solo he repetido aquí lo que oigo que dicen». No trataba de defenderse de la mujer, quien un poco más tarde ni se acordaría de sus palabras, sino más bien de lo que pudieran significar las miradas reprobatorias que le habían lanzado los demás.

«A ver si todavía me las tengo que ver con la Comisión Militar por esta mierda de conversación», se alertó interiormente. De todas maneras, no dio su brazo a torcer por completo. «Pero también es cierto que he visto muchas veces cómo se comporta, como ya les dije, y fui quien la trajo del depósito de cimarrones, y algo les puedo asegurar, porque lo vi desde ese día, y es que esa negra se diferencia del resto, tiene algo, como cierta distinción, o lo que sea, no sé…».

«¿Distinción? Primero porte, ahora distinción. Vamos, amigo…, no me venga con eso», lo interrumpió el maestro de azúcar, a quien causaba repugnancia la idea de que alguien imaginara que los negros pudieran ser en algo semejantes a los blancos. «No paso a creer que usted piense que esos negros churrosos… No, no…Venga acá…, ¿usted cree que ellos pueden ser como nosotros?».

El tono fue lo bastante inquisitorio como para que por la cabeza del administrador pasara el aviso de que le podría resultar perjudicial continuar insistiendo en el tema, «Cuando yo lo digo…, me voy a meter en problemas por hablar demasiado…, ¿quién me mandaría?», pensó.

«No, no, de eso nada, yo no creo nada, Dios me libre... Para mí un negro es un negro y un blanco es un blanco... Y cada oveja con su pareja. Pero todos los negros tampoco son iguales; si uno se fija, entre ellos mismos hay no pocas diferencias», «Sí, claro, los hay malos y los hay peores», se burló el maestro de azúcar. «Es como usted dice, pero también yo veo que los hay dóciles y cumplidores de lo que uno les manda, otros son más protestones, vagos... Ella misma, por ejemplo, es distinta de las demás mujeres de la dotación, trabaja sin que haya que mandarla, no arma bullicio», «Eso no se lo discuto, que hay negros de todos tipos; hasta admito que algunos pueden mostrar un poco de dignidad, digamos, claro que por el tiempo que llevan con uno, porque se han ido civilizando un poco... Gracias a que nosotros les hemos dado mucho buen ejemplo, hemos tratado de cristianizarlos y de hacerlos gente. Pero hasta ahí..., porque siempre que pueden, hasta los que parecen mejores sacan las uñas», «Desde luego, desde luego...», «Y, en cuanto a la Fermina esa...», «Sí, es cierto que se diferencia bastante...», «A mí siempre me ha llamado la atención que los demás negros parecen respetarla..., no me lo explico, siendo mujer», «Sí, ya me he fijado yo también..., y, a decir verdad, entre los negros una cosa así es bastante rara, porque son groseros por naturaleza... Por eso mismo uno no puede andarse con blandenguerías con ellos...», «Precisamente por eso me llama tanto la atención...», «Claro, claro, como a mí, pero, de ahí a tragarse el cuento de que la tal negra viene de familia de reyes..., o de lo que sea... Tonterías..., fantasías de los negros, ellos no tienen nada mejor en qué ocupar el tiempo», «Hombre, eso ni se discute; así mismo, como usted dice, fantasías... Los negros son fantasiosos por naturaleza, como si fueran niños», se batió definitivamente en retirada el administrador, y aprovechó que era momento de encender un nuevo tabaco para no tocar más el asunto. Era hombre con algunas lecturas y, por esa misma razón, sabía que en muchas ocasiones es preferible no empecinarse demasiado en una opinión, por buenos argumentos que se tengan. Sobre todo cuando se intercambian criterios con alguien tan por completo convencido de la necesidad de la esclavitud y la inferioridad de los negros, como el maestro de azúcar.

De cualquier modo, comprendía que era cierto que para cualquier blanco debía ser difícil aceptar que una negra esclava, cortadora de caña como cualquier hombre, pudiera tener ascendencia real, incluso en el hipotético caso de que en aquellas selvas habitadas por seres incivilizados pudiera haber algo parecido a reyes. Sería como aceptar que hay negros con sangre azul, como se burló su mujer, aunque a él tampoco le constaba que existieran blancos que la tuvieran.

Si el inexplicable respeto hacia Fermina no podía deberse a una inconcebible, para ellos, procedencia real, o cosa parecida, en cambio para todos era mucho más aceptable otro comentario que también circulaba, también nacido en los barracones, desde luego, aunque desde mucho diseminado fuera de ellos: Esa esclava había sido una conocida bruja allá en el lugar de donde provenía, y su fama en tal sentido la había acompañado hasta Cuba, donde a escondidas, seguramente, continuaba ejerciendo su tenebroso proceder. Era un argumento más creíble, por ajustarse más a las características de los esclavos, y darlo por cierto esclarecía, mejor que cualquier otro, el miramiento prodigado a Fermina por los demás negros, tanto hombres como mujeres, viejos como jóvenes.

«¿Ustedes ven?... Eso tiene más cara de ser verdad, y explica muy bien el respeto y hasta el miedo que le tienen; ustedes saben que estos negros creen en todas esas porquerías», pontificó la esposa del maestro de azúcar.

Asimismo, por más que se haya tratado de inculcar la única religión verdadera a esos negros, continuó desplegando su idea la mujer, ellos siguen aferrados a sus brujerías y supersticiones, a su atraso. Incluso los que parecen más civilizados, en cuanto tienen la menor oportunidad, echan mano a sus ídolos, sus pócimas y sus ensalmos para resolver un problema, curarse de algún malestar o hasta tratar de hacer daño a alguien que les molesta.

Ellos, los blancos, claro está, no creen en esas cosas, propias de gentes atrasadas e ignorantes —«Cómo se le ocurre pensar semejante cosa, ¡creer nosotras!», exclamaron ambas mujeres a dúo, como si lo hubieran ensayado, ante una broma que les lanzó el maestro de azúcar—; los cristianos de verdad, bautizados y confirmados, seguidores de las enseñanzas de la santa iglesia católica, apostólica y romana, como los allí presentes, de ninguna manera pueden hacer caso de esas idolatrías y esa incultura.

«Dios nos libre», exclamaron al unísono las mujeres.

«Pero no por eso dejan de tenerle su poco de miedo», se mofaron los hombres, por un momento hechos de una opinión para hacer burla de sus esposas.

«Miedo ninguno, a santo de qué… Con el favor de Dios…, una está firme en su creencia», se defendió la mujer del maestro de azúcar. «Lo que pasa es que, vaya, siempre hay que cuidarse…». Con los negros nunca se está seguro; en eso todos tendrían que estar de acuerdo con ella, en que son gente mala, tienen sus cosas diabólicas que trajeron del África salvaje esa que Dios confunda… Y uno nunca sabe lo que pueda suceder.

«No es que una tenga miedo a sus cosas, pero la brujería es cosa inspirada por el Demonio para la perdición de los seres humanos, y el Maligno siempre está a la que se cae para sembrar el mal en este mundo… Mejor no estar cerca…».

Los hombres, magnánimos, concedieron razón a las mujeres. Si sabrían ellos o no el terror que sentían ante la posibilidad de una brujería echada por algún negro...

Regresando al tema de la esclava de que se había estado hablando, pues ya se les iba olvidando, los hombres concordaron en que era posible lo afirmado de que era bruja, y quizás hasta ejercía su oficio en algún rincón del barracón cuando no estaba trabajando, pero también era cierto que nunca habían podido sorprender en ella nada que denunciara la práctica de la brujería ni su creencia en ella, a pesar de lo común que es eso entre ellos, incluso los aparentemente cristianizados. Por el contrario, era de las pocas negras que, cuando ofrecían misas para los esclavos, no se hacían las enfermas ni buscaban algún pretexto para no asistir. Los negros que servían de espías en el barracón tampoco habían aportado información sobre ella que valiera la pena.

«De todos modos ellos tampoco son confiables», aclaró el maestro de azúcar, «Aunque a mí me parece que más bien tienen miedo de hablar de ella».

Menos el administrador, que aparentaba estar muy concentrado en disfrutar de su tabaco, aunque no perdía ni una palabra de una conversación que, en cierto sentido, encontraba bastante cómica, todos se sintieron obligados a opinar algo al respecto: «Que sea bruja o no, yo no sé nada; lo difícil de aceptar es que sea la única negra que no cree en brujerías y esas cosas...», «Claro que no. Todos ellos, el que más o el que menos, cree en eso..., lo llevan en la sangre», «Y guiarse por lo que supuestamente uno les saca es bobería: Ninguno de ellos es de fiar, ni siquiera los que más leales parecen; esos espías de ustedes no dicen más que lo que les conviene», «Los negros entre ellos se entienden, y además son mentirosos por naturaleza, sin contar que, si se trata de asuntos de brujería, el miedo les sella la boca», «Para mí, sí es bruja, lo que pasa es que los demás le tienen miedo por eso mismo, y así cómo van a decir nada», «Y qué van a decir, si hasta los contramayorales negros la tratan como si le tuvieran su poco de miedo…, es lo que se dice, yo no sé, pero por algo ha de ser, ¿no?», «Y el propio mayoral…», «El propio mayoral, ¿qué?», «No, nada, pero se comenta entre los empleados que parece como si prefiriera no estar cerca de ella. Verdad que en realidad no hace falta, porque trabaja como el mejor hombre, pero…, hay algo que a la gente le extraña», «¿Será miedo también?», «No lo sabría decir, pero se comenta que algo raro le pasa con ella», «¿Al mayoral? ¿Algo raro con ella?», «¿La tendrá de amante…, digamos, a escondidas?», «¿Él? Si no le gustan las negras, y hasta se comenta…», «Señores, si vamos a guiarnos por lo que se comenta…».

La conversación se desvió por unos minutos hacia el mayoral; se habló de su costumbre de andar casi siempre solo y hasta se trajeron a colación algunos de los chismes que corrían en relación con él. Sin embargo, el administrador, saliendo de su oportuno mutismo, quiso intervenir en su defensa.

«Por lo general no comulgo mucho con él y su manera de hacer trabajar a los esclavos», interrumpió el coro de habladurías, «Siempre me ha parecido que se excede con los castigos, pero debo admitir que no hay empleado como él en cuanto a mantener una conducta decorosa. Jamás se ha visto envuelto en ningún enredo con esclavas, ni anda haciendo la vista gorda ante las faltas de las más jóvenes para serles simpático, lo cual no se puede afirmar de los demás empleados, porque, quien más, quien menos, a cada rato nos enteramos de cada cosa que, vaya, mejor callar delante de las damas…».

«Y no solo eso, también eso otro de que hablábamos…, de la brujería. Hasta donde sé, nuestro mayoral es de los pocos que no andan enredándose en esos asuntos», añadió el maestro de azúcar.

«¿Cómo es eso?», preguntó su mujer, «¿Hay blancos que se meten en esas cosas endemoniadas?», «Ni quieras saber... Por ejemplo, entre los contramayorales...», «Ah, claro, pero es que ellos también son negros», «No, no, no; yo me refiero a los otros, a los blancos, que son la mayoría..., y raro es el que no carga con su resguardo, como los negros con sus prendas».

«Espere, no vaya a decirme usted que también los blancos...», lo interrumpió la mujer del administrador, incrédula ante lo que escuchaba, «Esas son cosas de negros», «¿Que no..., usted cree que no? Se ve que usted no se relaciona mucho con la gente. Ya le voy a hacer un cuento de cómo es esto aquí, señora. Créame, señora mía: Blancos y negros bailan en la misma cuerda en esta Isla», le contestó el hombre.

El administrador lo apoyó, «No quieran saber ustedes las cosas de que uno se entera en estos ingenios. Y no es un problema solo de aquí, ojalá; yo he trabajado en varios lugares de esta tierra durante mucho tiempo, y, créanme, dondequiera es lo mismo. Negros, mulatos, blancos... Supongo que sea por la ignorancia de la mayoría, pero yo he conocido blancos muy blancos, nacidos en España, que luego de un tiempo en esta Isla ya andan con sus resguardos escondidos. Así y todo, se dicen cristianos. Es como si le apostaran al Diablo por un lado y a Dios por otro».

«Sí, la verdad es que en este revoltijo de negros y blancos, nuestros compatriotas...», comenzó a decir el maestro de azúcar. «¿Prendas?, ¿qué es eso de prendas?», lo interrumpió su esposa, quien se había quedado con la palabra dándole vueltas en la cabeza la primera vez que el marido la mencionó y aparentemente no había prestado atención a lo demás que se había hablado.

«¿No me digas que nunca oíste hablar de eso, querida?, ¿ni de prenda ni de resguardo?», le respondió con no bien disimulada brusquedad el marido, contrariado por la interrupción. La mujer del administrador acudió en ayuda de la otra, «La verdad es que yo conozco esas palabras, como todo el mundo, pero tampoco imagino lo que quiere decir entre los negros… ¿Es también cosa de brujería?».

«Eso mismo, señora mía, eso mismo, cosa de brujería», concedió el maestro de azúcar y, viendo que varios de los contertulios volvían la mirada hacia él, en espera del esclarecimiento que suponían vendría a continuación, se reconcilió un tanto con la interrupción de su mujer y decidió mostrar a todos su amplio conocimiento de las costumbres y creencias de «…Esos negros que en vano nos esforzamos por convertir en personas», y que por esa misma razón despreciaba.

Gracias a la exposición del maestro de azúcar, a partir de ese momento los presentes quedaron en conocimiento de que resguardo y prenda no eran la misma cosa, que el primero era una especie de amuleto usado por los negros para protegerse de daños y maldiciones que otros negros pudieran causarles, pero la prenda era mucho más que eso, porque con ella no solo se protegían, sino también eran capaces de hacer daño a los demás. «En eso consiste la verdadera brujería, en hacer daño, y en esas llamadas prendas es donde ellos ponen toda su maldad… Ahí radica la fuerza de sus brujerías… Imaginen, yo las he visto, puede ser una vasija de barro, o de hierro, o tal vez un envoltorio de cuero… Ahí dentro echan lo que ustedes no pueden ni imaginarse…, piedras, aguardiente, tabaco, sangre, restos de animales muertos…, hasta huesos de personas muertas…». Un asco, sí, pero también algo horroroso, porque supuestamente eso les sirve hasta para comunicarse con los muertos. «Algunos tienen prendas pequeñas, que llevan consigo; otros las tienen más grandes y las guardan donde viven, en algún rincón… Y hay quien las esconde cerca de algún árbol… Si no lo hubiera visto no lo creería… Qué atraso».

Son prácticas contrarias a la fe católica, diabólicas; es hechicería, por ese motivo cada cierto tiempo se hacen registros en sus barracones y en sus bohíos para quitarles todas esas porquerías. Algunos logran esconderlas, pero a muchos los agarran con ellas y se echan al fuego, para quemar todo lo diabólico que hay dentro. «Y hay que ver cómo se ponen, cómo suplican que uno las devuelva. Hasta lloran y juran que si se quedan sin su prenda pueden morir. Y, no crean, se conoce de casos en que los tipos han muerto de verdad, por su terror a lo que les pueda hacer el muerto que dicen tener dentro de la prenda…».

No a todos los presentes les pareció del todo acertada la explicación del maestro de azúcar —habría que aclarar, también, que alguno que otro llevaba en un bolsillo del pantalón un resguardo contra la envidia de sus colegas, obtenido gracias a los buenos oficios de una amante de piel como la noche; de si tenían prendas o no las tenían no se puede afirmar nada, quienes transmitieron la historia no lo dejaron claro—. De todos modos, igual la dieron por buena y no discutieron, qué más daba. En definitiva, podría decir uno desde siglos posteriores, no se encontraban en una moderna cátedra de estudios socioculturales, sino en una simple reunión dominical, y ya era hora de dar por terminada la sesión, pues al día siguiente había que trabajar, y de oír hablar de brujerías ya andaban cansados.

A fin de cuentas, ese era el pan de cada día para casi todos.

Entre marido y mujer

El maestro de azúcar sabía muy bien que su mujer, por más fervorosa católica y asidua a misas que fuera, era creyente en fantasmas y aparecidos, maleficios y agüeros, y la llenaba de espanto todo lo relacionado con la magia y la brujería. Misterios que, a la vez, la atraían con morbosa intensidad. Tampoco se le había escapado que, según desarrollaba sus explicaciones sobre resguardos y prendas, ella iba adquiriendo una expresión de terror. Él sentía un oculto placer en verla asustada, así que dilató cuanto pudo la descripción de los poderes de las prendas y de las relaciones de los esclavos con ellas.

De regreso a casa, buscó cualquier pretexto para retomar el tema de la posible condición de bruja de aquella esclava Fermina que había dado pie a su disertación, y aprovechó para contarle algunas historias misteriosas más que circulaban entre los esclavos. Historias que tendrían a la mujer sin dormir hasta altas horas de la madrugada, imaginando escenas terroríficas.

Al día siguiente ella le preguntaría, una vez más, por qué no lo dejaban todo y se acababan de largar de la Isla maldita donde habían venido a buscar riqueza, si, con lo que ganaba por su oficio, más lo adquirido en algunos negocios de compra y venta de esclavos en que de vez en cuando incursionaba, ya acumulaba una cantidad respetable. Lo que debían hacer, opinaba, era acabar de largarse y poner de una buena vez el mar entre ellos y esos negros incivilizados con los que se veía obligado a convivir en el ingenio. Él le respondería, una vez más, que era cierto que ganaba un buen dinero, pero precisamente por vivir en la Isla, si regresara a la Península qué iba a hacer con sus conocimientos sobre la fabricación de azúcar, ni con cuáles esclavos iba a negociar. Esta Isla era la tierra de promisión que le había dado lo que tenía; quería disfrutar de una vejez con opulencia, y para eso todavía no había ahorrado lo necesario.

Lo que nunca el hombre confesaría era que casi todo cuanto conocía sobre los negros, sus leyendas, costumbres y modo de vida no lo había aprendido observándolos y oyéndolos hablar en el ingenio, como aseguraba. Nunca lo haría, porque entonces debería confesar que en su bien conocida aversión hacia los negros había una pequeña imprecisión. Una trampa lingüística, para ser exactos —demostrativa de lo importante que resulta la aplicación del lenguaje inclusivo que muchos años más tarde defenderán como la propia honra las feministas más radicales—. Porque era cierto que detestaba a los negros. Pero esa aversión se refería en exclusivo al sexo masculino, que en verdad rechazaba.

En cuanto a las negras...

No, él no tenía nada contra las negras. Nada de nada. Sus íntimos bien lo sabían: Las negras ejercían sobre el maestro del azúcar una atracción casi magnética. Muchas noches en que la mujer debió dormir sola en su cama, porque el marido estaba obligado a vigilar una molienda que no podía detenerse, él se encontraba cuidando otro tipo de molienda, de caña y de guarapo. Desarrollada en el ingenio trasero de alguna negra, por cierto, porque el hombre era apasionado miembro de la orden religiosa de los seguidores del *coitus per anum*, la cual, como es debido, no se practica con la propia esposa, para eso están las prostitutas o las amantes —la esposa es sagrada, uno la respeta.

La devoción del maestro de azúcar por los traseros negros no conocía límites, era total. Y democrático, aunque en otros sentidos él no lo fuera ni por asomo, pues a todos les encontraba algún encanto, a ninguno discriminaba tratándose de molienda. Y las negras que acudían al ingenio por alguna razón, o en él laboraban, parecían hechas a propósito para sacarlo de sus casillas.

Además del deleite y el placer que recibía cuando en esos molinos era extraído su guarapo, esa afición le reportaba la ganancia adicional de no provocar las hinchazones de vientre que a tantos colegas más tarde o más temprano delataban y metían en problemas. Para colmo de beneficios, como la semilla caía en terreno no a propósito para siembra y cosecha, le ahorraba el disgusto futuro de admitir en su descendencia a alguien que no fuera blanco sin asomo de tinta oscura.

Y todavía hay quien afirme que todos los vicios son dañinos a la larga.

Aquella noche en que, por no tener el pretexto de trabajar en el ingenio para dar cumplimiento a una molienda con la cual hacía días venía soñando, el maestro de azúcar había decidido vengarse de su frustración aterrorizando a la esposa con sus historias de negros; le relataría, entre otras, una leyenda relacionada precisamente con la esclava Fermina, tan llevada y traída en la conversación de la tarde. Tanto él como el administrador la conocían y la tenían por cierto, le aseguró, por haberla oído varias veces, y si no la habían mencionado en la tertulia fue por respeto a las damas presentes en la conversación. Como se encontraban en la intimidad de la habitación matrimonial, donde la lengua suele ser más libre que en los salones, quiso añadir nueva información a lo contado sobre aquella negra, «Para que te hagas una mejor idea de hasta dónde puede llegar la barbarie de esa gente».

Contaba para que aprendiera y se cuidara de ellos, afirmaba.

Para disfrutar viendo cómo se llenaba de espanto, en realidad.

La leyenda corría entre los negros de varias dotaciones y había alcanzado los círculos blancos, donde también se repetía, aunque sin relacionarla con algún nombre de esclava en particular. No era incierto que él hubiera conocido la historia por haberla escuchado más de una vez en conversación entre sus colegas, pero también era cierto que primero la había oído cierta noche, con muchos más pormenores y hasta el nombre de Fermina como protagonista, mientras reposaba encima de una grupa oscura, poco después de una agitada sesión de molienda.

«A una negra de dotación la violaron entre tres hombres en cierta ocasión», contaba el maestro de azúcar esa noche a su mujer, «Y se dice que fue la Fermina esa de la cual hablábamos, aunque hay quien asegura que fue otra con el mismo nombre».

Como sucede con todas las leyendas, el hecho se refería como ocurrido en realidad, aunque en un tiempo no precisado, y sin especificar tampoco el lugar ni dar el nombre de ningún testigo fidedigno.

Era una negra fuerte, corajuda, era lo que se contaba. Les plantó cara por un tiempo y casi estuvo a punto de ponerlos a correr. Pero al final los hombres se impusieron en razón de su número y la dominaron.

El hecho en sí nada tenía de especial, se sabe que lo más corriente del mundo es que una esclava sea agarrada a la fuerza por algún hombre, lo mismo por blancos que por negros o mulatos. «No quiero decir que todos lo hagan, desde luego, pero los hay...», se apresuró a rectificar el maestro de azúcar, reaccionando ante la mirada algo recelosa de la mujer. «Y en definitiva para ellas eso no es nada raro, ellas están acostumbradas desde chiquitas..., como que se crían viendo a los mayores en sus cochinadas... Porque esa gente no se esconde para sus cosas, y no es raro que sean sus mismos parientes los primeros que se las coman».

«¡Jesús!», exclamó la mujer mientras se persignaba una y otra vez, «Aunque yo he oído que allá en su tierra los padres venden a sus hijas, me parece que eso ya es demasiado», «No lo creas si no quieres, pero eso es así. Esos negros no se andan con florecitas ni poemas cuando tienen ganas; agarran a la que les gusta, la zarandean un poco y ya, a desahogarse. Y a lo mejor es así como a ellas les gusta», «Son unos animales», «Eso, unos animales».

Permanecieron en silencio unos segundos, como degustando el sabor de los conceptos recién enunciados. De repente, la mujer se percató de que algo faltaba en la historia.

«Pero entonces, ¿por qué me lo cuentas? Yo no veo…». Era lo esperado por el maestro de azúcar, que se avivara la atención de la mujer por lo que vendría a continuación. Ahora podía descargar el golpe de gracia:

«Sí, claro, hay algo más, algo asombroso, espantoso…». Intencionalmente dejó unos segundos en suspenso la expresión, hasta advertir total expectación en el rostro de la mujer.

Habían dejado a la negra tirada entre unas hierbas, malherida, más muerta que viva. Un contramayoral de su finca que pasaba conduciendo a unos esclavos la encontró, vio que estaba viva y ordenó recogerla y llevarla a la enfermería.

«No habían pasado ni dos semanas de eso cuando los tres tipos aparecieron muertos», enunció con entonación macabra el maestro de azúcar.

Muertos al amanecer de días sucesivos, pero en lugares diferentes, separados por kilómetros unos de otros.

«Pero sin heridas ni señales de nada; solo los ojos muy abiertos, así, salidos de las órbitas, como locos furiosos, o como si hubieran visto algo muy espantoso que los hubiera hecho morir de miedo…».

De los dos blancos muertos, uno era persona bastante conocida en el lugar, de manera que no se le pudo echar tierra al asunto así como así. Las autoridades debieron hacer averiguaciones, y meter en la cárcel gente que hubieron de soltar después. La consecuencia fue que el chisme corrió y corrió, y no hubo quien no se enterara de la violación de la negra y lo sucedido con los tres hombres. Lo que nunca se pudo conocer fue quién o quiénes los habían matado, ni cómo o con qué armas. El caso quedó así, en suspenso, como uno de los tantos misterios sin solución de esta Isla repleta de ellos.

No había prueba alguna, ni siquiera el menor indicio que lo confirmara, pero todo el mundo estaba convencido de que la muerte de los tres hombres se relacionaba de alguna forma con la violación de la negra. «Una cosa tiene que ver con la otra», afirmaba todo el que alcanzaba a conocer del asunto, era demasiada coincidencia, «Eso está más que claro». No obstante, no hubo posibilidad de incriminarla, porque se encontraba muy lejos del lugar cuando ocurrieron los hechos, y aunque hubiera estado más cerca no habría podido tomar parte en ellos de ninguna manera, pues no habría tenido modo de escapar de la finca, viajar hasta tres lugares distantes entre sí, provocar la muerte de los hombres y estar de regreso a su barracón sin que nadie notara nada. Ella no pudo hacerlo, al menos de forma directa.

«A no ser que...». El maestro de azúcar dejó con intención la frase en suspenso.

«¡Brujería!», exclamó la mujer.

No podía haber otra explicación, la esclava los mató con brujería.

«Esa gente tiene tratos con el más allá...».

«Eso, brujería», dijo recalcando las palabras su marido, «Me han dicho que algunos hacen unos muñecos, ponen dentro alguna cosa de la persona a la que quieren hacerle daño, y después, con sus brujerías, los matan, o hacen con ellos lo que quieran... ¿Te imaginas?».

Con la pregunta final del marido, la mujer comenzó a temblar. Acaso se veía ya encarnada en un muñeco, y alguna de las esclavas pinchándolo.

Complacido con el resultado de su sesión de terror contra la esposa, el maestro de azúcar se sintió magnánimo y le concedió algunas caricias paternales para tranquilizarla y dejar sentada su superioridad sobre ella. Para su asombro, por alguna misteriosa conexión entre neuronas y glándulas que en ese instante se produjo en el interior de la mujer como consecuencia de la acción combinada del terror y la ternura fingida, ella le ofreció unos labios que, trémulos y anhelantes de inicio, de pronto se vieron convertidos en apasionados.

Asombrado, el hombre, que en definitiva esa noche no iba a tener la molienda esperada, descubrió que el molino que hacía meses no hacía funcionar todavía era capaz de extraer de él un buen guarapo.

Con independencia del objetivo del maestro de azúcar al narrar la historia a su mujer —y del tan sorpresivo cuanto agradable resultado—, lo único cierto y comprobable ocurrido alguna vez —y no guardaba relación con el tiempo en que se situaba la leyenda, pues sucedió mucho después— había sido el fallecimiento de un mayoral a quien todos vieron morir presa de alucinaciones y en medio de gritos escalofriantes que espantaron a cuantos estuvieron presentes. Jamás se supo la causa, pero por alguna razón esa muerte se asociaba con alguna maldición que una negra le habría echado.

El nombre de la negra era Fermina.

El silencio de José Manuel

El administrador del ingenio Ácana, quien no cree ni deja de creer en las leyendas tejidas alrededor de Fermina, tiene su propia explicación de la ascendencia de que goza sobre los demás esclavos, explicación posible que para él no tiene relación alguna con las historias que se escuchan, pero se guarda de comentar al respecto, ni siquiera con su mujer, por temor a las consecuencias que pudiera traerle irse de lengua: Si expresara su pensamiento en medio de alguna conversación, su colega el maestro de azúcar pudiera ser capaz de denunciarlo a las autoridades españolas por abolicionista, porque para él, como bien sabe el administrador, nada dicho a favor de los negros es admisible.

Él, José Manuel, piensa mucho en materia de política, pero habla lo mínimo. «Mejor así», responde cuando le preguntan por qué es tan poco dado a un tema tan habitual en cualquier reunión de hombres, «Quien poco habla poco yerra». Política es, a fin de cuentas, no solo lo referido a los altibajos del gobierno en la Península —tan lejos que a pocos importa—, o al modo como se ejerce el dominio español sobre la Isla —esto, por tan cercano, puede resultar peliagudo, pero no demasiado, pues nada que digan será nunca contrario a este dominio, visto que todos ellos son españoles de pura cepa—, sino también, y ya esto resulta bastante confuso, lo referido a estos poderosos señores de esclavos, que se llaman a sí mismos criollos, y cuya relación con las autoridades es unas veces de acatamiento, dependencia y hasta adulación, otras de ocultas disidencias y oposición. Lleva veinte años de su existencia en esta Isla, y ha aprendido que lo mejor que hace cada cual es guardarse los pensamientos para sí, pues si el otro dijo que de la abundancia del corazón habla la boca, también dijo que por tus palabras serás condenado, y en esta Isla, desde siempre y hasta siempre, el pez morirá por la boca, porque oídos nunca faltarán que escuchen lo hablado, e interesados que paguen por saber lo escuchado, sin contar que nunca escasearán quienes cuenten sin cobrar, por el simple placer de hacerlo.

Como administrador de ingenios, ha tenido tiempo de observar con detenimiento costumbres y modos de vida de los patricios criollos a cuya riqueza ha consagrado sudor e inteligencia; ha comparado su modo de actuar con el de los peninsulares, y ha encontrado muchas similitudes entre las diferencias que en apariencia los separan. También lo ha tenido para meditar sobre la realidad que lo rodea y contrastar el mundo en que vive y se gana el pan con las ideas cristianas que sus padres le inculcaron, allá en la lejana Galicia, pero jamás expresa ni insinúa siquiera lo que de veras opina. Si lo hiciera, quién sabe si sería tachado de abolicionista, de agente inglés, o cosa semejante, pues los habitantes de la Isla de todos los tiempos —ayer, hoy, mañana— han sido y serán maestros en colgar sambenitos a cuantos piensen de otra manera, como que es la mejor manera de reprimir y eliminar discrepancias.

Y que te cuelguen un sambenito nunca ha resultado saludable, ni antes ni después.

Pero José Manuel no puede evitar que le resulten curiosos los hacendados criollos; aquellos con los cuales ha tenido trato son, en su mayoría, finos, cultos y liberales en política, y siempre encuentran motivos para burlarse o quejarse de las autoridades españolas, a las cuales tienen por incultas y retrógradas. A pesar de esa condición, olvidan pronto sus desavenencias y acuden prestos a esas mismas repudiadas autoridades en cuanto sienten, o creen sentir, que algo pudiera poner riesgo sus ganancias.

Por ejemplo, las sublevaciones de esclavos. Por ejemplo, el abolicionismo.

Algunos de esos señores están en contra de la trata, pues temen, al menos así le parece a José Manuel, que un incremento excesivo del número de negros en la Isla se convierta en un peligro, y llegue a reproducirse en estas tierras lo ocurrido tiempo atrás en Haití, cuando los negros se rebelaron y mataron muchísimos blancos. Sin embargo, esos mismos señores se aferran a sus esclavos como los pilares que en realidad son de su prosperidad económica. En ocasiones, él ha tenido oportunidad de estar presente en conversaciones del dueño del ingenio con sus amigos y socios, y no es raro que en ellas se critique al mando español, incluso con duros términos, porque no les permite acceder a los puestos en el gobierno de la Isla, a pesar de en su mayoría poseer más riquezas que los propios peninsulares. Y ni qué decir de la cantidad de criollos con títulos nobiliarios existentes en la Isla, muchas veces superior a la de los peninsulares. En ese sentido, su caso es un buen ejemplo: Siendo español de pura cepa, sin que nadie en su familia hubiera cruzado jamás el océano antes que él, todo cuanto posee lo debe a su esfuerzo y a su sudor. Nadie nunca le regaló nada; puesto que no los tenía, ningún pariente —y mucho menos autoridad alguna, pues su trabajo lo mantuvo siempre alejado de los círculos del poder en la Isla— lo ayudó con el ofrecimiento de un cargo donde medrar a costa del erario, como solía ocurrir entre los peninsulares —en ese punto se sentía inclinado a aceptar las críticas de los criollos, porque veía la administración pública repleta de oficinas innecesarias, la mayoría creadas para servir de fuente de ingresos a empleados colocados en ellas gracias a la recomendación de algún familiar o alguna autoridad en la Isla.

Él no se considera ningún parásito, como gustan los criollos de calificar a los venidos de España, sino todo lo contrario: Él ha de partirse el lomo cada día y trabajar como un condenado a galeras para que el ingenio rinda buenos dividendos a sus dueños, precisamente criollos. Vive de su salario, decoroso, es cierto, hasta envidiable, pero salario en fin, no ganancia obtenida de la producción de azúcar, que es tanto como decir extraída del sudor de los negros, como la obtienen sus amos, oriundos de la Isla.

Sin embargo, muchos hacendados, que sí viven de la producción de azúcar y del trabajo de los negros, en lugar de estar atentos a sus obligaciones y cuidar de lo que los ha hecho ricos viviendo en el lugar donde se produce su dinero, son absentistas, no atienden a sus obligaciones, y en cambio se dan una vida regalada en la ciudad con los ingresos obtenidos, en realidad, de administradores y otros empleados que ocupan el lugar que a ellos correspondería. Viven en sus palacetes lejos del campo, ajenos al sudor y al restallar del látigo, o el mal olor de los barracones, organizando en sus salones tertulias literarias, dándoselas de grandes patriarcas y sirviendo de mecenas para que mate el hambre cuanto artista, malo o bueno, se les hace simpático o les adorna el salón. Están al tanto de las últimas corrientes científicas, filosóficas o literarias en Europa, se visten como los figurines de las revistas, con lo último de la moda, y hacen venir a la Isla famosos artistas europeos.

Eso último seguramente está muy bien, José Manuel no los critica porque quieran dárselas de cultos, pero de lo que es su obligación saber, del funcionamiento de una fábrica de azúcar, o la administración de una finca y la forma de hacer que los esclavos y la caña produzcan más, no entienden nada ni, en general, les interesa entender: Solo quieren saber de resultados, y que sean buenos, no de las vías para llegar a ellos. Cuando van a la finca lo hacen a manera de visita o viaje de recreo, como quien disfruta de un paseo dominical o una excursión al campo, a la que incluso invitan a sus amigos para realizar fiestas de sociedad donde sus esposas e hijas puedan exhibir trapos e idioteces. Nada de trabajo duro para obtener mejor rendimiento de la caña, de experimentación con nuevas variedades, o de estudiar dónde hay que hacer las inversiones más fuertes o cuáles métodos de trabajo o maquinarias incorporar al proceso industrial. Para esos menesteres prácticos, que acaso consideren prosaicos o pedestres, los tienen a ellos, los administradores de ingenio, los verdaderos productores de la opulencia de ellos y de la Isla, junto con los esclavos a quienes no admiten renunciar, por mucha ideología liberal de que blasonen.

Cierto que hay administradores criollos, pero muchos otros, como él, son peninsulares de nacimiento que, con la experiencia de los años, se han convertido en verdaderos especialistas en la industria del azúcar.

Y en enriquecer a los criollos con ese conocimiento, desde luego.

No son estas las únicas ideas desacertadas en la cabeza de José Manuel, como antes se ha dicho; si alcanzáramos a ver lo que le bulle en el cerebro, y nos sintiéramos buenos españoles, debiéramos denunciarlo a las autoridades, o al menos advertir a su patrón criollo, pues contra ellos, que son quienes le pagan, tiene ideas tan poco constructivas. Si de su boca brotara solo una parcela de lo atesorado en su corazón, y que acabamos de conocer, por más íntimo que fuera el círculo donde lo expresara, lo más probable es que en poco tiempo estuviera obligado a verse cara a cara nada menos que con la Comisión Militar Ejecutiva y Permanente de la cual se acordó en la tertulia donde lo vimos hace poco, y esos no se andan con chiquitas, como todo el mundo sabe.

Pero no es bobo, esa condición de que se acusa a los gallegos le pone freno al hablar, de modo que uno no puede adivinar lo que tiene por dentro.

Si acaso usted no tiene conocimiento de qué es eso de Comisión Militar Ejecutiva y Permanente, porque solo recién ha llegado a esta Isla, porque ha vivido encerrado entre papeles y alejado de la realidad o, como se dice en español castizo, se ha pasado la vida en Babia, pase ahora a saber, para que se acautele y mire cómo se comporta, que por Comisión Militar Ejecutiva y Permanente se entiende unos tribunales de excepción destinados a juzgar dentro de la jurisdicción militar todo delito considerado como atentatorio contra la seguridad del poder colonial. Este órgano tan importante para el buen gobierno de la Isla fue introducido por real orden del 4 de marzo de 1825, durante el gobierno del general Francisco Dionisio Vives. Con seguridad usted también desconoce que desde hace dos años —no olvide que estamos en 1843— preside la Comisión el dignísimo general Narciso López, quien, entre otras cualidades, es cuñado de uno de los hombres más ricos de Cuba —rico y esclavista, desde luego, pues es la más común forma de serlo—, Francisco Frías, a quien la historia conocerá como Conde de Pozos Dulces. Siempre habrá quienes opinen —y de esa opinión participa cierto narrador— que esto último explica, si no en su totalidad al menos en buena parte, el mucho empeño que este general pone desde su llegada a Cuba en perseguir a los antiesclavistas.

Y está muy bien así actúe, pues la familia ha de ser lo primero.

Aunque José Manuel está convencido de que el general López es peninsular, se equivoca, pues no lo es, y tampoco criollo de Cuba. Su tierra natal es Venezuela, la misma de aquel Bolívar que corrió a los españoles de ese país, miren lo que son las cosas, pero el nacimiento no lo hace menos español y realista que si hubiera nacido en el mismísimo palacio del rey, como todos sus contemporáneos en la Isla saben, aunque historiadores futuros pasarán por alto esa condición a la hora de situarlo en el elíseo de los patriotas. Su españolidad de convicción y su fidelidad a la Corona lo han llevado a no pensarlo mucho cuando se trata de ahogar en sangre —lo que con él no es metáfora ni frase hecha— cualquier disidencia contra el dominio español en Cuba que se huela, o de reprimir con especial mano de hierro a quienquiera que, en sus actos o en sus palabras, deje entrever la mínima veleidad abolicionista. No hay en él condescendencia posible con quien se atreva a poner reparos a lo que constituye el venero de donde mana la riqueza para sus familiares y amigos, y el autor del agravio ha de ir de cabeza a podrirse en un calabozo en la Isla, en Ceuta o en Melilla, siempre que no se le encuentren méritos suficientes para enviarlo al otro mundo —procedimiento al cual el general ha sido siempre muy aficionado, justo es reconocerle el crédito.

Véase, pues, si tiene o no razón José Manuel en coserse la boca para que por ella no escapen sus pensamientos, aunque él sea español y el otro extranjero.

Como quiera que José Manuel evocó en su pensamiento al futuro ilustre patriota y en su tiempo jefe de la Comisión Militar Ejecutiva y Permanente, cierto narrador —aunque de seguro será criticado por ello y lo sabe— ahora se desmanda y aprovecha para traer a colación otros datos sobre el general, datos que en verdad no hacen falta a la historia que se anda contando, pero que no viene mal conocer. Por ejemplo, que para ese cargo lo nombró su antiguo jefe en las guerras españolas donde participó, don Jerónimo Valdés. Andando ya por ese camino de aportar información innecesaria para la trama de la obra, ese narrador vuelve a desviarse y nos recuerda que, antes del inflexible represor de abolicionistas y de esclavos revoltosos que era en tiempos de José Manuel, Narciso López había sido un esforzado luchador contra los independentistas de su país de origen —véase que lo suyo no era cosa de ayer por la tarde—, y hasta enfrentó en la batalla de Carabobo a su compatriota Bolívar antes mencionado. Después de la derrota de las tropas realistas debió salir huyendo a España, como es de suponer, y más tarde, ya en tierras de la Península, llegó a mayor general por servicios prestados a la Corona española en varias guerras.

José Manuel era hombre bastante bien informado y tenía un conocimiento aproximado de los antecedentes del general López, quien tampoco era ningún desconocido; por eso, con toda seguridad habría pensado que le tomaban el pelo si alguien le hubiera contado algo que ocurriría poco menos de diez años más adelante, esto es, que ese mismo general que tanto temía sería ejecutado en garrote vil como enemigo de España, y la orden de ejecución la daría nada menos que quien había sido su subalterno cuando defendía a Isabel II en las guerras carlistas, don José Gutiérrez de la Concha.

Lo cierto es que el administrador, aunque vivía convencido de conocer a los nacidos en la Isla, distaba mucho de conocerlos con la profundidad necesaria, y se hubiera desternillado si le hubieran vaticinado que futuras generaciones de cubanos —ya no simplemente criollos— habrían de venerar al general como insigne patriota, ilustre mártir y quién sabe cuántos atributos más, y hasta tomarían su estandarte anexionista como enseña nacional para una república que nacería tras décadas de guerrear contra la madre metrópoli. Con seguridad, él habría pensado que quien así hablara estaba loco de atar, o era un provocador de los que abundan y abundarán en la Isla, y si le contaba esos chismes era para hacerlo opinar y meterlo en problemas.

Sin embargo, a pesar de lo que pudiera creer José Manuel o cualquier otro más o menos informado de la vida en la Isla, antes de terminar ese año de 1843, y en el cual el futuro presunto patriota y mártir trabajaría sin descanso reprimiendo sublevaciones de esclavos y atendiendo denuncias de infidencia, el nuevo capitán general de la Isla de Cuba, don Leopoldo O'Donnell —célebre por su mano dura, aunque el predecesor, Jerónimo Valdés, tampoco había sido de almíbar—, destituiría a don Narciso de sus cargos. Con esa destitución se iniciaría el primer paso en el recorrido que lo conduciría hasta el cadalso y lo demás venido después y sabido por los libros de historia, palma de mártir incluida.

Pero qué importaba lo que estuviera pensando o pudiera llegar a pensar José Manuel acerca de lo que vendría con el tiempo. El futuro es solo una apuesta por lo incierto, como es sabido, y el general Narciso López todavía no era, ni nadie podría imaginar que llegaría a serlo, el patriota llorado y recordado por una nación agradecida, sino lo ya sabido, uno de los más encumbrados enemigos del abolicionismo y defensor con grados de mayor general de la soberanía española sobre la siempre fiel Isla.

Bien mirado el asunto, en ambas condiciones, la de represor y la de mártir, el general López servía al mismo propósito, esto es, la defensa de los sagrados intereses de sus amigos y parientes.

Todos criollos dueños de esclavos, no faltaba más.

Tanta abundancia de información irrelevante —e injusta— contra tan venerando prócer ha hecho perder de vista la idea original que se desarrollaba, de manera que cabría aplicar aquí aquello de «Regresemos a nuestros conejos», y retomar el silencio de José Manuel en cuanto a sus pensamientos y dudas, no solo debido a su temor a vérselas cara a cara con los subordinados del general López, sino también a su convicción de que, aun cuando nada negativo le ocurriera por expresarse con libertad —caso más que improbable, como es de imaginar—, con hacerlo tampoco iba a obtener resultado alguno, porque difícilmente encontraría en su medio oídos preparados para entender tales ideas. El gobierno español, al igual que los criollos, veía al negro como herramienta, y también como un peligro, pero solo eso, y los futuros padres de la patria —quienes acaso ya soñaran con serlo, pero todavía no imaginaban cómo— andaban lejos todavía de pensar que podían usarlos además como carne de cañón para sacudirse de la subordinación a España.

Regresando también a aquella negra llamada Fermina de quien se hablaba al principio y parecía que se nos había olvidado, no sería inoportuno declarar cuál era la explicación que se daba José Manuel para la ascendencia de que gozaba sobre el resto de los esclavos, explicación mucho más sólida que la supuesta condición de bruja o de princesa africana. Claro, aceptarla equivalía a afirmar algo inconcebible para el resto de las personas con quienes José Manuel se relacionaba con regularidad: Él había llegado a la conclusión de que esa esclava era, tanto para sus compañeros de barracón como para el resto de los negros que la conocían o habían oído hablar de ella, ante todo, una heroína y una inspiración. Los esclavos sabían o imaginaban que ella había sido participante activa en la sublevación del ingenio Alcancía en el pasado mes de marzo, y por eso la consideraban como alguien digno de admirar. Si había permanecido viva, sin duda fue porque quienes la atraparon la tuvieron por una negra más entre las obligadas a seguir a sus maridos sublevados. En la cabeza de sus captores no se podía alojar la idea de que fuera una cabecilla, quién iba a imaginar tal cosa de una mujer, y menos una negra, si ni siquiera a las blancas las consideraban capaces de pensar por cabeza propia.

«Gracias a ese prejuicio escapó con vida», pensaba José Manuel.

Lo que José Manuel conocía, o simplemente deducía, sobre Fermina procedía de informaciones transmitidas por algunos de los esclavos que trabajaban en la servidumbre. Aunque sus fines no fueran los mismos que los de otros blancos, él también quería estar al tanto de cuanto tuviera que ver con los miembros de la dotación, y por eso los tenía encargados de mantenerlo al tanto de lo que sucedía en el barracón y en las plantaciones; no siempre los datos eran de fiar, pero alcanzaban para hacerse una idea más o menos amplia de lo que ocurría en aquella especie de submundo vedado al de los amos.

Lo que no podía él saber, porque también sus informantes lo ignoraban, era que las leyendas que circulaban alrededor de Fermina, sangre real, brujerías, muerte de violadores, no eran inocentes ni surgidas al azar, sino intencionales, y tenían el objetivo de desviar la atención de lo más importante: En efecto, Fermina había sido, como imaginaba José Manuel, una de las principales organizadoras del levantamiento del Alcancía. Ella y su marido, cierto Evaristo que había conseguido escapar de sus perseguidores, habían planeado con tiempo la sublevación y habían logrado establecer la coordinación con otras dotaciones para realizar un alzamiento simultáneo, pues no se había tratado de un movimiento improvisado, un estallido repentino de los que de ordinario se producían en los ingenios como protesta por algún abuso mayor de lo acostumbrado, sino el resultado de una acción concertada y pensada con antelación, con el objetivo inicial de liberar a la mayor cantidad de esclavos posible e iniciar una insurrección armada.

José Manuel había acertado en suponer una parte de lo en realidad ocurrido, pero no hubiera sido capaz de imaginar tanto; en cambio, sí estaba convencido de que, si algún día ocurría una sublevación en el Ácana, Fermina estaría entre los cabecillas. No le parecía que algo tan grave fuera a suceder, no veía que en el ingenio por él administrado los esclavos fueran tratados peor que en otros, antes todo lo contrario; en cuanto a él correspondía, se esforzaba para que se respetaran los limitados derechos reconocidos a los esclavos, vigilaba que los alimentaran como era establecido por el gobierno y que no se cometieran excesos al aplicar los castigos, aunque en cuanto a eso último admitía consigo mismo que no podría asegurar que no hubiera abusos, pues le era imposible mantener una vigilancia perfecta sobre los encargados de cumplir sus disposiciones. De todos modos, estaba convencido de que los esclavos del Ácana se contaban entre los mejor tratados en muchas leguas alrededor, y serían menos propensos a sublevaciones, si acaso a alguna que otra fuga individual. El fracaso de la sublevación del Alcancía era reciente, las muertes y los castigos recibidos por los sublevados habían sido conocidos en todas las dotaciones, y sería poco probable que quienes lograron salir con vida de la represión posterior, incluida Fermina, hubieran quedado con deseos de repetir la experiencia, como tampoco quienes los vieron sufrir las consecuencias de su locura estarían dispuestos a imitarlos.

Por eso nunca se le pudo ocurrir pensar que ella, protegida en parte por las leyendas circulantes, y escudándose en su resistencia física como trabajadora para no ser mal vista por los representantes de los amos, se afanaba en secreto con un grupo de amigos incondicionales para un nuevo intento insurreccional que, partiendo del Ácana, se extendiera hacia todos los ingenios, con el objetivo de liberar a los esclavos de esos territorios y formar con ellos un gran ejército que lograra quebrar para siempre el sistema de esclavitud.

Todavía no era un movimiento consolidado, estaba en sus inicios, pero era una semilla que ya había sido sembrada y en cualquier momento comenzaba a germinar.

Cañas, machetes, negros

En ocasiones las cañas están en pie, erguidas, retadoras, como orgullosas de su gran penacho de reina; cuando no, reposan inclinadas, apoyadas unas en otras como para ser más fuertes. Otras veces, la caña se arrastra, como si durmiera en el suelo, porque el viento la dobló al pasar y ya no pudo levantarse. Es reina derribada por los elementos, en espera del caballero que habrá de alzarla nuevamente.

Ella es rubia. El caballero que ha de levantarla es negro. La rubia caña y el negro caballero son enemigos.

Se aman. Se odian.

Él la levanta con una mano, pero no para ponerla sobre sus pies, sino para mejor cortarle el cuello con el machete que lleva en la otra.

Él la corta, la divide, la lanza, la envía al trapiche donde le extraerán la sangre.

Ella le extrae el sudor a su caballero. Lo hiere con sus hojas, le clava sus mil y una pequeñas espinas en todo el cuerpo, se alía al sol para quemarlo, para hacerlo más negro. La rubia caña se venga del negro que la divide en pedazos para convertirla en riqueza para el amo blanco.

Erguida la caña por sí misma, o levantada por la mano del negro, se ha de desvestir primero de las hojas que la cubren: dos o tres pasadas de machete a lo largo del tallo han de ser suficientes. Si no es muy alta, se corta en dos trozos; si lo es, serán tres. Según el ancho de la mano que corta y la que sostiene, de la habilidad y de la fuerza, en cada golpe de machete se tajan una o varias cañas. Cortadas, se les da vuelta para cortar el cogollo, la rubia cabeza. El cogollo queda a un lado; en parte servirá de alimento al ganado, en parte quedará fertilizando la tierra y guardándola para que no nazca la mala hierba. La porción útil para la industria, el tallo dulce cortado en dos o tres trozos, se lanza hacia atrás, hacia la pila que después habrá de llevarse hacia las carretas, con ayuda de niños, mujeres, ancianos y hombres incapacitados para cortar. En esta obra que se representa, todos han de hacer algo para que el amo se haga más rico cada día.

El último trozo se ha de cortar lo más abajo posible, el mayoral castiga si el negro deja trozos demasiado grandes para avanzar más rápido, es azúcar que pierden los amos, es como si el negro robara el azúcar, y robar es pecado grave, por eso debe ser castigado.

Las hojas de la caña son navajas que abren mil pequeñas heridas en la piel. La piel arde por el sol hora tras hora encima de ella, y por el vapor emanado de la paja que está en el suelo y la que envuelve a las cañas en pie. El cuerpo transpira, intentando refrescarla, pero es inútil, el líquido se evapora antes de cumplir el encargo; como testigo inútil, queda la sal que arrastró consigo y hace arder más todavía las heridas producidas por la hoja de la caña.

O el látigo del mayoral.

El vapor envuelve el cañaveral, el sol quema, la piel arde, pero la caña está ahí, retadora, esperando ser cortada. El negro no puede detenerse por el calor ni por las heridas, el negro no es un hombre, es una máquina viva que debe continuar avanzando campo adentro, su razón de existir es derribar la caña, enriquecer al amo. La razón de existir de la caña es ser cortada y seguir a bordo de las carretas hasta llegar al ingenio donde será molida para convertirse en guarapo y bagazo, y el guarapo en azúcar para endulzar las bocas del mundo, para transformarse en la riqueza con que los amos han de comprar mansiones, esposas, lujos y títulos nobiliarios de España. Riqueza que ha de servir para comprar más esclavos y para pagar a los mayorales y demás encargados de vigilar y castigar a los negros para que la caña nunca deje de ser cortada, convertida en azúcar, convertida en riqueza.

A veces hasta en cultura y república: Ya se verá.

La mano que blande el machete para derribar la caña puede pertenecer a un negro o a una negra, el sexo no es en el corte de caña un factor de discriminación, por igual hombres y mujeres negros han de avanzar en el campo sin detenerse ante el calor, el cansancio o el dolor, y si la mujer no es suficiente para cortar ha de ser buena para cargar la caña cortada y llevarla a las carretas. Las manos por igual están endurecidas y llenas de callos.

No pocas veces también el alma. ¿Qué esperaban?

El brazo que sostiene el machete, como el que abraza el montón de caña para cortarla, ha de ser fuerte, diestro, y ha de ser capaz de cortar de un solo tajo varias cañas, mientras más, mejor, pues mejor se sirve al amo. Lo exige el mayoral, a quien, a su vez, lo exige el administrador, y a este el amo; al amo se lo exige el ansia de más dinero.

La caña ha de ser cortada y molida en un tiempo preciso, si se pasa es pérdida de azúcar, pérdida de riqueza.

El amo paga al administrador, el administrador paga al mayoral y sus ayudantes; el mayoral y sus ayudantes castigan al negro para que corte bien y rápido, para que no holgazanee sobre el surco. Una cadena productiva bien engranada.

Al negro lo castigan el amo, el administrador, el mayoral, el contramayoral: hombres.

Lo castiga la caña con sus navajas: planta.

Y hasta su propio sudor, con la sal dejada sobre las heridas: él mismo.

El sol, igualitario, castiga a todos, blancos o negros, él no discrimina. Igualitario el astro: Sale para todos, quema a todos.

Pero castiga un poco más al negro. Quizás por ser una máquina viva, no un hombre, merezca más castigo. Ni el raído sombrero, propiedad, como él, del amo, ni el pelo encrespado, que le entregó la naturaleza como protección, mitigan la intensidad del tormento. Y la máquina continúa avanzando en medio del incendio verde. Descargando sus fuerzas y su rabia contra los tallos. El negro-máquina descarga rabia e impotencia contra el tallo de la caña.

Esa rabia es buena para el amo, lo hace más rico.

El amo enriquece con el azúcar nacido también de la rabia del negro.

El calor, el cansancio, el sol, el látigo, el dolor, van dejando una marca en lo interno del negro, más profunda que las mostradas por su piel. Huellas que han de durar siglos, porque durante siglos se incrustaron en su alma y acaso en sus genes.

Después que no haya quejas si a veces surgen atavismos. En algunos casos, esta huella reblandece el espíritu del negro y lo convierte en un animalito dócil, sumiso y sonriente ante el amo de hoy o el de mañana, despojado de orgullo y a merced del más despreciable instinto de supervivencia. Instinto que lo convierte en criado servil, en bufón y aliado de amos y mayorales contra sus hermanos.

Un negro bueno.

También en soplón o cipayo, en enemigo encarnizado del negro rebelado contra el amo. Un traidor a los suyos.

Un negro mejor.

En otras ocasiones no sucede así. En otras ocasiones el calor, el cansancio, el castigo y el dolor equivocan el camino pensado por los amos y hacen nacer en el negro la voluntad de liberarse de ellos aunque sea al precio de su propia vida. «Antes de morir poco a poco por el maltrato y la falta de libertad...», se dice ese negro, cansado de amos, «Mejor morir de una sola vez».

Por eso se suicida. Y el suicidio es pecado.

O huye al monte y desaparece. Y huir al monte es delito.

Cimarrón. Apalencado. Negro descarriado, negro malo que no honra a quien debe servir, como ordena el

Libro: «Todo el que está bajo el yugo de la esclavitud tenga a sus amos por dignos de todo honor, para que no sea blasfemado el nombre de Dios y la doctrina», como nos recuerda Pablo. Negro pecador, negro blasfemo. A ese negro debemos perseguirlo, encontrarlo, capturarlo y castigarlo, traerlo de nuevo al redil.

Si es necesario, matarlo. Si no fuera porque cuesta dinero, y porque nos hace falta para enriquecernos, el mejor negro sería el negro muerto.

Quizás ese negro malo logre la protección de sus lejanos dioses y viva, hecho cimarrón, apalencado en lo más profundo de un monte o de una cueva. Quizás muera de hambre y soledad. O se cuelgue de un árbol.

«Al menos, murió libre», dirán unos esclavos.

«Prefiero seguir esclavo, pero vivo», dirán otros esclavos. Ambos grupos dejarán descendencia. Hasta siempre. Muchas veces llegan hasta el apalencado sus perseguidores: Rancheadores y perros encuentran el palenque. En ocasiones escapa el fugitivo; otras, lo sorprenden. Sorprendido, todavía puede tener la suerte de morir peleando, su machete o su lanza enfrentando balas y colmillos. «Si se ha de morir de todos modos, siempre es mejor morir matando», se dice el negro malo, y se planta frente a la escopeta para morir y que los suyos escapen mientras tanto.

También pueden capturarlo vivo y llevarlo ante los negros que no huyeron como él, pero quizás lo hayan pensado alguna vez, para delante de todos matarlo a latigazos, boca abajo en el cepo, a la entrada del barracón, donde nadie pueda dejar de verlo al pasar y escarmiente por cabeza ajena. Quizás lo dejen vivo, aunque destrozado; por muy perro que sea, es una propiedad del amo, le costó su dinero, y sin su permiso no se puede matar. Quedará obligado a trabajar arrastrando grilletes en los pies por todo el campo de caña, por años, por siempre.

Negro malo, pero vencido. ¿Podrá ser vencida la rabia que esconde dentro?

El mayoral tiene látigo para contener la rabia del negro, para obligarlo a descargarla contra el tallo de la caña. Tiene perros y armas de fuego, sus herramientas de trabajo.

El negro tiene su herramienta para usarla contra la caña, y la fuerza del brazo que la empuña.

Ya se vio: Mayoral, negro y herramientas están al servicio del amo, quien, en las ciudades, no solo fabrica mansiones, también compra esposas bonitas y títulos nobiliarios, como se dijo. En ocasiones, adquiere también cultura. La comparte, la promueve. Realiza tertulias en sus salones. Promueve la ciencia. Edifica teatros. Importa sopranos para que canten para él, su familia y sus amigos las últimas óperas estrenadas en Europa. Algún día hasta conquistará una república y lugares en la historia. Será un padre de la patria, como muchos. Aún falta algo de tiempo para esto último. Pero ha de llegar. Siempre con la ayuda del negro, que morirá por enjambres para lograr el nacimiento de esa patria.

El negro es quien no conquistará nada, él solo servirá de escalón para que otros asciendan, hagan literatura, hagan república para blancos. En definitiva, ¿no fue para eso traído de África?

Pero no se debería olvidar que la herramienta del negro es un machete. El machete, en un brazo acostumbrado a usarlo entre dieciséis y veinte horas por día —el negro no necesita más descanso que ese, según es conocimiento común entre los dueños—, puede ser capaz de cortar de un tajo un mazo formado por diez cañas de regular grosor. No todos pueden hacerlo, desde luego, es difícil, inténtelo para que vea. Pero hay negros que lo hacen.

Y hasta algunas negras, como Fermina.

El único problema es que, en ocasiones, el brazo capaz de cortar un mazo de cañas, sin importar el grosor, es capaz también cortar de un tajo el brazo o el cuello de quien se interponga entre él y sus ansias de libertad.

Y muchos negros tienen ansias de libertad.

Aunque algunos negros prefieren ser esclavos, ya se dijo. Son los negros buenos usados por el amo contra los otros negros. Negro contramayoral, por ejemplo, que usa el látigo contra su raza. O de servidumbre, hecho a las intrigas domésticas contra otros negros, por las migajas del blanco. De barracón, que delata a sus hermanos por escapar de un castigo, que sirve de espía y avisa al mayoral cuando otro negro quiere escapar.

Por eso el machete que en la mano negra ha cortado mil veces mil la caña que enriquece al amo, paga al mayoral y al esclavo hace más esclavo, una vez convertido en arma para cortar un cuello de blanco opresor, también puede cortar el de un negro.

Huye, negro bueno; escóndete, negro bueno, que el machete en manos de un negro malo no respetará tu cuello si te interpones en el camino a su libertad.

José Manuel

Lo había despertado el alboroto que se oía no lejos de su vivienda y parecía provenir del barracón. Cuando se dirigía a la puerta, vio a un esclavo de la servidumbre corriendo hacia él con el miedo reflejado en el rostro; se adivinaba que buscaba protección.

«Los negros del barracón se alzaron, mi amo...», respondió el esclavo cuando le preguntó el motivo.

«Vienen matando gente, mi amo..., no abra la puerta».

«¿Aquí también? ¿Será posible? No puedo creerlo, estos negros se han vuelto locos...», se dijo. No le cabía en la cabeza la idea de que los esclavos del Ácana también fueran capaces de amotinarse. «¿Una rebelión de esclavos también aquí, donde son mejor tratados que en muchos lugares?... Ellos lo saben».

Decididamente, no entendía nada. Con tantos fracasos precedentes, ¿cómo los esclavos no se daban cuenta de que esas sublevaciones resultaban inútiles, pues lo único logrado hasta entonces era que a unos los mataran y a otros los castigaran casi hasta la muerte? Nada de alzamientos, muerte colectiva, eso es lo que parecen esos motines. «¿Será eso lo que buscan, que los maten?», se preguntaba.

«Tal vez sí», fue la respuesta que de inmediato le vino a la cabeza.

Él no desconocía que muchos esclavos —«Aunque en el Ácana nunca se ha dado eso, al menos desde que trabajo aquí», se acotó— se provocaban a sí mismos la muerte para escapar de la esclavitud; el fin de la vida significaba la ruptura de las cadenas para ellos, la liberación, y no eran pocos los que transitaban por esa vía. Más de una vez él había visto cadáveres de negros colgados de los árboles. Había esclavos que escapaban del cañaveral solo para buscar un árbol escondido en el cual ahorcarse, acaso pensando que cuando los encontraran sus espíritus habrían tenido tiempo de separarse del cuerpo y volar al África, en una especie de cimarronaje mediante el suicidio.

«Quizás las sublevaciones no sean otra cosa sino una especie de suicidio masivo; a falta de opciones, se ponen de acuerdo para morir todos juntos..., y de paso castigan a quienes los maltratan», concluyó.

No le parecía tan descabellada su suposición. Al menos, era lo que parecían indicar los hechos ocurridos en ese mismo año. Ningún esclavo desconocía, pues se informó en todos los ingenios para que sus dotaciones tomaran conocimiento y escarmentaran en cabeza ajena, que hacía solo un mes, en mayo, los esclavos de Santa Rosa y La Majagua se habían amotinado, ¿y qué obtuvieron con eso? Nada, salvo sangre, dolor y muerte. Arrastrados por el deseo de venganza contra los maltratos recibidos, dieron rienda suelta a su ira, se insubordinaron e incendiaron bohíos, almacenes y muchas otras dependencias de los ingenios...

Cierto, aquella intentona reportó una pérdida importante de dinero, pero no fue tanta que hiciera mella en la fortuna de alguien tan acaudalado como el señor Aldama, su dueño, tal vez el hombre más rico de la Isla. Y, a fin de cuentas, ¿para qué sirvió aquello? Para nada, pues enseguida los redujeron a la obediencia y pasaron a estar en peores condiciones, pues aquellos mismos mayorales que antes los maltrataban sin motivo y contra los cuales se habían rebelado, los castigaron con el máximo de crueldad, en especial a los tenidos por cabecillas, y hasta a quienes ni siquiera habían participado, para dar escarmiento y mostrar quiénes tenían la fuerza de su lado. «Y no fueron pocos los que murieron en los enfrentamientos...».

Aquellas dotaciones se alzaron contra sus amos sin posibilidad alguna de ganar, y José Manuel, por más que lo intentaba, no hallaba explicación para eso, a no ser el deseo de morir. «¿A quién se le ocurre levantar herramientas de trabajo contra armas de fuego?». Algunos pocos de los amotinados no fueron capturados y continuaban libres, pero no eran tantos, y nada garantizaba que no los agarraran más tarde o más temprano.

«Quién sabe cuánto tiempo podrán andar sueltos por esos montes, padeciendo hambre y necesidades, antes de que, de todos modos, los agarren y los lleven a prisión o a la muerte».

También un poco antes, en marzo, había ocurrido algo parecido, el alzamiento del Alcancía, al que se unieron las dotaciones de varios ingenios. Dejaron un rastro de destrucción y muerte a su paso y sembraron el terror en el corazón de todo el mundo. Hubo quienes comenzaron a ver un potencial asesino en cualquier negro que se les acercara, y no fueron pocos los maltratos o las muertes de inocentes provocados por ese miedo. «Se va a repetir aquí lo de Haití», pensaron muchos, y hubo quien se refugió en su casa y no salió de ella incluso mucho después de terminados los enfrentamientos. Que no duraron demasiado tiempo, después de todo, pues los amotinados fueron pronto derrotados.

«Los sublevados cometieron unas cuantas salvajadas», admitía José Manuel consigo mismo, «Pero la represión que sufrieron fue más salvaje todavía, el terror desatado contra ellos fue muchas veces superior a cualquier crimen que hubieran cometido... Y con menos justificación».

Tanta sangre derramada no sirvió para nada, apenas para que lo peor del alma de sus amos saliera a flote. Olvidados hasta del daño provocado a su patrimonio cuando mataban a un esclavo, cometieron toda clase de crueldades contra los vencidos, solo por vengarse de que se hubieran vuelto contra ellos.

José Manuel sabía que aquel levantamiento había sido en grande, no como otros que había oído mencionar;

quizás fue el mayor ocurrido hasta entonces en toda la Isla. Aunque no tenía la certeza, había oído en varias oportunidades que incluso los esclavos de las obras del ferrocarril habían estado a punto de unirse a ellos, o lo habían hecho parcialmente, el asunto no le quedaba claro. Si había algo de cierto en eso, bien se podría suponer que el alzamiento no había sido espontáneo, ni un movimiento mal organizado... Pero igual, quedó en nada. De inicio avanzaron muchísimo, parecían indetenibles, pero cuando un escuadrón de lanceros los interceptó no pudieron resistir el choque, en el mismo primer encuentro murieron muchísimos sublevados, y de qué otra forma iba a ser, nada podían ellos hacer con sus machetes y palos, y tal vez alguna que otra escopeta que ni sabrían utilizar, contra el armamento de los militares. Además, indisciplinados y sin entrenamiento militar, cómo iban a enfrentarse a una tropa organizada y bien preparada.

Murieron por montones los sublevados del Alcancía, y no pocos de los que se salvaron se ahorcaron para escapar al castigo que los esperaba.

En definitiva, ¿para qué?: Los esclavos que no murieron siguieron siendo esclavos, y sus dueños siguieron siendo ricos, muy ricos.

«Siempre ha sido lo mismo, no sé por qué insisten», se repetía José Manuel, «A cada alzamiento sigue una represión brutal que no dispensa sexo ni edad, y a los sobrevivientes los esperan castigos horribles». El terror desatado por los negros contra quienes los maltrataban había sido irracional y desesperado, algunos no se detuvieron ante nada para expresar su furia y cometieron crímenes horribles, pero los que aplastan las rebeliones después los cometen peores, como si estuvieran empeñados en mostrar al resto de los esclavos, se hubieran rebelado o no, hasta dónde eran capaces de llegar en la represión y lo que les esperaba si intentaban algo parecido.

Con esos antecedentes, ¿cómo era posible que todavía algunos esclavos tuvieran ánimo para sublevarse?

José Manuel no encontraba, dentro de su lógica de hombre libre y blanco, respuesta satisfactoria a sus preguntas.

Sumido en esas reflexiones, José Manuel, no obstante, todavía no tenía total certeza de que cuanto sucedía fuera en realidad un levantamiento, a pesar de lo informado por el esclavo; acaso se trataba apenas de un alboroto provocado por algunos esclavos borrachos y pendencieros, se decía, acaso para desviar de sus pensamientos la posibilidad terrible, una riña entre ellos mismos sin mayor importancia; hasta podía ser que algunos hubieran aprovechado la confusión para escapar, no sería la primera vez.

El instinto de conservación debía de advertir a los esclavos que no se alzaran; estaban al tanto de las historias recientes no solo porque de alguna manera siempre se enteraban de lo ocurrido en otros lugares, sino también porque el espacio de las misas y otras ocasiones de reunión se aprovechaba para informarlos de ese tipo de hechos y sus consecuencias, para que les sirviera de ejemplo y advertencia. También era de suponer que los cinco esclavos procedentes del Alcancía habrían contado a los demás lo que les había sucedido por haber participado en una sublevación, sus relatos desestimularían a los levantiscos. Para José Manuel, esos esclavos deberían de haber quedado escarmentados y ser los más fervientes convencidos de que las sublevaciones no conducían a nada. Resignarse y obedecer, no había más camino, si querían vivir.

¿Y qué tal si eso, vivir, era lo que no querían? Volvió sobre la idea que poco antes se le había ocurrido: ¿Serían estas sublevaciones otra forma de suicidio para no continuar esclavos, un suicidio en que la muerte liberadora les vendría por la mano de quienes antes les habían robado la libertad?

Recordó otra vez a los cinco esclavos del Alcancía. Si en verdad se asistía a una rebelión de esclavos, ¿ellos se contarían entre los sublevados o, escarmentados, se habrían echado a un lado? Tanto se podía pensar una cosa como la otra, hay quienes escarmientan con los fracasos y quienes no. Y la esclava Fermina, ¿habría escarmentado? No le parecía ella de las que se echan a un lado. Recordó el respeto que infundía en los demás esclavos y que él descubrió el mismo día que la conoció. Tal vez los demás no se dieran cuenta, pero para él era muy evidente que todo en ella denunciaba un carácter indomable. No dudaba de que estuviera entre los rebeldes, aun sabiendo a qué se exponía. Tampoco se asombraría si se enteraba de que se contaba entre los cabecillas de la rebelión.

O de que fuera ella la promotora.

Sin advertirlo, lo había sabido desde que la conoció.

Adquiriendo esclavos

José Manuel había ido hasta el depósito de cimarrones de Matanzas a buscar a cinco esclavos a cuyo dueño los había comprado a un precio que le pareció aceptable, sobre todo tomando en cuenta el aumento cada vez más notorio en el costo de adquisición.

Los cimarrones y apalencados capturados solían permanecer retenidos en el depósito hasta que sus dueños fueran a reclamarlos y a pagar el precio por la captura. En caso de no ocurrir eso, las autoridades disponían de ellos según su mejor criterio; una opción era ocuparlos en obras del propio gobierno, otras era venderlos o subastarlos. En este caso, el dueño había decidido no enviar por ellos, prefirió venderlos y que el comprador se encargara de esa gestión. La inversión podía constituir un riesgo para quien los adquiriera, pues, bien mirado, no parecía ser buen negocio pagar por esclavos levantiscos y seguramente malos para el trabajo, de modo que José Manuel aprovechó esa circunstancia para regatear fuerte y salir lo más ganancioso posible en la compra.

Sin embargo, la operación podía no ser tan riesgosa como parecía: Demasiado bien sabía que las sublevaciones a veces ocurrían como una reacción de los esclavos ante los maltratos de los mayorales, quienes, además de castigar de forma indiscriminada y hasta por placer, a veces les disminuían las escasas horas de asueto otorgadas por los amos, y algunos llegaban a robarles parte de las raciones con que debían alimentarlos. Además, en las sublevaciones y fugas masivas no solo participaban esclavos particularmente díscolos, también se contaban los arrastrados por la marea y enseguida arrepentidos de lo hecho, que regresaban por sí mismos pidiendo perdón a los amos. Cualquiera que fuera la condición de los adquiridos, José Manuel consideró que la ganancia obtenida en el trato era suficiente para cubrir cualquier riesgo, y en ningún momento dudó de haber hecho una buena inversión para sus jefes.

En cuanto al dueño de esos esclavos, ya desde antes de la sublevación había estado dándole vueltas a la idea de deshacerse de algunos de ellos para, invirtiendo lo obtenido de las ventas en ciertas operaciones especulativas en que estaba involucrado, intentar reponerse de las menguas sufridas en sus finanzas. El levantamiento por entonces ocurrido, con su secuela de esclavos muertos en combate, suicidios colectivos y prisiones, le reportó pérdidas que, si no andaba con mucho cuidado, podrían llevarlo a la ruina definitiva, así que la decisión de vender se le apareció de nuevo como la mejor opción para salir adelante. Y, puesto que necesitaba vender de todas formas, consideró como mejor opción deshacerse, mediante la venta, de los revoltosos capturados, y conservar por el momento a sus negros buenos, esos que se habían negado a unirse a los sublevados. Aunque no tuvo más remedio que reducir el precio de venta por la astuta negociación de José Manuel, pensó que de todos modos valía la pena: Mantener a esos negros con él hubiera sido, como quiera que lo mirara, pura pérdida. De manera que el acuerdo con el administrador del Ácana, en esencia, resultaba ventajoso para ambas partes.

Provisto con la documentación correspondiente y una carreta para llevarse a los recién comprados, y acompañado de un contramayoral y un esclavo de confianza, se dirigió al depósito de cimarrones de Matanzas a recoger su mercancía. Llevaba además unas mudas de ropa limpia, agua para beber y algo de tasajo y boniatos hervidos para repartir entre los esclavos que le entregarían. Suponía que los esclavos estarían sucios de sangre, tierra y sudor, malolientes y, desde luego, faltos de comida. El alzamiento se había producido no mucho después de haber concluido la jornada de trabajo; no se habrían bañado y cambiado de ropa, ni para qué lo harían, si iban a internarse en el monte. Y acaso ni tuvieron oportunidad para comer antes. Después había venido la huida, la persecución, el enfrentamiento con la tropa...

Cuando José Manuel vio a los prisioneros, comprobó que, en efecto, sus vestiduras, por llamar de alguna manera a lo que apenas les cubría el cuerpo, estaban más que resudadas, llenas de polvo, hechas jirones, con manchas de sangre por las heridas propias y ajenas cuando fueron capturados, por la marcha hasta el depósito y los días de internamiento, apiñados en calabozos sin ventilación. Mal se podría denominar alimento a lo que habían ingerido en el tiempo transcurrido: Los encargados de mantenerlos en ese lugar no veían por qué desperdiciar en esos negros recursos que muy bien podrían servir a sus peculios; en definitiva, eran unos perros malagradecidos que habían mordido la mano que los alimentaba.

José Manuel Mostró a los funcionarios los documentos mediante los cuales el dueño de los esclavos declaraba que lo autorizaba, por haber satisfecho los pagos correspondientes para adquirirlos, a escoger cinco de sus esclavos recluidos en el depósito y llevarlos con él adonde quisiera. De inmediato separó a cuatro hombres que le parecieron los más a propósito para cortar caña, por el tamaño y la musculatura que exhibían a pesar de la mala impresión causada a primera vista, pero el quinto le resultó difícil de encontrar, pues los que revisó se encontraban demasiado depauperados; era obvio que estaban mal alimentados y muy maltratados desde antes del alzamiento, aquel deterioro no era cosa reciente, y no soportarían muchas jornadas de trabajo antes de enfermar y de seguro morir. Él no podía hacer nada por ayudarlos, y no tenía sentido cargar con ninguno de ellos.

«Los maltratan y les dan menos comida de la que les corresponde por ley, y luego no quieren que se rebelen», pensó al ver el estado en que se encontraban.

Pensaba que habría de irse sin el quinto esclavo, cuando vio en el grupo a una prisionera muy negra, alta, fuerte, con brazos musculosos casi como los de un hombre. «Qué buena planta tiene esa negra», se dijo; a pesar de lo desgreñada y harapienta, al pararse frente a ella para verla mejor se dio cuenta de que no se trataba de una esclava común. «Tiene algo especial..., un no sé qué... Es fuerte, quizás debiera llevármela». La observó mejor y comprendió dónde radicaba lo especial que le encontraba: En tanto los hombres mantenían la cabeza gacha cuando se les acercaba para observarlos mejor, la mujer lo había mirado a los ojos, sin titubear. Creyó ver en los de ella el brillo fugaz de un desafío, pero desechó la posibilidad de que fuera cierto. «¡Qué ocurrencia la mía!», se dijo; no tenía sentido, siendo esclava, y capturada después de huir, prisionera y sin la menor idea de cuál sería su destino, ¿a quién podría retar ella?

«Me llevo a esa mujer también», indicó a los guardianes.

«¿A la mujer?», preguntó uno, como sorprendido, pero no hizo comentarios.

«Sí, a la mujer», insistió José Manuel; en definitiva, había ido en busca de cinco esclavos por los que se había pagado, no tenían que ser forzosamente cinco hombres.

«Ya veré qué se hace con ella, con lo fuerte que se ve, no faltará trabajo donde emplearla», se respondió a sí mismo la pregunta formulada por alguien en su interior, y que sin duda le harían en el ingenio.

«Llévenlos a la carreta», indicó.

«Tiene que pagarme por los grillos», le exigió uno con pinta de ser jefe de los guardianes. «No tengo que pagar nada, porque traje los míos, vienen en la carreta; vaya usted con los esclavos y cámbielos allá si quiere recuperar los suyos», respondió.

El hombre, molesto por alguna razón desconocida, acaso por no recibir el cobro extra esperado, dio un golpe con el látigo a uno de los esclavos, «Arrea, negro, muévete, que no me sobra el tiempo».

«Oiga, usted, ¿a santo de qué ese golpe?», intervino José Manuel, «¿Quién lo mandó a maltratar al esclavo?».

«Nadie tiene que mandarme... Mientras estén aquí los trato como me dé la gana», le plantó cara el hombre, «A fin de cuentas no son más que unos cimarrones de mierda... Y por ahora son mis prisioneros».

Se trataba de un mulato alto, musculoso; portaba una escopeta además del látigo y un machete. Quizás por eso se había atrevido con un blanco, y también porque acaso pensó que se las veía con un mayoral u otro empleado subalterno de una finca: No había costumbre de que un administrador en persona acudiera al depósito a llevarse los esclavos de su finca.

«Parece mentira...», pensó José Manuel, «Ni siquiera es blanco...». Ya antes se había percatado de que, aunque algunos de los guardianes eran blancos, en su mayoría eran negros o mestizos de las más variadas tonalidades. Y no se le escapaba que trataban especialmente mal a los negros prisioneros. «Ya lo dice el dicho, que no hay peor cuña que la del mismo palo...».

Por la actitud desafiante del hombre, más que por sus palabras, comprendió que no le convenía amilanarse: Estaba claro que era del tipo acostumbrado al trato violento, y si mostraba la menor debilidad el lance podría tener muy mal final para él. Lo miró derecho a los ojos, sin pestañear, tocó con la mano la empuñadura del machete que portaba y, con la voz decidida de quien está acostumbrado a mandar y ser obedecido, le espetó: «Ellos habrán sido sus prisioneros, ¿está claro? Pero ahora son mi propiedad, y me costaron mi dinero, así que ni usted ni nadie puede tocarlos sin mi permiso... ¿Me oyó bien? ¿O es que quiere meterse en problemas?».

Advirtió que el hombre se había sorprendido por el tono de su voz, y remató: «¿Conoce usted el artículo 43 del

117

Reglamento de Esclavos, dictado por el señor Capitán General de la Isla?».

El mulato no conocía ese artículo ni ningún otro, desde luego, y de seguro tampoco la existencia del Reglamento, y ni siquiera sus letras porque era analfabeto, pero tuvo al instante la certeza, por las palabras y por el tono de José Manuel, de que cuanto allí estuviera escrito no resultaba conveniente para él, quien, después de todo, no era más que un mulato libre; aunque desconociera la gramática, no se le había escapado el pronombre posesivo repetido y subrayado por José Manuel, de manera que hizo una mueca de desagrado y se alejó sin responderle, murmurando palabrotas.

De pronto había perdido el interés en los esclavos y hasta en los grillos por los cuales había pensado cobrar.

Los esclavos habían observado en silencio la escena, desinteresados en apariencia. En definitiva, no tendría por qué importarles: Para ellos no se trataba más que de una discusión entre blancos para decidir quién tenía la mayor potestad para decidir sobre la vida de un negro. Más o menos lo mismo que cuando los leones marcan el territorio.

«Hay que buscar un lugar donde haya agua para que se bañen un poco y se pongan la ropa limpia», indicó José Manuel al contramayoral, «No vamos a andar con ellos así por ahí, están que dan asco».

Mientras el aludido hacía las averiguaciones pertinentes, ordenó al esclavo que lo acompañaba que, mientras tanto, repartiera el tasajo y los boniatos hervidos a los cuatro hombres y la mujer, «Come tú también si quieres, pero primero deja que se maten el hambre vieja esa que tienen». Observó que los cuatro hombres no pudieron reprimir unas pequeñas exclamaciones ininteligibles y sonrieron al ver la comida, agradablemente sorprendidos por el inesperado regalo; después, mientras comían, intercambiaban comentarios en voz baja entre ellos. La mujer, en cambio, permaneció encerrada en su mutismo. Tomó la comida, se acomodó como pudo en el suelo y se dispuso a comer, pero sin mirar para nadie ni comentar nada con los otros.

«Nada, que esta mujer tiene algo especial», volvió a comentar José Manuel consigo mismo cuando lo advirtió.

Poco tiempo después, el contramayoral llegaba con la noticia de que muy cerca había un abrevadero donde podrían bañarse o al menos lavarse los esclavos recién adquiridos. Se encaminaron al lugar cuando terminaron de comer.

«¿Ustedes entienden español?», se dirigió a los esclavos por primera vez. Le había parecido que no eran criollos, por eso les hizo la pregunta. Los hombres se miraron entre sí, después miraron hacia la mujer, pero ninguno habló.

«¿No entienden?».

«Entienden», afirmó de súbito la mujer. Solo una palabra. No agregó nada más. Los hombres entonces movieron afirmativamente la cabeza, como secundándola.

«Ahora les vamos a quitar los grillos, uno por uno, para que se laven o se bañen, lo mejor que puedan». No hubo reacción alguna a sus palabras. Ordenó al esclavo traer la ropa que había traído. «Cuando se bañen se ponen esa ropa limpia… Después nos vamos de aquí. Pero no regresan al Alcancía, se quedan conmigo, no sé si ya lo saben». Advirtió que se repetía la escena de la comida cuando oyeron sus últimas palabras: Los hombres sonrieron, se miraron e hicieron algunas exclamaciones en voz baja cuando mencionó la ropa limpia; la mujer permaneció en silencio. Y mirándolo a la cara. Pero esta vez le pareció que su mirada expresaba sorpresa.

«Esta mujer habla con los ojos», comentó en su interior José Manuel.

«¿Cómo te llamas, mujer?», le preguntó.

«Fermina».

José Manuel advirtió que la esclava había dado el nombre sin agregar el obligatorio mi amo, pero no se molestó por ello. Se dirigió al contramayoral y le ordenó quitarle los grillos.

«Pues dale, Fermina, ahora puedes darte un baño». La mujer no hizo el menor movimiento.

«¿Qué pasa ahora?», preguntó recorriendo a todos con la mirada, sorprendido de que la mujer no obedeciera de inmediato; con el calor reinante, echarse un poco de agua por encima debía de ser en ese momento el mayor anhelo que cualquiera de los presentes pudiera albergar, incluido él. «¿No quieres bañarte?». Tampoco esa vez hubo respuesta. Volvió a pasear la vista por todos los demás. Ella no respondió, pero lo miraba a los ojos, con determinación, como diciendo: «No pienso obedecer».

José Manuel se daba cuenta de que era una muda protesta, pero no entendía la causa; para él aquella actitud no tenía razón de ser. Por su parte, los cuatro hombres miraban al suelo, y daban la impresión de sentirse avergonzados por algún motivo.

El contramayoral y el esclavo que había venido con ellos, en cambio, no lograron ocultar del todo una sonrisa pícara… José Manuel lo advirtió.

«Carajo, qué clase de animal soy», exclamó dentro de sí al reconocer el significado de la expresión de sus dos acompañantes, y se dio una palmada en la frente, «¡Cómo no se me ocurrió pensar en eso!».

Era una verdadera burrada. Acaso no tanto, se justificaría más tarde, recordando la escena, a muchos otros acaso les hubiera sucedido lo mismo: A pesar de no ser un verdadero esclavista —«Abolicionista por sentimiento y esclavista por necesidad, eso es lo que en realidad soy», solía comentar consigo mismo al hallarse en soliloquio y en plan de autosincerarse—, estaba tan habituado a no ver a los esclavos como personas iguales a él, que no se le había ocurrido pensar que, aunque esclava, Fermina era una mujer, y no iba a desnudarse delante de siete hombres solo porque él se lo ordenara.

Y si a los cuatro prisioneros los había avergonzado la posibilidad de que lo hiciera, solo podía deberse a que sentían un respeto especial por ella, de lo contrario hubieran sonreído con picardía como sus dos acompañantes.

Aquella muestra de respeto por una esclava lo impresionó, y a la vez lo hizo sentirse incómodo. Por primera vez le cruzó por la cabeza la idea de que adquirirla acaso no había sido una buena idea. Ya no había retroceso en la transacción, pero... ¿Habría sido ella algo más que una simple esclava arrastrada a la sublevación por su hombre u obligada por los demás a acompañarlos? ¿Sería ella una de las cabecillas, confundida con las demás para pasar inadvertida y que no la mataran, cuando estaban a punto de capturarla?

O, peor, para intentar una nueva sublevación más adelante.

«Sandeces», se dijo. «¿Quién ha visto mujeres dirigiendo sublevaciones de hombres?».

De cualquier modo, el respeto mostrado por sus compañeros en todo momento era innegable, y lo recalcaban: Ninguno hacía un gesto ni un comentario en voz baja. Se mantenían mudos e inmóviles y mirando con insistencia al suelo.

Pero él había decidido que esos esclavos llegarían bañados y con ropa limpia a su nuevo destino, y no iba a desistir de una decisión tomada, tenía que encontrar una solución.

«No por gusto los gallegos tenemos fama de cabeciduros», pensaría más tarde, riéndose de su ocurrencia.

«Pues si es verdad que entienden español, van a hacer ahora lo que les voy a decir», se dirigió a los prisioneros. Ordenó a los seis hombres del grupo colocarse uno al lado del otro, hombro con hombro, formando un muro que miraba hacia él. Cuando lo hicieron, se colocó en uno de los extremos y dijo a la mujer, sin volverse a ella: «Ahora sí puedes bañarte, Fermina... Nadie te va a mirar... Tómate tu tiempo».

A pesar de que estando de espaldas no podría verla si intentaba escapar, no volvió a ponerle los grillos. No se le ocurrió pensar que hiciera falta.

Precisamente por estar de espaldas a Fermina, no vio la sonrisa en su cara. Habría sido la única vez que un blanco la viera sonreír, pero no fue posible. José Manuel hubiera descubierto que tenía una dentadura perfecta.

Y esa sonrisa había delatado, contra su propia voluntad, simpatía por un blanco. También por única vez.

Las negras no son ninguna belleza; la llamada Fermina mucho menos

Fermina no era una mujer especialmente atractiva; al menos, no lo era en la opinión expresa de Blanco Gordo. Claro que, según su criterio que ningún subordinado se atrevería a discutir de forma directa, ninguna negra podría considerarse bella, el color de su piel las excluía de todo código estético. De hecho, como es sabido, para él las negras ni siquiera merecían ser miradas como mujeres, «No sé qué les encuentran... Las negras solo son bestias de trabajo hembras, como las yeguas o las vacas».

«¡Pero qué yeguas, compadre! ¡Qué ganas dan de montarlas!», de seguro exclamaría en su interior alguno de sus interlocutores al oírlo. O todos.

Por eso mismo, porque las tenía como yeguas o vacas, no como mujeres, él no las perseguía para revolcarse con ellas de grado o por fuerza, a pleno día en cualquier matorral, o en la noche, entrando a escondidas en los barracones, con grave riesgo en este último caso de ofrendar, en el altar del apetito venéreo, la propia vida. Casos se han conocido.

«Y yo no soy hombre de andar haciéndolo con animales...», decía para dentro de sí. Él era consciente de su diferencia con los colegas de oficio —casi tan salvajes y animales como ellas, y acaso más—, a muchos de los cuales lo mismo les daba una mujer que una puerca; en habiendo una cosa donde meter el instrumento, no paraban en mientes.

Desde luego, tales razonamientos no los manifestaba de forma explícita —alguno podría sentirse tan ofendido que echara mano al machete y a saber qué sucedería—, era lo que pensaba.

«Mujer, lo que se dice mujer, solo las de piel blanca, como lo fue Eva», aseveraba cuando la conversación tomaba ese rumbo. «Además, ni pensarlo, las negras huelen mal, yo no sé ni cómo un blanco puede acercarse a ellas..., andan sucias, y cómo no van a estarlo, si viven en esos ranchos inmundos, en medio de la porquería. Y miren ese pelo, hasta parece alambre enredado, seguro que araña. Las blancas, en cambio... Ese pelo que cae suavemente sobre los hombros, esa piel delicada al tacto... Ah, eso es otra cosa».

Esa última frase era dicha con una entonación especial, diríase que de ensoñación..., ¡una blanca! Cómo era posible que alguien prefiriera a las negras.

Claro está que en cuanto a gustos no hay nada escrito, por tanto no puede haber disputa, como se dice; cada cual tiene derecho a tener el suyo, y con su pan se lo coma, pensaban los otros blancos, acostumbrados a sacrificar a Eros en altares negros. Blanco Gordo tenía todo el derecho del mundo a preferir la carne blanca o el pelo lacio, a sus colegas no les importaba demasiado, y tampoco le hacían maldito caso cuando soltaba alguna de sus peroratas sobre la superioridad de la belleza de las blancas; en definitiva ellos no querían a sus negras para salir de paseo el domingo y, siempre que los complacieran en lo solicitado, les daba lo mismo si alguien como él las tenía por feas o por bonitas, o si eran gordas o flacas o con marcas tribales en la cara. Algunos a veces se mosqueaban un poco en la conversación, pero no pasaba de ahí, «Allá él con su mierda», era lo más que se comentaba.

En todo caso, mejor que pensara así, era uno menos en la competencia. Que a veces era fuerte.

Donde parecía un poco desencaminada su prédica era en el asunto de los olores corporales, visto que nadie se huele a sí mismo, o casi nadie se percata de lo desagradable que pueden resultar a otros sus propios efluvios, y al zorrillo de seguro el olor de la zorrilla le parece encantador. A Blanco Gordo, por tanto, nunca se le ocurrió, mientras exponía sus conclusiones, averiguar la opinión de los negros respecto de él mismo y de sus emanaciones. Ciertamente, en sus juicios odoríficos antinegros no tomaba en cuenta el pormenor de que tampoco él y sus colegas exhalaban aromas de azahar al terminar la faena diaria. No solo a esa hora se podría acrecentar, sino en cualquier otro momento de la jornada, pues de bien temprano olían a lo que sin duda huele el infierno, lo cual, a fin de cuentas, estaba muy justificado, fuera en blanco, fuera en negro, pues de trabajo en el corte de caña se está hablando, no hay que olvidarlo, y eso significa tener encima un sol que parte el alma, no solo raja las piedras —perdonen editores y críticos literarios las frases hechas—, y debajo el vapor despedido por la caña cortada, incluso aunque uno no se cuente en el número de los que la cortan; por ejemplo, en el caso de Blanco Gordo, no es cosa de juego pasarse el santo día correteando sin darse tregua, yendo de un lado a otro del cañaveral, unas veces a caballo, otras a pie, para obligar a trabajar a los negros —ya se sabe que de propia voluntad no son capaces de hacerlo, necesitan el látigo del mayoral a toda hora para cumplir su obligación.

En cuanto a su fragancia particular, de la de Blanco Gordo se habla ahora, dígase de pasada que bastante agresiva al olfato de cualquiera resultaba, pues era rancia, ácida y penetrante por naturaleza. Y lo acompañaba desde muy temprano, pues, aunque se hubiera aseado, el sudor y los olores impregnados en la ropa un día tras otro no es cosa de poca monta, y nadie se cambia todos los días para ir al corte.

Visto —o, mejor, olido— con imparcialidad el tema de las emanaciones corporales y sus causas, sería justo agregar, además, que Blanco Gordo sentía por la higiene un desapego similar al del resto de sus colegas de oficio, aunque, justicia le sea hecha, estos últimos le llevaban ventaja. Tampoco habría que juzgarlo con excesiva dureza por ese desinterés por la limpieza, pues lo cierto es que las frías tierras del norte de la Península de donde había llegado su familia le habían dejado como herencia cultural cierta entendible aversión al baño diario. Y lo que uno hereda como cultura es algo muy difícil de desarraigar, ya se sabe.

Descontando los excesos verbales en que solía incurrir en sus habituales comentarios acerca de negros y negras, de cualquier modo se le podría conceder a Blanco Gordo que en verdad Fermina no clasificaba entre las mujeres más bellas, ni entre las de más sensual apariencia en la dotación del ingenio Ácana. La verdad ante todo.

Añadamos ahora, para que los posibles lectores no se queden sin aprender algo útil, que ese ingenio mencionado varias veces y esos esclavos pertenecían a don José Eusebio Alfonso, miembro de una de las grandes familias criollas de la Isla —emparentados y asociados con los Aldama, otros tampoco nada pobres—, y se encontraban situados en la jurisdicción de Matanzas, la meca azucarera de la siempre fiel Isla de Cuba por los tiempos en que las vidas de la esclava Fermina y el mayoral Blanco Gordo se cruzaron.

Tampoco era particularmente fea, volvamos a Fermina, al menos no tanto como casi pregonaba Blanco Gordo. Cierto es que quien, como él, tuviera como paradigma de belleza femenina las mujeres europeas de tierras bastante más al norte de España —pues no siempre en la Península se daban especímenes como los descritos por su fantasía— podría no sentirse satisfecho al observar las narices anchas y dilatadas y los labios carnosos de Fermina —aunque, estética aparte, lo cierto es que los labios gruesos suelen resultar muy eróticos para muchos varones, por evocar otros labios por recato ocultos a la vista, pero siempre presentes en las relaciones entre hombres y mujeres, gracias sean dadas a quien corresponda, sea Dios o sea el Diablo—. Era sólida, fuerte, pero de poca grasa, y se sabe que la grasa es importante factor, por redondearlas, en el atractivo de las mujeres. Quizás lo más llamativo en ella era que no exhibía la anchura de caderas, la dilatada curvatura trasera, e incluso la esteatopigia, características de muchas negras de la dotación. Dicho esto, aclárese que tampoco sería exacto afirmar que era una desnalgada —vocablo eufemístico, como se sabe, pues el término más científico y también más popular es desculá—, pues no lo era en absoluto.

Simplemente, no era lo que se dice una culona.

En todo caso, exagerando un poco, se podría afirmar que, en cuanto a las líneas de su cuerpo, Fermina mostraba una lejana semejanza con las formas de la generalidad de las muchachas que a veces llegaban de visita a la casa del dueño del ingenio, cuando la hija pasaba una temporada en ella, las cuales, acaso por sus formas estar aún inmaduras, no llegaban a redondearse del todo. Desde luego, no vale la comparación, pues estas últimas eran blancas, y las blancas son finas y delicadas, no son propios de ellas los traseros imponentes propios de las negras, válganos Dios, exigirlo en ellas sería una grosería. También es cierto que, andando el tiempo, entre las señoritas blancas comenzarán a verse traseros dignos de alabanza, pero ese tema mejor se pasa por alto, como también que algunas nacerán con cabellos difíciles de dominar. Son misterios de las familias que solo a Dios es dado conocer.

Volviendo una vez más a Fermina, dígase que, siendo de pechos pequeños, tenía en cambio los pezones muy desarrollados, al punto que, a pesar de la tosquedad del tejido, se marcaban por debajo del vestido de esquifación y contribuían al efecto perturbador provocado por su figura. Basta imaginarse por un momento aquella mujer de piel tan negra, de proporciones femeninas pero de brazos musculosos y más alta que muchos hombres de la dotación, y para colmo con aquellas prominencias en el pecho que parecían dirigidos contra los ojos de uno; vaya, que verla venir de frente impresionaba. Este detalle de los pechos erguidos, acaso el principal atractivo de su figura, resultaba bastante erotizante para la mayoría de los hombres que la veían, tanto negros como blancos, aunque todos por igual se cuidaban mucho de hacerle proposiciones, y esto no es dato supuesto por narrador alguno, sino recogido de los comentarios del sector masculino del ingenio que en su momento se pronunciaron al respecto.

Parecía, empero, que tal característica de Fermina no provocaba reacción alguna en Blanco Gordo, porque jamás se le sorprendió frase indicativa de que se hubiera fijado en aquello que, como se dijo, era lo más llamativo en ella. Un día, cuando la vea desnuda, descubrirá que, además de aquellos pezones en el pecho, la bata también guardaba unos muslos firmes, casi sin grasa, y, cuatro dedos más abajo del ombligo, una maleza negra e hirsuta cuya visión le provocará un vahído, porque imaginará lo que entre esos muslos, y oculto por esa maleza, pudiera estar esperándolo: Era solo decidirse y sería suyo.

Pero no se adelantará más al respecto, qué se pensaban. Se ha repetido que la estatura de Fermina era bastante elevada, y no solo sobrepasaba a muchos negros, sino también a algunos blancos. Ahora añádase que a Blanco Gordo le llevaba cuatro dedos de ventaja; de haber pretendido mirarla a los ojos, él hubiera debido voltear la cabeza hacia arriba. Algo que nunca haría, por supuesto, quién tiene necesidad de mirar a un negro a los ojos, a no ser para asustarlo con la expresión de los propios, pues a quien sostiene un látigo en la mano y está en situación de usarlo a discreción ese recurso le resulta innecesario, con solo mover un poco el brazo el negro tiembla. Además, el negro debe mantener la cabeza gacha cuando un blanco habla con él. Eso de manera general, desde luego, pues, como ya se debe de haber advertido, a Blanco Gordo le fascinaba mirar directamente a los ojos de las negras cuando les tocaba la cara con la punta del látigo antes de azotarlas. Como se comprende, por la diferencia de estaturas, con Fermina ese placer hubiera sido un poco difícil, salvo que él se pusiera en punta de pies.

Y eso habría sido bastante ridículo, a decir verdad. Brazos y antebrazos de Fermina eran puro músculo, tendones y venas, como es de imaginar; las manos eran grandes, con dedos gruesos y callosos, como de hombre hecho al trabajo rudo. Recordemos que eso era ella para Blanco Gordo: un hombre, aunque cuando esto decía de inmediato se rectificaba a sí mismo —nada como la corrección en el hablar, reflejo de la corrección en el pensar, y nada como enderezar a tiempo la expresión que nació torcida—: «Un hombre no, un negro».

Y no es lo mismo hombre que negro, eso es obvio, insistía, y anótese en favor del mayoral el punto de la exactitud en el lenguaje.

Y como al negro que ella era, él le exigía en el campo. Y que no se quejara, ¿quién la mandó a nacer tan fuerte como un macho?

Bueno, lo cierto es que ella tampoco se quejaba, era forzoso admitirlo.

Eso también lo hacía detestarla. ¿Quién se cree que es para no quejarse como los demás?

Fuerte como un macho era Fermina, pero era una mujer. Una mujer negra. Con todos los atributos, como cualquier otra, menstruaciones dolorosas incluidas, y dos hijos abortados alguna vez —para que no nacieran esclavos, sabían en la dotación, pero de eso Blanco Gordo no iba a enterarse nunca; él, de saberlo, lo hubiera achacado a que era machorra—. También con algunos maridos quedados atrás, dígase de pasada, el último un cimarrón apalencado quién sabe dónde desde la sublevación del Alcancía. Eso era lo que él conocía de su vida. Claro, y que era capaz de avanzar al ritmo de cualquier hombre en el corte de caña. Añadamos que a no pocos esclavos, de habérselo propuesto, habría podido sobrepasarlos. Nunca lo hizo, pero no porque no pudiera, sino, aunque disimulara la causa, para no disminuir a sus hermanos varones delante de los blancos. Los esclavos agradecían en silencio, bastante vergüenza es ser esclavo y no rebelarse, para que además una mujer se muestre más fuerte delante de los amos. Menos mal que ella lo dispensa a uno de esa otra humillación.

Blanco Gordo no podía evitar que lo embargara un sentimiento ambiguo, mezcla de desprecio y fascinación, cuando veía a Fermina tomar con la mano izquierda un grueso haz de cañas y, sin gran esfuerzo visible, cortarlas de un solo golpe del machete que empuñaba en la derecha. Él la observaba mientras ella trabajaba, esperando inconscientemente el momento de verla flaquear. Con cuánto gusto hubiera hecho restallar el látigo cerca de ella para asustarla, si la hubiera visto sentarse unos minutos de más encima de un montón de cañas, para enjugarse el sudor y tomar un poco de aliento antes de continuar. Al menos, le hubiera gustado gritarle alguna vez: «Arrea, negra, a trabajar, dónde te piensas que estás», viéndola demorarse un poco en levantar el machete. Pero ella avanzaba por entre las cañas sin detenerse más que para beber un poco de agua cada cierto tiempo, como se ha dicho antes, sin dar muestras de agotamiento por más calor que hubiera, ni dar la menor ocasión a un simple regaño.

Callada, disciplinada, trabajadora, era una máquina que marchaba surco adentro sin reparar en nada.

«Mejor para ella si trabaja bien», se decía Blanco Gordo, porque si llegara a sorprenderla en alguna de las perrerías a que son tan aficionados estos negros, él no se dejaría impresionar por su corpulencia y su fuerza, como suelen hacer esos contramayorales negros tan flojos que tenía de ayudantes, quienes a duras penas ocultaban el miedo. Él, si llegara la ocasión, la castigaría como a cualquiera otra.

¡Y con cuánto gusto!

Hasta con más violencia seguramente, porque intuía que ella era, en el fondo, un bicho maligno. Un bicho maligno llegado a esa dotación para hacer daño, «A mí no me engaña».

Balada del Inocente

«Ese negrito está bien crecido ya», había dicho el boyero, señalando hacia uno de los niños que correteaban tras las gallinas que venían a comer de lo caído al suelo. «Y a mí me está haciendo falta personal».

Que estaba crecido de cuerpo era verdad, admitían las cuidadoras —con un punto de orgullo en la mirada—; era en verdad hermoso, ellas lo cuidaban bien, ¿no era eso lo exigido por los amos, que sus negritos crecieran fuertes y saludables para un día poder sumarlos a la dotación? Pero objetaban que el infeliz no servía para trabajar, era inocente, la cabeza no iba a la par del cuerpo, no solo lo visible de ella, a simple vista demasiado pequeña en relación con el tronco y las extremidades, sino, ante todo, por lo que debía de tener dentro, que era todavía menos en el sentir de ellas. Era solo fijarse un poco para saberlo.

«No lo está viendo'sté, su mercé, su cabeza no anda bien, na'má hay que mirarlo, stá vacía», «Pero ya tiene como siete años por lo menos, ¿no? Y se ve fuerte, duro, ustedes lo cuidan bien…», «Siete, sí, su mercé, lo cuidamos mucho, pobrecito, como que'stá huérfano, pero…, mire'sté na'má, si casi ni jabla toavía», «No hay pero que valga, mañana mismo me lo llevo… Y mejor si no habla, estoy cansado de tanto negro hablantín».

Tres negras se encargaban de atender el «criadero de criollitos» del ingenio, una habitación bastante amplia situada cerca de la entrada del barracón. Lo de bastante amplia podría considerarse una expresión relativa, pero sin duda lo era, sobre todo en comparación con los espacios donde eran obligados a vivir los esclavos de más edad. Por lo demás, el piso era de tierra, como era de esperar, a quién se le ocurriría pensar otra cosa, estamos hablando de negritos, no de blanquitos, quienes, además, no necesitaban estos lugares. La ocupación de las cuidadoras era ante todo asegurar que los niños comieran, no escaparan del lugar y no se descalabraran unos a otros en sus juegos, al menos no más de la cuenta. De vez en cuando los bañaban, desde luego.

Vista la cantidad de mujeres ocupadas en las labores de la finca y en edades paridoras, el local hasta podría resultar pequeño si todas parieran como les correspondía, pero pocas veces estaba ocupado en exceso, pues no eran muchos los niños en edad de criadero en la finca, uno hasta está tentado de afirmar que las cuidadoras disfrutaban de una sinecura. Imagínense, tres mujeres empleadas en una tarea que bien pudiera ocupar a una, a lo sumo dos, esto no es un ejemplo de eficiente administración. Llegados a este punto, pudiera venir a cuento referir —aunque «se aparte un poco» del hilo de la narración— que, por un fenómeno cuya explicación los dueños no lograban encontrar —o encontraban, pero preferían no admitirla como posibilidad—, una buena porción de las negras de la dotación eran estériles o, si se embarazaban, de sus negros o de sus blancos, perdían las barrigas al poco tiempo. A ello se sumaba algo peor, que también había niños muertos poco después de nacer, de modo que lograr un embarazo no era garantía de que hubiera un nuevo miembro de la dotación. Con la falta que hacía.

Sin lugar a dudas, el pequeño que había llamado la atención del boyero se veía más robusto que los demás; estaba, en efecto, muy bien cuidado, más que el resto; las tres mujeres se esmeraban en alimentarlo y protegerlo, tanto como si de hijo propio se tratara. En lugar de tres cuidadoras, como los demás, este niño tenía tres madres encargadas de velar por él. Razones había para ello, ante todo porque ellas le tenían su mucho de lástima, porque había nacido huérfano, y también porque se daban cuenta de que no era igual al resto de los niños a su cargo, y había algo en él que lo ponía en desventaja en relación con el mundo en que le había tocado nacer. No tenían estudios de ningún tipo, desde luego, por tanto ningún conocimiento sobre el tema, salvo los que proporciona vivir muchos años, pero tampoco les hacía falta asistir a la escuela para advertir lo que saltaba a la vista: La inteligencia de la criatura no se desarrollaba como debía ser, la edad de su mente no se correspondía con la de su cuerpo.

También creían saber la causa del problema del muchacho, pero eso nunca lo dirían, esas no eran informaciones para transmitirlas a un blanco. Por más que no hubiera a quién castigar en caso de saberse lo sucedido en realidad con él, por estar muerta la persona a quien culpar, a saber qué tempestades podría desatar una revelación como esa contra los que estaban vivos. Sobre todo contra ña Luisa, que no solo era la más vieja de las tres, sino también la mejor informada sobre las circunstancias del nacimiento del muchacho y de la muerte de la madre, porque había asistido a ellas desde el principio.

«Ña Luisa, yo no quiero ese niño, yo juré que no voy a parir esclavos», había declarado la embarazada a la comadrona de la dotación, mujer muy vieja, descendiente de varias generaciones de parteras, y que había ejercido el oficio en tierra africana desde muy joven. Ninguna otra preñez había progresado en la embarazada: Había logrado evitarlas durante mucho tiempo, pero esta vez la semilla se agarró a su vientre y se dispuso a germinar a pesar de todo. «Deme su mercé algo para que este niño no nazca», «Mi oficio es traer niños al mundo, no matarlos», argumentó ña Luisa.

Era cierto lo afirmado por la vieja, su oficio era ayudar a nacer, y conocía todos los tratamientos y todas las invocaciones para ayudar a un buen parto, pero la afirmación no era nada exacta; en realidad, a menudo proporcionaba a las esclavas consejos, trucos y remedios para no ser fecundadas, y les suministraba fórmulas preparadas por ella misma para abortar si la preñez era de pocas semanas.

«Tomaste los remedios que te di, pero no valieron de nada y ya saltaste muchas lunas por él; este muchacho tiene mucho tiempo en tu barriga…, ahora quiere nacer, tienes que dejarlo», «La dueña de mi barriga soy yo, ña Luisa, perdóneme que le hable así a una persona mayor, por nada del mundo yo quiero ofenderla, pero no voy a ser la madre de un esclavo, no quiero darle mi sangre y mis dolores a un niño para que después vengan a maltratármelo los amos blancos».

Discutieron largo rato las dos mujeres, cada cual dueña de sus razones, y por fin la comadrona aceptó las de la embarazada. Tampoco tenía alternativa. Si ella no lograba interrumpir la gestación como la otra le pedía, de todos modos el niño habría de morir cuando naciera, porque en los ojos de la muchacha leyó que la resolución era irreversible: No entregaría un nuevo esclavo a sus amos al precio de su sangre y su dolor.

«Mejor que el infeliz muera antes de abrir los ojos», se dijo ña Luisa, e indicó los remedios para expulsar del vientre de su madre un feto ya casi a término. «Tú toma mucho cuidado con todo, eso ahí dentro está muy adelantado ya, lo que te mando también es peligroso para ti». Alterar dosis o formas de aplicación podría acarrear consecuencias graves, advirtió.

Tal vez la embarazada no siguió al pie de la letra las instrucciones sobre las dosis que debía ingerir, o alteró la frecuencia con que debía hacerlo; quizás algo anduvo mal en la preparación de los ingredientes… En fin, algo no funcionó, porque el resultado fue que no desarraigó al feto del vientre de la madre. Por el contrario, el niño nació sin dificultades. Ña Luisa se asombró tanto por el resultado negativo de su remedio como por la facilidad con que la criatura había llegado al mundo, casi sin dolores para la madre: «Eso no es normal», pensó, «Es como si alguien lo hubiera estado guardando, alguien contra el que yo no puedo».

Había un mensaje escondido en lo sucedido, a no dudarlo; solo se debía esperar a que el tiempo pasara para saberlo.

«Cuídalo mucho, que no es solo tuyo ni de tu marido», comentó con la madre al ponerlo en sus brazos. Los santos habían querido que naciera, y ellos sabrían la razón, uno no puede contradecir su voluntad. «Si este niño nació es porque tenía que nacer. Él viene a cumplir un destino aquí en la tierra; tú no sabes lo que es, ni yo tampoco, pero no puedes ir contra eso. Cuidadito con tratar de matarlo, porque no puedes hacerlo».

Quien moriría unas semanas después sería la madre, que no pudo recuperarse del parto, a pesar de en apariencia haber sido tan sencillo. La mataron los esfuerzos fallidos por evitar el nacimiento, pensó ña Luisa, fue castigada por luchar contra lo que los santos habían decidido. Por alguna razón misteriosa, aquellos remedios habían surtido efecto sobre la madre, no sobre el hijo, resguardado por algo más fuerte que los preparados ingeridos por ella. Pero, si bien la vida del recién nacido había sido amparada por algún poder que no permitió a la muerte adueñarse de su cuerpecito, no pasó mucho tiempo antes de que la propia ña Luisa, encargada de cuidarlo en el criadero, comenzara a sospechar que de alguna manera el daño había caído también sobre él. Desde los primeros días le pareció que algo no andaba del todo bien con el muchachito; en su cuerpo se evidenciaba que aprovechaba los alimentos, pero ya desde el principio se notaba en él cierta lentitud en la respuesta a los estímulos, y después menos viveza en los juegos que cualquier otro niño que ña Luisa hubiera conocido.

Con el paso de los años la sospecha se confirmó: Si en corpulencia superaba a todos, en cambio la mente del huerfanito no progresaba al ritmo de sus coetáneos.

Esa inferioridad preocupaba mucho a ña Luisa, quien no imaginaba cómo el muchacho podría sobrevivir con tal limitación en el mundo en que había venido a nacer. Si para los que nacían normales la vida de esclavo era un infierno, ¿qué podría esperarle a aquella criaturita? En ocasiones trataba de consolarse diciéndose que acaso así fuera mejor, si su cabeza no le daba para entender lo que pasaba, tal vez sufriera menos con su condición de esclavo. Se sentía en esos momentos ganada por una gran ternura, como si la madre biológica fuera del muchacho y no su cuidadora, lo atraía hacia sí y le acariciaba con tristeza el pelo ensortijado por donde a duras penas lograba pasar el peine. Lo abrazaba fuerte, como para guardarlo dentro de sí y protegerlo. En vano. No podía escapar a la frase que no le dejaba reposo: «Tú no llegas a viejo, niño mío».

Si la idea de que el muchacho estaba en desventaja para defenderse en la vida la preocupaba, con el tiempo descubrió algo más alarmante que cualquier otra amenaza imaginada. Era una especie de lejanía que sorprendía en su mirada en ocasiones, cuando, de repente quieto y silencioso en medio de cualquier juego, moviendo levemente los labios, como en un temblor, se sentaba en un rincón y parecía tener el pensamiento deambulando por mundos inaccesibles a los que lo rodeaban. En esos momentos, por más que le hablaran, no respondía, como si su ser exterior estuviera presente, pero el resto, su ser interior, anduviera deambulando por otros derroteros. «Está ido de este mundo, el pobre», comentaban entonces las demás cuidadoras.

Ella lo miraba y sufría pensando en la posibilidad de que algún día, cuando fuera un poco mayor, pudieran llevárselo para uno de esos hospitales de locos donde se dice que envían a morir a los esclavos cuando se les extravía la razón.

Un día, sin embargo, andaba él sobre sus siete años, al verlo en una de sus acostumbradas ausencias, ña Luisa sintió de súbito el impulso de tratar de entender lo que pasaba por dentro del niño en esos instantes. Se colocó frente a él y lo miró a los ojos. Él no hizo gesto alguno con el que indicara haberse percatado de su presencia, y permaneció mirando fijo hacia ningún lugar, haciendo aquellos movimientos casi imperceptibles de los labios. Por varias veces, ña Luisa siguió la dirección de la mirada, tratando en vano de encontrar algún punto lejano que le permitiera descubrir por dónde andaba perdido el muchacho; después volvía a mirar hacia sus ojos, sin hallar nada. Pero hubo un instante en que advirtió algo que la estremeció: De ellos, por momentos, partía un brillo especial, diferente a cualquier luz que ella hubiera conocido en su vida. Por su cabeza cruzó la certeza de que las aparentes ausencias del huérfano no guardaban relación alguna con el supuesto problema del retraso mental que todas encontraban en el niño. Allí había otra cosa. Aquel fulgor era algo de otra dimensión, de explicación misteriosa y no asequible al mundo de los vivos.

En el niño había algo que iba más allá de lo que ña Luisa pudiera explicarse.

O cuya explicación le infundía miedo:

«Esta criatura habla con los muertos».

«No se lleve al Inocente, su mercé, por el amor de Dios», suplicaron una y otra vez las mujeres, pero el boyero hizo oídos de mercader a los ruegos y cargó con el muchacho, quien a partir de entonces trabajaría con él por el día. Por la noche regresaría a dormir al criadero, concedió, pero para lo demás debería regirse por la misma disciplina y los mismos horarios que el resto de los esclavos. Todavía no tendría que enfrentar trabajos demasiado rudos, aseguró, pero había terminado la infancia para él; comenzaban las responsabilidades del adulto.

«Ya tiene edad más que suficiente».

Blanco Gordo, a quien acudió ña Luisa implorando apoyo contra la determinación del boyero, tampoco atendió a razones, «Si el señor boyero dijo que se lo lleva, él sabe lo que hace y bien llevado está, no soy yo quien va a impedirlo». Ni miró hacia el chiquillo, no tenía motivos para hacerlo: Él nunca haría nada que permitiera a los negros tan siquiera imaginar que podían limitar el poder de quienes mandaban en ellos, incluso aunque tuvieran razón en lo reclamado. Se rectificó en silencio: «Razón nunca tienen, cómo se me ocurre». Que se fuera el vejigo a trabajar como cualquier otro negro, para eso los hizo Dios.

El Inocente, pues, fue a trabajar junto a otros muchachos ya más crecidos, encargados del trabajo con los bueyes.

Las cuidadoras lo despidieron el primer día entre llantos y rezos.

El boyero no tardó demasiado tiempo en darse cuenta de que su decisión había sido desacertada: El chiquillo no era capaz de comprender la orden más sencilla, lo hacía todo al contrario de lo indicado. Podía tanto explicarle como gritarle cuantas groserías se le ocurrieran, y hasta darle de bofetadas, que no entendía. No era que fuera vago o desobediente o se burlara: Era de verdad lerdo, su cabeza no procesaba lo que le entraba por los oídos.

Para rematar, una vez llegado al campo, se llenaba de repentina intranquilidad, y constantemente dejaba lo que estuviera haciendo para salir corriendo detrás de cuanta ave se posaba en el surco para comer lombrices o semillas.

Había que llamarlo al orden a cada instante.

«Una verdadera desgracia», se decía el boyero. Y él no tenía paciencia para soportar las desgracias, aquel

139

negrito lo tenía en ascuas todo el tiempo. Si se tratara de un esclavo con más edad, ya hecho y derecho como quien dice, podría quitarle las manías con unos buenos golpes de fusta, pero en este caso no debía hacerlo, podía golpearlo, claro, pero sin exagerar, aquel cuerpo era demasiado débil todavía para soportar una tanda de latigazos como es debido, y podría matarlo sin proponérselo. No se trataba de que le interesara mucho ni poco la muerte de un negro más o menos; pero si eso sucediera enfrentaría un grave problema con los dueños, quienes no le reirían la gracia. Si los señores tenían el criadero no era solo para que las negras paridas pudieran trabajar, era también, y ante todo, para ahorrarse lo que les costaría adquirir nuevos esclavos. Este negro, al menos en apariencia, ya estaba en edad de producir ganancias, y si lo mataba sus patrones no iban a entender que era un inútil, seguro hasta le exigirían indemnización, a saber el monto que pedirían por un ser tan sin provecho. De manera que había de contentarse con algunos bofetones, unos empujones y otros tantos tirones de pelos o de orejas para contener las travesuras del chiquillo; en ocasiones se atrevía a golpearlo, pero no con la rudeza que hubiera querido, porque un golpe bien dado con sus manos hechas al trabajo rudo podía dejarlo tendido en el suelo para siempre. También a veces hacía restallar el látigo cerca de él, como se hace con los adultos para obligarlos a acelerar el ritmo de trabajo, de manera que con el susto aprendiera a obedecer. El remedio algunas veces resultaba, pues el chiquillo daba un salto, sobresaltado, y dejaba el juego en que se hubiera distraído para atender a la obligación. Sin embargo, en el conjunto de sus inutilidades parecía encontrarse el no haber desarrollado la capacidad de registrar en el cerebro las experiencias y aprender de ellas, porque no pasaba mucho tiempo sin volver a las andadas.

El esfuerzo era en verdad agotador para el boyero, pero él no iba a dar marcha atrás en su decisión. Lo había decidido: Aquel chiquillo aprendería a comportarse, o él dejaba de llamarse como se llamaba.

Por cierto, el nombre de este blanco no trascendió en las historias de los barracones. Boyero lo llamaban y boyero quedó para siempre en la memoria de los abuelos de los abuelos. Que siga boyero, pues.

Aquella tarde de comienzos de junio, el boyero estaba especialmente exasperado con las tonterías del negrito. «¿Y cómo no estarlo?», lo justificaría quien estuviera al tanto. Aquello no era cosa de juego: Si bien nunca había tenido demasiada paciencia para soportar sus barrabasadas, lo de ese día sobrepasaba cualquier límite, ni el mismísimo Job que hubiera vuelto a nacer lo habría sufrido en calma.

La primera travesura fue muy temprano en la mañana, y quedaría para siempre en la memoria de todos los que estuvieron presentes. Había salido del criadero a juntarse con los que salían del barracón, y de pronto echó a correr a toda prisa hacia el campo. Acaso iba a evacuar una repentina necesidad de los intestinos, pensaron algunos, y enseguida se olvidaron de él; otros ni le prestaron atención, conocedores de que el muchacho era impredecible, a saber cuál locura había pasado por su cabeza, quizás había decidido cazar algún animal nocturno que hubiera demorado en regresar a su cueva, no sería la primera vez que lo hiciera. Acaso solo deseaba corretear y saltar, persiguiendo un pajarillo que volaba, como si pretendiera agarrarlo con las manos para después soltarlo, como también tenía por costumbre. Los adultos dejaron de mirar hacia él, desinteresados, solo los muy jóvenes lo observaban, lamentando no ser ellos quienes gozaran de aquel breve momento de libertad.

Detuvo la carrera al lado de uno de los bueyes que se encontraban echados, precisamente el más corpulento y también el más resabioso de la boyada. Los pocos esclavos que seguían con la vista los movimientos del muchacho se intranquilizaron: Aquel animal podía darle un mal golpe. Tomás, uno de los curiosos, hizo un movimiento en dirección al lugar, pensando que debía sacarlo de allí de inmediato, aun a riesgo de quedarse sin desayuno, pues ya casi partían al trabajo. No avanzó más de tres pasos, pues lo que vio en ese momento transformó su intranquilidad en sorpresa y lo paralizó: Al llegar junto al animal, que se había vuelto hacia él cuando lo sintió llegar, el niño le pasó las manos por el cuello varias veces, como acariciándolo, sin que el buey hiciera el menor movimiento; retiró la soga que lo mantenía atado a una estaca clavada en el suelo, y comenzó a hablarle, sonriendo, en su lengua enrevesada que las personas a duras penas entendían. Aquello que tan difícil le resultaba al niño con los humanos, la comunicación, pareció serle muy fácil con el irracional.

El buey movía la cabeza de vez en cuando, según el niño hablaba, como asintiendo o negando. No había la menor duda, «El Inocente y el buey están hablando y se entienden», comentó Tomás consigo mismo, cada vez más asombrado, y regresó a su lugar sin dejar de mirar hacia aquellos dos seres. En lo que parecía amena conversación permanecieron unos minutos, los suficientes para que los pocos esclavos que de lejos asistían a la escena, alertados por Tomás, se desinteresaran del asunto y atendieran a lo suyo, que era acabar el desayuno e irse para el trabajo, como de costumbre. En definitiva, que una persona, aunque sea un niño, se pueda hacer entender por un animal no es un hecho tan insólito, al menos no lo era en la tierra donde la mayoría de ellos había nacido, por tanto, no había razón para perder el tiempo mirando lo que, después de todo, no era nada del otro mundo.

Tomás, en cambio, pensó que cuanto sucedía entre aquellas dos criaturas tenía algún sentido especial que de momento escapaba a su entendimiento, pero no era nada insignificante, y por eso no dejó de observarlos. «¿Fermina lo estará mirando como yo?», se preguntó. Seguramente ella sabría interpretar mejor que él lo que estaba sucediendo, pero bajo ningún concepto podría acercarse a ella para preguntarle.

Y nadie más que él vio al niño sentarse encima del buey, todavía echado, y que el animal no hizo gesto alguno de rechazo al sentirlo encima; por el contrario, como si obedeciera a una orden que por la distancia Tomás no podía oír, comenzó a incorporarse con lentitud, diríase que con sumo cuidado, como si tratara de evitar una caída y para permitir al pequeño jinete acomodarse sobre él. Cuando estuvo incorporado, y teniendo una carga humana sobre el lomo por primera y única vez en su vida, el buey echó a andar, primero muy despacio, como para que el jinete se adaptara al movimiento, y poco después con algo más de prisa. El pequeño reía, agitaba los brazos y daba golpecitos con los talones desnudos en los costados de la inusual cabalgadura, que no se inmutaba por ello; solo de vez en cuando el animal movía la cabeza a un lado y otro, como si respondiera que no a alguna indicación hecha por el jinete.

El resto de la boyada se puso en marcha detrás de ellos, arrancando a su paso las estacas a que estaban prendidas las cuerdas que los sujetaban. Las gallinas y los gallos bajaron de los gallineros, los puercos salieron de las pocilgas y, en fila india, todos echaron a andar detrás del niño y su cabalgadura; un viejo caballo, un chivo y otros animales que andaban sueltos comenzaron a juntarse al grupo según avanzaba. Tomás, enmudecido, contemplaba la escena. Al parecer, nadie más se había dado cuenta de lo que sucedía, pues todos habían echado a andar en dirección a los instrumentos de trabajo, solo él se había quedado en

143

el mismo lugar, inmovilizado por el asombro. Fue necesario que un contramayoral hiciera restallar el látigo a su lado, «Arrea, negro, y déjate de pensar en las musarañas», para que volviera en sí y echara a caminar hacia el lugar donde debía recoger las herramientas que cada día, al terminar las labores, se guardaban bajo llave y lejos del barracón.

Marchaban los eslavos camino al campo cuando algunos se percataron de la hilera de animales que marchaba en sentido opuesto, y que delante de ellos iba un buey con una criatura encima; al mirar mejor se dieron cuenta de que era aquel mismo niño que minutos antes habían visto correr hacia donde descansaban los bueyes, el mismo niño a quien muchos de ellos miraban con respeto, otros tantos con miedo, por considerarlo, por señales que solo los negros de nación y unos pocos criollos podían percibir, posible emisario de alguien que no era de este mundo. No todos lo creían así, tenían dudas, quizás no se tratara de ningún enviado a pesar de los comentarios circulantes y tenían su punto de partida en el criadero, pero de cualquier modo era notorio que no era un muchacho normal, en eso concordaban. Y ningún esclavo desconocía que los niños con esas características disfrutaban de una protección especial de los dioses porque eran criaturas sin maldad, y quien les hiciera daño no escaparía del castigo divino. Había que cuidarlos en sus travesuras, protegerlos contra cualquier abuso, y estar atentos para conocer, en sus actos, el mensaje enviado con ellos. Aquel muchachito especial ahora hacía algo fuera de toda comprensión humana, algo que no podía ser natural: El niño sobre el buey, el buey resabioso que se dejaba montar, los animales que los seguían y se les unían desde todas partes, todo eso debía tener un significado, era un mensaje, el problema era saber entenderlo, a la noche acudirían a los más viejos para que les ofrecieran explicación, si encontraban alguna.

La voz se corrió de inmediato. Los que ya habían entrado al corte regresaron para mirar mejor, los demás detuvieron su camino, incluidos mayoral y contramayorales, todos mirando asombrados hacia el desfile de animales. Por unos segundos, tanto la dotación como quienes debían obligarla a trabajar quedaron paralizados observando la escena.

«El Inocente está señalando un camino», comentaron entre sí algunos esclavos de más edad, haciéndose eco de lo que andaba en la cabeza de todos. Para quien sabe entenderlas, las señales divinas son claras. Sobre todo si las divinidades son negras. Y esta no podía tener más que un significado: Los animales no se dirigían hacia el lugar de trabajo, sino en sentido opuesto, hacia el monte. El monte significaba escapar al látigo, la búsqueda de la libertad.

«Yo creo que es una señal», afirmó en voz baja Tomás, quien, como por casualidad, se había acercado a Fermina para expresarle lo que pensaba al pasar por su lado.

«Parece...», respondió ella, casi sin mover los labios y sin mirar hacia él. «Me parece muy clara», «Pero es una sola... Hay que esperar todavía», terminó la conversación Fermina, y retomó el camino al corte, como si no le interesara el espectáculo. Le interesaba, y mucho, acaso más que a nadie, pero por nada del mundo quería que el mayoral la viera conversando con otro esclavo en ese momento, mucho menos con Tomás.

«Con una señal más que haya...», todavía se atrevió a comentar Tomás cuando ella ya se alejaba.

«Esta criatura tiene algo», también había comentado Fermina consigo misma, al igual que ña Luisa, cuando lo vio la primera vez. Ella conocía de su existencia, como todos los esclavos, pero solo lo había visto de cerca un momento. Una tarde, no hacía mucho, al volverse para echar hacia atrás un montón de caña recién cortada, se encontró con los ojos del niño, quien, a su lado, la miraba de una manera especial. No lo había sentido llegar. En los escasos segundos transcurridos hasta que se oyó la voz de uno de los contramayorales, «Sal de ahí, chiquillo'e mierda», ella sintió como si el niño, sin palabras, le estuviera transmitiendo un mensaje. Aunque el muchacho no emitió sonido alguno durante ese tiempo, ni hizo siquiera algún gesto, no tenía duda alguna de que trataba de comunicarse con ella, pero, ¿cuál sería el mensaje? Al cabo de los días se convenció de que no había existido nada de eso, el niño se había acercado apenas por curiosidad, y terminó por olvidarlo.

Con lo que acababa de ocurrir esta mañana, la escena volvió a su mente como si se estuviera produciendo en ese mismo momento, ¿esto tendría alguna relación con lo de aquel día?

Tomás pudiera tener razón, el niño pudiera estar dando una señal, pudiera estar indicando que echaran a andar y no esperaran más. Inocente como era, ¿habría él recibido un mensaje de quienes todo lo saben?, ¿lo habrían escogido a él para dar la señal esperada por todos para iniciar la gran sublevación que terminaría para siempre con la esclavitud? Pero le parecía demasiado pronto para empezar, faltaba mucho por organizar todavía. ¿Y si era una casualidad, si no había señal alguna y se lanzaban a algo para lo que no estaban preparados, solo porque algunos entendieron lo que querían entender?

Debería esperar a la noche, consultar con sus muertos, aconsejarse, pensar.

Blanco Gordo, el boyero, los contramayorales y algunos otros empleados blancos también habían quedado pasmados de asombro al ver la columna de animales siguiendo al buey sobre el que cabalgaba el niño. «Eso es cosa de brujería», quizás hayan pensado todos, asustados, pero solo los contramayorales negros lo manifestaron entre sí con palabras dichas en voz baja, los blancos no tienen derecho a expresar sus temores delante de los negros, estarían perdidos si lo hicieran.

El boyero fue el primero en romper el hechizo que parecía haber paralizado a todos. «¡Qué mierda es esta!», exclamó, colérico; montó en su caballo, sin siquiera ensillarlo, y corrió a cortarle el paso a la insólita caravana. Si aquello era truco de brujería, como todo parecía indicar, esos salvajes iban a enterarse de que con él no había mañas de negro que valieran, a él no lo impresionaban sus mierdas.

El caballo atropelló algunas gallinas y estuvo a punto de enredarse con un chivo y caer con todo y jinete; mas el boyero era muy diestro cabalgando y supo maniobrar y mantenerse. Cuando por fin se puso cerca del buey, no pudo evitar un estremecimiento al ver al muchacho. Tenía las manos sueltas y no era sujetado por nada, mas parecía cosido al lomo del animal, pues ni siquiera se tambaleaba con los tumbos que daba al caminar por entre los surcos. El niño miró en su dirección, pero como sin verlo, como si sus ojos se dirigieran hacia algo situado en un lugar muy distante. El boyero pudo ver su sonrisa y su mirada perdida en el infinito, ausente, y tuvo la impresión de que estaba poseído por un ser sobrenatural. O fuera un muerto. La idea lo sobrecogió. «Mierda, esto es cosa de brujería de verdad». Por un instante dudó si podría con esa brujería, todo el mundo sabe que los negros acostumbran tener tratos con el demonio, a saber lo que en realidad sucedía con ese chiquillo. Sintió un rápido temblor recorrerle la espalda. Respiró hondo tratando de recomponerse, él era un hombre, qué es eso de sentir miedo de un negrito; además, era un blanco, católico y apostólico, no podía dejarse impresionar de esa manera por las cosas de los negros. Se persignó tres veces antes de ganar valor, después gritó, «¡Párate ahí, carajo!».

El muchacho no hizo caso a la orden ni a las amenazas que la siguieron, y comenzó a agitar las manos y sonreír, podría pensarse que no lo oía. Fue preciso que el caballo se pegara bien al buey, el cual no detenía su andar, y que el boyero arrancara al niño de encima del animal halándolo con fuerza por las orejas. Una sensación de escalofrío lo recorrió al tocar al niño: Estaba casi helado. Como si estuviera muerto desde hacía horas. El muchacho cayó al suelo a consecuencia del halón, dio un par de vueltas y se quedó acostado, sin mostrar susto alguno, con la misma sonrisa de un momento antes; se había hecho algunas magulladuras, pero no había recibido ningún golpe de importancia con la caída. El hombre se desmontó y lo puso en pie con un fuerte tirón por un brazo. Volvió a sentir el mismo frío de la piel del niño, y otra vez se estremeció al tocarlo, pero ya no le prestó atención.

«¡Chiquillo'e mierda!», exclamó, y le asestó un par de golpes en la espalda con el mango del látigo.

Al sentir al niño caer de su lomo al suelo, el animal detuvo la marcha y volvió la cabeza hacia él. Vio el momento en que el hombre lo golpeaba. Pudo haberse debido a la casualidad, un movimiento cualquiera sin relación con lo que sucedía, cómo pensar en un acto intencional de ese tipo en una res, pero por un instante el boyero tuvo la impresión de que el buey había hecho un intento de atacarlo para defender al agredido; había sido palmario para él, aunque jamás lo comentaría con nadie. En cambio, los esclavos que pudieron ver la escena, aunque algunos no estuvieran suficientemente cerca para tener verdadera certeza de lo sucedido, quedaron convencidos de que el buey había atacado al boyero porque golpeó al niño, y transmitieron después esa afirmación a quienes no habían sido testigos. Lo cierto es que el boyero, en un gesto instintivo, dio un salto atrás para ponerse a salvo y gracias a ello no recibió una cornada. Furioso, asestó varios latigazos en el lomo del animal, el cual agachó la cabeza, bufó y permaneció quieto: Volvía a ser lo que era, un buey, un animal destinado a obedecer y al matadero.

Poco después llegaron los ayudantes y se encargaron de conducir a cada miembro de la boyada a la labor que le correspondía. El resto de los animales huyó en desbandada.

El hechizo negro, si lo hubo, había sido roto por la contramagia blanca del látigo del boyero.

Empujando con el mango del látigo al niño, el boyero lo alejó del lugar y lo puso a trabajar cerca de él. «Te voy a estar vigilando, si se te ocurre volver a hacerte el gracioso, vas a ver lo que es bueno», le advirtió, y restalló el látigo un par de veces junto a él para impresionarlo.

El niño lo miró con su acostumbrada mirada vacía, como si no estuviera presente.

Parecida a la que un momento antes el boyero había visto. La mañana continuó con normalidad, acaso lo no normal era que el niño, por primera vez, se mantuvo atento al trabajo y cumpliendo lo que le ordenaban. Empero, cuando parecía que iba a completar al menos cuatro horas sin realizar bellaquerías, soltó la soga atada al narigón por donde guiaba a un buey, se desentendió de él y echó a correr detrás de un grupo de garzas posadas en busca de bichitos que comer en el campo recién cortado. Tras él fue uno de los ayudantes blancos del boyero, para reprenderlo y obligarlo a volver al trabajo; al ver al hombre detrás de él, el chiquillo se detuvo, como si lo esperara, pero en cuanto el otro lo tuvo al alcance de la mano volvió a echar a correr. Corría despacio, como para no alejarse demasiado del perseguidor, pero en cuanto el otro estaba a pocos pasos de él, se lanzaba a correr a todo lo que le daban las piernas. En una ocasión se detuvo, como si se hubiera cansado de jugar, jadeante, y esperó hasta que el hombre llegara a su lado y extendiera una mano para agarrarlo. Lo esquivó lanzándose al suelo, dio un par de vueltas, se levantó y otra vez echó a correr. Repitió el juego varias veces. Unas veces más despacio, otras más rápido, corría con facilidad entre los surcos llenos de paja y caña recién cortada, como si no pisara el suelo.

«¡Este cabrón parece que vuela!...», se decía el hombre.

«¡Como te agarre vas a saber lo que es bueno!», lo amenazó, casi como un consuelo, porque la realidad era que jadeaba y se sentía incapaz de alcanzarlo. No había terminado de hablar cuando los pies se le enredaron con unas cañas, cayó y se lastimó la cara; furioso, desde el suelo reclamó la ayuda de un esclavo que andaba cerca cortando caña, «Tú, negro, agarra al chiquillo ese ahí y tráemelo».

El esclavo comenzó a correr también detrás del muchacho, aunque sin mucho entusiasmo, a él no le interesaba el problema del blanco. Así y todo, también se cansó del esfuerzo inútil, el niño jugaba con él como antes lo hizo con el otro. Un segundo esclavo se incorporó, también por orden del blanco, después otro, este por propia iniciativa, y en pocos minutos varios esclavos habían dejado de trabajar para perseguir al muchacho, cayendo, riendo, sin verdadero interés en agarrarlo, convertida la jornada de trabajo en inesperada diversión.

Fueron necesarios numerosos golpes de látigo de Blanco Gordo y los contramayorales en las espaldas de varios esclavos, y que el chiquillo se aburriera de correr, para que concluyera la fiesta.

«¿Esta será otra señal?», preguntó nuevamente Tomás, esta vez en silencio. Lejos de él, Fermina, desde el lugar donde trabajaba, observaba de reojo la escena, sin detener el corte. Se preguntaba si tendría razón el amigo, porque tampoco a ella le parecía casual lo que había estado haciendo el pequeño desde temprano. Aquello no eran simples travesuras, tenía marcas, posibles interpretaciones. Mucho menos el desfile de los animales. En todo debía haber un sentido, las cosas no suceden sin alguna causa. El problema era encontrarlo, no equivocarse al interpretarlo. Los dioses, a quienes tantas veces había invocado pidiendo que le iluminaran el camino, ¿le estarían respondiendo? Y si era así, ¿qué le estaría diciendo con sus locuras el niño? ¿Que había llegado el momento? Porque él estaba diciendo algo, eso no se podía negar. «Por eso fue a verme el otro día».

Correr y no dejarse agarrar, eso es lo que hace uno cuando se vuelve cimarrón, ese podía ser un mensaje. Irse al monte, no dejarse agarrar nunca. Pero irse al monte no lo es todo, no basta, tratar de no dejarse agarrar mucho menos, y solo unos pocos lo logran. Ella aspiraba a mucho más. Así que, por más que pareciera una señal afirmativa, no se sentía segura del todo. ¿Y si era precisamente lo contrario? ¿Si el significado era que correr por correr no tenía sentido? Debía pensar más. Acaso el mensaje alertaba que, para emprender el camino en busca de la libertad, tenían que estar dispuestos, todos, hasta el último de los esclavos, a marchar como uno solo y sin mirar hacia atrás, como habían hecho los irracionales, y después no detenerse.

A ella le constaba que no todos estaban preparados; pocos en la dotación se mostraban dispuestos a arriesgarse a un levantamiento, y muchos que deseaban liberarse no miraban más allá de su libertad personal. Y debía considerar también a los que se habían adaptado a la vida de esclavo, los que se habían vuelto serviles y solo ansiaban agradar a los amos para recibir un mejor trato; esos eran capaces hasta de delatar a sus compañeros por cualquier migaja. Por si fuera poco, los amos se habían encargado de que hasta el último de los esclavos supiera que quien denunciara una conspiración ganaría la libertad y quinientos pesos, cantidad más que suficiente para iniciar una nueva vida bien lejos de los barracones. Como estaban las cosas, si quienes la seguían se lanzaban sin más ni más a un levantamiento, podían ser desbaratados enseguida, no tendrían oportunidad de recibir la ayuda de las demás dotaciones y de hacerse fuertes en algún lugar, como era su plan. A lo sumo, algunos podrían escapar y refugiarse en las lomas, como sucedió con la sublevación del Alcancía, pero eso no era bastante para ella, no era el gran sueño que albergaba.

Ella, Fermina, la guerrera en la lengua de su pueblo, quería mucho más que una fuga masiva; ella trabajaba con la idea de levantar un verdadero ejército que llevara la libertad a todos los esclavos, acabar con la esclavitud a golpe de machete. Ya que no era posible volver a la tierra de donde los arrancaron, al menos debían convertir esta en un lugar donde vivir como personas, donde el negro no estuviera obligado a agachar la cabeza cuando hablaba con un blanco.

Cuando se sublevó la dotación del Alcancía, pensó que podrían lograrlo. Habían llegado a interesar a muchos de los hermanos de otros ingenios, si hubieran avanzado un poco más, si se hubieran podido encontrar con los del ferrocarril, si hubieran obtenido mejores armas... Se batieron bien, pero no pudieron resistir la fuerza del enemigo; la próxima vez tendrían que estar más organizados, pensar mejor los pasos que dieran, no podían seguir perdiendo gente buena necesaria para los combates futuros.

«Sea como sea, ese niño está diciendo algo», admitía, volviendo al momento actual. El problema era que no lograba interpretar el verdadero sentido de lo que decía.

Sus dudas se le fortalecieron a la tarde, poco después del almuerzo, cuando el niño, abandonando lo que estaba haciendo, lanzó una piedra contra una garza, y por accidente alcanzó a un esclavo en el momento en que levantaba el machete para asestarle un golpe a un manojo de cañas. La piedra chocó contra la hoja del machete, rebotó y dio contra la cabeza del hombre. Gracias a que el golpe fue de rebote y el esclavo, además de tener el pelo abundante, llevaba sombrero y pañuelo, la herida fue mínima, pero provocó abundante sangramiento, de ahí que de inmediato se produjera un gran revuelo entre la dotación, en cuanto se corrió la voz de que uno de ellos, supuestamente, estaba herido grave y sangrando.

Con el pretexto de auxiliar al compañero más o menos descalabrado, varios esclavos aprovecharon para dejar de trabajar y acudir a ayudarlo. Blanco Gordo se vio obligado a intervenir y repartir algunos golpes de látigo para imponer el orden, porque por un momento casi todos habían detenido el trabajo.

A pesar de que no tenía el propósito de castigar al niño con el látigo porque sabía que su mano era demasiado pesada y podía matarlo sin proponérselo, el boyero se sentía exasperado por sus travesuras: Dos veces había interrumpido las labores y ahora, para colmo, le partía la cabeza a un esclavo mientras cortaba caña. Era demasiado para su escasa paciencia: Ordenó a dos contramayorales sostenerlo por los brazos, le puso una camisa por encima para no romperle la piel, y le dio, sin demasiada fuerza según su criterio, dos latigazos, «A ver si dejas de joder por hoy, cabrón muchacho».

Dejó al niño llorar un poco, lo tomó por un brazo y lo llevó junto a un buey; le puso en las manos la cuerda atada al narigón con que debía guiarlo y lo amenazó, «¿Te gustaron los fuetazos que te di? ¿No? Pues mira… En todo lo que queda de la tarde no puedes soltar esta soga, ¿entendiste?… No puedes soltarla. Y ay de ti si haces otra trastada, porque te voy a sonar con el fuete de nuevo, bien duro y hasta que me canse. Vas a ver cómo se te quitan las ganas de hacerte el gracioso».

Fue muy evidente que esta vez el muchacho entendió el mensaje, pues a partir de ese momento no soltó más la soga, ni pareció interesarse en nada que no fuera conducir al buey, halándolo al mismo tiempo que otro muchacho halaba a su pareja en el yugo.

«Una buena tunda era lo que estaba pidiendo el muy cabrón», comentó consigo mismo el boyero, viendo satisfecho el buen resultado del correctivo aplicado. Sin embargo, ya casi al concluir la jornada, el niño dejó de tirar de la cuerda, apoyó una mano en uno de los cuernos del animal y se puso a caminar a su lado y a hablarle. Poco después el buey dejó de tirar de la carreta, y el otro muchacho comenzó a gritar porque no avanzaban, y cuando el boyero o el mayoral se dieran cuenta los iban a castigar a los dos.

«¿Y ahora qué?», gritó el boyero al comprender lo que sucedía, y corrió hacia ellos. «¿Qué fue lo que te dije, hijueputa? ¿Qué fue lo que te dije?… Ahora sí que vas a ver lo que es bueno», exclamó mientras lanzaba un latigazo. El golpe dio en plena espalda del muchacho, y allí dejó la marca de la piel que se rompía. Sorprendido y asustado, el niño dio un salto, se enredó los pies con los pedazos de caña dispersos por el suelo y cayó junto a las patas del buey.

El animal, incitado a su vez por el chasquido del látigo, echó a caminar.

Una de sus patas aplastó el pecho del niño.

Algunos esclavos habían visto la escena desde el principio, y dejaron lo que hacían para ir a auxiliar al lesionado. Las mujeres que alzaban caña cerca comenzaron a lanzar exclamaciones de dolor. «El buey mató al Inocente», gritaban, aunque alguna afirmó que lo había matado el boyero.

En pocos minutos el hombre se encontró rodeado de esclavos gritando y gesticulando. Muchos tenían la herramienta de trabajo en la mano, que es tanto como decir que estaban armados, y lo miraban con expresión que tanto podía reflejar el horror por lo que había sucedido como deseos de venganza. Sintió un principio de miedo al comprender la situación, pero tuvo suficiente presencia de ánimo para decirse que no podía dejarse dominar por los nervios, sino debía actuar con firmeza para imponerse.

«Estos salvajes son capaces de cualquier cosa si no me pongo duro».

Eran solo unos minutos, a lo lejos ya se veían venir el mayoral, los contramayorales y otros ayudantes; era un refuerzo decisivo, pero tenía que mostrar entereza para darles tiempo a llegar junto a él.

«¿Qué están mirando? Arriba, a trabajar».

Hizo restallar el látigo varias veces. «Esto fue un accidente, ¿está bien? Un accidente…, él mismo tuvo la culpa».

Volvió a sonar el látigo. Los esclavos se detuvieron a prudencial distancia para no ser alcanzados por los latigazos: No era cierto que todos hubieran venido en plan de agresión; unos habían sido atraídos por la curiosidad, otros, llevados por el dolor de lo sucedido, pero contados serían los que en realidad venían en son beligerante, indignados por una muerte que, no dudaban, había sido provocada por el boyero.

Uno de esos últimos, sin dejarse intimidar, avanzó hasta enfrentar al blanco. Era Tomás.

«Fue tu culpa… Tú mataste al Inocente».

Mientras hablaba, Tomás apuntaba con el machete al boyero, quien lo miró a la cara y recibió de golpe toda la carga de ira que le transmitían los ojos del esclavo.

El boyero se repitió que no podía mostrar debilidad, ese negro estaba envalentonado.

Cambió de mano el látigo y desenvainó el machete; apuntó con él a Tomás.

«Apártate, negro, si no quieres que te mande de cabeza al cepo».

Tomás dio un paso atrás, pero no de retroceso, sino como quien se preparara para la lucha. En ese instante el machete en la mano había dejado de ser una herramienta para convertirse en un arma a punto de entrar en combate.

Hubo un movimiento en el grupo de esclavos, la mayoría para apartarse, pero otros se desplazaron sospechosamente hacia los lados, como si intentaran rodearlo. El boyero recibió la impresión de que se preparaban para atacarlo.

¿Lo machetearían por culpa del chiquillo malcriado ese? Fuera como fuera, no iba a suplicar clemencia, no era ningún cobarde, no sería la primera vez que se batía a machetazos con un negro, y antes de que lo tocaran se llevaría a algunos con él. Por lo pronto, le cortaría el cuello a ese negro que se había atrevido a desafiarlo, quién se había creído que era. Ellos iban a saber lo que es un hombre.

Cerró la guardia y se dispuso a lo que viniera.

Un disparo de escopeta hizo a todos volverse: Blanco Gordo, con el arma en la mano, se acercaba a toda velocidad al grupo; detrás venían los contramayorales y los demás encargados de la disciplina y el orden en la finca. En un movimiento instintivo, Tomás había bajado el machete y se había vuelto hacia el lugar de donde había sonado el disparo. El boyero aprovechó el descuido para asestarle un planazo en la espalda. Sorprendido, Tomás se volvió, dispuesto a devolver el golpe sin importarle si le daban un tiro, pero tropezó y cayó. Dos contramayorales se echaron encima de él y lo redujeron.

«¡Al cepo!» ordenó el boyero.

«Arriba, cada cual a lo suyo, aquí no hay ninguna fiesta», ordenó Blanco Gordo. Comenzaron a sonar los latigazos, suyos y de los contramayorales, algunos al aire, solo para marcar el ritmo, otros al cuerpo de los que se rezagaban. En pocos minutos todos se reintegraron al trabajo. Blanco Gordo ordenó a dos mujeres llevarse el cadáver del niño y entregarlo a las cuidadoras del criadero, para que lo lavaran y lo prepararan para el entierro.

«¿Está bautizado?», preguntó al boyero, aunque él mismo no sabía por qué preguntaba.

El otro no estaba seguro, «Imagino que sí, si es del criadero, pero no tengo ni idea; eso deben de saberlo las cuidadoras», «Bueno, después de todo da lo mismo, es solo un negro», «Y pa' lo que servía...».

Noche de barracón sin sueño

Había pocos ruidos en el barracón esa noche, como si todos se hubieran puesto de acuerdo para poner sordina a conversaciones y movimientos. Quizás no fueran pocos los que, como ella, habían decidido consultar con santos y muertos, o nada más estarse tranquilos, meditando sobre qué pasos dar luego de un día como el que finalizaba. Sentada en un rincón de la choza que compartía con otras mujeres, Fermina esperaba y pensaba: Estaba preocupada. Sentía que los acontecimientos del día la sobrepasaban. Necesitaba nuevas ideas, pero ninguna aparecía, y dentro de poco vendrían a llamarla para exigirle una decisión. Ahora le hacía falta tener a Tomás a su lado, a él siempre se le ocurría alguna, aunque fuera disparatada.

No podía contar con sus muertos, se negaban a darle una respuesta precisa. ¿Habría cometido alguna infracción ante ellos, no habría actuado con el debido respeto? Analizó sus pasos y vio que había cumplido todas las formalidades: Antes de comenzar había pedido permiso a Nzambi, creador de cuanto existe, como debía ser; había dado a la prenda aguardiente y tabaco, como era su costumbre, y hasta sangre de su brazo izquierdo dejó caer sobre la piedra de rayo, para afianzar el pacto con la prenda, pero lo mismo el chamalongo le negaba la respuesta. O, dicho con mayor exactitud, la respuesta era ambigua: No tenía peligro si escogía ese camino, era un peligro seguir ese camino. Esa fue la primera vez, la única; los cocos se negaron a hablar las demás veces que preguntó.

Estaba sola.

Se sabía jefa indiscutida y que todos acataban sus palabras; hasta ahora, en más de una ocasión había logrado contener exaltaciones repentinas de su gente que hubieran puesto en peligro el plan que tenía proyectado. Sabía que lanzarse a una acción no bien meditada significaría muertes en vano, y ella quería tener un máximo de posibilidades de éxito asegurado antes de dar la señal del levantamiento. Pero esta vez su opinión quedaba en minoría. Más exacto sería decir que se encontraba sola, pues la decisión que le exigirían era ir con los demás o apartarse. Con la tragedia de esa tarde, la sublevación por la cual había trabajado con tanto cuidado escapaba a su control. Tenía que ser hoy mismo, o no sería, pero ella estaba convencida de que sus compañeros aún no se encontraban listos, y no había condiciones para un levantamiento exitoso. No debía secundar ese gesto impensado, le indicaba la razón; debía oponerse, impedirlo, para evitar una nueva derrota, muertes inútiles.

Oponerse era lo más acertado, pero nadie la secundaría. Y apartarse, dejar que los acontecimientos se desarrollaran sin su participación, sería equivalente a desertar.

Las posibilidades para comunicarse con otras dotaciones se volvían cada vez más difíciles, ya eran casi inexistentes; constantemente había que imaginar sobre la marcha nuevos recursos para burlar la vigilancia y el control de los amos criollos, las autoridades españolas y los espías de unos y otros. Muchos hermanos habían pagado con prisiones, cepos y maltratos, y algunos hasta con la muerte, los intentos por transmitir noticias y establecer relaciones entre las dotaciones. Por eso faltaba coordinación, faltaban medios, y de esa manera lanzarse a una acción podría significar un salto al vacío. ¿Cómo garantizar que las demás dotaciones no solo los secundaran sino también se les unieran para formar el gran ejército soñado por ella? ¿Cómo comunicarse con los grupos de cimarrones escondidos por los montes, en especial con el grupo de José Dolores que tanta guerra daba a los blancos? Después de lo ocurrido ese día, con la muerte del Inocente y con Tomás en el cepo, casi muerto por el castigo recibido, con buena parte de la dotación deseosa de matar, incendiar y destruir, aunque al final los esperara el castigo y la muerte, no veía cómo convencer a sus compañeros de que aguardaran el momento propicio. Esperaban por ella, pero solo para que diera la señal de inicio, no para que les indicara esperar.

¿Y cuál sería ese momento propicio, después de todo?

¿Existirá en realidad algún momento propicio para levantarse contra la esclavitud? ¿Y que no fuera para morir?

La muerte era el camino tomado por muchos, por eso a través del tiempo tantos árboles de la Isla habían sentido el peso de un cuerpo negro colgado de sus ramas. «Morir para que el espíritu renazca allá, en la tierra de donde nos arrancaron», era la idea de los que optaban por el suicidio. Pero ella no la compartía, había que vivir y pelear para ser libres aquí. Además, ya los blancos conocían la causa de esas muertes, y por eso ordenaban cortar la cabeza a cuanto esclavo apareciera colgado, para que, dividido el cuerpo, no pudiera encontrarse el espíritu. Así ni muertos podrían ser libres.

Otros se lanzaban al albur del cimarronaje, aunque no todos lo lograban. Pero esa era también una salida individual que Fermina tampoco compartía. Y estaban las sublevaciones espontáneas, algunas terribles, pero que, en definitiva, no habían llevado a nada, sino a más muertes de esclavos y a recrudecer la represión y que se afianzara la fama de que los negros eran salvajes y sanguinarios.

Nada de eso tenía que ver con Fermina. Ella pretendía algo más ambicioso, quería un levantamiento tan grande que, después de él, nunca más hubiera esclavos.

Cuando se sublevaron los esclavos del Alcancía, pensó que al fin había llegado la hora. No había sido un movimiento espontáneo, sino preparado, hubo coordinación previa. Con ellos se habían levantado los hermanos de los ingenios La Luisa, Trinidad, Las Nieves,

La Aurora, los del cafetal Moscú y del potrero Ranchuelo… En verdad mucha gente, daba para comenzar a formar un ejército. Hasta un blanco extranjero los había apoyado, según se contaba.

No pudo dejar de sonreír. Era como para no creerlo…

¿Quién podría creer una cosa así? Ni ella. Si no se lo hubieran contado personas de su mayor confianza, hubiera pensado que eran cuentos. ¿Un blanco arriesgarse a ayudar a una sublevación de negros? Inconcebible. Pero se decía que un llamado señor Daniel, capataz de los esclavos que trabajaban para el ferrocarril, los había soltado para que se fueran a juntar con los negros de las dotaciones, y hasta los dejó llevar sus herramientas y algunas pocas armas.

Aunque por entonces Fermina no estaba muy segura de qué era eso de ferrocarril —«Son muchos carros, enganchados unos de otros, y no los hala ni los empuja ningún animal, sino otro carro, cerrado y negro, que echa humo por arriba», le había explicado un informante en su momento; más adelante ella tuvo tiempo de conocerlo mejor, pues la línea del ferrocarril pasaba no muy lejos del ingenio Ácana—, sí había estado al tanto de que quienes trabajaban en él se iban a unir al levantamiento, eso formaba parte del plan. Lo que la sorprendió fue saber de la participación del blanco en la conspiración, de lo cual solo unos pocos estaban al tanto. Para suerte del hombre, a las autoridades también les resultó difícil admitir que un blanco, extranjero y capataz, pudiera ponerse de acuerdo con los negros y apoyarlos en una sublevación, cuando todo el mundo sabía, o creía saber, que lo primero que hacían esos salvajes al sublevarse era matar a cuanto blanco se encontraran por el camino. Tal vez gracias a esa duda las autoridades no lo fusilaron.

Se habían levantado muchos hermanos, pero mucho menos que más los comprometidos, las dificultades para comunicarse impidieron un levantamiento mayor. Si todos hubieran podido participar, habrían constituido un verdadero ejército armado de machetes y otros utensilios de trabajo, más las armas que pudieran haber capturado a los amos. Con esa fuerza, nadie hubiera podido detenerlos, habrían demostrado de cuánto son capaces los esclavos convertidos en guerreros. Los grandes señores blancos se hubieran visto obligados a admitir que el negro tiene dignidad y ama ser libre, es capaz de luchar por la libertad y de morir por ella, y hubieran tenido que conversar con ellos como iguales.

«Pero no pudo ser tampoco esta vez», se repetía Fermina.

«¿Por qué?».

La pregunta era inútil, pues la respuesta era difícil de admitir; a esas alturas tenía experiencia de sobra y sabía que no debía hacerse ilusiones: Libres o esclavos, los seres humanos comparten las mismas debilidades que los llevan a las mismas actitudes individualistas. Nadie quería ser esclavo, o casi nadie, pero no todos los esclavos estaban preparados para luchar hasta la muerte por alcanzar la libertad. Y algunos solo aspiraban a la libertad propia y a cualquier precio, aunque fuera el de la vida de sus hermanos. De ahí salían los traidores.

Porque hubo traidores que pusieron en bandeja de plata a los amos la vida de los sublevados. «Alguien nos vendió», se repitió Fermina por enésima vez en los últimos meses.

No tenía prueba alguna, pero estaba convencida de que hubo traición en la derrota de la sublevación. «¿Y qué más prueba que esa compañía de lanceros esperándonos en el camino a Bemba?, ¿de dónde salió?, ¿por qué aguardaba allí cuando llegamos…, cómo pudieron llegar tan pronto?», replicaba a quienes pensaban en otras posibles causas.

«Alguien nos traicionó, estoy segura». Quienquiera que hubiera sido, el resultado fue la muerte de muchos buenos guerreros, la desorganización de las fuerzas, el desaliento, la derrota. ¿Habría sido uno de los organizadores?

Le resultaba doloroso admitirlo, pero tampoco era tan incomprensible que se produjeran delaciones entre los esclavos; las recompensas ofrecidas por el gobierno a quienes delataran cualquier posible conspiración eran seductoras, con tales promesas se había preparado el caldo de cultivo para el individualismo feroz, el envilecimiento, la delación. Los egoísmos se exacerbaban, la solidaridad entre hermanos de sufrimiento desaparecía ante la retribución prometida.

Esa era una idea de los amos que les había dado resultado: Que cada cual pensara solo en salvarse a sí mismo, salir del barracón, vivir como una persona, dejar de ser una cosa que se vende y se compra, un animal para el trabajo, sin derecho a tener voluntad. ¡Ser libre, aunque fuera por la traición! Cuando menos, si no se alcanzaba la libertad, si la traición no daba para tanto, vivir con un poco más de descanso, no tener todo el día al mayoral y su látigo encima de uno. Y allí, en los barracones, entre las conversaciones en voz baja de los más díscolos, estaba la posibilidad de salir adelante, lo único que se necesitaba era tener ojos y oídos bien alertas, interpretar medias palabras y entonaciones, y después abrir la boca en el momento y el lugar apropiados.

«El asunto es salvarse uno, los demás que se las arreglen como puedan», era la consigna no dicha, pero sí expresada.

Los señores habían colocado una carnada apetitosa en el anzuelo, la libertad tan ansiada, cómo iba a no morderla el esclavo.

Como si no fuera suficiente el incentivo, estaban los quinientos pesos, una cantidad inimaginable para cualquier esclavo, con la cual podría comprarse un conuquito y pasar con tranquilidad el resto de la vida. «Y tal vez hasta tener sus propios esclavos», pensó Fermina, recordando con amargura que durante el tiempo de su detención en el depósito de cimarrones vio cómo negros y mulatos libres llegaban a reclamar a sus esclavos fugados y capturados.

Fermina se sentía inmersa en un mar de dudas y preguntas: esclavos traicionando a sus hermanos, libertos comprando esclavos, un blanco que, según se dice, ayudó a los negros que quisieron ser libres, ¿quién entiende al mundo?

Era una de tantas preguntas inútiles y sin respuesta, lo sabía. Demasiadas cosas son incomprensibles en la vida de un esclavo. ¿Acaso era entendible la esclavitud a que estaba reducida? ¿Ella, la hija de un gran guerrero del reino del Congo? ¿Acaso era entendible que allá, en su tierra, unos hombres vendieran a otros a cambio de un poco de pólvora, de un fusil, o de alcohol? ¿Que algunos jefes hicieran guerra contra sus hermanos para venderlos a los extranjeros?

Así había sucedido con ella, con Tomás, con muchos de los que hicieron a su lado el viaje hasta la Isla años atrás.

Había sido una muchachita con un desarrollo físico fuera de lo normal, despierta de mente, que había sorprendido a sus padres y abuelos por la facilidad para aprender y por su resistencia física. Guerrera debían nombrarla, fue la respuesta de los ancestros cuando sus espíritus fueron consultados, y todos respondieron lo mismo, no había error posible: Guerrera habría de ser, aunque mujer. Estaba en los auspicios que la pequeña sería llamada a realizar hechos asombrosos, su nombre pasaría a la memoria de los tiempos.

Pero lo que no adivinaron los espíritus de sus ancestros fue aquella irrupción en su choza, una madrugada, de un numeroso grupo de hombres provistos de armas de fuego contra las que nada pudieron hacer las lanzas de sus mayores.

Esa mañana el sol, al despertarse, la vio marchar en una caravana, a pie, detrás de su padre. Como los demás, llevaba las manos atadas, y una soga que pasaba de cuello en cuello la unía al resto de los prisioneros.

Anduvo horas y horas en la larga fila, siempre vigilada por aquellos hombres, todos de su mismo color, algunos no le parecían desconocidos, acaso de pequeña la tuvieron en brazos; iban armados y con látigos y no les permitían hablar entre sí, ni siquiera quejarse o preguntar qué pasaba. En esas condiciones los hicieron marchar durante varias jornadas, con un mínimo de descanso para unas exiguas comidas que debían ingerir sin soltarse las manos; al final de la caminata ella descubriría que habían andado rumbo al mar. Conocía la palabra, por haberla oído a algunos mayores, pero no la realidad que nombraba.

Por fin llegaron a una especie de barraca muy grande, construida junto a aquella otra inmensidad, inmensidad de agua, mayor que cualquiera de los ríos conocidos por ella. Allí vio por primera vez unos hombres blancos; sabía de su existencia y de sus costumbres extrañas, de su crueldad, porque le habían contado, pero nunca los había visto. Los blancos hablaron, discutieron con los que los habían llevado, y después obligaron a los prisioneros a entrar en la barraca. Cuando todos estuvieron dentro, alguien cerró la inmensa puerta por donde habían entrado. Fue en ese momento preciso cuando comprendió en toda su magnitud que algo muy terrible e irreversible había ocurrido en su vida.

El llanto de esa noche, todavía junto a su padre, fue el último que alguien alguna vez le oiría.

A la mañana siguiente la separaron de su padre y la condujeron hasta un barco que los alejó para siempre de cuanto hasta entonces había constituido su vida.

«Está bien, si tú no quieres no se hace nada, nadie se alza hoy, pero este y yo vamos a matar al blanco y nos vamos al monte... Ya no aguanto más».

La voz de Eduardo la trajo de regreso de sus evocaciones. Llegaba con Juan, otro de sus hombres de confianza. Faltaba Tomás para completar el estado mayor de la conspiración que había estado preparando desde que llegó al Ácana.

«Esta misma noche Eduardo y yo nos vamos al monte», apoyó Juan las palabras del amigo. Pero no solo se fugarían en busca de la libertad, intentarían encontrarse con la gente de José Dolores para unírsele y luchar con él contra los blancos. Solo se desentendían de cualquier acción colectiva que hubieran planeado para el futuro.

«De alguna manera vamos a encontrarnos con él, en algún lugar tiene que estar»; si no lo lograban, formarían ellos mismos un grupo con otros cimarrones que fueran encontrando, no todos se conformarían con ser perseguidos, algunos querrían también hacer daño a los perseguidores. Tal vez más adelante podrían ayudar a escapar a otros... A decir verdad, no se mostraban muy seguros de lo que harían después. Pero lo que sí sabían era que no iban a esperar más para alzarse. Escapar, vivir en el monte, atacar plantaciones...

Lo que fuera, pero ya estaba bueno de ser esclavos.

No era solo eso, había algo más, algo que debía hacerse de todos modos, no podían esperar: «Además, alguien tiene que matar al blanco boyero».

Ella tenía que comprenderlos, esa criatura muerta no era un niño cualquiera; todos lo sabían desde que nació, y ese día había quedado demostrado. Ellos tenían la obligación de castigar al que había provocado esa muerte; lo harían en nombre de todos, y si no lo hicieran podría sobrevenir alguna desgracia muy grande, tal vez una epidemia o algo así, ese era el comentario que corría en boca de todos.

«Los santos piden sangre por sangre, Fermina, tú lo sabes… Ese blanco tiene que pagar».

Ya lo habían decidido, Eduardo y Juan limpiarían la mancha caída sobre la dotación, aunque no tenían ninguna intención de ir contra los planes de ella, «Tú eres la que manda y la que sabe más, y nosotros siempre te obedecimos…».

La respetaban y aceptaban sus decisiones, bajo ningún concepto serían capaces de dudar de que esta vez, como de costumbre, tenía razón. Entendían los argumentos que exponía, comprendían que todavía no podían lanzarse en una sublevación como la que preparaban, ni por el número de gente ni por las armas y la organización. No eran tantos los esclavos convencidos por completo de la importancia de lanzarse a una acción colectiva y bien planeada, casi todos preferían las individuales, escapar cada cual como pudiera de la condición de esclavo, sin preocuparse por la situación de los demás. Apenas si tenían armas, y para completar no habían logrado establecer contactos confiables con los otros ingenios. También se había roto la comunicación con Carlota, la prima de Eduardo que estaba organizando a la gente del Triunvirato y tenía relaciones con otros ingenios; hacía más de veinte días que no sabían nada de ella ni de los que colaboraban con ella…

«Sí, Fermina, nosotros te damos toda la razón, así es muy difícil que podamos hacer algo que valga la pena. Pero también tienes que entendernos a nosotros, tenemos que hacerlo».

«De José Dolores también hace mucho que no se oye hablar, ni en bien ni en mal», agregó Fermina, «Él iba a sumarse a nosotros». Esa falta de noticias pudiera significar muchas cosas, pero ninguna buena. Cero noticias, cero comentarios, como si hubiera desaparecido o no hubiera existido nunca.

«Alguna gente piensa que está muerto, pero la mayoría cree que está herido, escondido en alguna cueva hasta curarse, pero volverá y entonces todo va a empezar de nuevo, ya los blancos van a saber».

También algunos lo daban por apalencado entre los pantanos, amigado con los caimanes para que no permitieran a los blancos acercarse, que su palenque allí era enorme, como un gran reino, con muchos negros escapados de los ingenios, y que llegaban caminando hasta esa gran extensión de agua que llamaban el mar, y allí en sus orillas tenían tratos de comercio con los hombres de los barcos, les daban miel y productos que habían cultivado a cambio de armas y pólvora y otras cosas que no producían. Que a veces se montaban en aquellos barcos, y a lo mejor un día todos podrían regresar a la tierra de donde habían venido.

«Esos son cuentos de la gente, nadie sabe nada de verdad», comentó sonriendo Eduardo.

«Verdad o mentira, no sé...; lo que sí sé es que no tenemos a nadie allá fuera, y en eso Fermina tiene la razón, como siempre», respondió Juan.

No mucho antes, entre la dotación se había comentado durante algún tiempo que la cuadrilla de José Dolores había hecho un intento de liberar a los prisioneros del Alcancía, pero en una escaramuza el grupo había sufrido importantes bajas y tuvo que retirarse sin lograr el objetivo. Tal vez ahí haya sido herido José Dolores. La noticia tenía visos de ser cierta, pues se había originado en la infidencia de unos guardias españoles pasados de tragos que se encontraban alardeando de sus hazañas. Aunque de seguro exagerada, Fermina más que nadie la tenía por verdadera, pues recordaba que, cuando se separaron, Evaristo le aseguró que no iba a apalencarse para siempre, buscaría a José Dolores para continuar luchando contra los amos, y trataría de liberarla a la primera oportunidad; seguramente lo había intentado, pero sin resultado.

Fermina recordaba y en silencio rogaba a sus muertos que Evaristo no se encontrara entre las bajas que se mencionaba.

Cierta o falsa la afirmación de los guardias, después de esas fechas nada más se había oído hablar de aquel negro rebelde inatrapable que, al igual que muchos otros grupos de cimarrones, solía entrar de noche a las fincas para robar comida y animales —a veces también mujeres de las dotaciones—, pero también atacaba a las partidas de rancheadores y liberaba a los cimarrones que hubieran capturado.

Contacto seguro, solo lo tenían con el ingenio Concepción. Claro que no bastaba, concordaban los dos amigos. «Pero, eso sí, si solo hacemos un toque y los llamamos, ellos se alzan con nosotros; tenemos gente buena allí, solo están esperando el aviso». No serían muchos, pero no estaba mal para empezar.

«Me está haciendo falta aquí Tomás», pensó de nuevo Fermina, mientras oía las razones de Juan y Eduardo. Él quizás podría ayudarla a convencerlos de no matar al boyero ni alzarse todavía, que esperaran un poco más. O ella quería pensar que sería así. ¿Estaba segura de que él la ayudaría a convencerlos? En realidad, no. Él era el más convencido de que los acontecimientos de ese día eran señales de que debían lanzarse a la lucha de inmediato. Si pudiera preguntarle ahora mismo, Tomás le respondería que incluso en su muerte el niño había dejado un mensaje muy claro: Había que salir a buscar el monte, procurar la libertad a cualquier precio. Morir, vivir, lo que viniera después, no sería tan importante. Ellos debían hacer ver a esos engreídos amos blancos que los negros, esos animales para el trabajo bruto, esclavos sin pasado ni futuro, tenían dignidad y preferían morir a continuar en la esclavitud.

Bastaba ya de mostrarse sumisos; era hora de levantar la frente aunque la cabeza rodara con ella. Por eso trató de matar al boyero delante de todos, para que los demás siguieran su ejemplo y se lanzaran contra los blancos opresores, aunque murieran en el intento.

Si bien quisiera pensar lo contrario, Fermina estaba convencida de que así habría opinado Tomás.

Tomás no la secundaría esta vez si estuviera aquí; él seguiría los pasos de Eduardo y Juan, y los tres escaparían después de vengar al pequeño muerto. «Ellos solos formarían una buena cuadrilla, como la de José Dolores, o quién sabe si mejor». Muchas veces lo había oído exclamar que estaba cansado de esperar, que no soportaba ver pasar el tiempo sin hacer algo.

Fermina sabía que Tomás no se limitaría a matar al boyero, pues a quien él quería cobrarle los abusos era sobre todo a Blanco Gordo, que no hacía mucho había dejado marcadas las nalgas de su mujer con el látigo. «Ese Blanco Gordo se la pasa lastimando a las muchachas. ¡Si llego a ponerle las manos encima no hace el cuento!, ¡te lo juro!». Si no estuviera en el cepo, estaría aquí, con Juan y Eduardo, diciéndole lo mismo que ellos: «Los mato y me voy al monte, a morir como hombre libre».

«Bonito negro mi Tomás», le pasó el pensamiento de súbito por la cabeza, sin saber por qué. Su querido Tomás, aquel hombre negro hasta los labios, mirada risueña, delgado pero fuerte, puro músculo. Allá en el Alcancía, varias mujeres de la dotación se lo disputaban, y él se dejaba querer, aunque en el Ácana andaba más tranquilo, precisamente la muchachita que Blanco Gordo había castigado poco antes había logrado amarrarlo a su falda.

Ella también lo quería, pero de otra manera. Evaristo había llegado a expresar celos de él en alguna ocasión, pero ella se le echó a reír: «Tú eres mi hombre y él es mi amigo... Si un día te cambiara por otro, no sería con él, puedes estar seguro… Él es mi carabela y mi hermano, cómo puede ser mi hombre».

«Mi carabela», sonrió perdida en sus pensamientos, distraída de la conversación con Juan y Eduardo, quienes se preguntaban en silencio qué estaría pasando por la cabeza de la mujer que tenían por jefe indiscutible, que la hacía sonreír en medio de una situación tan complicada.

A Tomás y ella los habían traído en el mismo barco, y juntos a punto estuvieron de ser lanzados al mar en mitad del viaje, por culpa de unos barcos ingleses que un vigía había vislumbrado a lo lejos. Si abordaban la nave y veían la carga que llevaba, la tripulación sería detenida, la llevarían a tierra firme para someterla a juicio y quién sabe qué resultaría de eso, cuando menos decomisarían la nave para subastarla y la tripulación podría ir a la cárcel. Eso si no resultara también una condena por piratería, en cuyo caso serían las cabezas lo que estaría en juego. Si los ingleses se acercaban, no habría lugar para analizar opciones. Comenzaron los preparativos para lanzar la carga al agua: Se abrieron los portones y, a fuerza de gritos y latigazos, se obligó a los esclavos a salir en pequeños grupos. Se iba a lanzar al primero al mar cuando desde lo alto se oyó la voz de que los ingleses seguían de largo. Tomás y Fermina se contaban en ese grupo.

Él también había sido uno de los organizadores del alzamiento del Alcancía, junto con Evaristo, ella y un pequeño número de esclavos no atraídos por la idea de la búsqueda individual de la libertad. Había que luchar contra la esclavitud, no por la libertad de uno o dos, trataban de explicar a sus compañeros. Pero casi todos ellos habían muerto en los combates posteriores al alzamiento, si es que combate se puede llamar a un enfrentamiento en que uno de los grupos contendientes empuña armas de fuego y el otro se defiende como puede con herramientas de trabajo. Quienes no cayeron huyeron en cualquier dirección, buscando esconderse en algún lugar intrincado.

«Tenemos que encontrar un lugar donde escondernos..., vamos a apalencarnos», había dicho Evaristo, «Pero solo por un tiempo. Después vemos lo que hacemos..., buscamos a José Dolores para seguir en la pelea, o formamos otra partida nosotros solos». Todos en el pequeño grupo que quedaba de los iniciadores de la sublevación estuvieron de acuerdo. Tampoco había opción; de todos modos, dondequiera que los sorprendieran iban a matarlos. Internarse en el monte, buscar los terrenos de la ciénaga y formar un palenque donde poder recuperarse y después continuar la lucha era la única posibilidad restante.

«Yo no sigo contigo, Evaristo, yo me quedo aquí», exclamó de improviso Fermina. «¿Te volviste loca?, ¿rendirte, entregarte?» «Sí, eso, me entrego», «No te creo, una mujer como tú, una guerrera, primero muerta que entregada al enemigo», «Eso depende... Depende de lo que uno está buscando cuando se rinde», «¿Y qué tú buscas? Cuando te agarren te van a matar», «Yo lo sé..., a lo mejor no...; así y todo, no pienso apalencarme, yo tengo que saber qué fue lo que pasó, por qué todo nos salió mal».

Estaba decidida. No iba a escapar, no iba a esconderse en un palenque; iba a dejarse capturar para regresar al barracón. Estando allí, con seguridad podría averiguar por qué las cosas no habían salido como habían planeado. Alguien traicionó, y ella tenía que saber quién había sido. Lo iba a matar, lo juraba: Eso no se podía quedar así. Demasiada gente había muerto, mucho esfuerzo se había derrochado, para que las cosas quedaran como antes para los esclavos, o acaso peor.

No solo iba a encontrar al traidor y matarlo. Iba a levantar de nuevo a las dotaciones, lo juraba también. No descansaría hasta organizar una nueva sublevación, mucho más grande, y esta vez sería para ganar. Para eso no podía estar escondida en un palenque, aislada del mundo, no era para esconderse que se había alzado, ni iba a andar de muerde y huye como la gente de José Dolores, haciendo pequeñas acciones aquí y allá, pero nada que pudiera en realidad acabar con la esclavitud. Verdad que los amos se morían del susto de solo oír su nombre, pero eso no era bastante para ella, ella lucharía hasta acabar con los amos, soñaba con eso. Tenía la cabeza clara y el brazo fuerte, podría intentarlo al menos. Pero para levantar a los esclavos debía estar con ellos en el barracón, explicándoles, convenciéndolos, no en el monte, escondida y quizás hasta trabajando en un conuquito, criando sus animalitos.

Su pretensión era una locura como quiera que se mirara, trató de convencerla Evaristo. Ante todo, porque las probabilidades de que la mataran en cuanto la agarraran eran grandes; por muchas buenas ideas que tuviera, ¿qué iba a lograr si la mataban? Pero ella estaba decidida, no iba a dar marcha atrás. «Si me entrego me pueden matar, si me agarran me matan de todas, todas, ¿cuál es la diferencia?». Tampoco le parecía tan seguro que la mataran, muchas veces a las mujeres les ponen un castigo pequeño, porque saben que la mayoría son obligadas por los hombres a seguirlos, podía suceder lo mismo con ella. «¿Y si les da por creerse el cuento de que los hombres me llevaron a la fuerza?».

Era una posibilidad remota, desde luego, pero no imposible, aseguraba. Muchas de las mujeres que vivían con los cimarrones habían sido raptadas, eso lo sabían amos y rancheadores, y a otras los maridos las habían obligado a seguirlos cuando escaparon al monte. Eran después las primeras en correr a entregarse a los perseguidores, a pesar del castigo seguro, y algunas hasta delataban el lugar donde estaban los palenques con tal de que las dejaran vivas y las perdonaran o perdonaran a sus maridos.

Evaristo aceptaba que lo dicho por la mujer era cierto, pero no le parecía que nadie fuera a tragarse el cuento tratándose de ella, grande y fuerte; hasta podía suceder que alguno de los esclavos que se entregaran la delatara con tal de salvar el pellejo, podría denunciar que había estado entre quienes encabezaron la sublevación.

«Eso tampoco será tan fácil… Ninguno de los que me vieron con el machete en la mano está vivo».

«Y tú qué piensas hacer», preguntó Evaristo volviéndose a Tomás, quien estaba muy silencioso y como pensativo, sentado en el suelo junto a Fermina.

«Mano, yo no voy a dejar a mi carabela sola, yo me dejo coger con ella y que pase lo que tenga que pasar», fue la respuesta.

«Pero tú me vas a hacer falta, Tomás, yo tampoco pienso estarme escondido todo el tiempo en un palenque, ni voy a andar huyendo por ahí hasta que me agarren los rancheadores y me maten. Si no encuentro a José Dolores, voy a tratar de formar una partida yo mismo, si cuento contigo será más fácil».

«No va a poder ser, mano, yo también voy a dejar que me cojan para poder estar junto a Fermina; si salgo vivo, entre los dos las cosas serán menos difíciles».

Evaristo permaneció unos segundos en silencio, meditando. «¿No tengo más remedio?».

«No».

«Bueno, entonces mira a ver tú cómo me la cuidas, que quiero verla otra vez».

«Mi cabeza antes que la de ella, mano; puedes estar seguro».

El castigo por haber participado de la sublevación sería grande para Tomás, incluso aunque nadie lo acusara como cabecilla, pero se disponía a soportarlo. Intentaría hacerse el arrepentido y juraría mil veces que se había dejado arrastrar por los demás, o mejor que lo habían obligado, como harían todos los que agarraran vivos, que no tenía nada contra los amos, que nunca sería capaz de hacer daño a sus amos, «Porque Diosito lo castiga». No sería fácil que lo creyeran, pero se sentía incapaz de dejar sola a la amiga, debía estar junto a ella, siempre sería un apoyo. Y también tenía otro motivo: Tanto como Fermina, estaba convencido de que el levantamiento había fracasado por una traición, y quería descubrir y matar al traidor con sus manos.

«En todo caso entre los dos lo matamos», le exigió Fermina, «Yo no me voy a quedar fuera».

«Está bien, lo hacemos entre los dos», aceptó él.

«Entonces aquí nos separamos», dijo Evaristo, comprendiendo que ya todo estaba dicho.

«Eso, aquí nos separamos».

Entregaron los machetes y se despidieron. El grupo continuó buscando internarse en lo más profundo del monte para escapar de la persecución, ellos dos buscaron un claro y se sentaron en el suelo, la única forma de no ser atacados por los perros, a esperar la llegada de los rancheadores y soldados, tal como antes habían hecho otros que habían decidido entregarse, por cansancio o falta de convicción, acaso persuadidos de que era preferible el castigo que les impondrían a la muerte casi segura si los agarraban huyendo.

Tal vez alguno, acostumbrado a la vida de servidumbre, se hubiera sentido espantado ante la inmensa responsabilidad que impone ser libre.

El encuentro con los captores no resultó tan sencillo como quisieron creer Fermina y Tomás: El bocabajo se aplicó por igual a los capturados y a los entregados voluntariamente; amarrados en el suelo, no pocos murieron a consecuencia de los azotes y las palizas recibidas. En realidad no había ninguna razón verdadera para aplicar los castigos, pues la orden era capturar esclavos que huían y que ya habían dejado de ser un peligro, para conducirlos hasta el depósito de cimarrones, donde sus amos irían a buscarlos, pagarían los costos de la captura y los llevarían a los respectivos ingenios, donde los castigos serían más individualizados y, sobre todo, ante el resto de las dotaciones, para servir de escarmiento: El castigo impuesto por los perseguidores, pues, no era más que una diversión a la cual se entregaban, una especie de premio que se adjudicaban a sí mismos como recompensa por los trabajos enfrentados por culpa de esos negros revoltosos.

Bien mirado, también era una diversión agotadora, no hay que creer que cualquiera es capaz de dar latigazos y latigazos de manera indefinida, llega un momento en que el brazo se resiente. Por eso se relevaban por tandas, para no cansarse en exceso.

Tampoco todo puede ser esparcimiento en esta vida; había que continuar la persecución, capturar a la mayor cantidad posible de fugitivos y después llevar a los que quedaran con vida hasta el depósito de cimarrones, como les habían encomendado. Así que en algún momento dejaron de solazarse; gracias a ello algunos fugitivos lograron sobrevivir. Cuando los captores sintieron satisfecha su sed de justicia y diversión, los prisioneros emprendieron el camino, cada cual atado codo con codo, y todos con una soga amarrada al cuello, formando una fila. Como cuando los sacaron de sus aldeas.

Entre los sobrevivientes se contaron Fermina y Tomás, aunque, por el estado en que los dejaron, más parecían muertos que vivos. Durante el trayecto, los prisioneros recibieron golpes de látigo en lugar de agua y comida. Cuando alguno aflojaba la marcha se le daba un latigazo; si otro tropezaba y no se levantaba rápido, otro latigazo. Si alguien se desmayaba, un latigazo para reanimarlo; en el mejor de los casos, se permitía que el prisionero que lo precedía y el que lo seguía lo ayudaran a caminar. Si el mal estado de alguno lo imposibilitaba por completo de levantarse, lo soltaban de la fila, lo pateaban hasta convencerse de que de verdad no podía continuar, y lo dejaban tendido y amarrado, para servir de alimento a los animales jíbaros. Así avanzó la fila de prisioneros durante casi dos días, dejando como señal de su paso los cadáveres de los que no resistieron la caminata y los maltratos, hasta ser entregados en el depósito. Fue un número reducido en comparación con los capturados.

Entre los que resistieron estuvieron Fermina y Tomás. Llegaron al depósito casi en delirio, pero aun así todavía pensaron que el primer gran obstáculo hacia su objetivo estaba vencido. Si no habían muerto hasta ese momento, ya no lo harían: Por mal que les fuera en el depósito, nada sería peor que lo acabado de conocer. Ahora solo debían tener paciencia y aguantarse hasta que vinieran a buscarlos de parte del dueño del Alcancía.

Después, volver a comenzar.

En definitiva, en eso ha consistido la vida del negro desde que lo arrancaron de su tierra: Volver a empezar todas las veces.

Cuando, ya en el depósito, se dieron cuenta de que no volverían al ingenio porque iban a ser vendidos, pensaron lo que no había pasado por sus cabezas ni siquiera en los momentos en que se creyeron a punto de morir por los golpes y los azotes: La decisión de dejarse agarrar no había sido acertada, Evaristo había tenido razón. «Para esto mejor que nos hubieran matado en el monte, defendiéndonos», comentó Tomás con Fermina. Como la información les había llegado por comentarios de otros esclavos apresados, era incompleta, y llegaron a pensar que los separarían, «Como estuvimos juntos en un alzamiento, seguro nos mandan a dotaciones distintas», razonaba Fermina, pues de esa manera podrían controlarlos mejor. Por eso quedaron sorprendidos cuando comprendieron que habían sido vendidos a un mismo amo, junto con otros tres de su dotación. En medio de la sensación de derrota e impotencia y del agotamiento físico y mental en que se encontraban, saber que al menos estarían juntos fue como un chispazo de luz en medio de un túnel. El blanco que había ido a buscarlos los había escogido por ser los únicos que, a pesar de los maltratos y el hambre, todavía se mantenían con aspecto aceptable. Con el resto no podían saber qué iba a ocurrir, quizás el amo del ingenio enviara a buscarlos más tarde, o acaso prefiriera abandonarlos para no verse obligado a pagar los costos de una captura que, a fin de cuentas, no le rendiría suficiente beneficio, visto el mal estado en que habían llegado. Si fuera así, una vez recuperados un poco, lo más probable era que los subastaran o los dejaran para trabajos públicos.

En cuanto a ellos dos, ya no tendrían posibilidad de averiguar si había habido traición o no en la derrota sufrida, pero cuando menos estarían juntos; algo más tarde, al saber hacia dónde los llevarían, recordaron que para ese ingenio habían enviado en su momento a algunos carabelas suyos, con un poco de suerte quizás lograran reconocerlos a pesar del tiempo transcurrido: No llegarían, pues, a un lugar donde fueran del todo desconocidos. Bien mirado, después de todo las cosas no resultaban tan terribles como había parecido al inicio. Al menos relativamente.

Y quizás pudieran organizar una nueva sublevación, o al menos una fuga masiva bien preparada.

Porque lo intentarían una vez más, todas las veces posibles mientras estuvieran vivos. Ellos dos no iban a dejar de ser quienes eran solo porque sus planes no se habían cumplido.

Tomás, además de algo juguetón y bastante imaginativo, era conocedor de la religiosidad y la credulidad de sus hermanos, y él mismo profesaba creencias no pocas veces contradictorias —aunque no para él, que las seguía según las esencias de cada una, lo cual las acerca un tanto—. También era bueno para contar historias, y mejor todavía para inventarlas y expresarlas como si fueran realidades incontestables. Con esos materiales ideó un plan que, además de proteger a Fermina en el lugar hacia donde los llevarían, podría contribuir a que ganara ascendencia entre sus nuevos compañeros de dotación, y de esa manera facilitar la actividad conspirativa que pretendía desarrollar entre los esclavos.

El plan comenzó a funcionar al poco tiempo de llegar al Ácana, cuando echó a rodar rumores acerca de que Fermina poseía ciertos poderes mágicos.

Su primera acción fue relatar, en cuanto tuvo oportunidad, algunos de los hechos ocurridos durante la travesía desde el África hasta América; para eso se sirvió de la oportunidad que le daba el que en el ingenio trabajaran algunos de sus compañeros en aquel viaje. Al reencontrarse, fue natural que comenzaran a rememorar aquel tiempo. Tomás estaba convencido de que no pocos de ellos recordarían la ocasión en que iban a lanzarlos al mar y en el último instante ocurrió un milagro: La nave inglesa que había asustado a los marineros porque parecía dirigirse hacia ellos tomó de repente otro rumbo, y todos escaparon de morir ahogados. Quienes lo habían vivido no habrían podido olvidarlo, y con seguridad lo habrían contado a otros, de modo que el terreno se mostraba preparado para sembrar.

«Eso fue gracias a ella», afirmó cuando comentaban el hecho, sobre el cual todos compartían la convicción de que había estado presente la mano de sus dioses. «Yo estaba a su lado», aseguró con el mayor convencimiento del mundo, aunque no era del todo cierto. «Yo la vi cuando le habló al agua y le habló al cielo. No, claro que yo no entendí nada de lo que dijo, aquello no era lengua de persona, era una cosa que asustaba. Pero sí recuerdo que miraba directamente al agua y por un momento puso los ojos en blanco... ¡No se parecía a ella! Temblaba con todo el cuerpo, como si le hubieran entrado todas las fiebres del mundo, y cayó como desmayada. Iba encadenada y sentada en el suelo, como todos nosotros, y dos marineros habían ido a levantarla para lanzarla al agua, como habían hecho antes con otros carabelas; después de ella me tocaría a mí, ya dije que estaba a su lado. La sujetaban por los brazos para alzarla cuando, casi junto a nosotros, surgió una ola grande, muy grande, inmensa. Parecía que quería tragarse el barco con todos los que estábamos dentro. Todo el mundo, blancos y negros, se asustó, gritó y suplicó a sus dioses; a esa hora los marineros se olvidaron de Fermina y de nosotros y corrieron a buscar algo de qué aguantarse, tratando de que la ola no se los llevara al pasar. Yo también estaba muy asustado, claro, y suplicaba a los dioses y a los animales que habitan las aguas que tuvieran piedad de nosotros. Entonces vi cuando Fermina se levantó del suelo y puso las manos hacia delante, dirigidas hacia la ola, ¡y las tenía sueltas! Aquella cosa horrible no siguió avanzando, se quedó detenida en el sitio, parecía un gran muro de agua salada entre los dos barcos. Por un momento nada se movía, ni el agua, ni el viento, ni los barcos, ni nosotros, que estábamos paralizados por el terror. Aquello fue muy rápido, a decir verdad, pero para mí se demoró muchísimo. En eso vi que Fermina hizo unos gestos con las manos, como diciéndole a alguien que se alejara de allí; miré en la dirección de las manos y pude ver cómo la ola se iba recogiendo, recogiendo, sobre ella misma, y vi que cuando fue chiquita comenzó a moverse hacia el barco inglés. Cuando estuvo ya lejos, vi cómo comenzaba a crecer otra vez y a perseguirlo. Entonces se oyó la voz de un marinero que gritaba que el barco inglés había seguido viaje».

Sentada en un rincón, apartada del grupo como acostumbraba, Fermina hacía grandes esfuerzos para no reír ante lo que consideraba un relato disparatado de cabo a rabo. Se preguntaba si habría alguien lo bastante ingenuo para creerse el cuento, cuando vio que algunos de los que habían hecho el viaje con ellos desde África comenzaron a hacer comentarios en apoyo de las palabras de Tomás. Unos no recordaban bien los hechos, extraviada la huella de ese día en algún lejano archivo de la memoria, pero igual aseguraban lo que él decía como verdad, y todos afirmaron tener todavía presente el recuerdo del momento en que los habían sacado a toda prisa de las bodegas para lanzarlos al agua, o cuando vieron el barco que venía hacia ellos, o después, cuando de manera inexplicable tomó por otro rumbo. Pero las palabras de Tomás los habían sugestionado lo suficiente para que hubiera quienes recordaran haber visto la ola gigantesca inventada por él, detenida como un inmenso muro líquido que de pronto fue haciéndose otra vez pequeña, hasta que no la vieron más. Después había sido el volver a las bodegas y, de nuevo allá, apretujados unos contra otros en el minúsculo espacio en que los obligaban a estar, comenzar cada cual a fantasear sobre lo visto ese día.

Ese día que, con sus propios colores, la imaginación de Tomás les había hecho revivir.

Aquella había sido la primera fábula inventada por Tomás sobre Fermina, pero no sería la única. Echando mano a historias fantásticas que había oído contar en noches de barracón en el Alcancía, comenzó a dar cuerpo, poco a poco, a otra leyenda que ponía a Fermina en posesión de espantosos poderes de castigo. Él quería dejar bien claro en las mentes de quienes los rodeaban que bajo ningún concepto alguien podría intentar dañar a su amiga. Ese había sido el origen de la historia sobre los dos blancos y el mulato libre que la habían violado recién llegada a Cuba y habían muerto en circunstancias a la vez terribles y misteriosas, leyenda que tanto había dado que hablar incluso entre los blancos, y cuya relación con hechos reales jamás lograron discernir.

Cuando se percató de cómo crecían y se hacían cada vez más complicados los cuentos inventados por Tomás, Fermina llegó a disgustarse con él.

«Te has vuelto un mentiroso demasiado grande; ya ni tú mismo sabes cuándo dices verdad o cuándo dices mentira... ¿Qué es eso, que si princesa, que si bruja? Yo nunca fui princesa, ni mucho menos bruja... Lo que pasa es que tú ya no me respetas..., debería cortarte la lengua».

Tomás era una de las contadísimas personas capaces de reírse de algo que dijera Fermina sin sufrir las consecuencias.

«Espera un poco, mana, ten paciencia conmigo, que tú vas a ver cómo me das la razón», le replicó entre risas, «Qué paciencia ni qué niño muerto..., lo que tienes que hacer es dejarte de tanto cuento y tanta bobería..., eso va a terminar mal un día de estos», «Paciencia, mana, de verdad... Yo no lo hago por divertirme... Bueno, aunque me divierto un poco, a decir verdad... Pero déjame, yo sé bien lo que me traigo entre manos... ¿O es que ya no crees en tu carabela?».

Que creía ya muy poco y cada vez menos, trataba ella de terminar la conversación, pero él insistía en un voto de confianza suyo.

Que en definitiva obtendría.

Porque a Fermina no le quedó más remedio que admitir que Tomás tenía cierta dosis de razón en el plan puesto en práctica: La leyenda creada por el amigo resultaba útil para espantar a los espías de los amos y que vivían en el propio barracón.

Desde que llegaron al Ácana los esclavos que habían sido del Alcancía, los espías habían estado rondándolos; aunque los amos habían estado de acuerdo en una compra que, desde el punto de vista de la inversión, era muy ventajosa, tampoco querían sorpresas con la adquisición, era mejor estar seguros de por dónde andaban las cabezas de los nuevos esclavos, y para eso nada mejor que servirse de los propios negros. Por eso, al principio a Fermina y sus compañeros les resultaba difícil discernir quién se acercaba a ellos atraído por la novedad, acaso por la admiración, y quién llegaba a la caza de cualquier información que mañana podría ser premiada por el capataz, o, quién sabe, hasta por el propio amo. En cuanto a la mayoría de los esclavos, se trataba de simple curiosidad, pues muchos deseaban conocer o ver de cerca a esos recién venidos de otro ingenio y que habían estado alzados; algunos, quién sabe, quizás hasta los vieran como héroes a quienes desearían imitar algún día.

Pero había unos pocos que no eran ni curiosos ni admiradores, sino simplemente delatores ansiosos por sorprender algo en las conversaciones que pudiera interesar a los blancos y beneficiarlos a ellos. Eran quienes más tiempo permanecían cerca, solícitos y oyendo todo lo que hablaban.

Fermina y Tomás no demoraron mucho en maliciar que algo no estaba claro en tanta asiduidad, aunque él fue el primero en pensarlo; tampoco era tan difícil conjeturar que entre quienes se acercaban a ellos podría haber espías: Por una parte, porque era de suponer que los amos querrían estar bien asegurados de que los recién comprados no iban a meterse otra vez en trajines de insubordinación, y para ello nada mejor que valerse del servicio de otros negros que les sirvieran de informantes de cuanto hicieran o dijeran. Por otra parte, porque esos informantes no tenían ninguna destreza en el arte de espiar y traicionar, no eran más que unos modestos soplones servidores de sus amos, a veces de manera bastante ingenua, a cambio de un poco más de comida, una pieza de ropa usada o el perdón de alguna pillería. Incluso algunos eran públicamente conocidos como tales soplones.

Las historias de Tomás iban encaminadas en primer término a esos esclavos, para infundirles miedo a una venganza de Fermina si oían algo que no debían oír y después se les iba la lengua. El resultado fue bastante inmediato, pues poco a poco comenzaron a alejarse de donde estuviera ella, temerosos de cuanto pudiera haber de verdad en las historias contadas por Tomás y que los demás aumentaban, despertada su imaginación al rememorar la travesía en los barcos. Era preferible mentir a los blancos afirmando que no había nada que contar sobre ella a exponerse a las artes de una bruja tan poderosa. Por ello, ni

Blanco Gordo ni ningún otro blanco supieron de los movimientos nocturnos de Fermina y sus allegados, y ni siquiera pudieron estar seguros de si era realidad lo afirmado sobre sus dotes como hechicera.

Era indudable, Tomás era el mejor de sus colaboradores: fiel y astuto y capaz de ver por adelantado el peligro. Además, los hombres lo respetaban por fuerte y valiente, y las mujeres lo adoraban por hermoso y por las múltiples historias que contaba. Ya había mostrado su valía cuando Evaristo y ella organizaban la sublevación del Alcancía, y lo estaba demostrando en el Ácana, preparando al pequeño grupo que encabezaría la próxima rebelión.

«Pero ahora está en el cepo, quizás muriendo, por impulsivo», se dijo en silencio.

«¿Y el resto de la gente?, ¿hay más que quieren irse con ustedes?», preguntó Fermina, regresando al presente.

«Muchos, pero...», comenzó a responder Juan.

Un sonido semejante al de algo que caía contra el suelo, seguido de un gemido y un ruido de voces alteradas, lo interrumpió. Guardaron silencio los tres, sorprendidos. En la choza, en penumbras, solo se encontraban ellos, pues las mujeres que convivían con Fermina, como de costumbre, se habían alejado a prudencial distancia para no oír la conversación, y para vigilar e impedir que alguien no deseado pudiera acercarse.

Una voz de mujer joven se disculpó por interrumpir y pidió permiso a Fermina para llegar junto a ellos.

«Este estaba escondido tratando de oír lo que hablaban», informó la mujer, y señaló detrás de ella: Entre otras dos traían casi a rastras, al parecer desmayado, a un esclavo. Le habían asestado un violento golpe en la cabeza con un palo, explicaron, porque lo sorprendieron fisgoneando, pero no le dieron muy fuerte, agregaron como disculpándose, no lo mataron; ahora que ella viera qué se hacía con él.

Fermina se inclinó y lo miró de cerca: Sabía quién era, un conocido correveidile de poca monta, enredador y chismoso de asuntos sin importancia, de quien nadie se confiaba, ni los negros ni los blancos, por lo cual sus servicios no eran muy tomados en cuenta. ¿Cómo alguien así se había atrevido a acercarse a husmear lo que conversaban en voz baja tres de los más respetados miembros de la dotación? Eso no sería nada sin importancia.

El hombre, recuperada la conciencia, al verse ante Fermina se lanzó al suelo, se puso de rodillas y llevó la frente al piso varias veces, mientras pedía perdón. No hubo que interrogarlo mucho, ganado de una repentina necesidad de hablar, como si mientras más palabras salieran de su boca, más posible fuera el perdón. Que él no quería hacerlo, juró sin ser preguntado, los blancos lo habían obligado. Blanco Gordo y el boyero, especificó. Después de lo que había pasado con el Inocente, estaban seguros de que algo iba a suceder en cualquier momento, y él debía poner mucha atención a lo que se hablara en el barracón, fijarse en quién se reunía con quién, oír cuanto se dijera si dos o tres se juntaban y hablaban en secreto, en fin, atender a lo que fuera, e informarlo al otro día. De lo contrario se pasaría una temporada en el cepo.

«Como el Tomás ese, que si sale vivo de ahí no le van a quedar ganas de levantarle la mano a un blanco», lo había amenazado el boyero.

«¿Y ya? ¿No te iban a dar nada por contarles lo que oyeras?», interrumpió Fermina el aluvión de frases, cada vez más inconexas. «¿Seguro?, ¿lo hacías y no te daban nada a cambio, solo no te castigaban?».

El esclavo temblaba al oír las palabras de Fermina, pero no respondió, seco de repente el manantial de palabras. Volvió a tocar el suelo con la frente y permaneció en esa posición. Se oían sus sollozos.

Juan y Eduardo se llegaron a él, lo tomaron por las axilas y lo levantaron en vilo.

«¿Tú eres sordo o qué? Párate y responde cuando nga Fermina te hable, carajo», exclamó Juan, y lo empujaron con fuerza; con el impulso volvió a ir contra el suelo.

«¡Mírame!», ordenó ella, en tanto el esclavo trataba de ponerse más o menos en pie. El hombre levantó un poco la cabeza hacia Fermina, pero con los ojos vueltos al suelo.

«¡Que me mires te dije, carajo!...», insistió ella.

El hombre levantó un poco más la cara, pero no se atrevía a mirarla directamente. Acaso temía que si la miraba a los ojos lo fulminara con un rayo.

«¡Aquí, carajo! ¡A los ojos!», ordenó Fermina. Fue inútil; por más que lo intentaba, él no lograba llevar la mirada más allá de los labios de esa mujer cuyos poderes tanto temía.

Ella decidió no insistir: Ya había logrado el objetivo de aterrorizarlo para ablandarlo y hacerlo confesar lo que quería saber. Cambió de pregunta:

«¿Y qué fue lo que oíste?». La respuesta fue rápida, convencida, sin titubeo; debía de ser cierta, «Nada, nga Fermina, lo juro; estas me agarraron enseguida, no pude oír nada», «No oíste nada...», «Nada...», «¿Lo juras?».

La entonación casi maternal con que Fermina realizó la pregunta hizo nacer en el hombre la esperanza de que quizás podría salir ileso del mal encuentro.

«Lo juro», aseguró con las manos agarradas sobre el pecho y lanzándose de rodillas para dar mayor énfasis a la frase, «Lo juro por diosito y por todos los santos», «¿Y por todos tus muertos?», «Por todos mis muertos, nga Fermina».

«¿Y qué era lo que te iban a dar por lo que oyeras?», volvió a preguntar Fermina con voz suave.

«Nada, lo juro también».

«¿Nada...?». Ahora la voz aparentaba complicidad.

«Vaya, así que nada... Mira que eres mentiroso... Si lo estoy viendo, muchacho, tú a mí no me engañas... Mira que yo puedo adivinar lo que estás pensando...».

Le tomó la barbilla con suavidad para mirar sus ojos entrecerrados, como si estuviera tratando de penetrar en su cabeza. Pronunció algunas palabras en su lengua, para impresionarlo más. «Te dijeron que te iban a dar la libertad, ¿verdad?, no me lo niegues, que yo lo sé, lo estoy viendo».

El esclavo no sabía qué pensar; la oscilante entonación de Fermina lo confundía cada vez más: Una vez amistosa y cómplice, otras amenazadora, otra maternal. A veces le hacía pensar que ella lo perdonaba, otras que diría algo que lo dejaría muerto al instante, o convertido en una piedra, un sapo, cualquier cosa... Se hablaba tanto de lo que ella era capaz de hacer.

Y hasta podía leer dentro de su cabeza.

«No; verdad que no. Eso no fue lo que dijeron».

«Ah, no, claro que no... eso no fue... Pensaron que era demasiado para ti, claro... ¿Ves? Estos blancos son así, tú te metes en mil problemas por ayudarlos, y a ellos todo les parece demasiado para pagarte... Fue dinero entonces, ¿verdad?... Ibas a denunciar a tus hermanos por dinero, eso es...». Se detuvo por unos segundos, como si estuviera meditando. Tal vez contando monedas...

Él volvió a mirar hacia el suelo, expectante. De repente Fermina preguntó, con voz que lo hizo estremecer:

«¿Cuánto?».

El esclavo comenzó a temblar, muerta la esperanza, ganado otra vez por el terror. «No, eso no, así no fue... Dinero sí..., pero no... Me preguntaron que cuánto me faltaba... Me iban a dar para la coartación..., pero solo el dinero que me falta..., yo tengo un poco guardado. Yo quiero comprar mi libertad…, yo no quiero seguir siendo esclavo, nga Fermina, yo quiero ser un hombre libre».

No era un soplón, no era un traidor, era solo un esclavo que quería ser libre, y para eso vendía a sus hermanos tan esclavos como él.

No era el único que lo hacía. Como si ella no lo supiera.

«Y a lo mejor despúes te comprabas esclavos que trabajaran para ti, ¿no?», dijo Fermina, recordando lo visto en sus días en el depósito de cimarrones: Negros que una vez libres eran tan negreros como los blancos. «Nos robaron el cuerpo y también nos están robando el alma», pensó.

Esta esclavitud también estaba corrompiendo el alma de los esclavizados. Por eso había que acabar con ella, para que el negro no perdiera lo que le restaba de dignidad.

El esclavo no habló más, el miedo lo había vuelto incapaz de emitir cualquier sonido articulado.

«Tú no puedes ser un hombre libre porque tú ya no eres un hombre», afirmó Fermina, esta vez en un tono indefinible, pero en donde era posible advertir algo de dolor.

Puso las manos alrededor del cuello del esclavo. Con los pulgares le levantó el mentón y lo obligó a mirarla a los ojos, pero él los cerró de inmediato.

«Tú ya no eres un hombre», repitió, con tristeza.

Apretó los puños con rabia.

El esclavo se aferró a los brazos de Fermina tratando de zafarse. Desesperado, agitaba el cuerpo en busca del aire que le faltaba, intentaba morder al menos aquellas tenazas que se cerraban cada vez más y lo arrastraban a la muerte. Quería escapar y no hallaba cómo. Juan y Eduardo le agarraron las manos y las llevaron a la espalda para inmovilizarlo.

Fermina tenía más fuerza en las manos que muchos hombres, era una frase repetida en la dotación. Era capaz de cortar más caña de un solo tajo que cualquiera... Por eso fue capaz de sostener al esclavo mientras convulsionaba. No dejó de apretar hasta que lo supo muerto. Luego echó el cuerpo hacia un lado.

«¿Muchos, pero qué?», se volvió hacia Juan, como si no hubiera habido interrupción. Las mujeres, viendo que se reanudaba la conversación, comenzaron a alejarse: Aquello ya no era con ellas. En el suelo, el cadáver de quien había querido oír lo que no debía ahora permanecía como único e inútil testigo.

«Casi todo el mundo quiere matar al blanco; dicen que el niño era santo, y si no lo hacemos va a haber castigo grande, mucha gente va a sufrir si no se hace nada. Pero es solo matarlo para limpiar la culpa lo que los demás quieren, después de eso nadie piensa en nada», «¿Y la gente de nosotros?», «Eso tú lo sabes... Están esperando por ti; cuando tú digas, tocamos los tambores para avisar a la gente de Concepción y ya está».

Esperaban por ella, pero querían que lo que fuera a pasar comenzara ya, saliera bien o saliera mal.

«El niño dio la señal, es lo que dicen todos, que tiene que ser hoy, o no será nunca, la gente no quiere esperar más».

«Es lo mismo que pensaba Tomás», dijo Fermina. Todavía meditó un instante. «Está bien, vamos a tocar esos tambores... Esperen, pero primero... ¿Con cuánta gente contamos ahora mismo?».

Seguros, seguros, había poco más de cuarenta, más algunos que se sumarían, aunque de esos siempre habría muchos de los que a última hora regresan al barracón, o se quedan cerca de la finca para volver a la menor oportunidad aduciendo que los obligaron a participar, para tratar de huir del castigo o recibir uno más suave. Y también estaban quienes tratarían de escapar por su propia cuenta, iban a buscar la libertad, pero la de ellos solos, sin unirse a ninguna fuerza que hubiera de enfrentarse a enemigos. Esos se sumarían al primer momento, pero no se podía contar con ellos, se dispersarían por los montes por separado.

En cuanto a armas, había unas pocas lanzas hechas con palos de las propias chozas y algunos machetes que subrepticiamente habían ido introduciendo poco a poco. El asunto era salir rápido y sin ruido del barracón, reducir a los dos escoltas que lo cuidaban y llegar hasta el lugar donde se guardaban las herramientas. Todo lo más silencioso que se pudiera, para tratar de sorprender al boyero y a Blanco Gordo, ellos tienen armas de fuego.

«¿Y Tomás?, ¿saben algo de él?, ¿puede ir con nosotros?», «Se puede romper la reja y sacarlo, pero no vale la pena, está casi muerto, ahora mismo hay algunas mujeres cerca de él, velándolo, para que no esté solo cuando le llegue el momento de la muerte y cantarle».

Era injusto. Con lo mucho que se había esforzado Tomás por alcanzar la libertad, la propia y la ajena, y que estuviera muriendo en el cepo en ese momento. No era el primero al que le sucediera, tampoco sería el último en morir así, cualquier esclavo conocía a alguien, o había oído hablar de alguien muerto en el cepo, o en el palo de los castigos, o encerrado en un calabozo de por vida, por haber cometido el crimen de pretender la libertad para sí y para sus hermanos. A algunos los habían fusilado, pero a esos al menos los sacaban del calabozo para matarlos, alcanzaban a ver el sol antes de partir.

Pero morir en el cepo no era muerte para Tomás. Él no podía morir en el cepo, en la oscuridad del calabozo; tenía que ser a la luz.

Ellos no podían permitir que muriera en lo oscuro. Si Tomás iba a morir, que fuera al sol, sin cepo, rejas ni grilletes, que muriera libre.

«¿Cómo, Fermina?», preguntó Eduardo.

«Primero vamos a sacar a Tomás. Él se va con nosotros».

«Pero no vale la pena…», trató de disuadirla Juan.

«Está muy mal, no va a aguantar…, y se va a morir de todas maneras», lo secundó Eduardo.

«Por eso mismo, porque de todas maneras se va a morir, también vale la pena, lo sacamos para que muera sin cepo y sin calabozo, para que su espíritu se vaya al monte con nosotros. Vamos a sacarlo de allí y que se sienta libre, que sepa que va a pelear con nosotros…».

«Es verdad… Y que vea cómo matamos al hijueputa del boyero ese», completó Eduardo.

Fermina, que tenía por costumbre refrenar cualquier gesto que delatara debilidad, no pudo evitar poner una mano en el hombro de Eduardo y apretarlo mientras le ordenaba: «Dale, Eduardo, vete delante; tú eres el que mejor hace hablar a los tambores».

José Manuel

«¡A este blanco nadie me lo toca!».

El machete detuvo su viaje casi al final del camino, cuando se oyó la exclamación; el filo amenazador había quedado a pocos dedos de distancia del cuello. Una onza más de presión sobre la herramienta, una fracción de segundo más de duración en el movimiento, y hubiera llegado el final.

José Manuel miró hacia el lugar de donde provenía la voz y vio una mano negra que inmovilizaba la del esclavo que había estado a punto de degollarlo. El machete aún cimbraba en el aire, atrapado entre dos fuerzas de dirección opuesta. Siguió con los ojos la mano, el brazo, la cara...

De Fermina.

Solo habían transcurrido tres meses desde el día en que la conoció. Y al cabo de ese tiempo, la fuerza de su voz y de su brazo había detenido la muerte a pocos centímetros de su cuello. Las miradas de ella y de él se cruzaron durante un mínimo instante, pero le bastó para conocer que la sospecha en algún momento instalada en su cabeza cuando la encontró en el depósito de cimarrones era definitivamente cierta: Esa esclava no era una negra más de las tantas que siguen a sus maridos en una sublevación porque es lo que hace la mujer en cualquier circunstancia, sea blanca o sea negra, seguir a su hombre adonde vaya.

No era una esclava cualquiera, no había seguido a nadie: Era una participante activa en la rebelión. Protagonista era, no comparsa.

No había encontrado al mayoral ni a los contramayorales por ningún lugar. ¿Los habrían matado, o se habrían escondido al percatarse de lo que sucedía? Una sublevación de esclavos siempre comienza matando, «Al menos eso es lo que se dice, yo no he visto ninguna... Bueno, ahora estoy viendo una». Trató de convencerse de la segunda posibilidad: Los empleados estarían escondidos en alguna parte, lejos de las chozas donde vivían, para no exponerse a la saña de los sublevados. Vio, en cambio, a algunos esclavos de la servidumbre correr y esconderse en la oscuridad, lejos de la casa. Se preguntó si estarían corriendo para unirse a los demás y participar de aquella locura colectiva, o si se escondían de su propia gente, temerosos de que, por convivir con los amos, los otros los tuvieran por traidores y fueran a matarlos, como harían con los blancos si los agarraban.

«Aunque son esclavos, entre los domésticos hay algunos que no quieren tener nada que ver con los del barracón, y hasta los desprecian», pensó. Por eso lo más probable era que estuvieran huyendo de los suyos.

Él debía hacer lo mismo, encontrar un refugio, esconderse, esperar bien resguardado hasta que la turba se alejara, y solo entonces buscar medio de avisar a las autoridades. Cuando menos, no debía permanecer en la casa: Los sublevados, con toda seguridad, vendrían hasta ella para destruir y quemar lo que no pudieran llevarse, de seguro también para matar a cuantos se encontraran por el camino, blancos o negros. Para matarlo a él también, claro que sí, por ser la máxima autoridad durante las ausencias del dueño, que duraban casi todo el año.

«Piérdete de aquí, José Manuel», le indicó el instinto de conservación.

Tenía un sueldo envidiable, gracias al cual había reunido lo necesario para regresar cuando quisiera a su Galicia, añorada y sin embargo difuminada en la memoria. Siendo así, qué le importaba si los esclavos se rebelaban, ni qué le interesaban a él la casa, los bienes guardados en ella, ni las cosas que podrían quemar los sublevados.

Hacía meses venía pensando con frecuencia en no permanecer más tiempo en Cuba, por la constante intranquilidad reinante a causa de los intentos de los esclavos de escapar de su condición por cualquier medio, y el empecinamiento de los amos en mantener ese régimen atrasado pero ganancioso para ellos. Debía retornar a su tierra y olvidarse del tiempo vivido en la Isla, no volver a oír hablar más de esclavos ni de ingenios. Del azúcar solo le interesaría la que necesitara para endulzar el café al que se había hecho tan aficionado. Siendo así, lo mejor que podía hacer ahora era esconderse como habían hecho los demás y esperar a que mañana, o dentro de unas horas, o cuando fuera, aparecieran las tropas que en poco tiempo darían cuenta de esos infelices esclavos y de su inútil gesto de rebeldía.

Eso, esconderse para salvar la vida, como hicieron los demás, era lo que debía hacer. Era la única opción lógica.

Pero no lo hizo.

Fue algo inexplicable hasta para él mismo. Movido por un misterioso impulso llegado de no sabía dónde —«En definitiva, ¿a mí qué carajo me importan esos negros?», se dirá más adelante, tratando de reponerse del susto que habrá de pasar—, en lugar de buscar cómo salvarse, se dirigió a la explanada frente al barracón donde se concentraban los esclavos, que habían roto el portón y estaban casi todos fuera, de seguro preparándose para recorrer cada uno de los rincones de la hacienda y darle fuego a cuanto fuera combustible antes de escapar en busca de alguna cueva o algún rincón oculto en el monte donde esconderse y levantar sus palenques, si bien los palenques, más tarde o más temprano —él lo sabía y ellos debían de saberlo también, por eso quería disuadirlos de hacerlo—, serían asaltados por los rancheadores y destruidos, y ellos, si quedaran con vida, volverían al mismo estado en que se encontraban antes del alzamiento, si no en peores condiciones. Cierto que los palenques eran una y otra vez levantados, con una contumacia digna de mejores causas…, pero también una y otra vez eran destruidos. Una locura, «Aunque la verdadera locura es la de este país, que basa su riqueza en la explotación más inhumana de una parte de su población, que, para colmo, ha sido casi toda traída a la fuerza de sus tierras de origen».

También pudiera suceder que el propósito de estos esclavos fuera otro, hacer realidad lo que tanto se temía, que hubieran preparado un plan para soliviantar a las dotaciones de otros ingenios, como había ocurrido en muchos de los alzamientos anteriores de que tenía conocimiento, para convertir la insubordinación de una dotación en una sublevación más amplia, con múltiples focos de rebelión, capaz de poner en peligro la existencia misma de la esclavitud. ¿Este levantamiento sería una acción coordinada con otras dotaciones? ¿Sería este un primer paso para formar un ejército, aunque casi sin armas, y lanzarse en una guerra frontal en contra de la esclavitud? ¿Era eso posible? Sabía que algo así había ocurrido en la isla de Jamaica, de modo que no tenía que ser necesariamente imposible.

Si fuera así, si se tratara de un empeño de grandes proporciones y preparado de antemano, de nada podría valer una exhortación que él les hiciera para disuadirlos; antes, por el contrario, se arriesgaba a que algún esclavo exaltado lo atacara a machetazos, si bien ninguno podría afirmar que él alguna vez cometió un abuso contra ellos, porque nunca lo hizo. Pero, aunque nunca hubiera abusado de su poder, era un blanco. Un administrador. Un amo. Uno que vivía del sudor de los esclavos. No tenía por qué correr una suerte diferente.

Tenía la convicción —que más adelante, en frío, calificaría de absurda— de que la sublevación no era más que un pequeño movimiento de protesta sin mayores consecuencias.

Acaso si hablaba con los esclavos y les explicaba a qué se arriesgaban —y tenía muchos ejemplos que ilustraban lo inútil de su empeño—, podría convencerlos de abandonar su actitud y regresar en paz al barracón. Tal vez solo estaban un poco revueltos por algún exceso cometido, o por la muerte del niño esa tarde, y no tenían una verdadera intención de cometer desmanes. Aunque el capataz no le parecía hombre de eso, él bien sabía que otros acostumbraban recortar las raciones de los esclavos y los surtían con menos de las ocho onzas diarias de carne y las cuatro de arroz obligatorias, para vender lo robado a los comerciantes de comida, y esa había sido la causa de no pocas revueltas desde que tenía memoria.

Fuera cual fuera la causa, si solo habían salido sin permiso del barracón, sin haber cometido alguna acción criminal en verdad grave, el hecho podría quedar como no ocurrido, se comprometería a impedir los castigos, atendería las quejas y las reclamaciones que quisieran hacer y se ocuparía en persona de que todo se hiciera como debía ser. Si alguien había cometido abusos, si no se les daba la ración de comida reglamentaria, él se encargaría de resolver el problema y castigaría a los culpables, los llevaría a las autoridades si fuera necesario. Ellos habrían de creerle.

Pero que no cometieran esa locura, les pediría. Que volvieran pacíficamente a su lugar, que descansaran esa noche, ya mañana todo estaría resuelto.

No llegó a pronunciar ni la mitad de las palabras del discurso imaginado.

Un grupo de los insubordinados, acaso sorprendidos por verlo llegar, desarmado y con tanta determinación, había quedado como a la expectativa de los acontecimientos, mudos e inmóviles. Esos de seguro estarían dispuestos a escucharlo, aunque algunos entendieran muy poco de lo que decía... Lo importante era su actitud y el tono de su voz, que los impresionaban. De antemano podría contar con que estos depondrían su actitud…

No se había equivocado.

¿O sí?

Del grupo se destacó un esclavo; avanzó con decisión hacia él, se le plantó delante, lo miró desafiante y blandió el machete:

«Que mueran los amos», exclamó.

Lanzó un violento machetazo contra el cuello de José Manuel.

«Es uno de los que fui a buscar al depósito», alcanzó a pensar. No tuvo movimiento de reacción defensiva alguno, ni siquiera alcanzó a sentir miedo. Solo cerró los ojos en un gesto instintivo, como para no ver el momento del golpe.

Fue en ese instante cuando atronó la orden tajante que, reforzada por la acción de un brazo poderoso, estableció la frontera entre ser hombre muerto y continuar vivo: «¡A este blanco nadie me lo toca!».

José Manuel sintió cómo la muerte se detenía a unos milímetros de distancia de su cuello. Muchos años después, todavía recordaría la sensación del golpe del aire desplazado por el avance del arma contra su objetivo, escucharía la voz que lo salvó y volvería a ver cómo el hombre que estuvo a punto de matarlo bajaba mansamente la herramienta convertida en arma, perdida la rabia que un segundo antes lo llenaba, decía algo en una lengua desconocida, como si se disculpara ante la mujer que le había impedido cumplir su propósito, y de inmediato desaparecía en el grupo.

Mirando al hombre advirtió algo que lo reconfortaba:

No era de los esclavos del Alcancía comprados por él.

La oscuridad le impidió comprender el significado de la mirada lanzada por Fermina al ordenarle: «Vuelva a la casa y no salga más de ella, por favor». Sintió, en cambio, que aquella voz pertenecía a alguien acostumbrado a ser obedecido, a pesar de haber concluido con la expresión: por favor.

No había duda posible, Fermina estaba acostumbrada a ser obedecida. ¿Una esclava acostumbrada a ser obedecida?

¿Entonces quién era ella, a fin de cuentas?

«¡Es la cabeza del levantamiento!», exclamó dentro de sí. «O cuando menos uno de los jefes principales», se rectificó mientras veía a Fermina alejarse seguida por el grupo de esclavos, a quienes, sin duda, iba dando órdenes.

Advirtió que no se sentía sorprendido por llegar a tal convicción, que a fin de cuentas ahora encontraba obvia. En definitiva, aquel algo especial que todos advertían en ella, sin nadie poder explicarse el misterio, era eso: Ella tenía el don de mando.

«Sí, tiene toda la pinta de un jefe…, nada más hay que ver la forma en que la miran y la obedecen… No, no es que tenga la pinta, es que, en realidad, es un jefe. Eso era lo que pasaba con ella. Lo veíamos, pero no nos dábamos cuenta. Quién iba a pensar que, siendo mujer y esclava, pudiera ser cabecilla de algo».

Comprendió que, si era la más cumplidora en el trabajo, no era por miedo al castigo, deseo de agradar a los amos o simple repetición de hábitos adquiridos en años de servidumbre, sino que esa era una forma para no señalarse de manera negativa, para ser una más en la masa sin nombre.

Si andaba siempre silenciosa sería para no llamar demasiado la atención sobre su persona, o porque prefería no hablar, al menos no delante de los amos o sus empleados, porque todo el que habla en algún momento yerra, mejor permanecer mudo la mayor parte del tiempo y no exponerse a los oídos de los que mandan. Una vez cerrada la entrada del barracón, quién podía saber lo que sucedía, quién podía tener la certeza de que allá dentro no se producirían maquinaciones tan bien combinadas que escaparan a la vigilancia de los espías negros. En el barracón cerrado por fuera para que nadie pudiera escapar en la noche, también sucedía que nadie ajeno podía entrar. Y allí, a no dudarlo, ella sí hablaría, sería una entre los agitadores que trataban de convencer a la dotación de rebelarse cuando llegara la ocasión.

O era la agitadora. La jefa.

El gran respeto que hombres y mujeres le demostraban por igual respondía, en definitiva, no a que fuera bruja o princesa, como se comentaba, o a que la tuvieran por alguna heroína de allá de su tierra, como llegó a imaginar José Manuel, casi acertando, sino a que era la cabecilla de una insurrección que se había estado incubando en el propio ingenio administrado por él, delante, por así decir, de sus ojos. «Con toda seguridad», pensaba ahora, «Eso es lo que ha estado haciendo desde el mismo día en que la traje».

De cualquier modo, ya era tarde para pensar en eso. Daba lo mismo si era la jefa o uno de los jefes. Los negros estaban sublevados una vez más. Otra página de muerte y sangre iba a escribirse en ese año de 1843, que ya había conocido tantas.

«¿Cuántos negros irán a pagar con su sangre ese afán por ser libres?...», se preguntaba. Y se lamentaba: «Total, para nada».

Se volvió despacio a la casa de vivienda, pensando que en algún momento debería enviar aviso de lo sucedido a las autoridades y al dueño. Se dio cuenta de que no tenía prisa ninguna en hacerlo. Y, en el fondo, deseaba que Fermina y sus seguidores lograran escapar, que encontraran la libertad en algún rincón de esta Isla que no era de ellos ni de él.

No, no avisaría todavía. Que tengan tiempo de esconderse como mejor puedan. Que sus perseguidores nunca den con ellos, que alcancen el sueño de vivir en libertad…

«Y que Dios tenga piedad de ellos».

Eso sí, una resolución ganó cuerpo en su mente: «Ya no espero más, antes de que termine el año tengo que regresar a mi tierra».

Fantasmas

Ocurrió unos meses antes. Y ni siquiera fue aquí, sino en las tierras de otro ingenio donde acaso no lo llamaban Blanco Gordo; los abuelos de los abuelos no lo recordaban, pero la evocación le venía entera en ese momento. ¿Por qué?

«Oye, negra, ven acá», le había ordenado. No estaba seguro de por qué, simplemente sintió deseos de hacerlo y lo hizo. Y por qué no, si nada se lo impedía. ¿No era acaso quien mandaba, y al llamado de su voz los esclavos debían temblar?

Casi concluía ya la jornada. Ese día el sol había estado más insoportable que nunca, y los esclavos no le habían dejado ni un minuto de reposo, trabajando más lentos que de costumbre, rompiendo herramientas. Hasta los contramayorales parecían haberse puesto de acuerdo para hacerlo andar de un lado a otro como un condenado, llamándolo para esto o para aquello.

Un día como para no haberse levantado de la cama.

Tal vez nada de eso fuera cierto. Quizás el sol no tenía nada de particular, ni los esclavos o los contramayorales estaban peores que cualquier otro día; a fin de cuentas, haraganes unos, ignorantes e incompetentes los otros, siempre era lo mismo. Un observador imparcial acaso hubiera llegado a afirmar que era todo lo contrario, pues, en vista del mal talante del mayoral en esa jornada, todos procuraban andar bien derechos, los blancos para no meterse en problemas innecesarios, los negros no fuera a ser que recibieran en cuerpo propio latigazos ganados por otro. Era él quien se había sentido especialmente irritable e intranquilo todo el tiempo, sin causa alguna a qué achacárselo, lo cual lo alteraba más todavía; hay días en que uno amanece así de trastornado sin causa alguna, para qué buscar explicaciones. La consecuencia fue que casi no había negro que no hubiera recibido al menos un golpe de látigo sobre las espaldas; dígase de pasada que la fórmula de azotar negros a discreción es muy a propósito para mejorar estados de ánimo de cualquier blanco, pero a pesar de golpear con motivo o sin motivo para descargar su irritación, él continuaba molesto sin saber la razón.

En esas andaba cuando, ya casi al final de la jornada, vio a una negrita sentada en el suelo, junto a una pila de caña cortada, descansando. Otro podía haberle disimulado la infracción, en definitiva faltaba poco para la hora de regresar al barracón. Pero nunca él, el inflexible, y menos un día como ese: Partió hacia ella, dispuesto a anunciarle el castigo que recibiría al terminar de trabajar.

Quién sabe, quizás después de castigarla lo abandonaría la desazón que sentía. No sería la primera vez.

Iba a dirigirse a la muchacha cuando vio a Fermina, que había hecho un alto en el trabajo para beber agua. No cometía ninguna indisciplina con ello, era algo permitido, siempre que no se tomara más tiempo del debido. Sin embargo, la llamó. Sin saber por qué ni para qué. Si alguien, dentro de él mismo, le hubiera preguntado, «Para qué llamas a esa negra», su respuesta hubiera sido: «La verdad es que no sé».

Ni podía saberlo. Lo hizo porque algo debía suceder ese día para justificar su carácter de especial. Era la fatalidad que jugaba sus cartas con él.

No era que él llamara a la esclava: Era su destino, llamándolo.

Por aquel entonces, él estaba sirviendo como ayudante del mayoral en el ingenio Alcancía, era una especie de segundo mayoral. En la mañana, cuando la vio salir del barracón con la fila de esclavos, aquella negra le había llamado la atención ante todo por su estatura; más tarde, viéndola trabajar a la par de los hombres, había quedado sorprendido por su resistencia.

«¿De dónde sacaron a esa negra? Parece un hombre trabajando», había comentado. «Esa es la reina del surco», le contestaron, «¿Reina?», «Es un decir, compadre, es un decir... Es una de las mejores en el corte, tan buena como cualquier negro..., hasta mejor, porque no es protestona».

Estuvo mirándola un buen tiempo. Sí, era algo especial, avanzaba continuamente contra la caña, casi sin detenerse, sin aparentar cansancio. «Es muda», llegó a pensar, pues no la vio mover los labios en ningún momento.

Y fueron muchos los momentos de él mirarla, pues a cada poco, muchas veces sin darse cuenta, casi como en un acto reflejo, volvía la mirada hacia ella. Y no lo hizo solo aquel día, sino todos los días, mientras trabajó en los campos del ingenio Alcancía. No podía evitarlo, algo en su interior le conducía los ojos hacia donde estuviera trabajando Fermina.

Sí, ya desde entonces le había comenzado aquella extraña atracción magnética que lo obligaba a fijarse en ella, aunque durante un tiempo no se percató de lo que ocurría en su interior.

«¡Eh!, compadre, ¿qué te pasa? Te veo mirando demasiado a la negra esa... ¿Te gusta?», le comentó un día el mayoral, entre risas. «Esa es un poquito difícil, no vale la pena... Hay otras que están mucho mejores, y son más jóvenes».

Se sorprendió, ni siquiera se había dado cuenta de que miraba hacia ella.

«¿Gustarme?, ¿a mí? ¡Y esa negra...! Ni que estuviera loco», «Bueno, bueno, ya sé que no te gusta, pero bien que lo disimulas, compadre, porque te la estabas comiendo con los ojos», «Yo no la miraba a ella... Yo... Estaba entretenido, pensando... Además, a mí no me gustan las negras... Y menos esa, más grande que un hombre... Hasta mete miedo».

Acompañó la última oración con un intento de sonrisa, como para restar importancia al asunto. Pero a continuación negó con vehemencia, para él constituía una verdadera ofensa que alguien lo considerara capaz de sentirse atraído por gente de esa raza...; jamás, primero muerto. Eso fue lo que exteriorizó. Pero se asustó al pensar que el otro tenía razón: A sí mismo no podía negarse que había estado mirando hacia ella. No sabía la razón, solo no admitía la posibilidad de que fuera porque le gustara. ¿Gustarle a él?

«Eso nunca. ¿Una negra? No..., imposible. A mí nunca me han gustado las negras, ni esa ni ninguna; eso no es conmigo».

El mayoral sonrió, encogió los hombros y siguió andando. No había creído ni una palabra de lo dicho por el otro. Pensó que más bien era todo lo contrario; en definitiva, no sería el primero en enamorarse como un perro de una negra y lo negaba. «Allá él... Con tantas negras donde escoger que hay aquí, mira que gustarle una que es hasta más grande y más fuerte que él... Y con esos brazos que parecen de hombre. ¿Le gustará que las mujeres le den golpes?... A lo mejor, hay tipos así».

Imposible que le gustara, pero había en ella algo que llamaba la atención y él quería averiguar qué cosa era, trató de consolarse Blanco Gordo, sin querer darse cuenta de lo endeble de su justificación. Aunque tampoco era para preocuparse, concluyó. Le quedaba poco tiempo de trabajo en el Alcancía; ya le habían confirmado que en unos meses asumiría el puesto de capataz en otro ingenio. Con la distancia la negra quedaría atrás, y él ni se acordaría de haberla visto alguna vez.

Fermina se acercó, caminando sin prisa, como era su costumbre, sobre los tocones y la paja de la caña recién cortada. El machete en la mano. La cabeza erguida.

«Apúrate, ¿no ves que te estoy llamando?».

No se dio por aludida, continuó andando a su ritmo. A Blanco Gordo se le antojó que hasta un poco más despacio, como a propósito, para molestar.

Cuando llegó junto a él, lo miró directo a la cara, en silencio, como demandando sin palabras: «¿Para qué me quieres, mayoral?». Blanco Gordo creyó ver una chispa de fuego en los ojos de la mujer. Por primera vez estaban frente a frente, y le pareció recibir sobre sí todo el peso de un odio salvaje, radical, inapelable. Se estremeció sin saber el motivo, pero reaccionó: Él era el blanco, el que manda, tenía látigo, machete y revólver, y ella una negra, una esclava, alguien que debe obedecer y temer.

«Baja la cabeza cuando te hable, negra».

Fermina inclinó levemente la cabeza, como si acatara la orden, pero sin dejar de mirarlo a los ojos. El efecto fue casi terrorífico, pues aquella mirada en forma oblicua le pareció una declaración de guerra, o, peor, el anuncio de una sentencia de muerte que le llegaba en silencio.

Blanco Gordo nunca en su vida había experimentado un miedo tan difuso, y acaso por eso mismo tan intenso. No fue capaz de hablar enseguida, antes debió sobreponerse a la extraña sensación de indefensión que de pronto lo envolvía. ¿Esa negra estaría retándolo? No tenía el tipo de las que se sienten protegidas y se vuelven arrogantes, esas son más hermosas y también más desenvueltas en el trato, risueñas y de miradas provocativas. Esta era hosca, de gestos que parecían esconder amenazas, y sus miradas no eran de las que provocan erotismo, sino sobresalto.

No era cierto, trató de llamarse al orden, esta era una negra cualquiera, solo se diferenciaba de las demás en que era más fuerte y capaz de cortar caña como un hombre.

Pero esa mirada era inaceptable. Quien mira así debe ser castigado, para que no haya equivocaciones. Él debía mostrarle quién mandaba y quién debía respetar y obedecer.

«Si te haces de azúcar con estos negros, te comen las hormigas cualquier día», había sido una de las primeras lecciones de su tío, mucho tiempo atrás.

¿Su tío? ¿Por qué se acordaba de él en este mismo instante, y delante de esta esclava?

Le pareció ver cómo la mano de la mujer se crispaba sobre la empuñadura del machete. ¿Lo retaba?

«¿Qué te has creído, perra?, ¿te estás burlando de mí?», exclamó, y levantó la fusta, con intención de golpearla, aunque no alcanzó a completar el movimiento. Ella irguió de nuevo la cabeza y lo miró directamente a los ojos, con tal determinación y tanta furia, que en ese instante él adivinó que si la golpeaba, ella le asestaría un machetazo. Se contuvo por instinto. Todavía vio cuando el brazo con el machete se elevaba, caía con fuerza contra su cuello y continuaba viaje hasta perder el impulso y volver a apuntar hacia la tierra. El golpe fue tan limpio que la hoja ni siquiera se manchó de sangre.

Blanco Gordo alcanzó a ver su propia cabeza volando por el campo, lejos, al igual que volaban los cogollos de la caña con un solo movimiento de la mano de Fermina, antes de darse cuenta de que había sido una alucinación.

Mojó los pantalones.

Tapando su vergüenza con el sombrero, para que otros no se dieran cuenta de lo sucedido, llamó a los contramayorales y les ordenó llevarla al barracón de inmediato y la amarraran al palo, él iría después. Faltaba poco más de una hora para terminar la jornada; él podía haberla dejado trabajando ese tiempo y después ordenar que la amarraran, como hacía con las demás esclavas, pero no lo hizo. Ellos se extrañaron del comportamiento del hombre, que así alteraba su método para castigar a las negras; también se extrañaron de que se tratara de Fermina, a quien nunca habían castigado por ninguna razón, y ese día había estado trabajando con la aplicación habitual, hasta el momento en que Blanco Gordo la llamó; no obstante, obedecieron, sin siquiera preguntar por lo ocurrido: En definitiva, ellos también eran negros, y sabían que pretender entender a los blancos es una pérdida de tiempo. Eran tres hombres, pero algo los movió a no actuar con violencia contra ella.

«Suelta el machete y ven con nosotros, Fermina», ordenó uno de los contramayorales, con un tono de voz que más bien parecía un ruego.

Fermina obedeció al instante; soltó el machete, que cayó a sus pies, y se dejó conducir sin ninguna resistencia. Antes lanzó una nueva mirada a Blanco Gordo, directa a los ojos. «No sabes con quién te estás metiendo», leyó él el mensaje, y quedó inmóvil en el campo, mirando cómo el grupo se alejaba, presa de una intranquilidad mayor que la sentida hasta entonces. Emparentada con el miedo. Más que miedo: Un terror confuso y sordo, sin causa material que lo provocara; surgiendo de la tierra, ascendió por las piernas, colmó cada rincón de su cuerpo y lo hizo estremecerse por unos segundos. Luego lo ganó un gran cansancio. Prácticamente no trabajó más durante lo que restaba de la jornada.

El desasosiego que lo había ganado fue creciendo por minutos, según se acercaba el momento de aplicar el castigo a aquella negra soberbia que, explicaría después a quienes le preguntaban, se había atrevido a amenazarlo cuando la llamó.

Dominado por el desconcierto, se olvidó de la negrita que había pensado castigar más tarde, y que había aprovechado el momento de distracción del blanco para confundirse en el número de los que estaban trabajando, esperando con ello, como sucedió, escapar al azote por ese día.

Al ver a Fermina atada al poste en espera del castigo, las conocidas sensaciones eróticas iniciales se apoderaron de él; sin embargo, no había rincón de su cuerpo que no temblara al acercarse a ella para levantarle la bata y poner al descubierto las nalgas sobre las cuales descargaría los habituales golpes de látigo. Debió respirar profundo y resoplar varias veces antes de comenzar a actuar. A duras penas logró cumplir su rito, casi imposibilitado de dominar las manos. Demoró más que de costumbre preparando el castigo, hipnotizado con la visión de aquellas nalgas redondas y firmes, escasas de grasa, casi pura masa muscular, ahora al alcance de la mano. Que lo atraían. Sintió la tentación de tocarlas. Por qué no hacerlo, si nada se lo impedía: Tenía el poder del látigo y la raza, y para más ella estaba amarrada, no representaba peligro alguno.

Podía no solo tocar, hasta amasar, acaso su más recóndito deseo en ese momento, pero un súbito miedo se lo impidió: Algo en su interior le advirtió que, aunque la mujer estuviera atada, si sus manos tocaban aquellas carnes algo terrible le ocurriría. Ese día u otro cualquiera.

No desarrolló en su totalidad el ritual de siempre: No se colocó delante de ella, no la miró a los ojos procurando ver el temor disfrutado en otras, pero en ella acaso ausente; tampoco la amenazó, como le era costumbre. Solo dio unos pasos atrás luego de poner al desnudo la piel que debía castigar, y se separó lo necesario para aplicar los azotes.

Lanzó el primer latigazo.

Fue el golpe de látigo más fuerte que alguna vez hubiera asestado, un golpe repleto de miedo, odio y deseo juntos. Al contacto de la fusta con la carne negra, como si hubiera una comunicación nerviosa entre el instrumento de castigo, su espíritu y su sexo, sintió una repentina y dolorosa erección. Quizás también la mayor erección que había tenido hasta entonces. Hubiera eyaculado allí mismo, de pie, con la ropa puesta, ante la vista de quienes hubieran estado mirando, si ella hubiera emitido al menos un gemido de dolor. Incluso de ira que fuera. Pero Fermina no emitió sonido alguno. Si alguien hubiera estado parado frente a ella, mirándola, habría visto que tenía los músculos de la cara contraídos y la boca apretada, como para evitar que escapara el menor ruido.

Ningún ruido podía escapar. Ella no se hubiera perdonado nunca quejarse delante de aquel blanco.

Ante la ausencia de reacción de la mujer, Blanco Gordo sintió los primeros síntomas del pánico. No porque ella callara, aunque había golpeado con tanta fuerza que hasta un hombre hubiera sido capaz de quejarse. No sería la primera vez que alguien soportara en silencio los primeros golpes de un castigo, así de perros suelen ser estos negros, solo por molestar son capaces de sufrir en silencio el maltrato, como para que uno sepa que es inútil el esfuerzo realizado para llevarlos por el buen camino.

El pánico no era por eso, sino por algo mucho más trascendente y que no tenía nada que ver con la esclava ni con el castigo, sino con él, con su organismo: Blanco Gordo se dio cuenta de que, al no sentir ninguna reacción cuando asestó el latigazo, la erección había perdido fuerza de forma tan repentina como la había ganado. Eso no debía suceder. Aplicó un segundo golpe, esta vez con menor fuerza, después otro y otro más, los dos últimos de cualquier manera, donde cayeran, incapaz de dirigir el instrumento al lugar deseado, él, que ganaba apuestas con su habilidad para manejar el látigo. Desesperado, sentía que mientras más golpeaba, más su órgano perdía vitalidad.

Hasta que terminó por convertirse en un inútil pellejo que, no le hacía falta mirarlo para verlo, le colgaba apenas visible entre los muslos.

Pellejo inútil y brazo inútil, porque no pudo alzar el látigo por quinta vez. Los músculos se negaron a obedecerlo.

Entró en pánico definitivamente. Dio la vuelta y se fue a su bohío, casi corriendo. La dejó como estaba, con la bata levantada. Ni siquiera ordenó a los contramayorales ocuparse de ella.

Se encerró. No quería ver a nadie ni que nadie lo molestara. Necesitaba arrancarse la desazón que tenía alojada en el pubis. Para ello debería recomenzar y culminar lo que se había iniciado dentro de él cuando dio el primer latigazo contra el cuerpo de aquella esclava. Conocía el remedio y quiso aplicarlo: Durante un tiempo inmedible estuvo tratando de estimular con las manos aquel trozo de carne muerta que se negaba a vivir. Frotaba, halaba, apretaba. Nada. Desesperado, estuvo a punto de aplicarse ají picante en la punta para hacerlo reaccionar, pero se asustó ante la enormidad de lo que iba a hacer, lanzó el frasco donde conservaba el condimento contra un rincón y se sintió presa de convulsiones y de un incontrolable ataque de llanto.

Se echó en la cama.

Acostado, lloró durante casi media hora, sin saber a derechas la razón. O sabiéndola demasiado. Al rato pasó del llanto al sueño. Mejor sería decir que se entregó en manos de las pesadillas, pues anduvo de una en otra hasta la madrugada.

Allá fuera, atada al palo, Fermina pasó la noche a la intemperie, rumiando dolor y rabia. Uno de los contramayorales, antes de cerrar el portón del barracón, fue hasta ella, le bajó la bata, cuidando de no tocarle el cuerpo, le aflojó las cuerdas para que se pudiera acostar en el suelo, y le echó un saco de yute por encima.

«Ese blanco está loco», murmuró, sin que se pudiera saber si hablaba consigo mismo o con ella.

Fermina permaneció indiferente, sin decir nada, pero él entendió por su mirada que le agradecía el gesto.

En su bohío, Blanco Gordo se revolvía en la cama, repitiendo una y otra vez las mismas pesadillas.

Una lechuza cruzó la noche y lanzó su canto evocador de malos presagios. No era un presagio, era el anuncio de algo que en este momento estaba sucediendo: Fermina se había desatado y había llegado hasta donde él dormía para tomar venganza. Nadie la había ayudado a soltar las amarras, nadie la había visto escapar y llegar hasta donde dormía Blanco Gordo, a pesar de ser noche de luna llena. Imposible que no la vieran, pero nadie la vio: No por gusto algunos aseverarían más adelante que era bruja; ella tenía poderes.

Él lo supo antes que nadie.

Traía la bata echada hacia arriba, atada a la cintura, como él la había dejado. Al verla tan cerca no tuvo ojos más que para sus pequeños pechos erguidos, ahora más que nunca, que desde debajo de la tela le apuntaban directamente a los ojos, como agujas que pretendieran cegarlo.

Poco después los ojos fueron robados por la visión de la pelambre negra y enmarañada que mostraba entre las piernas. Tuvo tiempo de sentir en su interior esbozarse la pregunta: ¿Cómo sería lo que se ocultaba debajo de aquella negrura?

¿Su olor?

¿Su sabor?

Un rayo de luna incidía sobre ella y le llenaba de brillo la piel, como un raro fantasma de tinieblas. Al llegar junto a él, lo agarró por los hombros y lo levantó de la cama, sin que pudiera resistirse: Aquellos brazos acostumbrados a bregar con cañas y machetes eran más fuertes que los suyos, podían alzarlo y sostenerlo en el aire si quisieran.

Lo lanzó contra el suelo, y luego lo arrastró hasta el palo de los castigos, donde lo amarró. Él se dejaba hacer; desconocía la causa, pero no tenía fuerzas para sobreponerse a las de ella. Lo miró directamente a los ojos y levantó un machete. ¿Dónde lo traía, que no lo había visto hasta entonces?

«¿Quieres que te suelte, verdad?», la oyó decir.

Claro que quería, pero no dijo nada, se sentía demasiado asustado, solo la miró suplicante. Que no lo castigara delante de los demás negros, era el ruego de sus ojos. Que hiciera lo que quisiera, pero no lo desacreditara así, que tuviera piedad de él; era casi el mayoral y si lo veían recibiendo sus latigazos no iban a obedecerlo más, sería un desastre. Por toda respuesta ella descargó un golpe con el machete; él cerró los ojos para no ver, y sintió cuando el brazo, desasido del resto, caía. Miró y vio la mano todavía atada a un pedazo de cuerda, los dedos moviéndose sin control, ajenos a su voluntad. Antes de reponerse del susto, sintió cómo le era cortada la otra mano.

La sangre salía a chorros de ambos antebrazos, ahora libres de cuerdas y de manos, pero Blanco Gordo no sentía dolor, solo mucho miedo y un gran cansancio. Solo ansiaba que aquello acabara y ella lo dejara dormir.

Fermina se acercó un poco más, apoyó la punta del machete sobre el pubis, y comenzó a rozar la piel con él, como si estuviera cortándole los vellos. Él estaba paralizado, incapaz del menor movimiento de defensa o de huida. El filo del machete llegó hasta el minúsculo órgano colgado entre las piernas, ya casi convertido en un pellejito triste y sin utilidad. Fermina lo tomó con la mano izquierda y lo haló poco a poco, como si intentara estirarlo, en tanto con el machete ejecutaba un movimiento semejante al de un serrucho que corta madera.

«Esto es para mí».

Blanco Gordo sintió que el filo de la herramienta rasgaba la piel y separaba aquello de su cuerpo.

«¡Mi pellejito!», gritó.

Y saltó de la cama, despierto a medias, asustado y tocándose para comprobar que no le habían quitado nada, que aquello continuaba allí. Las manos estaban en su lugar, y el minúsculo órgano también. Lo acarició, pero él no se dio por enterado. Volvió a acostarse, las dos manos sobre el pubis, pensando que mañana otra vez podría sentirlo erecto, firme, rozándole el pantalón en una erección vergonzante, mientras una negra gemiría al compás de sus latigazos.

Olvidado de Fermina.

Pocos minutos después, el sueño volvía a rendirlo.

Solo para volver a encontrarse otra vez con Fermina desnuda; esta negra se había propuesto no dejarlo descansar, tendría que aplicarle un correctivo, el sueño de los blancos es sagrado. Sin embargo, ahora las cosas sucedían al revés. Ella no lo arrastraba hacia el palo y lo ataba para machetearlo, sino al contrario. Él había estado amarrado, quién lo puso allí no lo sabía, acaso él era un esclavo, aunque blanco; lo tenían castigado, y ella venía a levantarle el castigo.

Fermina era buena con él, había venido a ayudarlo, a sacarlo del tormento, por eso lo desataba, le pasaba un brazo por la cintura para ayudarlo a caminar, y casi cargado lo conducía hacia el rancho que él tenía en el barracón de esclavos blancos. Él recibía el contacto de la piel negra y sudada, inhalaba el olor ácido de la axila, y sentía que en el pubis algo le hormigueaba. La noche seguía siendo clara, con una gran luna llena allá arriba arrojando indiscreciones, pero nadie los vio salir y caminar hasta su bohío. Al llegar se dio cuenta de que había estado confundido. Nunca había estado en el castigo; era libre, era blanco, y seguía siendo el ayudante del mayoral y vivía fuera del barracón, el barracón es para los negros.

Y Fermina era su fiel esclava y amante, que lo colocó sobre el camastro, como una madre a su bebé; él la sentía y miraba hacia ella, pero no lograba verla bien, ¡era tan negra!, y estaba oscuro allí dentro. De pronto le pareció que no era ella, sino otra persona cualquiera quien se encontraba cerca de él. Se esforzó por ver mejor: Eran su cara, su cuerpo, sus brazos. Su cuerpo alto, sus brazos musculosos, como de hombre. No se había dado cuenta hasta entonces de que mantenía la bata levantada y atada a la cintura; clavó la mirada en los pelos del pubis, negros, acaracolados, casi imposibles de distinguir por la falta de luz, pero que recordaba, pues los había visto cuando le alzó la bata para castigarla. Para castigarla no, él nunca la habría castigado. Para poseerla de la única manera posible para él.

Fermina era buena con él, se repitió, ahora se acostaría a su lado, para consolarlo por las lágrimas de niño infeliz que había derramado cuando se quedó dormido por primera vez.

Y en verdad Fermina se acostó a su lado para consolarlo, ahora estaba desnuda por completo.

«Ahora vas a saber lo que es una negra caliente, blanco de mierda», exclamó de pronto, y se echó con violencia contra él. Lo volvió boca abajo, se le acostó encima, lo aplastó con su cuerpo y comenzó a agitarse como entre convulsiones, como si lo poseyera por detrás. Él casi no podía moverse, sintiendo el peso de la negra encima de él, pero lo disfrutaba.

Hasta que sintió cómo algo penetraba dentro de él y lo lastimaba.

Alguien está encima de él, lo penetra y se agita, y él ya no es más este Blanco Gordo, adulto y casi mayoral, con látigo, machete y poder sobre la vida de una dotación de negros, que manda y es obedecido, si no lo obedecen castiga, sino un jovenzuelo pasado de peso y asustadizo, demasiado pálido para estos paisajes, a quien sus padres enviaron con un tío a la finca donde debería comenzar a hacerse un hombre en contacto con el trabajo del campo, según diría el padre a la madre sobreprotectora.

«Y para que de paso se me vaya practicando con las negritas, tú me entiendes», agregaría en un aparte con el tío. «Lo veo un poco bobalicón».

«No faltaba más, deja eso de mi parte», garantizaría el tío, echando una mirada pícara a padre e hijo.

Fermina tampoco es una esclava del Alcancía echada sobre él en un extraño sueño, sino una negrita joven, aunque con más edad que él, y sobre todo más cosas vividas. De súbito deja de estar encima de él, no lo ha estado todavía, está parada en medio de la habitación. No lleva encima más que el brillo de la piel en la poca luz de unas velas.

Es la primera vez que ve a una mujer desnuda y no sabe cómo actuar. La negrita había entrado de improviso al cuarto que el tío le había preparado para él solo, se quitó la ropa sin decir nada y la lanzó contra un rincón, luego dio varias vueltas para que él pudiera observarla bien desde todos los ángulos.

«¿Qué te parezco, blanquito? ¿Verdad que soy linda?». Es la voz casi adolescente de la negrita, que ha venido a cumplir el encargo del tío.

Verdad que es linda la negra. Es linda, muy linda.

Es hermosa, muy hermosa. Y es negra, muy negra.

Como Fermina años después, cuando la conozca, ahora no lo sabe.

La negrita levanta los brazos, abundantes de pulseras, los lleva a la nuca, se desata el pañuelo que lleva a la cabeza para que también le vea los caracoles del pelo, «¿No te gusta la pasa? Algunos blancos se vuelven locos con ella, se erizan y todo. ¿Quieres que te arañe con ella?». Después se toma los pechos, pequeños y puntiagudos, aún adolescentes, y los levanta para que parezcan mayores, «¿Viste? Te caben enteros en la boca…, prueba».

Él mira con un poco de curiosidad y un poco de miedo, asiente nervioso con la cabeza: Han de caber, claro que sí, son tan pequeñitos, pero su boca no conoce más pechos que los de su madre, hace eternidades, qué ha de hacer con estos.

Aquella piel tan negra lo llama y le apetece tocarla, aquellos pechos llaman a ser sorbidos, pero está intimidado por la vitalidad y el desparpajo de la muchacha.

«Ven, tócame», ordena ella, adivinando en la mirada los deseos y la timidez; él se levanta y se acerca, muy despacio; alza a medias, como con miedo, una mano, le roza apenas la piel. Ella lo toma por las muñecas y le dirige los movimientos. «Aprende… Esto es una mujer… Toca… Duro… Toca aquí…, y aquí… Ya me lo habían dicho, que eres primerizo», se ríe al decir lo último, y de improviso le suelta las manos, le lleva los pechos a la boca y los aprieta contra él, «Dale, chupa, chupa», y él sigue sin saber cómo actuar, desea sorber y morder aquellos pechos y aquella piel, estregarse contra ellos, pero no atina a hacer nada, solo a tragar en seco. Ella lo toma por los hombros, lo empuja hacia abajo, obligándolo a arrodillarse, le apoya la cabeza contra el pubis.

«Pasa la lengua por ahí, anda».

Él obedece, casi se diría que con miedo, y siente el áspero contacto de los vellos gruesos y rizados que le raspan la lengua. Algunos se desprenden y se le quedan en la boca. La sensación es desagradable, pero produce un deseo irresistible de continuar haciéndolo.

«Un poco más abajo, compadre... Más abajo, así...».

Perdido, frota con fuerza labios, nariz y mejillas contra la pelambre acaracolada; baja más y más, casi se cae al piso, al fin encuentra algo húmedo y cálido, hunde la lengua...

«¡Pero quítate esa ropa primero, compadre!», exclama de pronto ella, empujándolo.

La lengua aún se agita un poco en el aire, anhelante, procurando aquel veneno de raros sabores apenas descubiertos, que escapan...

Al recibir el empujón, él siente al fin los síntomas iniciales de una erección, los mismos que años más tarde le llegarán cada vez que ponga una negra en el palo para castigarla, pero se encuentra tan nervioso que no atina a desvestirse; ella se ríe de su torpeza, pero sin burlarse.

«A ver, blanquito, que no se diga que ni quitarte la ropa sabes. Déjame, que voy a ayudarte».

Le suelta paso a paso la camisa, el cinturón, mientras le roza con la nariz las orejas, el cuello.

«Esto me está gustando, blanquito».

Él se deja hacer, ¡se siente tan feliz! Y su cosita se le ha puesto dura. Bueno, un poquito.

De súbito, ella le introduce la mano derecha entre las piernas, buscando; de tanto preparar al no iniciado le ha entrado prisa, arde ya y quiere pasar a mayores, basta de juegos...

«¿Y esto qué cosa es?», grita con voz espantada la muchacha y retira la mano, «¡No..., no puede ser verdad lo que estoy viendo!».

Lo empuja y se separa de él, que no entiende qué ha pasado y, al verle la expresión de repugnancia en la cara, advierte que su erección pierde fuerza.

«¿Qué pasó?».

Ella no le responde. Permanecen mirándose unos segundos.

«No, claro que no puede ser... Esto es una burla..., alguien se está burlando de mí», exclama ella mientras lo agarra, lo echa contra la cama y termina de desnudarlo, ahora con furia.

Viéndose así desnudado por otra persona, él ha perdido cualquier resto de erección. De hecho, su aparato está ahora más pequeño que de ordinario. Ella lo mira como el profesor al alumno que habrá de castigar por no hacer los deberes.

«¡Carajo! Pues mira que sí..., eso mismo es». Suelta una carcajada nerviosa.

No soporta la mirada de la muchacha, siente como si fuera un acero que se le clavara en el lugar hacia donde mira; en un gesto instintivo, se pone de lado sobre la cama y lleva las manos al pubis, como protegiéndolo, ocultándolo, avergonzado ante los ojos insistentes de ella, que no los separa de la entrepierna de él.

Lo había contemplado primero con disgusto, después con curiosidad. Por último, se echa a reír con violencia, como en un desahogo.

«¿Pero tú has visto eso que tienes ahí?... ¿Tú te has visto eso que tienes ahí?».

Señala entre las piernas del muchacho.

Deja de reír por un momento. Pone una pierna sobre la cama, pasando por encima de él, para que vea bien lo que quiere mostrarle.

«Ven acá, mi blanquito..., ¿de verdad tú pensaste meter esa basurita aquí?», pregunta con tono de confidencia, señalando hacia él mientras se toca el pubis con la mano derecha, «¿Tú no sabes lo que es esto?». Se agarra el sexo con la mano, como si fuera a arrancarlo de su lugar para entregárselo. «No, claro, qué vas a saber... Mira, aquí hay una hembra... Una hembra necesita un macho que meta su cosa aquí». Hace como si introdujera un dedo en la vagina. Calla, como si meditara. De repente se echa encima de él, lo obliga a ponerse bocarriba y comienza a agitarse, pubis contra pubis, como si ella fuera varón y estuviera penetrándolo, «Un macho, ¿te das cuenta? Con una cosa grande, que llegue bien adentro, dura, que se sienta y la haga gritar a una».

Se detiene, agarra «la basurita» con rabia, la aprieta y la suelta varias veces, la frota contra ella.

«A ver, dime, a ver, ¿cómo lo ibas a hacer? ¿Cómo me la ibas a meter?».

Él no entiende del todo las palabras, solo entiende que la muchacha se burla de él y de aquella cosita suya que agarra y sacude sin clemencia, hasta causarle dolor. Acaso cansada de hacerlo, se detiene. Se le sienta encima y comienza a arrastrar el pubis sobre el pecho del muchacho; él siente la fricción del duro vello contra la piel, el olor del sexo que se le aproxima a la cara. Ella le pone el sexo sobre la boca, sobre la nariz, se sienta, revuelve sus agujeros en la cara del muchacho, quien por momentos teme asfixiarse, tapadas boca y nariz por el cuerpo de la negrita.

«A ver, huele…, huele. A ver si así se te para. Páralo, dale…, a ver. Ese pellejito de mierda… Páralo, dale, a ver qué pasa… Ni así crece, seguro».

¿Por qué ella le hacía eso? ¿Qué cosa podía parar él, si esa cosa minúscula era lo único que tenía? Era un pellejito, él lo sabía, siempre había sido así; otros muchachos de su edad lo tenían más grande, es verdad, pero él había aprendido a ponérselo grande con las manos, y duro, y pensaba que bastaba con eso, por qué ella lo maltrataba de esa manera, por qué se burlaba si no era su culpa, nació con eso así, intenta defenderse con una explicación.

«Es que yo estoy acostumbrada a otras cosas, mi niño; cosas de verdad. Mi vaina es para los machetes de verdad, como el de tu tío… Tendrías que verlo, que sentirlo dentro… Lo tuyo no es ni un cuchillito… Y si al menos se te parara…», responde ella, pareciendo humanizada por un momento, aunque sin dejar de burlarse.

219

Por un instante siente lástima de él; a fin de cuentas, este no es más que un chiquillo asustado, no hace falta maltratarlo más, el pobre.

Pone la cabeza entre las piernas de él, busca con los labios. «Deja ver, aunque sea con la boca, como un favor, para que no digas, ya ves que yo no soy tan mala... Voy a tratar de ponértela grande, vas a ver...».

Esfuerzo inútil. Mientras más sorbe, más desaparece el minúsculo órgano. Se separa por fin, hastiada por la falta de resultados.

«Mira nada más la cara que pones... Eres un caso perdido, qué va, me rindo», dictamina.

Se levanta, recoge la ropa del suelo y así, desnuda, sale por la puerta. Él alcanza a oír sus carcajadas otra vez, mientras se aleja.

No puede contener la ola de llanto que de pronto se abalanza sobre él.

Similar al llanto de una noche futura por culpa de Fermina.

Sí, porque si había recordado aquella escena de adolescencia en que no pudo tener su primera negra y su primera mujer, era por culpa de Fermina. Venían los recuerdos en el sueño y no despertaba. O estaba despierto y no lo sabía, cómo saberlo si los fantasmas seguían allí y podía verlos, olerlos, sentir sus humedades, tocarlos, como cuando no eran fantasmas, sino realidades.

Realidades como esta otra, con Fermina, quien una vez más se encuentra aquí, de nuevo se agita encima de él y lo aplasta con su corpulencia. Otra vez lo penetra, otra vez lo lastima.

La muchacha al irse había dejado la puerta entreabierta. Desnudo sobre la cama, él lloraba, por la erección perdida quién sabía hasta cuándo, por la burla, por su pellejito despreciado, por estar solo y sentirse desprotegido, porque no estaba mamá para acogerlo en su pecho y decirle entre besos, «No llores, hijito, y duérmete ya, que yo espantaré a tus fantasmas».

La mamá no estaba, no; quien apareció en escena fue el tío, quien ocupó sobre él el lugar de Fermina. Pasaba cerca, sintió al sobrino gemir y entró para saber qué le sucedía. O siempre había estado allí, acaso había estado espiando, curioso por saber cómo se las arreglaba con la negrita que le había enviado; tal vez la vio salir desnuda y riendo y deseó enterarse de lo sucedido. Había entrado sin hacer ruido, para no molestar o para no ser advertido, él mismo no sabría explicarlo; lo vio llorando y pensó que debía consolarlo. «Pobre niño, ¿qué le habrá hecho esa negra?». Cerró con cuidado la puerta tras de sí y se llegó hasta la cama. Se sentó a su lado.

Le puso una mano sobre la espalda.

Lo acarició con suavidad. Sintió que la piel del muchacho se estremecía al contacto con los callos de su mano. Él también se estremeció.

Ese que lloraba convulso era un muchacho separado de sus padres que sufría en medio de una finca llena de negras que se burlarían de él y de su pellejito si algún día tratara de usarlo con ellas, como le aseguró el tío que podría hacer cuantas veces quisiera, «Escoges la que más te guste, la que te dé la gana, y le metes mano; no tienes que pedirme permiso. Ni a mí ni a ella».

No fue verdad, y él nunca podría hacer nada con ninguna de esas mujeres de carnes exuberantes que le provocan extrañas sensaciones; en el futuro, cuando tenga látigo, machete y poder sobre los negros, deberá castigarlas por eso, por no ser él capaz de tener una erección si no es azotándolas, y deberá buscar el consuelo de sus propias manos, escondido de la vista de todos, porque no podría mostrarse desnudo delante de nadie, mucho menos delante de una negra.

El tío estaba a su lado en la cama, procuraba consolarlo, si fuera Fermina ni lo intentaría, ella no es buena. ¿Por qué es tan mala con él? Ella se ha quedado en un lugar ambiguo en este sueño, es ella y a la vez no lo es, ya antes él no logró distinguir si quien lo sostenía en brazos era ella o un negro cualquiera de la dotación. Su imagen se difuminó y volvió a ser el tío, que le acariciaba la espalda con torpe delicadeza. Sin que lo advirtiera ninguno de los dos, la mano resbaló hasta la cintura, continuó un poco más abajo, los dedos sobre la línea fronteriza entre los dos ligeros y pálidos promontorios, y de súbito el tío sintió despertarse algo desconocido en su interior, como un vapor que comenzaba a salirle por los poros y le nublaba el entendimiento. No fue nada premeditado, Dios es testigo, él no llevaba ninguna mala intención consigo cuando colocó las manos sobre el muchacho, apenas intentaba proporcionarle un poco del consuelo que necesitaba; era un hombre rudo y nada acostumbrado a tales ternuras pero se sintió conmovido; acaso eso lo reblandeció y, al ver el cuerpo desnudo del sobrino, de piel demasiado pálida para estos climas, un impulso del cual más tarde se avergonzaría lo tomó desprevenido y se apoderó de él. O acaso de siempre lo ha llevado consigo, animal dormido de los sentidos que despertó y escapó de su jaula al ver la carne blanca ya casi olvidada en quien tan acostumbrado ha estado a la carne prieta, y Fermina ahora está casi echada encima del muchacho que lloraba y ya dejó de hacerlo porque sintió que su madre ha llegado, se acostó a su lado y lo mima; son un poco rudas las caricias de mamá, no son como antes, tiene las manos duras, callosas, torpes, pero caricias son caricias al fin, por eso el muchacho las disfruta y hasta se ha movido un poco al compás del movimiento de la mano, correspondiendo al mimo, si bien no entiende lo que de pronto está sucediendo, este violentarse repentino de las sensaciones, el tío-Fermina-mamá lo ha volteado del todo, lo coloca bocabajo, y ya no está a su lado, sino encima de él, y le mordisquea el cuello y la nuca, hurga entre sus muslos; el muchacho no ve nada, solo siente allá atrás movimientos que no entiende, y es que el tío-Fermina-mamá ha tomado en la mano su machete para enfundarlo, para guardarlo en él, que en ese momento descubre que, como la negrita que se burlaba, él también llevaba consigo una vaina donde se pueden guardar machetes, y tiene la sensación de que su cuerpo es desgarrado allá dentro por el arma de Fermina, del tío, quien se estremece, frenético, jadeante, sobre su espalda, y mientras le muerde hombros y nuca, clava cada vez más profundo el machete dentro de él, hasta dónde será capaz de llegar, acaso lo atraviese y lo rompa por delante, pero no lo guarda, no lo deja reposar allá dentro, sino lo agita con torpeza, lo extrae y vuelve a guardarlo, una, dos, muchas veces, hasta que, entre rugidos, derrama en su interior, mezclándolo con la sangre que del cuerpo herido brota, un líquido viscoso similar al que más adelante él extraerá de su pellejito cuando, con las manos, se consuele del dolor de no poder juntarse, ni pagándolo, con una mujer que le guste, porque esta noche de hoy habrá de marcarlo para el resto de su vida.

El dolor de la desgarradura en su interior lo hizo despertarse, para volver a caer en el sueño intranquilo una vez más, ya sin pesadillas, hasta que llegó el amanecer y vio al tío de rodillas ante él, pidiéndole perdón por lo sucedido, «No sé qué pasó, hijo, no sé qué pasó, fue una cosa que me dio de repente, perdóname». No debía contárselo a nadie, le explicó, papá y mamá se disgustarían mucho si se enteraban, él no podía hacerles eso, tanto como lo querían.

Prometía que lo de esa noche nunca más ocurriría. Prometía en serio, desde luego, convencido de lo afirmado, y la prueba estuvo en que durante unas semanas ni siquiera pasó cerca del cuarto donde dormía el sobrino, acaso pensando que la ocasión hace al ladrón, y mejor es evitar la tentación que verse obligado a luchar contra ella para al final ceder.

Pero siempre hubo una segunda vez, y otra y otra, porque hay frutos prohibidos que no más probarlos producen adicción, hasta que por fin lo que había sido un accidente se le convirtió al tío en costumbre.

Eso había sucedido hacía mucho tiempo, tanto que las pesadillas que por años lo acompañaron habían llegado a borrarse de sus recuerdos, o al menos así él lo había creído.

¿Por qué regresaban hoy? Sabía la respuesta, la pregunta no era necesaria: Todo era culpa de esa negra, la Fermina, por no gritar cuando le dio el latigazo. Todos estos negros tienen algo de brujos, y, aunque esté mal a un cristiano hacer caso de esos paganismos, uno que anda con los negros a retortero día y noche sabe que tiene que haber algo de verdad en lo que se dice de la brujería, porque hay cosas que uno no se explica cómo suceden, pero están ahí.

Como en su caso: Estaba seguro de que ella se había metido en su cabeza con alguna de esas malas artes traídas del África, y allí dentro le había abierto todos los cajones de la memoria, los había revuelto y había lanzado al sueño cada una de las historias que ocultaba, solo para burlarse de él mientras dormía, del mismo modo que se burló estando despierto cuando no quiso quejarse.

El regreso de los fantasmas fue obra de Fermina.

Las pesadillas apropiándose de sus noches, impidiéndole el merecido descanso nocturno, fueron obra de Fermina.

Fermina, esa negra que conoció en el Alcancía.

Ya no le bastaría detestarla del modo como detestaba a cualquier negro por el mero hecho de serlo: A partir de ese día en que fue a castigarla sin provecho, él odiaría especialmente a esa esclava.

Cuando por fin la luz de un nuevo día espantó de su cabeza los fantasmas que esa noche habían regresado después de tantos años de darlos por desaparecidos, un Blanco Gordo ojeroso y mal encarado, protestando de todo desde muy temprano y echando a los cuatro vientos más carajos de lo habitual, se apareció ante los contramayorales antes de la hora y, luego de dar la orden para el toque de campana que llamaba a los esclavos al trabajo, mandó desatar «A la negra esa, y que vaya al corte como todo el mundo, no vaya a imaginarse que va a descansar o trabajar menos porque pasó la noche fuera».

Fue todavía más exigente ese día con los esclavos que el anterior, descargó más golpes con el látigo que en otras ocasiones, y discutió con los contramayorales varias veces por ser complacientes en exceso con los negros, pero al finalizar la jornada no aplicó el conocido castigo a ninguna mujer, aunque algunas habían estado desagradables como nunca, como si se hubieran puesto de acuerdo para molestarlo.

A todos, blancos y negros, llamó por igual la atención el comportamiento de Blanco Gordo, pero nadie, de entre quienes podían hacerlo, le preguntó qué le sucedía: Todos sabían que tenía sus extravagancias, esa podía ser una más.

«Mejor es no hacerle caso», comentaban, «Ya se le pasará, se ve que él no anda bien de la cabeza».

«Es la luna», sentenció alguien, acaso acertando. Tampoco él comentó nada con nadie, no era su costumbre:

Sus fantasmas eran cosa suya y nadie tenía por qué enterarse de su regreso.

También a partir de entonces, y durante el poco tiempo en que todavía permaneció trabajando en los campos del ingenio Alcancía, sin percatarse de eso trató de encontrarse lo menos posible cerca de Fermina.

Y jamás a solas.

La herencia del Alcancía

Por fortuna, la etapa del Alcancía y de aquella esclava que lo intranquilizaba quedó atrás para Blanco Gordo cuando consiguió un traslado, con ascenso, para emplearse en los campos del ingenio Ácana.

En su nuevo lugar de trabajo tenía mejor puesto, mejor salario, más posibilidades de ascenso social. «Quizás ella también haya quedado atrás», pensó cuando advirtió que las pesadillas comenzaban a concederle algunas noches de descanso luego del cambio de entorno. Si antes no tenía dudas, ya le resultaba más que claro: Había sido ella la culpable de que las pesadillas hubieran regresado; si no hubiera sido por su presencia, si no la hubiera conocido, si aquella tarde se hubiera portado como cualquier otra negra castigada y hubiera chillado con los latigazos, los viejos recuerdos hubieran permanecido enterrados en algún rincón de la memoria, sin nunca más salir a la superficie.

En fin, ya todo había pasado. El Alcancía había muerto para él, y Fermina también. Murió por la distancia y, quién sabe, acaso también porque se alzó con los demás esclavos y la habrán matado en los enfrentamientos con el ejército.

Muerta y enterrada Fermina, ya no habría más fantasmas surgiendo en las noches.

Mas, si ya todo era pasado ¿eso que estaba viendo era un muerto que regresaba junto a los vivos, un fantasma más para agregarlo a sus noches de pesadillas?

Había ido a encontrarse con el administrador, que llegaba con la remesa de esclavos que había ido a buscar al depósito de cimarrones. «Este hombre tendrá los defectos que se quiera, pero no se puede negar que sabe cómo hacer que el dinero rinda más», había comentado cuando conoció de la operación.

Blanco Gordo no tenía a José Manuel como santo de su devoción, pues no le parecía bastante estricto con la dotación. En realidad, era todo lo contrario, blando en exceso; ni que se creyera el padre de la negrada. En más de una ocasión habían tenido contradicciones, porque el administrador lo había obligado a suavizar algún correctivo que encontraba excesivo, o le impedía alargar las jornadas de trabajo o hacer laborable un día de asueto cuando había necesidad de terminar una tarea. Lo llamaba a un lado, le ordenaba dar marcha atrás a la orden dada y terminaba siempre con un perentorio «Aténgase estrictamente a cumplir el Reglamento», seguido de la cita de algún artículo del Reglamento de Esclavos expedido por el Capitán General de la Isla.

«El muy cochino casi que se lo sabe de memoria», exclamaba Blanco Gordo por dentro, despechado, pero acataba: El otro era su superior.

Admitía, sin embargo, que en lo referido a obtener una buena producción de azúcar, y luego venderla a buen precio, el administrador era digno de respeto. Por eso los dueños confiaban en él más que en ningún otro empleado, y le perdonaban alguna que otra veleidad negrófila. «Con lo que otro hubiera comprado tres esclavos, a los precios actuales, él ha conseguido cinco», observó. A fin de cuentas, se dijo, si esos negros no habían matado a nadie ni habían cometido ningún atropello contra las personas, en cuyo caso de seguro los habrían ajusticiado ya, el hecho de que se hubieran fugado de otra hacienda no significaba que obligatoriamente intentaran hacerlo en la suya, incluso pudiera ocurrir todo lo contrario: Sabía que muchos esclavos, una vez vivida la experiencia de escapar y ser capturados, no la repetían por nada del mundo, de puro miedo, y algunos hasta se convertían en los más dóciles y complacientes. Hasta colaboradores. Claro que había quienes lo intentaban una y otra vez, y obligaban a matarlos o a mandarlos a que se pudrieran en la cárcel, de tan enviciados que quedaban, pero esos eran escasos, la mayoría prefería la seguridad del barracón a la incertidumbre de andar por el monte, comiendo lo que aparezca y cuando se puede. Y además perseguidos sin descanso.

«¡Qué hace esa negra aquí!», exclamó sin pensar, como exigiendo una explicación, al reconocer entre los recién llegados, a aquella esclava que había pensado no volver a ver, que hasta debía estar muerta.

«¿Qué se imagina usted que pueda hacer?, la compré, ¿no le parece evidente?», respondió José Manuel con sorna, prefiriendo de momento pasar por alto el desplante de quien le debía respeto por ocupar un cargo inferior al suyo en la finca.

Blanco Gordo no atinaba a enunciar nada con sentido. Solo se le ocurrió un «Pero..., es que... ¡Una mujer!».

El administrador no lo dejó continuar, ya molesto por la insistencia del mayoral, ¿quién se habría creído que era?

«Está fuerte y sana, mejor que los hombres que vi, y me la dieron por muy buen precio... ¿Se puede saber qué tiene en contra? ¿Cree que me equivoqué?».

El tono esa vez ya no era irónico, era un desafío. Blanco Gordo se dio cuenta del exabrupto cometido y trató de disminuir la tensión.

«Usted dispense..., es que me pareció extraño..., una mujer a estas alturas, con la falta que nos hacen esclavos varones...».

«Está disculpado», se limitó a responder José Manuel con aspereza, cortando toda posibilidad de réplica.

«Por culpa de esa mujer todavía va a sucederme alguna desgracia», pensó Blanco Gordo mientras se alejaba del lugar. Solo faltaba que la conversación derivara por mal camino por culpa de ella. ¿Pero cómo rayos había logrado llegar hasta allí? Sabía que era imposible, pero llegó a imaginar por un momento que lo estaba persiguiendo.

«Bruja de mierda».

Eso también había sido algunos meses antes. Después fue el normal acumularse de cotidianidades. Días siempre iguales, de lidiar con los esclavos para obtener una buena producción de azúcar. De siembra, riego y cuidados para que los campos no se inunden de malas hierbas, para que la caña tenga mejores rendimientos cuando sea el tiempo de la cosecha. De corte, alza y tiro hasta el ingenio. De velar por la alimentación de los esclavos. De castigar a los que no cumplen lo que se les ordena, o lo hacen mal. Siempre lo mismo. Es la vida del mayoral: Cuando no se está en zafra se está preparando la próxima zafra. Nada altera esa rutina. Solo se varía un poco, y a fin de cuenta es para más trabajo, cuando el dueño viene con su familia a pasar una temporada en sus posesiones. O cuando algún esclavo escapa y se ha de llamar a los rancheadores para que lo traigan de vuelta. O traigan su oreja para que los demás sepan que nadie escapa de esta finca, pues a ella pertenecen y aquí han de morir cuando les llegue el día.

Aunque uno de los primeros días del mes de junio de 1843 resultaría diferente.

Blanco Gordo se había sentido un poco indispuesto desde el mediodía; algo en el almuerzo no le había caído bien. Hizo un recorrido rápido por los campos donde se trabajaba, dio algunas órdenes para que se ejecutaran en su ausencia y se retiró a su bohío a reposar; más tarde vería a la cocinera del administrador para hacerse con alguna de las tisanas que ella sabía preparar para alivio de las indigestiones. Acaso hubiera sido mejor idea acudir de inmediato en busca del remedio y no dejarlo para más tarde, pero prefirió descansar un poco antes, dormir si fuera posible, pues la noche anterior la había pasado inquieto, con sueños que no lograba descifrar y apenas podía recordar, salvo la sensación de que todos se referían a negros que lo perseguían para matarlo. También lo había agotado el esfuerzo por meter en cintura a los esclavos que se habían alebrestado con el pretexto de socorrer al negro alcanzado por una pedrada y abandonaron el trabajo.

Se recostó en una hamaca fuera del bohío, para disfrutar del aire fresco, y quedó dormido de inmediato. Ni siquiera se había quitado las botas.

Durmió plácidamente más de una hora, pero de pronto comenzaron a desfilar delante de él imágenes rápidas, difusas; sentía voces y veía cruzar cerca de él sombras, muchas sombras, que daban saltos en todas direcciones, aunque no lograba discernir con exactitud qué era. En el propio sueño tuvo la convicción de que el actual se relacionaba con el de la noche anterior.

En cierto momento, las imágenes se hicieron claras: Las sombras que saltaban eran negros escapando de un barracón. Se juntaban todos en una gran explanada llena de paja, como si fuera un campo de caña recién cortado. Primero eran un grupo compacto, después fueron separándose y formando un gran círculo en el centro. En medio del círculo había un buey de tamaño descomunal, cuando menos del doble de alto y grueso que el mayor que hubiera conocido. Sobre él, sentado y portando un palo con la punta aguzada a modo de lanza en la mano derecha, se veía un muchacho negro. No había duda, era el mismo que esa mañana había estado haciendo travesuras, el nuevo ayudante del boyero.

231

El niño hizo un gesto con el palo, y los esclavos formaron en dos grupos detrás del buey. Otro gesto, y el animal echó a andar. Detrás marcharon los negros, todos con machetes en la mano. Si bien descalzos y semidesnudos, parecían una formación militar partiendo al combate.

El buey con el muchacho encima caminó hasta llegar al lugar donde él dormía. Cuando vio a Blanco Gordo, el niño levantó el brazo con el palo, lo arrojó y le acertó en el pecho.

El dolor lo obligó a despertarse. Tenía un brazo entumecido por haber dormido en una posición incorrecta; se palpó el pecho con el otro, estaba sano, pero la sensación de tener una herida en él demoró en desaparecer. Se sentó en la hamaca, preso de gran agitación. ¿Por qué estos sueños se repetían? Primero los negros que lo perseguían, ahora el chiquillo que lo hería con la lanza. ¿No serían un aviso de algo grave que estaba por ocurrirle?

«Me estoy dejando impresionar por estos negros y sus cosas... Lo que necesito es un descanso, olvidarme de esta mierda por unos días», se dijo, tratando de calmarse. «Pero por ahora es imposible, estoy obligado a esperar hasta julio por lo menos». Se echó hacia atrás para continuar descansando, pero se incorporó de inmediato, temiendo la continuación de las pesadillas. No, no se atrevía a un nuevo intento por dormir. ¿Y si la escena se retomaba y el chiquillo volvía a acertarlo con aquel palo aguzado como una lanza? La verdad era que no se trataba más que de un palo lanzado por un niño, no tendría fuerza para mucho, pero, ¿qué vendría después? ¿Los negros que lo seguían lo machetearían?

Estaba decidido, no iba a dormir. Aún no terminaba la jornada, de manera que decidió reincorporarse al trabajo.

Llegaba ya al campo donde trabajaba el grueso de la dotación, y se sobresaltó al ver el grupo de esclavos formando un círculo alrededor del boyero. Los sonidos que le llegaban, los gestos que veía, todo apuntaba hacia un comienzo de motín. ¿Estaría durmiendo todavía? Nada de eso, se dijo, estaba bien despierto, y aquello había que atajarlo de inmediato. Sin pensarlo, acaso como un acto reflejo impulsado por el recuerdo de la pesadilla reciente, disparó la escopeta al aire. «Qué bueno que se me ocurrió hacerlo», se felicitaría después, pues el resultado inmediato fue que, al oír el sonido del disparo, lo que parecía un grupo compacto y decidido a cualquier cosa comenzó a moverse y disgregarse, como si cada uno estuviera tratando de apartarse de los demás para evitar meterse en complicaciones. Alcanzó a ver cuando el boyero golpeaba en la espalda a un esclavo, y al acercarse más vio el cuerpo de un niño en el suelo, inmóvil, acaso muerto. Comprendió que había sucedido alguna desgracia, y la concentración de esclavos había estado motivada por ella, ¿sería eso el «algo grave» que estaba al ocurrir y que sus pesadillas le avisaban? ¿Entonces no se juntaban para ir contra él?

Ordenó recoger al muchacho y llevarlo a la enfermería a que lo curaran.

«El Inocente está muerto, mi amo», se atrevió a indicarle un esclavo. Miró bien y comprendió que, en efecto, el niño parecía estar muerto; se trataba del conocido por Inocente, el mismo que le lanzaba el palo en el sueño. Por un momento recordó las súplicas de las negras que insistían en que el chiquillo no estaba apto para el trabajo y sus propias dudas al respecto. Si no hubiera sido por la testarudez del boyero, nada hubiera pasado.

Pero no había vuelta de hoja, había que seguir adelante.

«Pues entonces llévenlo al criadero para que las cuidadoras lo preparen para el entierro», ordenó. Permitió que entre dos esclavos lo levantaran y lo sacaran del campo, los demás debieron continuar el trabajo.

«Estos negros están muy alterados por la muerte del chiquillo», pensó mientras veía a la dotación regresar a la faena, no le era difícil adivinar que estaban intranquilos. Debía hacer algo para controlar esa inquietud de la negrada. Por lo pronto, dispersarlos y ponerlos de nuevo a trabajar, cada uno en su puesto, era una buena forma de empezar. Unos cuantos cuerazos y unos gritos habían sido suficientes. Pero después haría falta algo más, pensó. Como quiera que fuera, había ocurrido una muerte violenta, y era un chiquillo; quizás fuera sensato permitirles celebrar más tarde una de esas ceremonias bárbaras que ellos hacen a sus muertos. Esto último podría ser bueno para que se desahogaran con sus bailes y cantos, pero al día siguiente el trabajo rendiría menos por no haber descansado, y se vería obligado a esforzarse más para hacerlos trabajar como es debido. En fin, después se vería, ahora no estaba para eso. En todo caso, que hagan su baile de muerto.

A él todavía le faltaba ir a hablar con el administrador para contarle y explicarle que había un miembro menos en la dotación. Con toda seguridad debería soportarle alguno de sus sermones sobre la necesidad de cuidar la vida de los esclavos. «Cada vez cuestan más caros», le repetiría una vez más, y recitaría de memoria algún artículo del Reglamento, pero lo cierto era que no le interesaban por lo que costaban, en definitiva no los adquiría con su dinero, sino porque, en el fondo, se sentía su protector o algo así.

«Abolicionista tapado de mierda es lo que es; total, él vive de ellos, lo mismo que yo, no sé por qué se cree que es mejor».

Cuando la dotación estuvo dentro del barracón y se cerró el portón, fue a conversar unos minutos con el boyero, para que le explicara mejor cómo había sucedido todo antes de ir a hablar con el administrador. Quedó muy preocupado con lo oído.

«Estos negros andan medio revirados últimamente, va a haber que hilar fino con ellos, no nos formen aquí también una revueltica de esas que andan por ahí», le comentó al boyero. Le recordó que no hacía mucho, el pasado mes de mayo, los esclavos de los ingenios Santa Rosa y La Majagua, propiedad de don Domingo de Aldama, se habían amotinado, «Y ya usted vio a lo que eso condujo: Quemaron un montón de dependencias del ingenio, los bohíos, los almacenes..., una verdadera desgracia... Y peor fue lo de marzo, porque allí mataron personas también».

Los negros se rebelaron y mataron personas. Ahí estaba el asunto, quiso razonar con el otro. ¿No sería eso lo que estuvo a punto de pasar esa tarde? Si él no hubiera llegado a tiempo para poner orden, y si el esclavo hubiera atacado al boyero, ¿quién quitaba que los demás no se hubieran envalentonado y se hubieran lanzado a cualquier salvajada? Todos andaban en ese momento con sus machetes y otras herramientas, aquello hubiera sido una masacre, solo Dios sabe hasta dónde habrían llegado. O adónde todavía podrán llegar más adelante, porque él había estado observando a los esclavos según entraban al barracón, y le pareció ver en el rostro de muchos de ellos la expresión de una determinación criminal, como si estuvieran pensando en alguna venganza sangrienta.

El boyero escuchó las palabras de Blanco Gordo, pero no les hizo ningún caso. Para él, el mayoral exageraba, como de costumbre, él siempre se dejaba impresionar por los negros, aunque aparentara otra cosa. Mira que fijarse en la cara que ponían cuando entraban al barracón, vaya ocurrencia..., ¿a quién podía importarle lo que piensa un negro? Bueno, si es que los negros piensan, eso todavía está por verse. En definitiva, después que los encerraban, allá dentro quedaban bien guardados, había una gruesa reja que impedía su salida, y hasta dos guardias armados con escopeta en la parte de afuera. Y los machetes permanecían a buen recaudo, junto con los demás instrumentos de labor, lejos de ellos. Así, por más que se les pudiera ocurrir intentar algo, ¿qué podían hacer después de encerrados? Nada, lo que siempre hacían: emborracharse, bailar y revolcarse con las mujeres propias o con las de los demás, ya se sabe lo propensos que son a las prácticas deshonestas y a robarse las mujeres unos a otros. Los negros solo piensan en brujerías, bailoteos y sexo, eso de que pueden hacer algo organizado es un cuento, lo que hace falta con ellos es obligarlos a meterse bien en la cabeza quién es el que tiene la fuerza y no andarse con chiquitas a la hora de castigarlos.

Y cara de malos tienen ellos desde siempre, no es cosa de hoy.

Pero este mayoral era un poco flojo con ellos, aunque se hiciera el fuerte. Claro que esto no lo dijo, pero estaba convencido de ello.

«Los negros tienen cara de criminales todos los días, compadre, no haga caso; eso no es nada del otro jueves», dijo con una sonrisa burlona, «Ya va a ver cómo mañana es otro día…, aquí no ha pasado nada, va a ver. Y si mañana se ponen malcriados con el cuento del chiquillo ese, ¡cuero con ellos!, que sepan quién es el que manda y quién es el mandado».

«A este tipo, su afán por hacerse el más macho entre los machos va a terminar por enterrarlo», comentó Blanco Gordo consigo mismo. Siempre era igual. Ni siquiera le parecía que hubiera pasado nada especial esa tarde, o hacía como si así fuera, cuando en realidad, de no ser porque él llegó a tiempo y disparó su escopeta, a esas horas con seguridad estaría muerto a machetazos. Y quién sabía cuántas cosas más hubieran pasado después, porque esos salvajes, cuando se sueltan, no hay quien los pare, parece que la sangre los volviera ciegos y locos. Le salvó la vida al boyero con aquel disparo, y ni siquiera se lo agradeció, se había quedado como si nada, solo hablaba de ese negro insolente que se atrevió a amenazarlo y del negrito que comiendo mierda se puso debajo del buey para que lo aplastara.

Y pensar que, después de todo, él, el boyero, era el único culpable de lo ocurrido y de lo que pudo haber pasado, ¿a quién se le podía ocurrir poner a un chiquillo retrasado mental a trabajar con los bueyes? Si no hubiera sido ese día hubiera sido otro, pero la desgracia iba a ocurrir de todos modos. Pero él lo había decidido de esa manera y ya, no aceptaba desdecirse, qué hombre tan tozudo.

A la vista estaban las consecuencias: un negrito muerto, y una dotación intranquilizada sin necesidad.

Si era que eso había sido todo.

«Bastante demoró la desgracia en llegar, ojalá y todo quede ahí».

Esa tarde en el ambiente había estado flotando un aire extraño, cargado, de tormenta. Podía percibirlo, si el otro no se daba cuenta era por ser un imbécil. Se prometió andar con mucho cuidado a partir de ese momento, los próximos días podrían traer sorpresas desagradables.

Quisiera Dios que no fueran las próximas horas, esa misma noche.

Más tarde, ya descansando en su bohío, no podía dejar de pensar en lo sucedido, y mucho menos en la expresión que había visto en muchos de los esclavos. Era la misma que mostraban los que aparecían en sus últimas pesadillas. Si había visto esa expresión mientras dormía, no era por casualidad, algo dentro de él le advertía sobre un peligro que flotaba sobre la hacienda y lo amenazaba directamente.

«¿Y si se les ocurre sublevarse, quemarlo todo y matar a los blancos, como han hecho en otros lugares? ¿Si me matan a mí?». Tal vez el boyero tenía razón y él exageraba, pero, «No sé, hay algo, lo siento, lo huelo, y está al pasar».

¿Cómo habían empezado los problemas en otras fincas? Siempre se habla de conspiraciones desde fuera…; pudiera ser y no había que descuidarse, había que vigilar más todavía para impedir los contactos con miembros de otras dotaciones. Pero también había que ocuparse de lo que estaba pasando dentro. Procurar tener más oídos alertas en el barracón para saber cuanto se comentara allí, qué hace cada cual, y descubrir a tiempo cualquier conjura que pudieran armar. «Usar a los negros contra los negros, hacer que se vigilen entre sí y desconfíen unos de otros», era la única fórmula. Desde siempre había tenido informantes entre los negros, pero pocos y de escaso provecho, porque eran más dados a chismes y chanchullos para perjudicar a rivales que a proporcionar información con algo de valor.

A partir de ese día se prometía tomar más en serio el asunto.

No contaría con el administrador, desde luego, quien enseguida iba a encontrar un montón de peros; además, ese era un trabajo relacionado con el buen gobierno de la dotación más que con la administración de la finca, por tanto de la particular incumbencia de un mayoral, de manera que a ese buen señor solo debían interesarle los resultados.

Se encontraba inmerso en esas disquisiciones cuando comenzó a oír toques de tambor provenientes del barracón. Suspiró. «Ya comenzaron su velorio». A continuación vendrían varias horas de ruidos y de música infernal que le impedirían dormir; los negros cantarían en sus lenguas bárbaras, bailarían hasta el cansancio, de seguro también se emborracharían, pues siempre encontraban manera de hacerse con el aguardiente, y al otro día todo habría pasado, trató de tranquilizarse.

Pero algo en su interior le advertía en sentido contrario:

«¿Estás seguro de que mañana todo habrá pasado?».

No, no estaba nada seguro. Con la muerte del chiquillo sería un milagro que todo siguiera igual a como era antes.

De eso sí estaba seguro.

«Pensar que se podría haber evitado». Hubiera bastado con que el estúpido del boyero hubiera atendido a la súplica de las cuidadoras del criadero. O, si tanto quería quedarse con el chiquillo, que lo hubiera cuidado más.

Contra su costumbre, prestó atención al sonido de los tambores. Lo que oía le provocaba un raro desasosiego. Había algo especial en aquellos toques. Eran los mismos de siempre, ¿no?, con aquel tun-tun-tun que a Blanco Gordo le parecía siempre igual, a la vez diabólico y aburrido. Pero, atendiendo mejor, llegaba a percibir que en ese momento había algo más. Algo maligno, se le antojaba. No era como lo que se escuchaba siempre en sus bailes, con un ritmo en el cual no se distinguía si llamaban a la lubricidad y el desenfreno sexual, o invocaban a sus dioses paganos.

«Hoy pareciera que los tambores hablan».

Tambores que hablan. Tenía gracia.

«Qué bobería, ¿a quién se le ocurre?», quiso espantar el pensamiento. Pero el pensamiento persistía. «Si hablan es porque están diciendo algo… Porque están enviando mensajes». Y si alguien envía un mensaje es para que otros lo escuchen, ¿no? Y tal vez le contesten.

¿Era lo que pasaba ahora, una conversación entre los negros de la finca y los de otros lugares? ¿Incluidos cimarrones, palenques? ¿Sería cierto o lo había imaginado?

Porque estaba seguro de haber oído toques parecidos pero desde diferentes lugares, unos cerca, otros lejanos.

¿Serían respuestas al mensaje enviado desde aquí? Y si era así, ¿cuál mensaje? ¿Diciendo qué? ¿Que había muerto un niño en un accidente? ¿O algo más?

«Un llamamiento a…».

«Tengo que pensar en otra cosa, o voy a volverme loco».

Lo que debía hacer era tomarse de inmediato un cocimiento que lo ayudara a dormir, acostarse, olvidarse de todo y descansar, no podía darse el lujo de pasar la noche en blanco pensando tonterías. Y con seguridad ese toque no iba a parar hasta bien tarde. Debía ocuparse de sí mismo.

No tenía con él nada para preparar el cocimiento, debía salir a esa hora, en medio de la oscuridad, algo que no le gustaba; pensó primero ir hasta la casa del administrador, pero en el último momento decidió dirigirse al rancho del boyero, que quedaba más cerca.

Estaba casi llegando cuando le pareció ver unas sombras que, provenientes del barracón, se acercaban apresuradas. Extrañado, detuvo la marcha, retrocedió un poco y se pegó a una gruesa ceiba para observar. Apagó la vela que llevaba. Recordó que en uno de sus sueños las sombras se movían exactamente así. Aquello no debía de ser nada bueno, era preferible no dejarse ver hasta estar seguro de lo que sucedía.

No demoró mucho en saber de qué se trataba: Desde el sitio donde se escondía pudo oír las voces del boyero, quien se habría sorprendido y encolerizado al ver aquel grupo de negros fuera del barracón a esa hora y, para colmo, entrando sin permiso en su propiedad. «¡Qué falta de respeto es esta! ¡Quiénes se han creído que son ustedes, negros!», de seguro les gritó junto con las palabrotas que Blanco Gordo percibió con más claridad. Pudo distinguir también algunas frases de amenaza en que entraban las palabras «cepo» y «bocabajo». No le pareció que los negros hubieran respondido nada.

Hubo ruido como de lucha y tropezones.

Lo siguiente que oyó fue un alarido y un rugido como de fiera herida; de inmediato pudo ver cómo, quizás mal herido, el boyero salía de su rancho seguido por varios negros; tropezó al pasar la puerta, cayó al suelo, rodó y se levantó con intención de huir, en tanto los otros le lanzaban repetidos machetazos, algunos de los cuales lograron alcanzarlo. Volvió a caer y siguieron macheteándolo cuando ya estaba inmóvil sobre el suelo. Casi de inmediato llegaron más negros, portando teas que aplicaron por todas partes, hasta que el lugar comenzó a arder por los cuatro costados.

¿Aquello sería una sublevación, y por eso habían sido los toques de tambor, para convocar a otras dotaciones a sumarse? ¿O solo era una venganza contra el boyero por haber provocado la muerte del negrito? Si fuera solo eso, como ya había sido consumado el asesinato, los asesinos desaparecerían tan en silencio como habían llegado, no ocurriría nada más. Pero él no estaba en condición de saber de cuál de las dos opciones se trataba. ¿Qué debía hacer, entonces? Por lo pronto, ni pensar en regresar a su bohío. Si se trataba de una sublevación, no sería raro que estuviera allí un montón de negros esperándolo para matarlo por ser el mayoral, a quién asesinar con más razón que a él, si era quien los obligaba a trabajar y los castigaba por sus faltas. Incluso si no fuera sublevación, quién le aseguraba que no lo esperaran para también vengarse en él. Cierto, no había estado en el lugar cuando ocurrió el accidente, pero con su llegada había evitado la muerte del boyero. Su disparo al aire, a fin de cuentas, había abortado una revuelta en sus inicios.

No debía precipitarse, esperaría un poco escondido donde se encontraba, antes de tomar cualquier decisión. Además, ¿cuál pudiera ser su determinación? Si solo se había tratado de matar al boyero, nada que hiciera lo impediría, porque ya estaba muerto y bien muerto, no tenía que llegarse hasta él para saberlo. Y si la cosa era más grave, si a los negros les había dado por alzarse, mucho menos podía hacer algo. Desde luego, en teoría, le correspondería en tal caso ponerse a buscar a los contramayorales, a los empleados blancos, a los negros de la servidumbre y otros que no se hubieran unido a los revoltosos, juntarlos y organizar con ellos la resistencia, enfrentar a los sublevados, reducirlos a la obediencia. Eso estaba muy bien en apariencia, era lo que llaman el cumplimiento del deber, pero de ninguna manera era una buena idea. Al contrario, era la peor que se le pudiera ocurrir. En primer lugar, porque ni siquiera sabía si habían matado a los demás empleados, o si había negros en quienes confiar para enfrentarlos a los revoltosos. Y, en segundo, porque ¿quién le garantizaba que en lo que se ponía a andar de un lugar a otro no lo agarraban y lo mataban?

No, de ninguna manera haría nada; él no era ningún jefe militar ni mucho menos, y ni siquiera llevaba un arma encima, suponiendo que un hombre solo, nada más porque portara un revólver, pudiera enfrentarse a una turba de negros sublevados.

«Me pongo a hacerme el héroe y no hago el cuento». En definitiva, él no era el boyero, quien se creía más hombre que nadie. Y que por eso estaba muerto.

Mientras deliberaba en su interior, agazapado junto a la ceiba, por doquier comenzaba a verse el reflejo de las llamas provenientes de las instalaciones incendiadas por los esclavos.

«De venganza nada, estos negros se han amotinado y están quemando la finca antes de alzarse».

Sudaba copiosamente y temblaba como si una fiebre mortal lo hubiera atacado de improviso; temía que en cualquier momento pudiera aparecer algún esclavo y machetearlo; quería huir y esconderse en algún lugar apartado, pero no sabía hacia dónde, menos en la oscuridad de la noche, y esa imposibilidad de escapar lo aterrorizaba todavía más. Solo atinaba a repetirse en silencio la misma frase: «Están quemándolo todo». El miedo no le permitía pensar en nada más. Era el mayoral, uno de los personajes más temidos y odiados por la negrada, si lo agarraban lo machetearían como al boyero, o más, tal vez hasta lo torturaban antes.

Huir, sí, eso es lo que debía hacer, pero, ¿hacia dónde? Lo más probable era que en ese momento estuvieran buscándolo por todas partes, por no haberlo encontrado en su lugar.

Con gran esfuerzo logró serenarse; llegó a la conclusión de que lo mejor que podía hacer era permanecer donde mismo estaba, junto al árbol. Verdad que se encontraba al aire libre, incluso no había demasiada vegetación cerca, pero tenía el árbol como escudo; pegado al tronco, y con la oscuridad reinante, nadie podría verlo: Era el sitio más seguro a esa hora, ¿a quién se le iba a ocurrir buscarlo en ese lugar? Dio la vuelta alrededor de la ceiba, buscando la zona más adecuada para esconderse, y por fin se acurrucó en el suelo, junto a una raíz saliente, procurando pegarse a ella y hacerse lo más invisible posible.

En esa posición permaneció durante horas, unas veces dormitando entre pesadillas, otras en vela temerosa, hasta el amanecer.

«Parece que de esta pude escapar», se dijo cuando la luz de la mañana lo despertó y comprendió que, fuera lo que fuera que hubiera ocurrido, había concluido. Era el momento de recorrer la finca para conocer los daños provocados y la cantidad de esclavos fugados, de informar a las autoridades. ¿Y los muertos?, debía saber también a cuántos habían asesinado. Le constaba que el boyero era uno de ellos, pues lo había visto asesinar, y recorriendo el camino hasta la casa del administrador, encontró además los cuerpos de dos contramayorales.

«Ya son tres, yo pude ser el cuarto».

¿Y el administrador? ¿Estaría en su casa o escondido, como estuvo él? ¿Lo habrían matado también? ¿A él, que a más de uno salvó de una buena zurra? ¿Y eso qué?, a él también, cómo que no; puestos a matar, esos salvajes no eran capaces de distinguir, mataban a todo el que se les pusiera delante; eran fieras, y las fieras enloquecen cuando ven la sangre, nada las detiene. A decir verdad, si no fuera porque, en definitiva, era uno de los nuestros, hasta resultaría gracioso que al administrador, quien a duras penas ocultaba su simpatía por los negros, lo asesinaran esos mismos que tanto había defendido.

Blanco Gordo

Pasados unos días, la vida del ingenio había regresado a la normalidad, y se trabajaba en la reparación de los daños causados por los sublevados. Estaban como nuevos el portón principal del barracón y la reja del calabozo, casi destruidos por completo. Y, acaso como reafirmación de «lo que sucede conviene», comenzó la construcción de una nueva vivienda para Blanco Gordo. Él lamentaba la pérdida de sus pertenencias volatilizadas por las llamas —como pensó mientras permanecía escondido junto a la ceiba, los salvajes se habían dirigido hasta donde él vivía, de seguro para matarlo como hicieron con el boyero, y como no lo encontraron se desahogaron quemando sus pertenencias—, pero se consolaba pensando que, en definitiva, lo más importante, la vida, la había preservado, gracias a que no se la dio de valiente y se mantuvo bien tranquilito escondido hasta que todo pasó. Para más, sus ahorros no habían sufrido menoscabo, las llamas no habían llegado hasta ellos, escondidos en un hueco del piso debajo de la cama. No había más que pedir.

De cualquier modo, se decía para consolarse un poco más, ya venía siendo hora de sustituir aquella choza por algo más acorde con su posición en el ingenio, pues, a pesar de la importancia de su cargo y lo que su trabajo le reportaba en cuanto a economía, no se preocupaba por adquirir algunas comodidades, ni siquiera de habitación; vivía como si estuviera de paso, y en realidad así se sentía, él mismo no sabría explicar el motivo. Era algo que se comentaba entre los blancos, que él, en lugar de invertir su dinero en vivir mejor, se conformaba con habitar en un bohío como cualquier negro de los que no eran de barracón. Lo único que le interesaba era acumular una pequeña fortuna que le permitiera dejar algún día de andar todo el tiempo correteando a pleno sol, desgastándose en el afán de hacer producir a esa partida de negros holgazanes de la dotación, y retirarse a vivir de sus ahorros, o acaso montar un pequeño negocio en una ciudad también pequeña, porque las grandes lo intimidaban.

Lo cierto era que, de tan ahorrativo y despreocupado de su persona, vivía prácticamente como cualquier simple contramayoral negro. Como consecuencia de los hechos recientes decidió que a partir de ese momento iba a modificar un poco su vida. «Total», se decía, «Pude haber perdido la vida, como perdí casi todo lo que tenía dentro de mi bohío... No vale la pena preocuparse tanto por el porvenir». Por lo pronto, la nueva vivienda sería más amplia y más cómoda, construida con mejores materiales, más propia de un blanco.

Los perjuicios de la rebelión habían sido cuantiosos en verdad, tanto por las instalaciones destruidas y los animales muertos o escapados, como por el número de esclavos que habría que reponer, pues no se perdieron pocos, entre muertos y fugados todavía no capturados. Sin embargo, en esencia, nada había sido de tanta magnitud que no se pudiera recuperar si se hacía trabajar como es debido a los negros restantes y a los nuevos que se adquirieran. Lo más difícil de admitir, a decir verdad, era el hecho mismo de la sublevación, que haya sido a uno a quien se le alzó la dotación, a uno que se consideraba a salvo de tales afanes, tanto por el control estricto sobre los esclavos como por tratarlos mejor que en otros ingenios. Se evidenciaba que ni tratándolos bien se podía respirar con tranquilidad, esos negros eran unos desagradecidos.

Siempre que sucedía algo como eso, en la imaginación de los más viejos se hacía presente la evocación de lo ocurrido años atrás en Haití. Hacía casi medio siglo de aquella pesadilla, pero su recuerdo permanecía como un fantasma que no perdía oportunidad para aterrorizar a los dueños de esclavos y sus servidores. De todos modos, lo peor del susto ya había pasado. El general López había asegurado que, en cuanto a los sublevados, no había nada que temer, habían sido derrotados y no había posibilidad alguna de que se convirtieran en real peligro: En un par de días quedaron desbaratados.

«Si pretendían algo más que escapar en forma masiva a los montes», había comentado, «Estaban más que locos», pues carecían de armas y de organización para algo más que una fuga; era increíble que fueran capaces de imaginar que podrían resistir un enfrentamiento con fuerzas militares. Y con un jefe como López, tan experimentado.

Tenían que ser negros, no tienen cabeza para pensar.

«Los muy estúpidos», comentaba Blanco Gordo con otros empleados, «¿Habrán pensado en serio que de verdad iban a ser libres como los blancos?», «Bueno, algunos lo consiguieron, aunque a decir verdad fueron pocos», le replicó alguien, «Sí, tal vez algunos pocos lo consiguieron, pero no va a ser por mucho tiempo...», terció otro empleado. Y Blanco Gordo remató: «Bueno, y si es que se puede llamar ser libre a eso de andar huyendo por entre el monte, sin descanso, con los perros y una considerable fuerza armada detrás que no les pierde pie ni pisada, que no los deja ni respirar. Ser libres los negros... A quién se le ocurre...».

Era tal como afirmaba Blanco Gordo. La mayoría de los alzados había muerto en los combates, y los pocos que lograron salvarse andaban dispersos por los matorrales, de seguro en busca de refugio en la zona cenagosa, lugar donde difícilmente serían alcanzados, pero donde lo más probable era que terminaran siendo presa de los cocodrilos, aunque siempre se había comentado que, escondidos entre los pantanos, existían algunos palenques desde hacía tiempo, y que los rancheadores no se atrevían a atacarlos por lo peligroso del acceso. De cualquier modo, si de veras existían los tales palenques en los pantanos, estaban bien lejos, y si era difícil a los perseguidores entrar también había de serlo para ellos salir, no podían representar ningún peligro, así que, si para allá fueron y lograron llegar, allí tendrían que quedarse, intentando sobrevivir como pudieran, y si no se los comían los cocodrilos los matarían el hambre y las enfermedades.

«Pensar que hacen todo eso nada más que para no trabajar», se asombraba Blanco Gordo ante sus colegas.

Había varias mujeres entre los rebeldes muertos, le habían afirmado. «¿Será que ella también está muerta?», era la pregunta que, a su pesar, asaltaba a Blanco Gordo cuando se encontraba a solas consigo mismo. Ni así, en su interior, se atrevía a pronunciar el nombre, temeroso de que al evocarla se le hiciera presente una vez más. Si no en forma material, cosa imposible según parecía, sí en sus sueños, donde no podría hacer nada para expulsarla.

Ella sería una entre tantos muertos, claro que sí. Con lo atravesada que era, sin duda se habría puesto a dar machetazos como cualquier hombre, y la habrían matado de un tiro. «En la cabeza, para que aprenda a bajarla ante un blanco». No le constaba que fuera verdad, pero había oído el comentario de que ella se encontraba entre los cabecillas de la rebelión y lo tenía por cierto, estaba dispuesto a creer a pie juntillas cualquier cosa negativa que hablaran de ella, porque no le cabía duda alguna de que esa negra era un elemento peligroso. Sus pesadillas lo avisaban. Pensándolo bien, era eso, su peligrosidad potencial, lo que él veía de raro en esa negra, lo que lo intranquilizaba: En su interior algo le avisaba que se trataba de un enemigo con quien había que andar ojo avizor. Aunque durante el día trabajaba como un hombre, no armaba alborotos como las demás mujeres, no hablaba ni se juntaba con nadie, con seguridad por la noche andaba soliviantando a los negros. Y en sus brujerías, claro. Por eso los negros no se escondían para mostrarle respeto, porque le tenían miedo.

Ya no había razón para pensar en ella, era cosa del pasado. La mataron, como a tantos, a Dios gracias. Los que salieron a cazar rebeldes no se andaban con chiquitas y tiraban a matar, fueran hombres o mujeres los que se pusieran delante de sus armas. Ni siquiera niños. Todos eran lo mismo, negros alzados, rebeldes, asesinos.

Sí, tenía que estar muerta, era lo mejor para todos. En especial para él. Suspiró al llegar a ese punto.

«Muerto el perro se acabó la rabia».

La rabia de la sublevación, la rabia de los fantasmas que lo atormentaban por culpa de ella.

¿Sería verdad que se habían acabado los fantasmas?

¿Muerta Fermina —se horrorizó al darse cuenta de que había mencionado el nombre— desaparecerían las pesadillas que por su culpa habían vuelto a adueñarse de sus noches?

Entonces, ¿cuál era la causa de esa desazón que lo embargaba una vez más, al evocarla? ¿Sería que ni después de muerta lo dejaría reposar?

Blanco Gordo se encontraba sentado en el portal de la casa del administrador cuando vio llegar al grupo de prisioneros. De lejos era posible adivinar que algunos venían heridos; más tarde comprobaría que también los habían golpeado y azotado. A manos llenas. Le llamó la atención ver la cantidad tan reducida de negros que le traían de regreso, no llegaban a diez. Había creído que serían muchos más, dado el número de los alzados; cuando hizo el conteo de los esclavos, a la mañana siguiente de la sublevación, encontró que faltaban unos cincuenta, aunque en el transcurso del día algunos se presentaron por su propio pie, jurando que habían sido obligados, o que se habían escondido por miedo a represalias de los negros malos, porque eran buenos y no querían irse con ellos. Con seguridad no era cierto en muchos casos, o en ninguno, pero no valía la pena ponerse a averiguar, al menos en un primer momento, y los dejó incorporarse sin castigo; lo importante era que no se hubieran alzado.

«¿Tan pocos lograron capturar? ¿Qué pasó con los otros, escaparon? Eran muchos, ¿los están persiguiendo todavía?», preguntó a los que conducían a los prisioneros.

Que no se preocupara, lo tranquilizaron, quedaban unos pocos alzados, pero ya los agarrarían. Era cosa de darle tiempo al tiempo. «Son muy pocos los que lograron escapar con vida y andan huyendo por el monte, pero dispersos, no tienen ninguna fuerza». Ya no habría combates, sino cacerías.

Caerían uno a uno, que tuviera paciencia.

«¿Es verdad que ya no representan ningún peligro?», preguntó Blanco Gordo.

«En realidad nunca lo fueron, ¿a quién se le ocurre que con unos cuantos machetes y palos se puede enfrentar a una tropa como nosotros?», se jactó un soldado.

Más adelante, Blanco Gordo conocería que los esclavos que veía llegar eran los pocos sobrevivientes no solo del combate, sino también de la captura; en realidad muchos fugitivos habían sido atrapados con vida, le explicarían sus captores, pues no pocos, al sentir los disparos y ver cómo sus compañeros de fuga caían heridos o muertos a su lado, quedaban paralizados y eran aprehendidos sin oponer resistencia. «Pero son muy flojos, nada más los acariciamos un poquito y algunos se quedaron por el camino».

«Claro, no eran los esclavos de ellos, no les dolía perderlos», pensó Blanco Gordo al enterarse de lo que pasaba con los capturados vivos. Los castigos habían sido tan violentos que muchos no resistieron. Que mataran a los que no se rendían, incluso que aplicaran algún castigo a los que capturaban, podía entenderlo, pero, ¿matar a los prisioneros? ¿Por qué? Era un abuso, esos negros no eran de ellos y tenían un precio cada vez más alto, debieron dejarlos vivir; reponer a los muertos costaría una fortuna.

Y para colmo, esos irresponsables mata negros exigían después que se les pagara por el servicio prestado. ¿Qué servicio era ese de que hablaban, si casi dejaron sin esclavos al ingenio?

Había mirado hacia el grupo de prisioneros sin fijar demasiado la atención más que en el conjunto, para hacer un cálculo de la cantidad. Había mayorales que se jactaban de conocer hasta el nombre de cada miembro de la dotación; él no era de esos. Jamás se le habría ocurrido detener la mirada en ninguno para saber quién era, para distinguirlo del resto, le bastaba con tener la cantidad: tantos en el surco, tantos como auxiliares, tantos en la enfermería. Por lo demás, negro por negro le daba igual, todos eran lo mismo, una herramienta a la cual había que hacer trabajar porque por sí misma no lo hacía. Y la fórmula para ello era aplicar el látigo. Si se escapaban, pues a capturarlos y castigarlos con severidad. Aunque nunca tanta que no pudieran continuar trabajando. Estos excesos no conducían a nada, era solo aumentar las pérdidas de una sublevación. Un desperdicio.

Se encontraba Blanco Gordo en tales cavilaciones cuando sintió el aviso de que sus ojos habían pasado por encima de algo en aquel conjunto que debía ser mirado con mayor detención. En el pequeño grupo de negros algo le exigía ganar conciencia de lo visto sin advertirlo. Su mirada había sido un gesto maquinal. Debía volver a mirar, debía dar respuesta al llamado. A una orden inapelable.

Lo hizo.

Miró. Detenidamente. Vio lo que tenía que ver.

Mejor: Lo que no debiera ver. Uno no debiera ver fantasmas a pleno día.

Como si no bastaran las noches.

«¿Me estaré volviendo loco?...; ya tengo alucinaciones», exclamó dentro de sí, asustado, cuando vio.

Esto es: Cuando la vio.

Porque aquello no era una realidad, era una visión, un desvarío, una alucinación. Había visto un fantasma. ¿Un fantasma en pleno día? Él era experto en verlos en cualquier momento, pero no a esa ahora, no en esas circunstancias.

No podía ser real, tenía que ser una ilusión de los sentidos, se reconvino. ¿Por qué era tan débil de mente?

¿Cómo iba a ser cierto que por segunda vez en tan poco tiempo, después de pensar que no la vería más, se encontrara de nuevo con esa mujer, con ese demonio que le había robado la tranquilidad? Por segunda vez la veía llegar al Ácana como prisionera y era demasiado, no podía ser, no lo aceptaba: Esa no era ella, sino otra que se le parecía; a fin de cuentas, todos los negros se parecen.

Era una sublevada, había escapado con los demás esclavos, seguramente se había involucrado en los desmanes cometidos por la negrada, a saber si hasta con los asesinatos, y el castigo para eso es la muerte, tenían que haberla fusilado, o condenarla a prisión de por vida al menos, no llevarla de regreso a la finca. Si no estaba muerta, o si no la agarraron, debía andar huyendo por esos montes, perseguida por perros y hombres armados que la agarrarían, la matarían, la destrozarían...

Donde no podía estar era en ese grupo de prisioneros, como un cimarrón cualquiera que escapa del trabajo, poco después se deja capturar, le dan unos cuantos azotes y ya está.

Esa mujer no podía estar allí, en ese grupo de rebeldes capturados y vivos. Cualquier otro negro pudiera estar, pero no ella. Pero estaba. Y viva.

Como una pesadilla en noche de mal dormir, ante sus ojos se encontraba la negra Fermina.

Ya no valía la pena prohibirse mencionar su nombre, una vez más estaba corporeizada.

Una vez que la advirtió en el pequeño grupo de prisioneros, no pudo dejar de mirar hacia ella con insistencia; quizás sería más propio decir con ansiedad: Llevaba el pelo más enmarañado que de costumbre y sin pañuelo ni sombrero, lleno de costras de sangre y fango. Sangre y fango también mostraba en la ropa, en los brazos, en la cara, como si se hubiera revolcado en el suelo. Avanzaba con dificultad, y era fácil percatarse de que estaba extenuada y dolorida por golpes y heridas, como el resto de los que marchaban con ella.

Ninguna imagen mejor para la representación de la derrota que aquella hilera de esclavos amarrados unos a otros por el cuello: encorvados, los hombros caídos, arrastrando los pies, los ojos clavados en el suelo. A duras penas se mantenían en pie. En el conjunto, solo un integrante no caminaba con la cabeza gacha. Una mujer: Fermina. Ella andaba erguida.

Sus captores no eran seres propensos a sutilezas bastantes para discernir el mensaje de una mirada; de haberlo sido hubieran advertido que, casi a punto de desplomarse, miraba a todos desde un horizonte más alto, como si el cuerpo abatido no le perteneciera, como si ella no estuviera presente en aquella derrota, como si su espíritu se encontrara vagando por algún otro lugar, libre, ajeno a las circunstancias de su envoltura material. O como si tomara esas circunstancias por una contrariedad sin mayor importancia, a la cual un espíritu guerrero no debía prestar la menor atención.

Acaso analizaba las causas de la derrota y se preparaba para una nueva batalla. Acaso tramaba alguna venganza cuando le llegara la oportunidad. ¿Cómo adivinar lo que anda en el interior de una mujer que en cuatro meses ha participado en dos sublevaciones y en las dos ha sido derrotada?

No hubiera podido explicar la razón, pero a Blanco Gordo no le llamó la atención que Fermina fuera la única del grupo que no pareciera derrotada. Era algo que se podía esperar.

Pero no se lo perdonaba. Como tampoco que estuviera viva. Y que regresara.

Estaba prisionera una vez más. Había respirado libertad solo durante un corto tiempo. Volvía a ser esclava, a vivir a merced del látigo y la voluntad de los amos.

Nuevamente se habían apoderado de la fuerza de sus brazos y de su cuerpo; una vez más robaban su cuerpo negro, una vez más tenía dueño.

Pero ni cien veces que se apropiaran de su cuerpo podrían dominar su espíritu. Su espíritu continuaba siendo libre, y en él solo mandaba ella. Por eso no humillaba la cabeza ante aquellos blancos que la miraban con burla o curiosidad.

No le daba la gana de bajarla. Antes la muerte.

«Carajo, amarrada, sucia y llena de sangre sigue siendo la misma negra orgullosa de siempre... Parece como si nos despreciara. Más parece una reina mirando desde su trono a sus súbditos que una cimarrona presa camino del cepo...», se decía Blanco Gordo, el único de los presentes en advertir la mirada de Fermina y entender su significado. Acaso fuera efecto del reflejo del sol sobre el cuerpo negro bañado en sudor, acaso fuera autosugestión suya, no se encontraba en condición de discernirlo, pero la veía rodeada de un halo luminoso. «¡Dios mío!, ese brillo alrededor de ella... Una reina no, es más que eso..., es una diosa..., una diosa negra».

Sacudió la cabeza varias veces con energía, para asombro de los que lo veían. ¿A quién se le ocurre el absurdo de pensar en una diosa negra?, ¿se estaría volviendo loco?

¿Qué facultad tenía esta mujer que así lo trastornaba?

«¿Cómo puedo decir que es una diosa?... Tengo que estar mal, tan mal que ya ni atino con lo que pienso...

¿Diosa de qué puede ser una negra?».

«Esta vez fueron dos fincas las que se sublevaron, como en mayo... Pero al final la cosa no resultó tan difícil; en marzo sí que pasamos un mal rato con aquellos negros..., aquello fue un montón de negros alzados. Y se batían como demonios, parecían fieras. Hubo que soltar mucho plomo y dar sablazos a tutiplén para hacerlos bajar la cabeza», comentó el capitán que venía al mando de la tropa que escoltaba a los presos, y que había dirigido el grueso de la operación de captura de ese grupo.

«Los esclavos del Ácana fueron los que comenzaron todo este asunto», comentaban los que venían con los prisioneros, como si Blanco Gordo no lo supiera, «La dotación del Concepción se les unió, casi a la misma vez, era como si hubieran estado esperando por los del Ácana para alzarse ellos también».

En realidad, aunque la dotación total de ambos ingenios era muy numerosa, los alzados no fueron tantos, unos cincuenta entre hombres y mujeres, sumados los de las dos fincas, los demás se quedaron tranquilos, o regresaron al poco rato de irse con los más revoltosos.

«¿Quién sabe? Quizás tuvieron más miedo de los otros negros que del castigo que podían recibir... Ellos son salvajes», respondió Blanco Gordo a la información del capitán ya conocida por él.

«Todavía no se ha averiguado cómo, pero parece que de alguna manera las dotaciones se habían puesto de acuerdo con anterioridad», agregó el capitán, «Pero descuiden, que ya lo averiguaremos».

A Blanco Gordo eso de que se hubieran puesto de acuerdo las dotaciones le parecía imposible, y creyó necesario dejarlo bien sentado, no fuera a quedar sobreentendido que él no tenía a sus esclavos en un puño, que no cumplía sus obligaciones.

«En esta finca acatamos lo que manda el Reglamento, y no permitimos a nuestros esclavos visitar a los de otras dotaciones; así que los de aquí no pudieron ir allá».

Ni los de allá podían ir al Ácana, agregó, porque en el ingenio tampoco se admitía la presencia de esclavos procedentes de otras fincas, salvo, como también dispone el Reglamento —le hizo gracia advertir que hacía lo mismo que el administrador, citar el dichoso Reglamento cuando afirmaba algo—, aquellos que llegaban acompañando a su dueño, o, muy pocas veces, los que llegaban con alguna encomienda de sus amos, en cuyo caso debían estar provistos de la correspondiente licencia escrita de puño y letra de su dueño, o de alguien reconocido.

«Y todo bien claro en los papeles, como está reglamentado: las señas del esclavo, el día, mes y año del permiso, la explicación de por qué lo envían... De otra manera, aquí no entra ningún negro ajeno. Si sorprendemos a uno que no está en regla, lo metemos al calabozo y lo mandamos directo al depósito de Matanzas... Sin miramientos». No obstante —a duras penas lo admitió, ante las argumentaciones del otro, convencido de que de alguna manera las dotaciones se comunicaban—, por más esfuerzo que uno hiciera por impedir el intercambio entre las dotaciones, los negros se las agenciaban para burlar la vigilancia.

«Como quiera que se mire, ellos son muchos, siempre están pensando cómo jugarle cabeza a uno, y es dificultoso supervisarlos a todos todo el tiempo, casi habría que poner un guardia por cada esclavo para mantenerlos a raya; para colmo, muchas veces el guardia es otro negro».

Lo cierto era que para Blanco Gordo ya estaba habiendo demasiado negro en esta Isla, comentó, y en eso consistía el principal problema. Pero contra eso no podía hacer nada.

«Alguna gente dice que los negros se comunican por el sonido de sus tambores», comentaron algunos de los presentes, «Es como si fuera una lengua que ellos usan para hablar a distancia».

A Blanco Gordo eso le parecía poco creíble, y hasta se asombraba de que alguien pudiera creer tal cosa. «Cómo van a distinguir un sonido de otro, como si fueran palabras, si en esa música todo se vuelve lo mismo, tan-tan-tan por aquí, tan-tan-tan por allá... No, eso me parece una exageración», «Pues para mí que eso fue lo que pasó en este caso», opinó el oficial, él sí estaba convencido de que los sublevados se comunicaban por el sonido de los tambores, y le preguntó al mayoral si él no había oído sonidos de tambores venidos de distintos lugares. «De otra forma no tendría explicación para mí, ellos se pusieron de acuerdo con sus tambores, no puede ser de otra manera, si no, habría que admitir que es verdad que hay blancos que se confabulan con los negros para las sublevaciones, pero eso sí lo encuentro imposible, ¿quién va a estar tan loco que se junte con esos salvajes?».

Tampoco le encontraba Blanco Gordo lógica a la hipótesis de la participación de los blancos en conspiraciones con negros; aunque hubiera oído hablar de que algunos eran abolicionistas, no era lo mismo estar en contra de la esclavitud —podía haber muchas razones para ello, erradas o no— que andar revueltos blancos y negros en conspiraciones. Sobre todo porque después esos mismos negros les iban a cortar la cabeza, por blancos. En todo caso, podría ser cosa de mulatos y negros libertos, pero, ¿blancos? De todos modos, suponiéndolo posible, a él no se le ocurriría sospechar que hubiera alguien, entre los blancos que trabajaban en el Ácana, conspirando con los negros, no se imaginaba a ninguno yendo a otras dotaciones como recadero de esclavos, pensar eso sería locura. Él conocía bien a todos los empleados del ingenio y de la finca, ninguno sería capaz de una cosa así. Ni siquiera el administrador, que era el más flojo; era verdad que trataba con demasiada benevolencia a los negros, pero de ahí a ponerse de acuerdo con ellos para un crimen así, ni pensarlo, «A ese punto ni él sería capaz de llegar, qué va...».

Blanco Gordo admitió que era cierto que los tambores habían estado sonando bastante en los últimos tiempos, pero insistía en no aceptar la idea de que los negros hubieran inventado un lenguaje que se sirviera de los tambores para comunicarse, ¡crear una lengua para hablar a distancia! Ni siquiera a corta. Eso sería reconocer en ellos demasiada inteligencia. En su interior, no obstante, nació la duda, y cada vez más se adueñaba de su pensamiento la posibilidad de que fuera cierto lo afirmado por el militar: Los tambores, tocados de una manera determinada, acaso hablaran. Conversaban de dotación en dotación, burlándose de la distancia y el aislamiento.

«En definitiva», trató de concluir la conversación, «lo importante ahora no es cómo lo hicieron, sino lo que hicieron, y demos gracias a Dios de que ya todo pasó». Lo que contaba a partir de entonces, insistía, era que los negros se alzaron y mataron gente, incluido un blanco, y si no se aplicaba mano dura con ellos para dar ejemplo, eso se podía repetir, y continuarían las pérdidas y los blancos muertos. Por sí o por no, él iba a proponer a los dueños que, además de los castigos que se aplicaran para que a los negros no les quedaran ganas de andar sublevándose, se les prohibiera el uso de tambores en las fiestas autorizadas a realizar, al igual que ya se hacía en muchas otras fincas.

«Si es verdad que sus tambores hablaron, como ustedes dicen, vamos a ver cómo van a hacerlo a partir de ahora... Si saben hablar, pues vamos a taparles la boca».

Poco después, mientras bebía un trago de aguardiente con el capitán, Blanco Gordo quiso saber si se había logrado averiguar si algunos entre los sublevados tenían algún plan, o si solo pensaban escapar de las fincas, formar sus palenques en medio del monte y vivir como salvajes, «Digamos, si pensaban en algo así como agruparse, formar un ejército de cimarrones, que sé yo».

Nadie sabía a derechas qué era lo que habían pensado, le explicó el oficial, «Si es que en realidad tenían idea de algo más, ya le dije que no hay prueba alguna». Los esclavos que decidieron hablar para no seguir recibiendo el castigo decían cualquier disparate. Entre los que admitieron haber escapado por su propia voluntad —que habían sido los menos, casi todos afirmaban haber sido obligados—, la única coincidencia era la pretensión de ser libres y disponer de un pedazo de tierra y de algunos animales para vivir de su trabajo. Para el capitán, el tema del abolicionismo era desconocido por los sublevados, incluso la palabra, que parecían oír por primera vez cuando se les mencionaba.

«Al menos en este caso, mi idea es que ellos lo único que querían era escapar del trabajo en las fincas».

Él había interrogado personalmente a varios de los capturados, y ninguno mencionó nada que hiciera pensar en algo de mayor envergadura, «Como abolir la esclavitud o cosa parecida», mucho menos en relaciones con agentes extranjeros o blancos que estuvieran contra la esclavitud.

«Esos abolicionistas que Dios confunda armarán mucho ruido en las ciudades, pero entre los negros nadie los conoce... Al menos eso es lo que yo veo». Si algunos de los sublevados habían pensado en algo de más sustancia, como hacerse fuertes en algún lugar y a partir de ahí atacar fincas y liberar esclavos, estarían entre los muertos o entre los que lograron escapar, porque a ninguno de los interrogados se le había sacado nada. En ese caso habría que pensar que los capturados serían apenas la morralla, incapaz de dar información que valiera la pena.

Con los datos de que se disponía, consideraba el capitán, no se podía asegurar o negar nada, «Y en realidad averiguarlo tampoco es un asunto nuestro, para eso están el general López y la Comisión Militar; él sí que no va a parar hasta que llegue al fondo del asunto. Pero si me pregunta mi opinión, más bien me parece que esto fue algo espontáneo», concluyó. Meditó unos segundos antes de agregar: «Quizás se trató de una protesta colectiva por algo que los alborotó, como un castigo demasiado fuerte, o la cantidad de comida que les estaban dando, quién sabe… Ha pasado en otras partes».

«La muerte del criollito que el buey aplastó», se dijo Banco Gordo. «Seguro que eso fue lo que pasó».

«Tampoco hay por qué pensar siempre que los esclavos cuando se rebelan tienen algún plan», continuó el oficial.

En su criterio, lo que movía a los negros a sublevarse era escapar del trabajo, vivir su vida salvaje perdidos por los montes, lejos de la civilización, sin responsabilidad, como cuando estaban en África. Pensar otra cosa sería aceptar que eran capaces de organizarse y conspirar como podría hacer un blanco. «Para eso hay que tener cabeza, y ellos no la tienen».

«Pienso lo mismo que usted, señor capitán», lo secundó Blanco Gordo, «Todo ese asunto del abolicionismo es cosa de blancos mal encaminados, que no tienen ni idea de lo importante que ha sido la esclavitud para que este pedazo de tierra que es Cuba pueda ser rica y próspera».

El capitán asintió con la cabeza y, después de un instante de meditación, prosiguió con una nueva idea. «También puede ser cosa de extranjeros enemigos de España, que quieren ver la Isla revuelta y con su industria azucarera destruida».

Ambos coincidían en que el alzamiento simultáneo en las dos fincas pudo deberse a la casualidad; como había afirmado el capitán, no había elementos para afirmar con certeza que se hubiera debido a alguna incitación desde fuera. «No obstante, por las dudas, las autoridades no debieran descuidar la posibilidad de que todo ese trajín de los últimos tiempos se deba a intrigas de elementos ajenos, agentes de Inglaterra, por ejemplo», insistía el oficial.

«Agentes de Haití o de Jamaica, concertados con algunos de aquí…, de alguna manera se las arreglan para azuzar a los esclavos, aprovechándose de su natural tendencia a la anarquía y el salvajismo». Eso de conspiraciones y sublevaciones movidas por personas de la ciudad y apoyadas desde el exterior no era tema novedoso, venía de mucho tiempo atrás, todavía se comentaba el caso del negro Aponte, en el año doce.

Blanco Gordo había oído hablar de eso, pero todavía andaba a gatas por esa época, de aquellos hechos hasta él solo había llegado la frase corriente "Es más malo que Aponte", y nunca le quedó claro quién era el tal Aponte. El capitán, aunque también era un niño en aquel tiempo, tenía más conocimientos al respecto.

«Fue una conjura abolicionista muy amplia, con ramificaciones en muchos lugares de la Isla. Se decía entonces, y se repite todavía, así que debe de ser verdad, que los complotados tenían la pretensión de formar un imperio de negros en Cuba y realizar una matanza de blancos, como había ocurrido un poco antes en Haití». Las autoridades conocieron a tiempo de aquel plan macabro y prendieron y ajusticiaron a sus cabecillas. «Gracias a Dios, quién sabe lo que hubiera pasado con esta infeliz tierra, no hubiera quedado un blanco vivo».

«Destruir, matar, es lo más que saben y pueden hacer, no tienen cabeza para otra cosa…», agregó convencido Blanco Gordo.

«En cuanto a estos de ahora», concluyó el capitán, «lo único que está comprobado es que se dirigían a otras fincas, y hay que suponer que sería para soliviantar a los esclavos de sus dotaciones y sumarlos a ellos». La finalidad del alzamiento era lo que no había quedado claro. «Lo acostumbrado, esto es, lo que casi siempre sucede, es que traten de escapar, se internan en los matorrales, buscando algún refugio donde esconderse, tratando de alejarse lo más posible de los lugares donde vivan personas... Siempre ha sido así». Estos otros, en cambio, habían avanzado hacia las fincas más cercanas, como si trataran de contactar a otras dotaciones para sumarlas a ellos.

«Como si quisieran formar un ejército», sentenció el capitán, luego de unos segundos de silencio.

«Entonces..., ¿usted cree que iban a tratar de sublevar a los negros de otras fincas?», «Es lo que me parece, aunque aún no está claro», «Si eso fuera cierto, habría sido algo desastroso... Ni que Dios lo permita», «En Jamaica y en Haití pasó algo parecido y ya usted sabe...», «Pero estos negros de aquí no tenían cómo saber eso...», «No esté tan seguro..., de todas maneras, quién quita que lo hubieran pensado», «Asesinar a todos los blancos y crear un reino negro en la Isla, convertirla en una selva...», «Y que vaya a suceder aquí, en Cuba...», «Qué horror».

En definitiva, estos habían sido controlados enseguida, era lo importante ahora.

«Y eso que hubo algunos de ellos que pelearon como verdaderos soldados», admitió el capitán, «Ya quisiera yo conmigo a unos cuantos que vi pelear».

Desde luego, esto último solo lo decía porque estaban en confianza, no había que repetir la frase en ningún otro lugar, ese fragmento de la historia no debía trascender, «Eso queda entre nosotros». De otro modo los negros podrían llegar a creerse capaces de contar con héroes entre ellos, como los blancos.

Y eso no le conviene a nadie.

A Fermina llegaban fragmentos de la conversación de los blancos; aunque por momentos no lograba oír, se hacía una idea general del contenido. En realidad, nada de lo que hablaban le resultaba importante. Era el mismo discurso de siempre: Los negros no sirven para nada, ni siquiera para pensar por ellos mismos en la libertad, han de ser otros, blancos y extranjeros, quienes piensen por ellos y los induzcan a la pelea.

Ella había visto caer a sus hermanos, enfrentando con machetes, azadas y palos las armas de fuego de las milicias blancas dirigidas por un oficial y reforzadas por gentes de varias fincas que habían venido a enfrentárseles. Vio después cómo treinta y dos de los alzados capturados, no pocos de ellos heridos, eran golpeados hasta morir, solo porque habían pretendido ser libres. En el mismo lugar donde los capturaban comenzaba el castigo, no había tiempo que perder: Bocabajo y cuero hasta que la sangre bañara los cuerpos. Los captores ni se tomaban el trabajo de pensar que sus prisioneros eran propiedad ajena y de preferencia debían entregarlos vivos, el odio los volvía irracionales.

¿Y qué odiaban, en definitiva, los cazadores de negros insurrectos? Que quisieran ser libres y fueran capaces de pensar y darse cuenta de que ningún ser humano tiene derecho a esclavizar a otro. Que se sintieran personas.

Ella era de los pocos prisioneros sobrevivientes al castigo; no porque la hubieran tratado mejor por ser mujer, sino porque resistió lo que otros, incluidos muchos hombres, no soportaron. Simplemente, su cuerpo era fuerte y soportó el maltrato mejor que los demás, aunque a duras penas se podía mantener en pie; ya no era el cuerpo, era el orgullo lo que la sostenía después de la derrota.

Había visto morir a sus amigos más allegados, la sublevación por la que había trabajado se había quedado sin jefes muy pronto, enfrentados a un enemigo superior en número y armas. Y, lo más doloroso para ella, en disciplina y convicción. Se evidenció como cierto lo que tanto había temido, en la dotación todavía no estaban preparados para la magnitud de lo que iban a emprender. Vengar el niño muerto y, en todo caso, escapar al monte en busca de libertad, era lo que había impulsado a la mayoría, no luchar contra la esclavitud, como soñaba ella.

«Al menos parece que Eduardo logró escapar del cerco», trató de consolarse. ¿Habría encontrado al grupo de José Dolores?, ¿encontraría también a su Evaristo? ¿Estarían los tres juntos en ese momento?

Recordó la última conversación antes del alzamiento, el comentario de que hacía mucho tiempo que nadie sabía de José Dolores… «¿Estará muerto? No, José Dolores está vivo, él es la encarnación del negro libre…». Se lo habían dicho sus muertos.

Cierto que Fermina se había mantenido viva por su resistencia física fuera de lo normal, herencia que se remontaba a muchas generaciones de antepasados famosos, hombres y mujeres, por su fortaleza, pero no era ese el único motivo. Debió de haber muerto en su último enfrentamiento, cuando le dispararon casi a quemarropa. Estaba viva gracias a Juan, quien saltó sobre ella para cubrirla con su cuerpo cuando vio al blanco echarse el arma a la cara para disparar.

El disparo primero atravesó el pecho de Juan, y después la alcanzó a ella en la cabeza. Todo ocurrió tan rápido que no podía recordar casi nada, y había reconstruido el hecho con los fragmentos que la memoria logró registrar y el comentario de un herido muerto poco después. Apenas le había quedado la imagen del amigo que de pronto saltaba y chocaba violentamente contra ella, y a la vez un golpe muy fuerte en la sien. La oscuridad la invadió de súbito. Debió de haber perdido la conciencia por unos segundos, pues lo que recordaba a continuación era la imagen borrosa de unos blancos que pateaban a Juan con furia. Todavía estaba vivo, porque oyó cómo se le escapaban los gemidos. Después la golpearon a ella y volvió a perder la noción de todo.

Cuando despertó, se encontraba junto a un montón de cuerpos de hermanos suyos, unos muertos, otros moribundos. Le ardía un costado de la cabeza, tenía la garganta seca, se sentía atontada. Intentó incorporarse un poco.

«Eh, parece que esa no está muerta», oyó decir a alguien. Y otro replicó: «Déjala que viva; lo que es por mí, se salvó. Yo por hoy ya estoy aburrido de matar negros... Tengo que descansar un poco el brazo. Uno no es de hierro, ¿no?».

«Y siempre vale la pena llegar con algunos vivos, ¿verdad? Siempre se paga un extra por los esclavos capturados que uno entrega». «Bueno, en cuanto a esta, si es que no se muere por el camino, no se ve demasiado viva».

Gracias a la conversación con el capitán, Blanco Gordo había logrado romper el hechizo que lo mantuvo embobecido mirando a Fermina durante varios minutos cuando la descubrió en el pequeño grupo de cautivos. A buen seguro, también gracias a ese intercambio de criterios se sintió con fuerzas para enfrentarla —¿acaso no era el blanco, el mayoral, el que mandaba?— una vez que el militar se despidió.

«A esa me la ponen aparte..., allí», indicó a sus ayudantes mientras señalaba un lugar debajo de unos árboles. Hizo que la sentaran en el suelo y mandó traer los grillos. «Déjenme a mí, yo lo hago», ordenó al contramayoral cuando vio que iba a cambiarle los grillos a Fermina; deseaba hacerlo él por sí mismo. Si esa negra había salido con vida de su aventura, ahora iba a saber lo que era bueno, iba a lamentar no haber muerto. Bajo ninguna circunstancia abdicaría del goce de ser quien le pusiera en los pies a esa engreída la señal de que no era más que una cimarrona que no pudo escapar de sus grilletes. Y él un blanco...

Un vencedor.

También iba a encargarse en persona de los castigos que se le aplicarían, por nada del mundo pondría en manos de otro ese goce.

«Ya vamos a ver si continúa tan arrogante».

Esa negra aprendería de una vez por todas que él estaba por encima de ella, por hombre, por blanco, por mayoral, y tenía la potestad de hacer con ella, mujer, negra, esclava, lo que le viniera en gana. Ahora más que nunca, pues tenía el veredicto de un tribunal que lo decía.

La tenía en sus manos. Por fin.

Ahora sí se acabarían las pesadillas y los fantasmas.

SEGUNDA PARTE

Hojas en el suelo

«Voy a morir sin ver a mi hijo, Tata», se lamentó José Dolores.

«Todavía no mueres, José Dolores, para todo hay un tiempo en el mundo, hasta para morir, y el tuyo no llega todavía…, es palabra de los que saben».

Mentía el viejo, ambos lo sabían; aun así, el respeto a las palabras de quien era portador de la sabiduría antigua era tan grande que José Dolores era capaz de creerle incluso sabiendo que no decía la verdad: Si él afirmaba que aún no iba a morir, que antes debía ver a su hijo, así sería. La realidad está hecha de palabras, y esta mentira debía tener poder para cambiarla. Para cambiarla al menos hasta que llegara el momento de cumplirse las profecías. Todas, porque algunas estaban bien cumplidas.

Faltaba esa.

Tata Shumba miró al enfermo. La cicatriz en lo alto de la frente, seca y macilenta, se veía más deprimida que nunca. La piel otrora brillante, ahora de aspecto quebradizo, mostraba una coloración ceniza en lugar del negro intenso que la había caracterizado; los músculos flácidos, sin tono, olvidados del tiempo en que evocaban los de un coloso. Ese cuerpo, ahora marchito, no mucho tiempo atrás había sido amado por muchas mujeres y había resistido heridas de armas blancas y de fuego, hambre, sed, persecuciones sin descanso en las que ni siquiera se puede pegar los ojos un instante a la noche. Había luchado, con armas o con las manos, contra hombres y perros. Contra blancos y contra negros, peores que los blancos. Y siempre venció o escapó con vida. Su nombre se había convertido en leyenda en aquellos sitios por donde pasó, y estaba registrado en los archivos del gobierno de la Isla como un bandido peligroso y escurridizo imposible de atrapar. Los esclavos comentaban entre sí que era protegido por un dios. Que se transformaba en ave para escapar por el cielo, o en lagarto para penetrar en los barracones sin que lo vieran. Que entendía el lenguaje de animales y plantas.

Los blancos lo comparaban con un fantasma.

Eso era: Un fantasma negro que nunca habían logrado sorprender los servidores de los amos, ni los soldados, ni los rancheadores. Que se les podía aparecer, sin que los perros lo advirtieran, en medio del monte, mientras conducían cimarrones apresados. Que no les permitía dormir con descanso.

Una pesadilla en plena vigilia.

El viejo se lo había pronosticado hacía mucho tiempo:

«No podrán matarte ni podrán capturarte. Nunca. Pasarás entre ellos y no te verán, querrán atraparte y te escurrirás entre los dedos, porque tú eres el espíritu libre de los que no aceptan la esclavitud, y ese espíritu nunca podrán encerrarlo en ningún barracón, porque no hay cepo, grillete o collar que lo sujete. Nos robaron el cuerpo, pero el espíritu que no podrán robarnos eres tú, José Dolores, nunca van a tenerte».

Eran palabras ciertas, porque por su boca hablaban sus muertos y los seres del monte, él solo era el instrumento por el cual se expresaban. Por eso se habían cumplido todas.

Pero lo que no pudieron hambre, heridas o enemigos lo pudo la enfermedad, y el cuerpo de José Dolores, debilitado por los trabajos sufridos desde que se hizo libre, no lograba sobreponerse a unas fiebres que lo consumían y lo mantenían atado a la cama desde hacía seis días. Había entrevisto a la muerte en sus delirios, comprendía que lo rondaba de cerca. Y ni un indicio de la próxima presencia del hijo, a pesar de haber sido vaticinada.

¿Sería posible que solo una parte de los augurios se cumpliera? ¿Se habían engañado sus muertos, o el Tata?

Nunca había error cuando hablaban quienes todo lo podían; cuando en apariencia no se cumplían los augurios era porque uno entendió lo que no era, porque vio lo que quiso ver, pero en ese caso no había equivocación posible, todas las señales del mensaje habían resultado claras, todas concordaban: Los seres del monte, los que vuelan y los que se arrastran, los que andan por el suelo y los que van por debajo, los del río y los de la tierra, todos habían afirmado que José Dolores vería a su hijo antes de morir.

¿Podría Tata Shumba haber interpretado mal las señales? Imposible, estaba todo dicho como debía ser. Incluso alguien con menos experiencia que él hubiera leído lo mismo, hasta parecía lenguaje de humano:

«Llegado el momento, has de ver otra vez a tu hijo. Tu hijo, un guerrero. Tu hijo será tú».

Pero José Dolores moría poco a poco sin ver aparecer a su hijo. Ni la menor señal de él. Y Tata Shumba, aunque con sus artes la había estorbado en su faena, no podría continuar entreteniendo a la muerte por mucho más tiempo.

Miraba al enfermo mal durmiendo un sueño intranquilo, cuando al corazón le llegó la voz:

«Es hora de consultar de nuevo al monte».

No se va a una consulta con las manos vacías. No había problema, él sabía lo que debía llevar. Siempre lo supo, sin saberlo.

Salió de la cueva donde escondía a José Dolores y se dirigió a su ranchito, encima del cual dormitaba un gallo adulto, de hermosa cresta roja, con puntas casi moradas. Lo miró, se arrodilló, alzó las manos con las palmas buscando el cielo, las cruzó sobre el pecho, se inclinó en profunda reverencia en dirección al animal, volvió a enderezar el cuerpo y, todavía de rodillas, se dirigió a él:

«Te llegó el momento, viejo amigo, perdóname».

El gallo tomó impulso, saltó a tierra y se acercó lentamente hacia él. Era el mismo de siempre, pero por un momento al anciano le pareció que tenía el tamaño de un hombre. Ese hombre era un guerrero vestido con sus mejores atavíos para enfrentar su combate más importante.

Lo acompañaba desde hacía mucho, regalo de unos apalencados. «Mírelo, Tata, es tan bonito y tan guapo, parece animal de santo, nadie se atreve a matarlo. Se nos juntó un día y no nos deja. Pero no podemos andar con él, hace mucho ruido y nos puede delatar sin querer».

Cimarrón no puede andar con animal ruidoso en su rancho; en el palenque hasta los puercos se operan para que no delaten, el ranchador y sus perros andan siempre atentos. En ocasiones algunos cimarrones, después de escapar, armaban su ranchito en algún lugar remoto, creyendo que hasta allí no llegarían los perseguidores, y al paso del tiempo se confiaban, trabajaban la tierra y formaban sus pequeñas crías, algunos hasta intentaban formar familia si habían escapado con mujer, o si la habían robado de alguna dotación. Por el ruido de los animales terminaban por encontrarlos. Por eso también nadie quería quedarse con ese gallo.

«Siempre fue mío», pensó el viejo al verlo. Si llegó hasta ellos fue porque andaba buscándolo. Si hacía ruido y alborotaba era para que le permitieran continuar el camino hasta Tata Shumba. Nadie se atrevía a matarlo porque todos veían en él más de lo que parecía mostrar, y si alguien se hubiera decidido, nadie lo hubiera comido. Así había pasado de mano en mano, de palenque en palenque, hasta llegar ante él.

Tata Shumba miró al animal a la cara y le habló, «Conmigo no vas a formar bulla, ¿verdad?». El gallo pareció también mirarlo con atención por un momento, y luego movió rápidos los ojos, como si diera a entender que comprendía las palabras.

Y que las aceptaba, pues nunca más hizo ruido. O casi nunca, lo que para el caso era lo mismo. Lo hacía, sí, cada cierto tiempo, y un verdadero alboroto, de macho deseoso de hembra, y entonces desaparecía durante varios días.

La primera vez que lo despertó con su canto, Tata Shumba se sorprendió mucho, hasta se asustó un poco. Salió a verlo y lo amenazó con piedras y con palabras, «O te callas o te mato, gallo de porquería, que te van a oír». Inútil. Esa mañana cantaba con la fuerza acumulada de los días en silencio y agitaba con más energía que nunca las alas. Tata Shumba no sabía qué hacer para callarlo.

No tuvo que hacer nada, al poco rato el animal bajó de su sitio en un pequeño vuelo rasante y se perdió en el monte.

«Pues sí, está bien; si vas a formar tanto lío mejor vete bien lejos, aquí no te quiero», le gritó el viejo. Permaneció unos minutos desconcertado, pensando que se había equivocado, que el gallo no era lo que había pensado.

Unos días después el animal regresó; lo seguían dos gallinas.

«Pero, gallo, tú estás loco, yo no puedo tener cría de gallinas aquí», exclamó, riéndose, más sorprendido todavía que cuando lo vio partir, por verlo regresar acompañado. El gallo se limitó a agitar mucho las alas, emitir un canto capaz de oírse en kilómetros a la redonda, y se subió al techo del ranchito, donde se acomodó y levantó una pata.

Tata Shumba tuvo la sensación de que se burlaba de él.

«¿Me estás diciendo miedoso?». El gallo se empinó bien sobre las patas y volvió a cantar. La respuesta no podía ser más clara.

«Eres un vanidoso, ¿sabías?», dijo Tata Shumba, comprendiendo que en los alardes del animal había un mensaje implícito: Nada debía temer, aquel canto significaba ausencia de peligro, el gallo era su guardián. Podía quedarse con las gallinas que su amigo le había conseguido, y comer de sus huevos durante unos días. Solo debería matarlas cuando él no cantara en la mañana. Solo entonces. Él lo avisaría con tiempo.

Así había sido mientras estuvieron juntos. Cada cierto tiempo el gallo desaparecía por varios días, a veces más de una semana, y al final aparecía acompañado, y subía a su puesto en el techo de la choza, a jactarse de la tarea cumplida. Porque era en verdad jactancioso.

«Un verdadero hijo de tu padre, cabrón», le decía el viejo, divertido, cuando lo veía alabándose.

Los rancheadores varias veces estuvieron por los alrededores, pero nunca pudieron guiarse por el ruido de animales domésticos para llegar hasta él, porque nunca los hubo cuando estuvieron cerca. En algunas ocasiones dieron con alguna choza donde había estado viviendo Tata Shumba, pero siempre fue obra de la casualidad, porque se extraviaron por un momento del camino que llevaban, o porque interpretaron mal alguna huella y tomaron una senda diferente de la que seguían. Nunca fue a causa del barullo del gallo ni de sus gallinas, a pesar de que hubo momentos en que el viejo llegó a tener una cría numerosa.

Eso sí, nunca lo sorprendieron en la choza, ni siquiera cerca: Él estaba protegido. Mientras el gallo cantara en las mañanas, Tata Shumba podía dormir a pierna suelta.

El gallo se irguió, extendió mucho las alas y las movió con elegancia, como para que Tata Shumba lo admirara por última vez en toda su belleza; después emitió un leve sonido ronco. Se acercó más, hasta quedar al alcance de las manos de Tata Shumba. Luego dejó caer la cabeza, como si le ofreciera el cuello.

«Sabes que yo no quiero, pero no hay otro modo, es el día y tengo que hacerlo».

«Yo lo sé», respondió el gallo, o él entendió que le respondía.

«Pero no es para yo comerte».

«No es para que me coma nadie».

Nadie que hubiera estado presente, si eso hubiera sido posible, que no lo era, habría oído nada. Pero el gallo habló, y Tata Shumba lo oyó.

Caminó con el animal en la mano hasta llegar a una ceiba situada en un lugar apartado, muy lejos de donde se escondía. Con la mano libre tocó tres veces el tronco, a manera de saludo, y pidió permiso para lo que debía hacer. Amarró las patas del animal y le cruzó las alas, para que no escapara en el último instante, y lo depositó en el suelo, junto a él. Se arrodilló. Extrajo del macuto que portaba un frasco con aguardiente. Bebió un primer buche y con el segundo trago roció las patas del animal; enseguida lanzó otros tres en direcciones distintas. Pidió disculpa por no traer tabaco para completar el ritual, hizo el humo con hojas secas: No era su culpa, los seres comprenderían. Extrajo un cuchillo del macuto, tomó al gallo, le destrabó las alas y lo sostuvo por las patas, la cabeza hacia abajo. Con un movimiento rápido, le cortó el cuello, dejando la cabeza unida al cuerpo por un pedazo de piel. El animal comenzó a estremecerse espasmódicamente, salpicando sangre en todas direcciones.

Todavía de rodillas, Tata Shumba dejó caer unas gotas en el interior del macuto; se puso en pie y comenzó a rodear la ceiba, despacio, sosteniendo el gallo en una mano, de manera de hacer un círculo de sangre alrededor del árbol. Cuando estuvo de nuevo sobre el punto donde había dado la cuchillada, el animal ya no se movía. Dio tres pases sobre su cuerpo con el cuerpo del gallo y lo lanzó con fuerza hacia atrás, sin volverse a mirar dónde caía y murmurando una oración en lengua africana. Él mismo no sabría especificar cuál era, de tantas aprendidas en su peregrinar.

Acaso era una mezcla de todas, para que no hubiera ser que no atendiera su plegaria.

Se arrodilló una vez más; puso las palmas de ambas manos en contacto con la tierra, después golpeó con suavidad tres veces el suelo con los nudillos. Se inclinó hacia delante y tocó tres veces la tierra con la frente. Permaneció unos minutos de rodillas, las palmas en contacto con el suelo, los ojos cerrados, la mente en blanco. Sintió la fuerza que le llegaba de la tierra y le llenaba el cuerpo. Sin mover los labios ni emitir ningún sonido, rogó a los seres del monte, de la tierra y del cielo, los vivos y los muertos, que se manifestaran, que despejaran las dudas de su cabeza. La principal duda estaba encerrada en una frase:

¿Se había equivocado?

Rogó una vez. Dos veces. Con humildad. Sabedor de su infinita pequeñez ante los poderes invocados. Era un ser insignificante que se postraba respetuoso ante quienes eran sus mayores y atesoraban la sabiduría de la vida y de la muerte. El rostro pegado a la madre tierra, reverenciando con el cuerpo y con la mente al árbol que tenía ante sí, evocador de otro, el en verdad sagrado, del que fue separado cuando lo arrancaron de África. A la tercera reverencia sintió una leve brisa que ascendía del suelo, y con ella unas hojas caídas del árbol que se levantaban y le acariciaban el rostro antes de volver a caer. Se estremeció.

«Gracias», exclamó dentro de sí, y abrió los ojos. Observó con detenimiento la posición de las hojas en el suelo. «Él ya está en camino», leyó. Era un primer mensaje; había más.

Durante unos minutos continuó estudiando el discurso de las hojas. Algunas veces frunció el entrecejo, otras sonrió.

Finalmente, se puso en pie.

«Son muchos los caminos», exclamó, esta vez en voz alta, como para que lo oyeran todos los habitantes del monte y supieran que había comprendido su mensaje. Se dirigió de regreso a la cueva. Sonreía mientras se alejaba.

No miró atrás, no debía.

Detrás de él quedaba el cuerpo del gallo ofrecido a los seres; un grueso colchón de hojas caídas de la ceiba lo abrigaba y lo protegía de la voracidad de las auras.

Nadie lo comería.

Juliana

«Dale negro, remátala».

Oyó que alguien daba una orden a su lado. ¿Sería que le hablaban a él? No, orden de muerte no era con él, a él lo educaron como cristiano: «No matarás».

¿Matar?, ¿él? Acaso oyó mal. Se volvió hacia la voz, como preguntando si era con él.

«¿Qué me miras, negro...? Es contigo... ¡Que la mates te digo, carajo!».

Sí, la orden se la daban a él, a nadie más, no había confusión posible. Cuando el blanco da una orden, el negro no se pregunta, no piensa: Actúa. Debía obedecer, olvidar el "No matarás" y rematar a aquella mujer que, de todos modos, estaba a punto de morir. Estaba obligado a hacerlo él, Domingo, negro bueno, que no conocía como propia más lengua que la de los blancos, que nunca tuvo tribu, ni creencia pagana, que no usaba amuletos de negro ni adoraba sus altares, negro casi blanco por dentro, dócil, siempre bien dispuesto a la voz del amo, pero que nunca había matado a nadie y no sabía ahora cómo obedecer la orden. Ni siquiera a un animal grande recordaba haber matado, cuánto más a una persona, si bien esta era negra, es decir, alguien no del todo persona.

Un recuerdo le hizo rectificarse: No era del todo cierto que no hubiera matado un animal grande, porque un día mató un puerco.

No pudo hacerlo al primer intento, el brazo no respondía, o era el cerebro el que no sabía dirigirlo, y por su debilidad el animal sufrió varias heridas antes de que le acertara en el corazón. Pinchaba, más que clavaba el arma, y el brazo rebotaba. Un simple rasguño en la piel la primera vez, «Con fuerza, como los hombres, no seas pendejo», le

278

gritaron; en la segunda tentativa logró una herida un poco más profunda, pero con mucho esfuerzo, sintiendo en su brazo el dolor del animal.

«Este negro más parece una señorita que un hombre, ¿de dónde lo sacaron?», se burlaba el contramayoral, que le había ordenado matar el puerco más por ostentar su autoridad sobre un negro que por real necesidad, pues los esclavos de la servidumbre de casa no estaban bajo su jurisdicción.

Hombre era Domingo, desde luego, en el sentido en que todo negro lo es en cuanto puede andar sin caerse de sus pies y tiene fuerzas para levantar un puñado de caña hasta la carreta, o, un poco más adelante, para halar un toro por el narigón y dirigir sus pasos sobre los surcos: Eso es todo lo hombre que puede ser un negro, esa máquina de trabajo que puede hablar. Él ya había pasado esa edad aunque todavía no fuera un adulto, sino un jovenzuelo de musculatura bien desarrollada que podía y debía estar cortando caña a esa hora y no allí, junto a los esclavos de servicio, pero nunca lo habían obligado a hacerlo: Había nacido de pie, como afirmaban algunos, pues desde muy pequeño había pasado a vivir con los esclavos de casa. No había dormido nunca en el barracón, pernoctaba en una accesoria de la casa de los amos. Quizás por eso no tenía fuerzas, o maña, o valor, para atravesar con el arma la barrera representada por los músculos, pasar entre las costillas y alcanzar el corazón de aquel puerco que, para más complicación, gritaba desesperadamente, y sus gritos le rebotaban en todos los rincones del cráneo.

Siguió intentando, acicateado por las palabras ofensivas del contramayoral y las risas de los circunstantes, negros domésticos incluidos. Por fin logró penetrar un poco más aquella carne, sintió el roce con un hueso, después la impresión de haber traspasado el obstáculo, como si hubiera un espacio vacío entre la punta del arma y su objetivo. Se detuvo.

«Dale, ahora, ¡aprieta duro!...»», oyó, y el otro le tomó la mano y la impulsó hacia adentro. Un chorro de sangre salió por la herida, le bañó el brazo, manchó su cuerpo.

Ahora que debía obedecer la orden de matar un animal bípedo y negro regresaba a su espíritu la extraña sensación que le había subido desde la mano hasta el pecho cuando el cuchillo alcanzó el músculo del corazón. Recordó la sangre que brotaba por impulsos al extraer el arma, sangre que le bañó el brazo, le salpicó el pecho, le corrió hasta el codo..., ¿cómo sería cuando ya no se tratara de un puerco?

Hizo un leve movimiento con el machete hacia arriba, indeciso. Debía obedecer, para eso había sido educado, pero volvía a preguntarse, ¿matar?, ¿él?

«¡Que la remates, negro!, ¿estás sordo o qué?», gritó el otro, e hizo un gesto con la mano abierta contra el cuello, para indicar dónde debía cortar. Y repitió sin saberlo las palabras de aquel contramayoral que ordenó la muerte del puerco:

«Como los hombres, no seas pendejo».

Esta vez levantó el machete con decisión, en un acto reflejo, el acto reflejo de obedecer ante una orden, el que aprendió desde antes de tener uso de razón: El blanco manda, el negro obedece, así Dios dispuso las cosas en el mundo, quien se aparte de esto peca porque va en contra de su divina voluntad.

Lo repetía el padre Verdecia en todas las misas. Y él no faltaba a ninguna.

Cuando mató al puerco obedecía una orden. Entonces no sabía cómo se mataba un animal, pero aprendió cuando recibió la orden debida, así debe ser un esclavo respetuoso de Dios y de los amos, sus representantes en la tierra, aprendiendo de sus órdenes.

Mató un ser vivo. Obedeció y aprendió.

Pero ahora no se trataba de un puerco, sino de una persona, aunque fuera negra. De una mujer.

Pues cumpliría la orden, aprendería a matar a una persona, a una mujer. Sobre todo porque era negra. Sería un nuevo aprendizaje: Matar a una mujer de su raza. Seguramente con ello cumpliría un supremo designio de Dios.

Solo no tenía oportunidad de preguntar al padre Verdecia. Una mujer de su raza se encontraba tendida en el suelo, junto con otros dos negros, pero esos dos no interesaban a los blancos, ya habían muerto. Ella todavía no, aunque habría de faltarle poco, mostraba heridas de bala por todas partes y había sangrado bastante: Difícilmente podría salvarse. Bien mirado, la orden de rematarla casi constituía un acto piadoso.

Muerte, anestésico supremo: Ya no sufriría más.

Él conocía a esa mujer, no le fue difícil advertirlo, aunque de inicio no se hubiera percatado de quién era. En definitiva, era solo una mujer negra herida, recostada a un árbol y que, desde su poco de vida restante, miraba con odio a quienes se le acercaban en ese momento. Al menos esa es la impresión que él recibió, aunque quizás no fuera cierto; quizás los ojos de la mujer ya solo veían sombras amenazantes que se le echaban encima sin distinguirlas. Sin distinguirlo.

No era necesario observarla mucho para ver que fue una mujer hermosa, se advertía a pesar de sucia y desgreñada, de la ropa raída y manchada de sangre y fango. Sangre que le corría del pecho, de las piernas, del rostro.

La escena se sentía demorada, pero en realidad no era mucho el tiempo transcurrido. En muy pocos segundos la vio, recibió la orden, alzó el machete.

Y conoció quién era.

Conoció que la negra malherida a quien debía rematar se llamaba Juliana.

Y no era cualquier mujer negra llamada Juliana: Era la suya.

La negra que habría de matar era Juliana, la que fue su mujer y su esposa.

Sí, esposa, porque, negros y todo, se casaron por la ley de Dios, como es debido, con velo y vestido blanco, y padre cura oficiando para ellos. Lo nunca visto. Capricho de la amita joven y consentimiento del ama vieja, incapaz de no satisfacer un pedido de su niña, y además se había encariñado con ellos.

«Mis negros buenos», los llamaba el ama vieja.

Porque no todos los negros son buenos, solo la minoría, la oía decir. «Les he tomado cariño, no son como los demás, y se desviven por la niña», era el comentario habitual de la señora, también ama buena.

«Los malcrías demasiado», repetía el amo a la hija cada cierto tiempo, pero la dejaba hacer, porque nada que complaciera a su niña enfermiza era excesivo para él; acaso esta fuera una de las pocas cosas en que su mujer y él estaban siempre de acuerdo. Y no era un amo malo tampoco, reconocía Domingo, pena que venía poco por la casa, prefería dejarlo todo en manos del administrador, quien le atendía casa y finca mejor de lo que pudiera hacerlo él, pero no dejaba ni un minuto de descanso a los negros.

A la niña se le metió en la cabeza un día casar a sus negritos, la madre lo transmitió al marido, y el marido, después de haber dicho que sí pensando en un juego más inventado por su pequeña, hubo de llevarse las manos a la cabeza y abrir mucho los ojos cuando la hija le explicó hasta dónde alcanzaba su fantasía.

«Tú te me has vuelto loca, mi niña, ¿qué cosa es esa de boda?».

«¡Papito!», rogaba la hija, poniendo carita compungida, a sabiendas de que él no se resistiría. «¡Sé buenito conmigo, anda!».

Que quisiera casarlos lo encontraba muy bien el hombre, desde luego, así lo manda Dios, para que no anduvieran en pecado, ayuntándose como animales. Pero no era para tanto; a fin de cuentas, ni alma tienen los negros, según se dice.

«Niña, casarlos está muy bien, claro que sí, hablaré con el padre Verdecia este domingo, él ya ha casado a muchos esclavos. Cómo no, que se casen. Pero... ¡boda!».

¡Esta niña tiene cada cosa!

Porque boda en boca de la niña de la casa no significaba que el cura, como era costumbre, echara un sermón en latín a una pareja de negros que acaso ni en español entendiera, los bendijera, tal vez cruzando los dedos detrás de la espalda, y los declarara marido y mujer, para que el dueño pudiera después afirmar que es fiel cumplidor de lo preceptuado en el Reglamento de Esclavos y cristianiza a sus negros. No, para ella boda es boda, palabra toda con mayúsculas. Con toda la parafernalia incluida en el rito, aunque los novios fueran negros y esclavos.

«Es una locura, gastar dinero en una boda de esclavos, cómo se te ocurre», protestó una vez más el hombre. Si bien ambos eran criollos, bautizados y catequizados, no dejaban de ser esclavos.

«No son iguales a nosotros, ¿no te das cuenta?».

Pero aceptó, como de costumbre. ¿Y cómo no aceptar, si esa muchachita era su prenda más querida? ¿Acaso no había estado a punto de perderla en tres ocasiones cuando más pequeña, nacida con ese corazoncito suyo tan delicado? Solo por las muchas oraciones que obraron el milagro se había salvado, no por los médicos, todos lo afirmaban. Siendo así, ¿podría él ser tan duro de alma que no se derritiera al sentir las manitas de su niña acariciándole los bigotes y rogando por un capricho?

Eran coetáneos los tres, y la blanca siempre tuvo a los dos negritos como sus juguetes más queridos, porque eran de carne y hueso, hablaban, reían, y hasta lloraban si los castigaba. Ninguna de las muchas muñecas que en su casa se coleccionaban podía hacer nada de eso, ¿cómo no preferirlos entonces? Por esa razón siempre que llegaba a pasar largas temporadas en la finca, como le recomendaban los médicos para recuperar la salud, los dos esclavos dejaban de tener cualquier otra ocupación en la casa para dedicarse por entero a satisfacer los deseos de la amita.

Cualquiera.

«Súbete allí», ordenaba la amita, y el muñeco subía al árbol, al muro, a lo que fuera. «¡Tírate!», y se tiraba de donde estuviera subido. «Ahora llora», y el muñeco, o la muñeca, lloraba.

«¡Corre!», «¡Salta!», «¡Cárgame!», «¡Ladra como un perrito!», «¡Baila!».

Dos muñecos negros y obedientes.

Era solo mandar y al momento ser obedecida. La mar de divertido.

Con el paso del tiempo los muñecos crecieron, y ella también creció, y en cierta altura ya Domingo no podía participar de los juegos, no está bien que una señorita ande correteando y jugando a los escondidos con varones. Y peor si este es un negro.

Eso ni pensarlo.

Entonces a la amita un día se le antojó jugar a ser la casamentera de los dos muñecos, para poder juntarlos. Haría una linda boda con sus juguetes. Lo que ellos pensaran, desde luego, no tenía importancia; además, ¿desde cuándo los muñecos tienen pensamientos? En los cuentos infantiles tal vez, pero no en este que ella se había inventado, esta era una historia en la que solo contaba su voluntad.

Así pues, una tarde se celebró la ceremonia del matrimonio, con tanta elegancia y pompa como si se tratara de boda de blancos acomodados, la muchacha se encargó de que nada faltara. Incluida la fiesta, pues la amita se había obsesionado con que además sus amigas estuvieran presentes en su juego; este no era uno cualquiera, y debía haber muchos participantes para que valiera la pena. De manera que de todas partes llegó a la finca lo mejor de la sociedad, para asistir a la materialización de una extravagancia más de la señorita Isabel y comprobar hasta dónde era capaz de llegar la permisividad de un padre.

«¡Qué manera de malcriar un hombre a su hija! ¿Hasta dónde piensa llegar?». Las personas comentaban, pero acudían a la boda: No era un pelagatos cualquiera quien invitaba.

Juliana y Domingo se casaron, pues, cuando ninguno de los dos siquiera había pensado en eso, pues se habían criado casi como hermanos. Casi, no del todo, se aclara, pues Domingo sí había tenido ya algunos pensamientos no precisamente fraternales en relación con ella, y hasta en ocasiones le había hecho algunas insinuaciones, más bien tímidas, eso sí, pero Juliana nunca había dado la menor señal de anuencia. Antes bien, era notorio que los ojos se le iban detrás de uno de los esclavos que trabajaban en el trapiche del ingenio, negro criollo como ellos que a menudo venía a la casa de vivienda en cumplimiento de diversos encargos.

Aunque Domingo podría calificar, para el gusto de quien no fuera un redomado racista, como un mozo muy bien plantado, no se veía a sí mismo hombre de mérito para la mujer que era Juliana, y se le antojaba que algún día aquel esclavo vendría a pedirles permiso a los amos para que los casara. Era un derecho que le asistía, según el Reglamento de Esclavos, y ese día Juliana se iría de su lado. Tendría que quedarse con las ganas.

La chifladura de la amita, pues, resultó en beneficio para él. Estaba de Dios, como se dice.

Y los negros del barracón también aprovecharon, dígase de pasada, pues ese día los autorizaron a disfrutar de sus toques de música salvaje hasta la puesta del sol, y se les repartió una ración adicional de carne como regalo especial.

¿Por qué regresaban ahora esos recuerdos, y por qué tenía ante sí, irreconocible como estaba, su imagen vestida de blanco, con el velo caído hasta media espalda, y el ramo de azahares en la mano?

Su Juliana, casada como una blanca. Casada con él.

«La negra más linda en todos aquellos alrededores», se dijo. Él adivinaba en los ojos de las señoritas blancas presentes su envidia por la belleza que irradiaba su figura durante la ceremonia.

Dentro de él algo sonrió ante el recuerdo.

Muy linda, en verdad, qué hombre no la hubiera querido para sí; pero también una mujer difícil. Discutidora, complicada, soñadora de cosas inalcanzables. Y él nunca tuvo carácter para imponerse ni inteligencia para llevarla a pensar como era debido. ¿Libertad para todos los negros?

¿Que blancos y negros puedan vivir en armonía? ¿De dónde sacaba ella esas ideas?

«Déjate de esas cosas, Juliana, a quién se le ocurre». Un negro solo puede ser libre si se coarta, o por una gracia especial otorgada por su amo, pero eso último ocurre muy pocas veces. El negro nació para esclavo por ser de condición inferior al blanco, y por eso debe servirlo y respetarlo. A los blancos los hizo Dios para una cosa, a los negros para otra. Y esa otra cosa de los negros es servir al blanco, porque somos ignorantes, brutos, incivilizados, y el ignorante debe servir al sabio y civilizado. Así está en la Biblia, que es la palabra de Dios, lo dice el padre cura.

¿Acaso ella no atendía a las enseñanzas del padre Verdecia?

¿Que los amos y los mayorales castigan? ¿Y eso qué tiene que ver? Ese es su trabajo, ellos cumplen con su obligación. Era cierto que algunos mayorales exageraban con los castigos, pero es lo mismo cuando un niño se porta mal, el padre lo castiga, unos padres son más duros, otros son más blandos.

«Y los negros somos como niños, comparados con los blancos». También eran palabras del padre Verdecia. Además, ¿a quién le importaba ser libre, viviendo como vivían ellos? ¿De qué podía quejarse ella? ¿Le faltaba algo? Usaba vestidos y zapatos que la amita le daba cuando ya no los quería más. Hasta sabía leer, porque la amita había jugado un tiempo a la escuelita con ellos y los había enseñado, aunque a él casi se le había olvidado la lectura.

«Pero a mí no se me olvidó, yo leo cosas a veces, escondida, y también pienso. ¿O es que los negros no podemos pensar?», replicaba ella, belicosa.

Leer, pensar, son cosas de los blancos, opinaba Domingo, además de peligrosas. Y Juliana, con esos pensamientos tan fuera de propósito, olvidaba lo considerados que habían sido los amos con ellos, lo bien que los trataban. «Si casi nunca nos castigan. A ver, dime, ¿ya alguna vez te dieron con el cuero…, aunque sea una sola vez?». Además, si ellos dos no eran como cualquier esclavo, eran distintos y habían progresado, era porque estaban cerca de los blancos. Ya hasta una vez estuvieron en la ciudad, viajaron en tren y en coche, acompañando a la amita. ¿Qué negros podían disfrutar de esas cosas? Solo ellos dos. Les permitieron casarse como los blancos, y hasta tenían un bohío cerca de la casa principal que ni tuvieron que construir, porque los amos pusieron a un grupo de esclavos a construirlo de la mejor manera posible, ventilado y bien cerca de la casa principal, no como otros negros que, casados y todo, se veían obligados a vivir en sus chozas dentro de aquella pestilencia del barracón, donde quedan encerrados durante la noche.

¿No pensaba ella que deberían agradecer por todo eso?

«¿Agradecer?». Juliana ni entendía ni aceptaba sus razones, tenía las suyas propias. Peligrosas: «Yo no tengo nada que agradecer a ningún amo; ellos son los que deberían agradecer, porque la riqueza de ellos se debe al trabajo de nosotros».

Era un contraataque basado en argumentos demasiado complicados para Domingo, quien solo sabía y acostumbraba repetir los que le había inculcado el cura en sus misas; conceptos muy sencillos de entender escuchados desde niño, y que le habían borrado cualquier rezago de barbarie que la sangre de sus ancestros le hubiera transmitido.

Discutía la pareja ya en la cama, y ella se disgustaba con él por no aceptar lo que encontraba tan evidente, «Yo no sé en la tuya, pero en la tierra de mis padres no había esclavos, todos éramos libres... Ni aquí ni allá, nadie tiene por qué ser dueño de nadie, ¿qué derecho tiene la amita, con todo lo buena que tú dices que es, para decidir lo que yo quiero o no quiero? ¿Por qué tengo yo que obedecer cualquier capricho de una chiquilla malcriada? ¿Porque es blanca? ¿Y eso qué?, ¿qué tiene ella para que sea superior a mí?». «¡Por Jesús, Juliana!, calla esa boca, ¿cómo te atreves a decir eso? Mira que Dios te va a castigar».

Entonces ella se volvía hacia el otro lado y él, por culpa del desacuerdo, se quedaba esa noche con deseos de su mujer, porque ella, aunque siempre estaba dispuesta al sí, cuando decía no al sexo era no, ¡y se acabó! Y él no sabía imponerse, tanto lustre adquirido le había limado también el ímpetu. A un negro del barracón eso no le hubiera sucedido; ambos sabían que en el barracón no era así. Allí el negro agarraba a su negra cuando le venía en gana y ella obedecía, pues para eso era su marido: Si ellos dos vivieran en el barracón seguramente harían lo mismo.

Inconvenientes para él del escalón civilizado que había alcanzado.

«Por eso mismo son esclavos, por eso y por otras cosas», diría el padre cura si le preguntara; eran esclavos por ese salvajismo en que querían vivir. Él no debía proceder como los otros negros; él no nació en el África, sino aquí, en esta Isla bendecida por Dios, en esta finca, y aquí le enseñaron costumbres de persona civilizada, le dieron además, para su engrandecimiento interior, una religión verdadera, con un único dios todopoderoso, que vela por sus hijos que viven en servidumbre, se conduele de ellos y les sirve de consuelo cuando sufren. Cuando muriera, él podría ir derechito al cielo si se portó bien en esta vida, si cumplió los mandamientos, respetó a los señores blancos y obedeció a sus amos con el corazón, no solo con el cuerpo.

Sí, Juliana era hermosa y tenía como él un dios civilizado; sabía hablar como los blancos, leer y comer con cubiertos, era bien tratada por los amos, y después de adulta nunca más recibió un castigo físico. Pero se alzó y escapó junto con los negros ignorantes que querían vivir en los montes intrincados, para adorar dioses bárbaros, hablar en lenguas selváticas y vivir como salvajes, como si estuvieran en África.

Los negros nunca podrán ser libres, porque cuando se liberan vuelven a ser incivilizados.

¿Era eso ser libre para ella, andar escondidos en la selva? Él no quería esa libertad de animal salvaje; él había escogido permanecer en el mundo de los blancos, la civilización y el progreso.

Su mujer, criada y educada con los blancos, lo dejó para escapar con los negros negados a servir a sus amos blancos como Dios manda. Se perdió con ellos en la noche, se unió a los salvajes del Ácana que se sublevaron antes y habían matado personas. ¿Qué habría estado haciendo durante este tiempo? ¿Estaría con otro hombre? Era probable que anduviera con el negro del trapiche que siempre estuvo detrás de ella cuando no estaban casados; con seguridad él fue uno de los alzados. Ese esclavo no sabía leer, pero tampoco era bruto, lo admitía; lo había oído hablar algunas veces, casi parecía blanco cuando se expresaba. También había advertido cómo se entendía con su Juliana en todas esas cosas en que él no concordaba con ella.

¿Lo haría para congraciarse con ella, para quitársela?

Se dio cuenta de que una punta de celos se le alojaba en el pecho.

Ese negro seguramente se fue con los amotinados, a saber si era por culpa de él que ella pensaba como pensaba.

¿Se estaría acostando con él?, ¿con alguno de los otros?

¿Con más de uno? ¿Con todos?

Eran salvajes, tal vez lo hicieran como los animales, eso se desprendía de las enseñanzas del padre Verdecia.

Espantó la idea, no tenía razón para ofenderla así.

Pero se encontraba en el bando opuesto, en el de los negros alborotadores, los negros malos, y él era un negro bueno. Como debió seguir siendo ella, pero él no fue capaz de obligarla a pensar derecho, como negra buena.

Debía serlo, pero ya no es, ahora es negra mala, es cimarrona. Pagan cuatro pesos a quien la capture. No, pagan más, porque son muchos los escapados, y cuando son muchos ya no son cimarrones simples, son apalencados, se da más dinero por ellos. «Más de siete esclavos fugados juntos son apalencados, lo establece el Reglamento», había comentado el jefe de los rancheadores delante de él en algún momento, Domingo lo había oído, pero quizás la idea fue esa, que oyera, «De manera que nos pagan veinte pesos por cada uno que agarremos».

Si eso pasaba con quienes nada más se fugaban, ¿cómo sería con los que, además, quemaban y destruían propiedades? ¿Y si hirieron o mataron a alguien?

¿Alzar la mano contra el blanco?, ¿lastimar a un blanco? Ni pensarlo, demasiado grave. Y ellos lo habían hecho. A esos ya no interesaba capturarlos vivos, esos valían después de muertos. Su Juliana era uno de ellos.

«Escaparse al monte es como alzar la mano contra el amo blanco, y eso es pecado», había sido precisamente la respuesta de él, cuando ella le avisó: «Hoy es el día y ya es la hora; por fin, ¿vienes con nosotros o no vienes?».

Hacía varios días que a lo lejos se oían toques de tambor. Uno aquí, otro allá, como si conversaran, pero él no entendía qué pudieran decirse, él era sordo para los tambores, sus oídos habían ensordecido para ese sonido. Aquellos toques para él solo significaban que algunos en los barracones tendrían ganas de divertirse y tocaban. O deseaban molestar a sus patrones, como a veces sucede. Allá ellos, ya los castigarían cuando los agarraran.

Solo una cosa sabía: Los tambores no hablan, solo tocan música salvaje que ellos no deben siquiera tratar de entender, ellos son cristianos. Por eso no aceptaba que los tambores hubieran llamado a sublevarse.

Juliana no podía estar hablando en serio.

«Claro que sí hablan», replicó la mujer, «Tú y yo no entendemos, pero los que entienden su lengua ya nos avisaron: Nos vamos al monte ya; para nosotros se acabaron los amos».

Alzarse, levantarse contra los amos; no podía ser. Sería pecar contra Dios, quien manda respetar a nuestro amo como a un padre y sentirnos felices por servirlo,

Domingo repetía a su mujer lo mismo que tantas veces le había dicho el padre cura, un hombre tan santo y tan sabio. Y más debían respetar ellos dos, que les debían tanto, insistía.

Todavía pudiera entenderse que se escaparan los esclavos de la dotación, y hasta que se rebelaran porque los hubieran maltratado, porque los mayorales les robaran comida y no los alimentaran bien, o porque los obligaran a trabajar más de la cuenta. Y también se entendía porque muchos ni siquiera hablaban bien la lengua de los blancos, no entendían las palabras del sacerdote, no acababan de comprender por qué eran esclavos, y no sabían que están obligados a obedecer porque así lo dispuso Dios, el todopoderoso que está en todas partes y nos vigila hasta cuando dormimos.

No era el caso de ellos dos, repetía Domingo, siempre tan bien tratados y alimentados, sin nunca recibir un latigazo, que jugaban con la niña blanca, que gastó muchísimo dinero en la boda.

Con tanto que habían recibido de los amos, ¿cómo iban a hacer lo mismo que aquellos infelices?

«¿No ves la diferencia entre ellos y nosotros, Juliana?».

Juliana se impacientaba con él, y también insistía en sus palabras de siempre, como si no lo hubiera oído; era un diálogo de sordos.

«No se trata de si yo soy bien tratada o mal tratada por los amos, Domingo, no se trata de si trabajo mucho, poco o nada, ese no es el problema». ¿Acaso era justo trabajar por miedo al látigo del mayoral? ¿Y por qué el mayoral tenía que tener un látigo para hacer trabajar al esclavo?

¿Por qué alguien podía ser dueño de otra persona? Él debía entender que no bastaba con no sufrir abusos o recibir dádivas de los amos. De lo que se trataba era de ser libres.

Se trataba de la libertad, del derecho de cada uno a disponer de su vida como mejor le parezca.

«¿Por qué tenemos que tener amos? ¿Solo porque ellos son blancos y uno es negro? ¿Porque uno nació de padres esclavos? ¿Y por qué eran esclavos nuestros padres? Que algunos amos sean crueles y otros no, que traten a algunos esclavos mejor que a otros, ¿qué significa? Nada. No significa nada».

O sí, se respondía ella misma, significaba que unos hombres se habían adueñado de la vida de otros hombres y hacían con ellos lo que les viniera en gana, como si se tratara de cosas y no de personas.

«Por eso no hay nada que agradecer, no vale que un amo sea bueno o sea malo, lo que no tiene que existir es la esclavitud».

Y si hay esclavitud, había que romper con ella. Como fuera.

Era la razón de Juliana, negra y esclava, contra la razón del padre Verdecia, blanco y sacerdote, que salía por la boca de Domingo. Ninguno cedía.

Ella se impacientaba, le exigía tomar la única decisión posible para su razón. Se acababa el tiempo, debían unirse al grupo rebelado: La libertad los llamaba, insistía, «¿Cómo puedes ser tan bruto? No lo pienses más y vámonos, que ya abrieron el portón, ya tienen que estar rompiendo la puerta de las herramientas».

Domingo, callado por un momento, habló de súbito; dio una respuesta de marido, a fin de cuentas era el hombre, el que tiene la última palabra en un matrimonio. También razones del padre Verdecia: «Pues te quedas aquí y ya, que no vamos a ningún lugar... Eso no es cosa de nosotros». Mas el repentino tono autoritario no pareció impresionar a la mujer, o no fue lo bastante convincente:

«Si no te da la gana de ir no vayas, pero yo sí voy a irme». Al Domingo marido no le alcanzó la razón del blanco para dominar a su mujer, y no sabía cómo enfrentarla.

Volvió a suavizar el tono, «¿A hacer qué, mujer?, ¿en el monte vas a estar mejor que aquí?». Fue inútil: «No sé dónde estoy mejor ni me interesa…, lo que quiero es ser libre». Él todavía esgrimió un último argumento: «¿Ser libre? ¿Ser libre es pasarte la vida huyendo de los perros y los rancheadores? ¿Andar comiendo yerbas y raíces y cuanta mierda aparezca cuando el hambre diga aquí estoy yo? Tú, tan acostumbrada a la vida de los blancos, ¿vas a vivir como los negros del barracón, sucia, sin bañarte, siempre con la misma ropa, apestosa?».

También inútil, ella estaba decidida: «Me importa un carajo la ropa, me importa un carajo bañarme, yo me voy con ellos…».

Al oírla, Domingo volvió a ser el marido, intentó una medida drástica: «Ya dije que aquí nadie se va a ninguna parte». Se colocó entre ella y la puerta. «De aquí no sales». Ella todavía intentó una negociación: «Vámonos, por favor, que están esperando», pero él no cedía, cada vez más marido, «Que esperen lo que les dé la gana… Ya te lo dije, no vamos a ninguna parte».

Viendo que no había negociación posible, Juliana lo emplazó: «Si no te vas con nosotros me voy sola». Pero él no transigió: tenía que quedarse y ya, él era el hombre y era quien decidía en el matrimonio.

«Eres mi mujer y no vas a salir de aquí, porque no te dejo y ya».

La respuesta fue instantánea.

«¡Quítate, carajo!».

Le dio un empujón y salió por la puerta; echó a correr hacia donde se veía una acumulación de esclavos, sin mirar hacia atrás.

Por no esperar el empujón, o acaso por alguna otra razón tan de adentro que él no supo reconocerla, Domingo no reaccionó ante el gesto violento; se quedó pasmado, solo mirando cómo Juliana corría en dirección al barracón, de donde provenía ruido de voces y tambores. No entendía nada. ¿Acaso su mujer se había vuelto loca? Quizás sí, quizás ella estaba loca, pero él era un flojo, una mierda de hombre, porque debió haberla agarrado con fuerza y haberle impedido salir, haberla amarrado si hubiera sido preciso, tal vez golpearla, ¿acaso no era físicamente más fuerte que ella? ¿Y no era el marido?

Pero no pudo hacer nada por detenerla, resultó el más débil de los dos.

O la fuerza de ella era de un tipo que la de él no podía enfrentar.

Por esa diferencia de fuerzas se colocaron en bandos distintos cuando los tambores hablaron y señalaron que había llegado la hora de elegir: Ella con el de los sublevados, los negros malos; él con el de los amos, con el de los negros buenos.

Permaneció parado a la entrada de la casa, sin saber qué hacer ni qué pensar. Vio cuando un grupo numeroso de sombras salidas del barracón escapaba en todas direcciones. Vio además fuego en varios ranchos y en el propio barracón: No solo se estaban fugando, también atacaban las propiedades de los amos. Entonces no se trataba apenas de una fuga masiva, como él había imaginado, era toda una sublevación.

Sabía el significado de esa palabra, era lo mismo que había ocurrido en otros ingenios en otras ocasiones, los esclavos se levantaban, con sus herramientas como armas, y atacaban las propiedades de los amos, los ingenios, mataban personas. Se decía que no solo hombres, también mujeres y niños. Eran crímenes que se castigaban con dureza, no había perdón para nadie.

¿Eso era lo que ella quería?

También sabía cómo habían terminado todas las sublevaciones: cepo, calabozo y muerte. ¿Y si le pasaba algo malo a su Juliana?, ¿qué sería de él si la mataban?

Sintió ganas de llorar. Se sentó en el umbral, recogió las piernas, abrazó las rodillas y apoyó la cabeza. Permaneció así un tiempo indefinido, mientras a sus narices llegaba el olor de las cosas quemadas, y a sus oídos gritos y hasta disparos.

Se sentía vacío, ajeno a todo. ¿Por qué pasaban estas cosas?

«Negro, ¿qué haces sentado ahí?, ven acá».

Se había quedado unos segundos dormido, el administrador lo vio, lo conoció y se dio cuenta de que no tenía relación con los alborotadores, «¿Y tu mujer?».

Mintió, sin pensarlo, sin saber el motivo: «Allá dentro, está mala», «Mejor que siga en la cama…, tú, ven conmigo».

Se juntó a varios esclavos a las órdenes del capataz, los contramayorales y algunos otros blancos. Vigilaban a un grupo mucho mayor de esclavos, hombres y mujeres, que permanecían sentados en el suelo, como ajenos a lo que sucedía; después sabría que eran los que no habían querido sumarse a la evasión. Habían salido del barracón con los demás, pues le iban a dar fuego, pero se negaron a secundar a los sublevados. Algunos habían huido en un primer momento, como deslumbrados por la idea de escapar y ser libres, pero regresaron enseguida. Eran la mayoría. ¿Se arrepintieron a última hora, o nunca quisieron escapar? ¿Sintieron miedo de esa libertad tan anhelada por Juliana? ¿Se dieron cuenta de que escapar no tenía sentido? ¿Prefirieron la seguridad del esclavo en el barracón a los peligros del cimarrón que huye por el monte?

Durante toda la noche vio regresar a algunos evadidos, los oyó pedir perdón antes de ir a sentarse en un grupo aparte, cerca de los otros. «Perdón, mi suamo, yo tá fuyí pa'scondé porque tiña mieo de negro malo, yo no tá fuyí de mi suamo, perdón».

«La mayoría de los que se quedaron son bozales», advirtió, y le pareció extraño, «Y también de los que escaparon y regresan». Le hubiera parecido más natural que fuera al revés, que la mayoría de los revoltosos fueran los bozales; a los criollos les correspondía ser los menos rebeldes, porque no se habían criado en el África, no habían conocido la vida salvaje y ya tenían doctrina desde chiquitos, conocían la ley de Dios, les habían enseñado a ser civilizados.

Como enseñaron a Juliana. Que no regresó.

El administrador organizó la guardia para cuidar a los esclavos que no habían huido: un blanco y varios negros en cada turno. Los blancos estaban armados de machete y escopeta, los negros solo con garrotes. «Toma, y ten los ojos bien abiertos. Al que se ponga de pie o al que hable le das por donde lo agarres, ¡bien duro!», le dijeron a Domingo cuando le correspondió su turno de guardia y le pusieron un garrote en la mano.

En la mañana se organizó la persecución de los sublevados, aprovechando la llegada de un rancheador que había pernoctado por los alrededores, en busca de algunos cimarrones. Era un hombre de experiencia, estaba bien armado y venía acompañado de dos ayudantes y varios perros. A Domingo le llamó la atención que uno de los ayudantes era tan negro como él. No había aprendido todavía que, tal como existían contramayorales negros y mulatos, los había rancheadores. Como los había dueños de esclavos.

«Tú vienes conmigo», ordenó el rancheador a Domingo, «Tienes buena pinta, aunque no me pareces tan bueno para andar por el monte, te veo un poco desteñido, pero eso se aprende».

Domingo quedó paralizado ante el hombre. Había intentado dar un primer paso hacia él, pero el miedo a los perros que lo rodeaban no le permitía acercarse.

El rancheador se echó a reír, «Negro, carajo, te pusiste blanco». Le indicó que no se moviera del lugar, «Mantente quieto, no te muevas». Tomó a uno de los perros por el collar, lo acarició, le habló al oído, le puso un bozal y, sujetándolo fuerte, se acercó despacio a Domingo, quien sintió un corrientazo a lo largo de la columna vertebral.

Las manos le temblaban. «Quédate donde estás… No vayas a correr, que es peor, ni hagas ningún movimiento», ordenó el blanco. El perro primero gruñó y le enseñó los dientes en son de amenaza; después, atendiendo a las palabras de su amo, comenzó a olisquearlo, pero sin dejar de gruñir a cada instante. Domingo comenzó a sudar de manera exagerada. El rancheador reía con ganas; el espectáculo le resultaba muy divertido.

«Carajo, negro, qué pendejo me saliste…, solo falta que te cagues».

Al cabo de unos minutos, el animal dejó de gruñir y olisquear, y el hombre indicó a Domingo que debía tocarlo, primero en el lomo, después en la cabeza. El perro hizo ademán de morderlo y él retiró de inmediato la mano, pero el hombre le ordenó volver a intentarlo.

«Más despacio, negro, no tan rápido».

Finalmente, luego de varios intentos, el perro se dejó acariciar.

«Bueno, ya puedes venir con nosotros. Eso sí, no se te ocurra levantar la mano rápido delante de él, ni hacer ningún movimiento que parezca que vas a atacarme, porque te come vivo».

El rancheador escogió un grupo de esclavos para que le sirvieran de ayudantes, negoció con el administrador las provisiones imprescindibles, y el grupo partió en busca de los fugitivos. Domingo portaba un machete, pues a los negros no les dieron armas de fuego, en parte por precaución, en parte porque, de todas maneras, no sabrían usarlas. En el caso de él, ni siquiera era seguro que supiera utilizar el machete como arma, pues, como nunca había ido a trabajar al surco, no estaba acostumbrado a descargar la fuerza de sus brazos para cortar tallos de caña. Quien fuera capaz de cortar caña podría cortar brazos y cuellos de personas si hiciera falta; la carne es suave, siempre sería más fácil dar un tajo en el cuerpo de alguien que cortar el cogollo de la caña. La fuerza del brazo no sería el problema entonces, y los músculos insinuados debajo de la camisa de Domingo revelaban que no tenían nada que envidiar a los de ningún machetero. Esos músculos eran lo que había convencido al ranchero de tomarlo consigo. «Este negro es puro músculo y nervios», se dijo, «Menos mal que le dio por quedarse en el lado de nosotros».

En verdad el ranchero no estaba equivocado, Domingo tenía la fuerza necesaria para cortar una caña o segar un cuello, si llegara el momento. El problema era saber si tendría el impulso que moviera los músculos. Cañas son vegetales, se aprende rápido a cortarlas, pero, ¿cuellos de personas?, ¿cuellos de piel negra, de hermanos? Aunque esos que andan huyendo hubieran quemado propiedades de los amos, adoraran dioses salvajes como si estuvieran en África, fueran incultos y sucios, y algunos casi ni supieran hablar español, eran personas como él.

Con la piel de él. Hermanos de él.

¿Segar cuellos negros, Domingo?

En los primeros momentos, era solo cortar bejucos y despejar la senda por donde debía pasar la partida, los cuellos negros estaban todavía distantes, Domingo pensaba.

Pero no tenía demasiado tiempo para hacerlo, debía abrir trocha en el monte con su machete, era la orden impartida a los negros buenos que iban con la pequeña tropa. Una tropa de blancos y negros salida a perseguir negros que pretendían ser libres.

¿Ser los negros libres?, si serían brutos.

Juliana marchaba con ellos... ¿Sería porque Juliana era bruta?

Juliana marchaba con los fugitivos, pero Domingo sabía que no era bruta. Por eso ella no demoró en comprender que no estaba preparada para llevar hasta el final su decisión, que el intento resultaba superior a sus fuerzas. La forma en que había sido criada no la preparó para grandes esfuerzos físicos, ni para ese ejercicio violento de andar corriendo sin apenas un respiro, abriendo monte en busca de un lugar hacia donde escapar. Sus manos estaban rotas y sangrantes por el roce con la empuñadura del machete que nunca antes había usado. Con sed y hambre, sentía que se debilitaba a cada instante. Necesitaba al menos un poco de reposo, recuperarse, recobrar el aliento antes de continuar la marcha, en sus condiciones no resistiría mucho más tiempo.

Si al menos pudiera beber un poco de agua...

Se detuvo un momento, se recostó contra un árbol, jadeante. El corazón le latía aprisa, el aire que le llegaba a los pulmones la quemaba por dentro. No había músculo que no le doliera. ¿Debería renunciar a su sueño, tendría que dar la razón a Domingo, para quien el negro no tenía derecho a otra cosa que obedecer?

¿Debería rendirse?

El ruido de los perseguidores que llegaban de sorpresa y rodeaban a su grupo la arrancó de sus meditaciones. No había tiempo para pensar. Ahí estaba el enemigo, el blanco que venía a capturarla, a obligarla a ser esclava otra vez.

Con ese enemigo blanco llegaban algunos negros. Sus servidores.

No, Juliana no era bruta, Domingo tenía razón. No demoró nada en comprender lo que debía hacer. A su lado, otros dos fugitivos habían pensado lo mismo que ella. No se pusieron de acuerdo, pero decidieron igual.

La idea de cortar camino por medio del monte propuesta por el ayudante negro del rancheador dio resultado. Luego de varias horas de búsqueda, los perros encontraron las primeras señales de los fugitivos. El rancheador, al mando de la partida, ordenó una maniobra envolvente, para rodear por completo al grupo e impedir que alguno escapara.

Dos hombres y una mujer, con machetes de trabajo como única arma, se destacaron del grupo y se abalanzaron contra los perseguidores en son de ataque. Aquella acción carecía de sentido, lo esperado hubiera sido el intento de escapar por algún lugar, o que simplemente se rindieran. No podían ser tan estúpidos que pensaran tener alguna posibilidad de ganarle a una fuerza que sabían superior en armamento, y sin duda también en número. Aunque, quién podría saberlo, tal vez sí pensaran que podían vencer; esos negros creen en brujerías y todas esas porquerías inspiradas por el Demonio, quién quitaba que hubieran tomado alguna pócima preparada en sus ritos salvajes y estuvieran convencidos de que eran invisibles, o hasta invulnerables.

¿Sería eso? Tenía que serlo, no había otra explicación: Se creían invulnerables. Si no fuera así, se debería admitir que se trataba de un acto deliberado de heroísmo, esos dos hombres y esa mujer pretendían entretener a los perseguidores para permitir la fuga de los demás. Pero eso significaba que se dejaban matar a sabiendas para que los demás se salvaran, que se inmolaban para proteger la vida de sus compañeros...

Pero esos son sentimientos elevados, no era posible que existieran en unos salvajes.

No hubo tiempo para respuestas. Los tres fugitivos avanzaron con actitud resuelta contra Domingo, que iba delante y no sabía cómo actuar con el machete en su mano: Había quedado inmovilizado frente a los atacantes, sin ningún gesto de defensa. Si no lo hacía en unos segundos, o cuando menos corría hacia un lado, sería macheteado sin clemencia...

Ya casi estaban encima de él.

Una lluvia de plomo detuvo en seco a los atacantes antes de alcanzar a Domingo. Algunos fugitivos, asustados por el ruido de los disparos, se lanzaron al suelo, acaso para rendirse y que no les dispararan, acaso creyéndose muertos; la mayoría aprovechó la confusión y desapareció en la espesura, perseguidos por perros y hombres, de seguro con la intención de internarse en la ciénaga, prefiriendo enfrentar el peligro de morir por los colmillos de los cocodrilos a entregarse y dejar que muriera en un calabozo la ilusión de libertad que por unas horas habían tenido.

Domingo no fue corriendo detrás de los que huían, como los demás, porque antes debía cumplir la orden recibida. No lo sabía, pero no se trataba apenas de una orden; era el bautismo de fuego de un soldado, una prueba que en ese mismo momento había ideado el rancheador para valorar si podía confiar en él; si la pasaba con éxito, tal vez pronto fueran dos ayudantes negros los que tuviera a su servicio. A él no le disgustaba tener negros en su partida. Al contrario: «Son los mejores ayudantes que uno pueda tener», afirmaba, «porque conocen la forma de pensar de los cimarrones».

Entretanto, Domingo, ya lo vimos, había identificado a la fugitiva herida que debía rematar.

La fugitiva era Juliana, su esposa por la ley de Dios, la ley de los amos. La discutidora. La orgullosa de ser negra. La que no quería ser esclava. La que se volvió contra los amos, huyó al monte y se hizo cimarrona por su propia voluntad. La que fue derrotada en su intento y lo sabía, por eso no quería continuar viva, y rogaba que ese negro vendido a los amos acabara de terminar con ella: Si moría en ese momento, moriría libre, no habría sido derrotada; mañana, otro día que viviera, sería una esclava, viviría y moriría esclava, y esa posibilidad no la admitía.

Solo hubiera preferido que el balazo hubiera sido más certero, haber muerto ya. De ese modo no habría recibido esa otra muerte de ver a Domingo del lado de sus matadores, levantando el machete para usarlo contra ella. Contra su propia sangre.

«¡Remátala!», gritó una vez más el rancheador. Domingo reaccionó, levantó con gesto decidido el machete. Volvió la mirada hacia el blanco que le había dado la orden, que lo estaba sometiendo a examen, que acaso pensaba en ese instante cuánto habría de pagar por él para tomarlo a su servicio; le dijeron que los amos lo estimaban mucho, pretenderían sacarle un buen precio.

Un negro menos

Oyó un ruido ensordecedor y en ese mismo instante un violento golpe en la frente. Saltó hacia atrás, empujado por una fuerza descomunal. Cayó a tierra, sintió un ligero estremecimiento de todo el cuerpo.

Después, nada.

«¿Por qué le disparaste?, si era de los nuestros; el administrador dijo bien claro que lo cuidáramos, que era el mejor negro bueno que tenía», preguntó, curioso, uno de los blancos de la partida al rancheador, que había disparado contra Domingo.

«Óyeme bien, compadre; yo no creo en negro bueno ni en tamarindo dulce: El que más y el que menos está buscando la manera de joderte... Los perros que no ladran son los peores, en cuanto te descuidas te muerden...». Admitía que él mismo, cuando lo vio, pensó que quizás valía la pena, si lo educaba podría servirse de él en el trabajo; era fuerte, se veía dócil. Y con tantas recomendaciones que hizo el administrador cuando lo prestó: Que si era de la casa y de la confianza de los dueños, que si no tenía nada que ver con los negros de barracón, todo eso...

«¿Entonces? Por eso mismo no lo entiendo, hasta me parecía que el tipo te había caído bien».

«Mira, compadre, si quieres durar en este oficio sin que te coman las hormigas un día de estos, mejor sigue mi consejo: Con los negros, primero disparas y después preguntas». Aceptaba que, entre los negros eliminados por él, quizás se equivocó dos o tres veces, quizás en alguna ocasión mató a quien no debió, pero eran gajes del oficio, no todo sale como uno piensa. «Más vale equivocarse matando que equivocarse dejando que lo maten a uno por bobo, ¿no?». La confianza era mala en el trabajo de ellos, había que desconfiar siempre, en el fondo los negros no eran amigos de los blancos, aunque alguna vez pareciera otra cosa.

«Y nunca se sabe lo que tienen en la cabeza… Ese negro tan bien dispuesto a lo mejor iba a matar a la negra como le mandé, pero también podía ser que hubiera decidido matarme a mí…, ¿no viste cómo me miró?… No, seguro que no… Pues yo sí, porque estaba a su lado, y no podía ponerme a adivinar. Aquí no hay tiempo de pensar… Mejor quedarse uno con la duda y mantener la cabeza en su lugar, a que se la arranquen de un machetazo por andar pensando demasiado», «Pero pensaste en ponerlo a trabajar contigo…», «Hombre, claro que sí. Si valía la pena, cómo no…, a lo mejor lo compraba, porque cuando pones a estos negros a perseguir cimarrones son los mejores».

En el fondo, pero muy en el fondo, él no tenía nada en especial contra los negros, confesó al colega, pero tampoco nada a favor; en realidad, le importaban un comino, y eso de si eran salvajes e ignorantes lo tenía sin cuidado, demasiados blancos salvajes e ignorantes había conocido en su vida para estar haciendo caso de tales cuentos. Por eso no tenía nada en contra de un buen ayudante negro, si de verdad era bueno en el oficio, es decir, en cazar negros fugitivos. Lo demás no era con él.

«Esto para mí es solo un trabajo, un oficio como cualquier otro, y trato de hacerlo lo mejor posible, porque soy un tipo serio, yo no juego con lo que me da la comida».

Esos criollos propietarios de esclavos preferían contratar rancheadores antes que avisar a las autoridades la fuga de sus esclavos, explicaba el ranchero, porque había sus contradicciones entre ellos, y preferían no deber favores al gobierno. «Claro que cuando no se trata de sublevaciones, desde luego, ya eso es harina de otro costal; ahí se olvidan las contradicciones». Pero para lo de todos los días, un esclavo que se fugó por aquí, otros más que se fugaron por allá, para eso estaban ellos.

«Pero la verdad es que a mí me daría lo mismo cazar negros que cazar chinos…, o hasta blancos, siempre que me paguen», «¿Blancos?», «Eso mismo, blancos…, si me pagan por hacerlo, cazo blancos. Y, para que veas, la verdad es que ya lo hice una vez, hace mucho tiempo. Un tipo que se escapó de prisión, peligroso decían, hasta daban buena recompensa por él. Me lancé a buscarlo con mi gente y lo agarré. Y no fue nada del otro mundo, por cierto, hay negros que me han dado más trabajo, a él lo agarré mansito. Eso sí, si el día de mañana se vira la tortilla y lo que da dinero es cazar esclavos blancos que se escapan de sus amos negros, y si los amos negros me pagan por hacerlo, pues entonces cazo blancos cimarrones. Eso no es problema para mí, yo solo cumplo un trabajo, no me hago preguntas sobre lo que está bien o lo que está mal», «Solo que eso de que haya esclavos blancos y amos negros nunca va a pasar», «Claro que no, eso nunca va a pasar, no señor, es una manera de hablar».

Era una manera de hablar, desde luego, a quién se le ocurre; mientras el mundo sea mundo, los blancos serán quienes manden, y los negros serán los que obedezcan, porque Dios lo quiso así, y él sabe sus razones.

«Quiénes somos nosotros para poner en duda lo que es obra de Dios…».

El rancheador había querido probar al negro, pero andaba ojo avizor porque, lo repetía, no confiaba en negro alguno, ni esclavo ni libre, por bueno que dijeran que fuera.

«Sobre todo no confío en los buenos… Los malos ya sé por dónde van, solo tienes que mantenerlos a raya, no perderlos de vista nunca, si tienes alguna sospecha de algo, pues ya sabes, primero tiras y después preguntas… Pero, ¿negro bueno?, ¿cómo se come eso? No, yo no me fío de ninguno... Nadie me garantiza que no está haciéndose el muerto para ver el entierro que le hacen».

No era la primera vez que hacía algo parecido; el negro que andaba con él tuvo en su momento que mostrar lo que era capaz de hacer. Otras veces lo hacía solo por diversión. Aunque siempre había alguno que obedecía y cumplía lo ordenado, por lo general el negro que recibía la orden de matar tiraba el machete al suelo, se arrodillaba y se ponía a llorar, «Perdón, mi amo, perdón, yo no puedo», y entonces él le quitaba el machete y con el mismo le asestaba dos planazos en la espalda, o le daba dos fuetazos con el cuero, «Para que aprenda a obedecer», y seguía su camino, satisfecho de su broma o sabiendo ya que ese no iba a servirle para mucho.

«Pero con este ya viste lo que pasó, no se puso a llorar, no dijo que no podía hacerlo... Y tampoco obedeció enseguida, más bien parecía que estaba pensando lo que iba a hacer», «Sí, estaba pensando...», «¿Y qué es eso de un negro pensando?... Los negros no piensan», «Tienes razón... Nada bueno sería, nada bueno...».

El negro, al oír la orden, había mirado a la negra y al rancheador, como si estuviera indeciso en cuanto a la dirección que llevaría el golpe de machete, ¿acaso era necesaria otra señal de peligro? Los dos hombres concordaban en que no.

«No viste que de repente se viró hacia donde yo estaba. Y con el machete levantado, como si le hubiera pasado por la cabeza la idea de atacarme... A lo mejor no fue eso, pero... ¿Y si le pasó? No, yo sí que no podía dudar, yo tenía que actuar, sin pensarlo dos veces. Uno se pasa la vida por estos montes y tiene que saber quiénes tiene al lado».

«¿Y ahora qué hacemos con él?», preguntó el otro. Nada, no harían nada, solo dejarlo en el lugar donde cayó, los puercos jíbaros y las auras se encargarían de él. No tenía sentido cargar con su cuerpo, era solo un esclavo de confianza de los amos muerto mientras se enfrentaba a los fugados, sería lo que informaría. «Decimos que lo mataron de un machetazo, con eso basta». «¿De un machetazo?», «Pues claro, ¿cómo iba a ser?». No iban a llevarlo con un tiro en la cabeza y soltar el cuento de que lo mataron los fugados, es raro que tengan armas de fuego. Además, ¿cargar a un negro? ¿A santo de qué? Todavía si fuera un blanco, vaya usted a saber…, a lo mejor cargaban con él, pero ni así: Un muerto ya no tiene necesidad de nada; en todo caso, si es de los de uno, se le echa un poco de tierra y piedra encima para que no se diga, para que no se lo coman las auras…

«El vivo es el que tiene que cuidarse, ¿no?».

También se podía aducir que el negro se había rebelado, que había tratado de unirse a los prófugos, que los había atacado y debieron defenderse, pero entonces habría que entrar en veinte explicaciones, «Y para qué, si no nos hace falta, con esos tres muertos y los que capturamos vamos más que bien, vamos a dejarlo todo así», «Entonces mejor le cortamos la oreja a él también, ¿no?, para que sea otro cimarrón muerto y nos paguen por él», «Mira, ese no soy yo. Verdad que hay rancheadores que matan a los esclavos que los acompañan y después le van al dueño con aquello de que se escaparon, y hasta quieren cobrar por las orejas que les arrancaron, pero ya no hay dueño de esclavos que se trague el cuento, ya ese perro los mordió muchas veces, por eso algunos hasta exigen que les paguen por los esclavos que les mataron».

Eso no podía sucederle a él, pues nunca había intentado estafar a quienes le pagaban; para él era un punto de honor hacer su trabajo a conciencia y cobrar con escrupulosidad según lo convenido, ni una moneda más ni una menos. Tampoco era de los que iban por las cárceles en busca de criminales para integrarlos a la partida, quedándose como fiadores ante la justicia, con lo que se aseguraban la fidelidad de tipos sin escrúpulos y dispuestos a todo. Pero con él no había lugar para delincuentes. No era un bandido, era un hombre que se ganaba la vida honradamente con su oficio. «Yo no ando en tratos con gente de ese tipo. Por eso los que vienen conmigo son hombres de bien tanto como yo, personas decentes, y si no lo son, conmigo tienen que actuar como si lo fueran». Su grupo actual lo componían, como ayudantes fijos, dos blancos que hasta tenían sus fincas y sus propios esclavos, y les pagaba a conciencia, como le constaba a su interlocutor, y según el caso se servía de otros blancos que contrataba y de algunos negros o mulatos que compraba; al cabo de un tiempo les permitía pagar la coartación, y que ya libres ranchearan por su cuenta. Con eso garantizaba su fidelidad y que cumplieran todo lo que les ordenara sin chistar ni pensar en huir el cuerpo a las dificultades.

«Pero nada de delincuentes ni de estafas a los que me dan la comida, en mi partida somos rancheadores honrados, todo el mundo lo sabe». Por eso gozaba de tan buena reputación y siempre tenía trabajo asegurado, porque todos los dueños de esclavos lo recomendaban. «No hay dueño de ingenio, administrador o simple mayoral en todo esto por aquí que no sepa que puede confiar en mí con los ojos cerrados: Ni les mato un negro fugado si no es estrictamente necesario, ni les cobro si no he hecho bien mi trabajo».

Y, eso sí, muy pocos negros se le escapaban.

Cosas de comer o no comer

Entre sus hermanas era la menos lista, su vuelo era el más pesado, y su aterrizaje el más torpe; si no era al principio era al final, pero siempre tropezaba con alguien o con algo. Por su incompetencia era siempre la última en llegar a la cosa que se come, y a duras penas lograba alcanzar bocado. A veces terminaba la jornada en blanco. Según las leyes de la naturaleza, las únicas infalibles, hacía mucho debió haber desaparecido, pero allí estaba, la última entre las últimas, pero viva, demostrando que en todo puede haber excepciones, hasta en las infalibles leyes naturales.

Esta vez llegó a la cosa que se come, como de costumbre, cuando ya todas habían hincado más de una vez el pico en alguna parte. En realidad, no era «una» cosa, sino muchas. Tres, para ser más exactos, aunque contar tampoco era su fuerte. Eso era bueno, porque había mucha comida, pero también era malo, porque mucha más gente venía a buscarla aquí. Y más gente es también más posibilidades de encontrar problemas.

Por más que procuró medir las distancias para evitar complicaciones, no pudo sustraerse al instinto natural que la arrastraba hasta la porción más ancha de la cosa que se come, la más abundante en comida y la más fácil de desmenuzar, por lo que tampoco pudo sustraerse de los picotazos y golpes con las alas de las dos hermanas más fuertes, que habían delimitado ese espacio como su territorio particular y fueron secundadas en su agresión por otras que vieron en el lance la oportunidad para acercarse al sitio de mejor pitanza. No le quedó otra opción que retirarse, armando gran algazara y agitando las alas con violencia como forma única de defenderse.

No alzó el vuelo, desde luego, no es lo acostumbrado en estos casos, sino corrió en círculos, para escapar a los picotazos que la perseguían, pero tratando de no alejarse demasiado, con la intención de regresar subrepticiamente cuando las otras estuvieran entretenidas tratando de engullir lo más rápido posible lo que hubieran alcanzado a arrancar de la cosa que se come; siempre habría algún fragmento escapado de los picos, alguna pequeña sobra inadvertida de la cual podría adueñarse, con eso debería conformarse, como de costumbre.

Cuando las demás se cansaron de perseguirla, o se percataron de que se perdían la oportunidad de escarbar ellas también donde estaba la comida, en tanto otras se aprovechaban, ella continuó correteando un poco más, pero al rato se detuvo y miró hacia donde sus hermanas comían y disputaban, no conforme ninguna con el trozo alcanzado, y tratando siempre de despojar a la que estuviera más cerca: Si quería alcanzar algo, debería esperar hasta que, saciadas, comenzaran a alejarse y nadie se preocupara por algunos restos casi inútiles de los cuales ella daría cuenta. Volvió la vista hacia todas las direcciones, buscando si había por algún lugar algo que estuviera a su alcance, por pequeño que fuera. ¿Qué tal si se encontraba alguna otra cosa que se come no vista por las demás? Ya le había sucedido algunas veces, aunque por lo general cuando llegaba siempre había alguna más rápida que ya estaba. Tendría que ser una cosa tan pequeña que solo ella la advirtiera…

Y sucedió.

Otra cosa que se come se encontraba en el radio de acción de sus ojos; desde el suelo, donde se encontraba, podía verla bien. ¿No sería una ilusión? Era tan negra como las que se disputaban sus hermanas, y hasta un poco más grande, ¿cómo era posible que nadie la hubiera visto antes? Tal vez desde arriba no se veía, pero, ¿qué importaba saberlo en este momento? Lo importante era que estaba ahí, plato para ella sola; nunca antes le había ocurrido algo parecido, y con seguridad nunca más sucedería.

Debía ser precavida y acercarse con mucha cautela, aunque la cautela no fuera su especialidad, para que las demás no fueran a sospechar, en caso de alguna estar mirando hacia ella. Además, aunque no fuera muy lista, tampoco era tan tonta como para no saber que a veces una cosa que se come no lo es en verdad porque no está muerta del todo, o porque no lo está en absoluto, y sobre todo esto último puede resultar muy peligroso si una no emprende al instante el vuelo. Y el despegue rápido, tampoco lo ignoraba, no era su especialidad. Si su olfato fuera tan desarrollado como el del resto, la distancia a que se encontraba ya le habría servido para inferir la diferencia entre listo para comer y peligroso acercarse que sus hermanas ya habían establecido, pero también en ese capítulo de las habilidades estaba mal preparada por la naturaleza, así que para cerciorarse debería acercarse hasta un punto que podría resultar peligroso.

Pero el hambre la apretaba y cayó en la tentación de probar suerte. Dio unos primeros pasos de aproximación, muy despacio, vigilando posibles movimientos de su objetivo.

Nada en la cosa se movía, qué bien. La intranquilizaba un poco no percibir, a pesar de estar ya a pocos pasos, aquella deliciosa fragancia indicadora de que la cosa que se come está en el momento exacto cuando es más agradable clavar el pico en ella, cuando basta un poco de fuerza en el golpe para que la cosa que se come suelte un ruido que causa espanto y sea a la vez la señal de comienzo de la fiesta, pues junto con él salen lanzados por todas partes fragmentos de aquel manjar que han de perseguir y disputarse todos los miembros de la bandada, con los correspondientes empujones, golpes de alas y picotazos que, a fin de cuentas, también resultaban divertidos. No sentía ese olor, pero no hizo caso, sería culpa de la dirección del aire, y se acercó hasta una de las cuatro patas de la cosa que se come. No suele ser la porción de mejor comida, pero prefirió no exagerar, siempre tendría oportunidad de pasar a la zona más apetecible.

Arriesgó un tímido picotazo, de exploración. Retrocedió lo más rápido que pudo, espantada. Le había parecido que la pata había realizado un pequeño movimiento de respuesta al contacto con su pico. Ahora seguramente se pararía sobre las dos patas más largas, y con alguna de las dos más pequeñas tomaría del suelo alguna cosa que le tiran a una, o una cosa con que la golpean a una y la atacaría. Pero nada sucedió. Observó de nuevo su objetivo: ningún movimiento. Qué suerte la suya. Había sido una tonta, la cosa no se había movido, el miedo la había hecho ver lo que no había sucedido. Y el hambre la apretaba cada vez más, haciendo olvidar toda prudencia. Se acercó de nuevo, ahora con más decisión. A pocos metros de distancia, algunas de sus hermanas, que se habían dado cuenta de lo que hacía, comenzaban a moverse en su dirección. Tenía que apresurarse.

Lanzó un segundo picotazo, bien fuerte, contra la misma pata.

Casi muere del susto.

Con gran alboroto de alas, soltando ruidos de todo tipo por la boca, retrocedió dando tumbos hasta que pudo tomar impulso y levantar un vuelo más torpe de lo acostumbrado. A fin de cuentas, aquello negro con patas que había encontrado inmóvil en el suelo no era todavía una cosa que se come, y se había levantado de un salto sobre las dos patas más largas. Si se hubiera tratado de una cosa pequeña, de esas que eran la comida más habitual para su familia, tal vez hubiera podido hacer un intento de atacarla, como había visto hacer a muchas de sus hermanas más fuertes. Pero así, parada sobre dos patas, aquella cosa resultaba enorme, solo le restaba la opción de huir, cualquier otra era impensable. Las hermanas que estaban acercándose ya lo habían hecho.

Por fortuna para ella, la que después de tanto esfuerzo había resultado ser una cosa que no se come se contentó con hacer ruidos y agitar las dos patas más pequeñas, haciendo gestos como si estuviera lanzándole cosas, para asustarla, ¡como si hiciera falta!, y no le lanzó nada que se lanza, ni corrió detrás de ella con alguna cosa que golpea, como solía suceder.

Lo que sí la golpeó, y fuerte, fue la convicción de que ese día, si no lograba obtener al menos algún pedazo descuidado por sus hermanas, el hambre se ensañaría una vez más con ella. Quizás sus días estaban en verdad contados.

Domingo

Un dolor punzante en un brazo, como si le hubieran dado con la punta de un cuchillo, lo hizo volver en sí. No sabía dónde se encontraba, ni cómo ni por qué estaba en ese lugar. También le dolía la cabeza. Se tocó primero el brazo; había una pequeña herida que, aunque pudiera infectarse si no se la lavaba pronto y le echaba algún remedio, no dolía demasiado. En cambio, sentía un fuerte dolor de cabeza. Se tocó la frente, en el punto donde era más intenso el dolor. Advirtió que una sustancia pegajosa le cubría el rosto. Era sangre, su propia sangre. Recordó el ruido espantoso y el golpe en la cabeza. Regresaron las imágenes de los instantes anteriores: Juliana malherida, la orden del ranchero, el disparo, la repentina oscuridad.

«Juliana», exclamó, y buscó alrededor con la mirada. No estaba, ni los cuerpos de los otros dos esclavos muertos por los disparos. Miró con detención hacia todas partes: Tenía la sensación difusa de que no era ese el sitio en que le habían disparado. Vio la huella en el suelo de un cuerpo que había sido arrastrado. El suyo sería, con seguridad, pues llegaba hasta él. ¿Se habría arrastrado en estado de inconsciencia? Tal vez. Pero el esfuerzo por pensar le aumentaba el dolor de cabeza.

Volvió a acordarse de Juliana. Recordó mejor: «Fue por allí».

Se dirigió al sitio aproximado donde la había visto por última vez.

En un primer momento, no pudo contener el acceso de vómito. Lo siguió un ataque de llanto. Aquellos tres despojos con las órbitas de los ojos vacías, con el vientre abierto y trozos de intestinos esparcidos por doquier, con innumerables cortes en el cuerpo, como si los hubieran golpeado mil veces con la punta de un puñal, era lo que restaba de su Juliana y de los dos esclavos que se habían enfrentado a los atacantes para cubrir la fuga de los demás sublevados.

Se recuperó. Se mantuvo un tiempo indeterminado junto a los cadáveres, mirando hacia ellos y sin verlos. Estaba metido dentro de sí. Pensaba y lloraba.

«Todas sus ilusiones, sus discusiones conmigo…, para esto… ¿Acaso valió la pena?». Oyó la respuesta de Juliana en su interior.

Era la misma testaruda de siempre: «Para mí, sí».

¿Y para él? ¿Valía la pena para él? La perdió, estaba sin ella para siempre, la mujer con quien se había casado como se casan los blancos. Y ese dolor que sentía, ¿todo para qué?

No entendía a derechas lo sucedido. Había visto, primero, cuántos esclavos habían preferido no huir. Más de la mitad. Optaron por seguir siendo esclavos. Después había visto, durante toda la noche, a los que regresaban del monte, asustados por la enormidad del camino que habían pretendido emprender. Y finalmente vio a los que, asustados por los disparos, se lanzaron al suelo pidiendo perdón. Solo una minoría había continuado una fuga sin sentido, porque todo seguiría igual, la esclavitud continuaría. Y esos muertos. ¿Para qué habían muerto?

«Los negros no nacimos para ser libres», concluyó. A fin de cuentas, era así como siempre había sabido.

¿Y él? ¿Qué pasaría con él ahora? Atardecía, estaba herido y solo, perdido en el monte, él que no tenía ninguna experiencia al respecto, que había nacido ya esclavo en una finca y había pasado sus primeros años en un criadero de criollitos hasta que la amita se encaprichó con él y Juliana.

Siempre había estado de acuerdo con los amos, los había obedecido y respetado. Y ahora, de improviso, era un cimarrón, un rebelde, un perseguido de por vida, sin saber cómo ni por qué.

Tanto como sin saber, tampoco. Sabía algo importante. Aunque solo en ese momento se daba cuenta.

Sabía de ese impulso que había sentido, de cortar el cuello del rancheador que le ordenaba rematar a su Juliana. Fue tan rápido, que ni siquiera llegó a pensarlo, lo hizo y ya.

Pero el hombre estaba preparado, quizás esperaba esa reacción de él. ¿Habría sabido que la esclava herida era su mujer? Imposible, fue una casualidad, no tenía forma de saberlo, si ni siquiera él la reconoció en el primer momento, a pesar de haberse criado juntos. Pero se mantenía en guardia y no le dio tiempo a nada.

¿Y por qué él no había muerto? ¿También una casualidad? Casualidad no, milagro: Era imposible, pero él no había muerto. ¿Por qué? ¿Qué sentido tenía mantenerse vivo, cimarrón a la fuerza en ese monte sobre el que la noche ya casi caía, y donde, solo y sin ayuda, estaba condenado a perecer? ¿Llegaría siquiera al día siguiente?

Sentado a unos pasos de los cadáveres, se tomó las rodillas con las manos, agachó la cabeza, y comenzó a sollozar otra vez.

«No tengas tanta lástima de ti y levántate, que aquí ya no haces nada».

Buscó en todas direcciones. Estaba seguro de haber oído que alguien le ordenaba levantarse. Pero no se veía nadie en los alrededores. ¿Se estaría volviendo loco? Ya había conocido de esclavos que habían enloquecido, y muchos habían comenzado oyendo voces, como aquel que puso las manos en el fuego porque una voz le ordenó hacerlo. Como creyeron que era un truco para no trabajar, le aplicaron una buena tunda de latigazos y lo pusieron en el cepo, donde al otro día enloqueció por completo. El padre cura afirmó que lo había poseído un demonio, le hizo unos rezos y lo roció muchas veces con agua bendita, pero sin resultado. Por fin se lo llevaron, decían que para un hospital en la ciudad. Iba amarrado y dando gritos.

«Déjate de pensar en las musarañas y acaba de irte de aquí, que no es seguro».

Esta vez no fue ninguna voz que le habló, fue él mismo, que se dio cuenta de que no podía continuar más tiempo donde estaba; la partida podría regresar y encontrarlo. Y no podía olvidar que para ellos era un cimarrón peligroso, si lo encontraran podrían matarlo, o llevarlo para el cepo y matarlo allí a latigazos delante de los demás esclavos por haber intentado machetear a un blanco. Él lo había visto hacer unos años antes, siendo todavía un niño. Para todo el mundo, le habían disparado porque había intentado machetear al rancheador, con ese balazo lo habían cortado del mundo donde había vivido hasta entonces, y no existía forma de regresar a él.

El negro bueno Domingo había desaparecido, la marca en la frente lo señalaba, como a Caín; ahora era solo un fugitivo. Por serlo, debía alejarse lo más posible del camino por donde habían andado. ¿Hacia dónde tomaría?

Se sentía débil y algo atontado, había sangrado en abundancia; no obstante, advirtió que podía caminar. Y aunque no pudiera, estaba obligado a hacerlo. No tenía la menor idea de cuál dirección seguir, así que decidió tomar por cualquier rumbo, que lo guiara el instinto. Pero los instintos de quien no ha nacido en la selva y nunca ha vivido en el monte no están desarrollados, si es que alguno existe: Caminó durante algunas horas, pero, sin darse cuenta, iba siguiendo el rastro de los rancheadores que regresaban al ingenio con los esclavos capturados.

En algunos momentos tenía la impresión de que alguien lo seguía, pero aunque una y otra vez se volvía en todas direcciones, no veía a nadie. Se preguntó si deliraba o era culpa del hambre y el cansancio. Caminó así, temiendo que terminaría por perder la razón, hasta llegar junto a una ceiba; estaba extenuado, el cuerpo le exigía reposar. Dio una vuelta alrededor del árbol, buscando dónde mejor acomodarse, y se sentó sobre una de las raíces para reposar un poco. Se recostó al tronco. Por efecto del cansancio, el hambre y la pérdida de sangre, quedó profundamente dormido durante unos minutos. Se despertó de súbito, con la sensación de que alguien, dentro de sí mismo, le hubiera ordenado rodear tres veces el árbol y echar a caminar en dirección contraria a la que había llevado. Se sentía algo atontado, y, sin pensar en lo que hacía, obedeció: Se levantó, dio las dos primeras vueltas, comenzó la tercera. Cuando estaba a punto de completarla vio a un anciano sentado en una de las raíces, también recostado al tronco.

¿En qué momento habría llegado allí, que no lo había visto?

«Demoraste mucho, ya tenía miedo de que no ibas a venir», comentó el viejo, y le extendió una güira con un líquido oscuro dentro, sin darle tiempo a responder.

«Toma un poco de eso para que tengas fuerzas, todavía tenemos que andar un rato».

Le miró la herida de la frente mientras hablaba, tocó la pequeña del brazo. «Esto parece el pico de algún bicho», «Fue un aura, parece que creyó que estaba muerto y me picó». El viejo sonrió. «Ella no se equivocó, estabas muerto», «Pero estoy vivo», «Estás vivo, claro, estás vivo. Pero estabas muerto..., estabas muerto y estás vivo», «¿Qué quiere decir con eso, taita?», «Deja, deja, mejor no trates de entender, no hace falta... Todavía es muy pronto».

El viejo volvió a sonreír. Domingo se dio cuenta de que aquella sonrisa encerraba enigmas que no iba a declarar y prefirió seguir ignorante.

«¿Adónde vamos?», preguntó luego de tomar buena parte del contenido de la güira. «Espera, siéntate y descansa otro poco. Primero tengo que verte eso que te hicieron ahí, se puede poner feo». Extrajo otra vasija de un morral que portaba: Le lavó la frente, también la pequeña herida del brazo. Puso unas hierbas encima de ambas lesiones y las amarró con bejucos. Domingo sintió un gran ardor que le penetraba por ellas y debió ahogar un quejido. A la vez, notaba que el líquido ingerido le hacía recuperar algo de las fuerzas perdidas. Comenzó a sudar a chorros.

El viejo esperó todavía unos minutos y, cuando vio que el sudor disminuía, ordenó: «Ahora puedes andar».

«Siempre pensé que vendría con sus hermanos; me extrañó no verlo entre ellos», comentó el viejo, como si hablara consigo mismo, al cabo de un rato de andar ambos en silencio. Iba delante, apoyándose en un palo, detrás iba Domingo, tratando de observar el camino, de encontrar señales que le permitieran saber por dónde iban. ¿Cómo no perderse entre tanto bejuco y tanto árbol, si todo le parecía igual? ¿Cómo podría sobrevivir él en ese medio desconocido y que se le antojaba hostil? Ni siquiera un machete tenía para abrir trocha o defenderse de un animal salvaje, con seguridad los de la partida se llevaron con ellos todo lo que pudiera servir de arma para cualquiera que anduviera alzado. El viejo, en cambio, parecía ver senderos donde él solo veía vegetación tupida. Domingo, al verlo, recordaba los jigües y diablitos de los cuentos con que las cuidadoras del criadero lo asustaban cuando pequeño, o los brujos y otros engendros del Maligno con que el padre Verdecia amenazaba muchas veces en sus sermones dominicales. ¿Estaría él en manos de uno de esos seres terroríficos? Enviado del Maligno no sería, porque le había tratado las heridas, y gracias al brebaje que le había dado se sentía con fuerzas para caminar. Pero brujo sí sería, con toda seguridad; si no lo fuera, ¿cómo podía andar suelto por el monte como si estuviera en su casa?, ¡y tan viejo! Además, ¿cómo pudo aparecérsele de sopetón, sin él darse cuenta de su llegada?

Un brujo, sí, eso era aquel viejo.

Sin embargo, Domingo sentía la necesidad de desahogarse con él, de contarle su negativa a secundar el alzamiento, sus discrepancias con Juliana, lo que sintió al verla mal herida, lo que estuvo a punto de hacer, el disparo recibido, sus dudas. A la vez, se sentía cohibido de hacerlo; ¿qué pensaría ese hombre, un amante de la libertad, de alguien que ni siquiera creía en la posibilidad de que los negros pudieran ser libres? Meditaba, envuelto en esas dudas, cuando, de pronto, el viejo se volvió hacia él:

«Di lo que tengas que decir, tenemos mucho que caminar todavía».

Como si hubiera estado esperando esa orden, Domingo comenzó a hablar. Era algo más que hablar: Un torrente de palabras se derramaba de su boca de manera incontenible, sin pensarlas; con ellas no solo contaba su historia; también evaluaba, sin darse cuenta, lo que había constituido su vida hasta ese momento.

«Son muchos los caminos», comentó el viejo cuando consideró que Domingo había soltado todo lo que guardaba dentro, y repitiendo, acaso sin advertirlo, las palabras que había soltado al aire cuando consultó a sus dioses a la sombra de una ceiba similar a aquella en que lo había encontrado.

«No viniste con los otros como fue anunciado, pero ahora estás aquí, con los tuyos, eso es lo que importa. Los que mandan en el monte tienen sus caminos que les gusta recorrer, y uno no tiene que andar buscando explicaciones. Ellos saben lo que hacen y por qué lo hacen».

Los que mandan en el monte, había dicho el viejo, refiriéndose a seres sobrenaturales que en él residían, desde luego, y Domingo se preguntaba qué diría el padre Verdecia si lo oyera hablar, cuando a él mismo le chocaba ese vocabulario; lo habían acostumbrado a un solo dios, aquel que se invocaba los domingos y les ordenaba obedecer a las autoridades constituidas, a reverenciar a los sacerdotes y a respetar a las personas blancas, a portarse bien y a vivir en buena armonía con sus compañeros. Ese dios era blanco y civilizado, era el progreso; los otros dioses, los dioses a que se refería el viejo, eran el atraso, cosa de salvajes, de gente que vivía en la selva, allá en África: dioses de negros. Pero ahora él, negro criollo hijo de negros criollos, hecho al mundo de los blancos y a su dios único, se veía obligado a vivir en el monte, a convertirse en salvaje, ¿tendría que aceptar también esos dioses como propios?

Miró con detenimiento al anciano, quien no había detenido el paso mientras hablaba. Ese hombre viejo que lo curaba con hierbas, que andaba en medio del monte como si conociera todos sus senderos, que se orientaba quién sabía cómo en aquel espacio sin límites, que conocía de hierbas y remedios y era capaz de encontrar agua o alimento donde él no veía nada, ¿era un salvaje? ¿O sería que su sabiduría era distinta de la que le habían enseñado a reverenciar? Por su aspecto, a primera vista el anciano recordaba a esos negros viejos que ya no eran aptos para el trabajo y el amo les otorgaba un pedacito de tierra para que la cultivaran y se alimentaran con lo sembrado y con algún que otro animalito que criaran. Estaba muy viejo, encorvado, se apoyaba en un palo para caminar; sin embargo, lo hacía con la ligereza de un joven, y en ningún momento había dado muestras de cansancio. Por su aspecto externo, parecía bozal, pero hablaba como cualquier criollo, incluso mejor que la mayoría de los esclavos que Domingo conocía, como los negros que trabajaban en la casa del amo, como él mismo.

¿Sería real ese hombre? ¿Sería que él, Domingo, estaba soñando? Recordaba haberse quedado dormido sentado en la raíz de la ceiba, tal vez todavía durmiera... ¿Y si hiciera un esfuerzo por despertarse?

Había perdido la noción de la realidad, pero también la del tiempo, y no tenía idea de cuánto llevaba deambulando, sin saber por dónde, detrás de aquel viejo, ni si habían sido unas horas, unos días o unos años. Andaba como en un sueño, deteniéndose solo cuando él lo indicaba, para beber de algún arroyo, o comer algo que hasta entonces Domingo desconocía se comiera. Por momentos llegó a imaginar que sus pies pisaban el suelo de aquella África desconocida y lejana, para él apenas una referencia, una palabra escuchada, muchas veces a hurtadillas, en las historias contadas por negros de nación, o repetidas por criollos que se las habían oído a ellos.

Se sacudía la cabeza a veces, por si lograba salir del sueño.

«No estás soñando, no sigas tratando de despertar. Tampoco te canses queriendo entender de pronto todas las cosas», oyó en algún momento la voz del viejo, «A su tiempo lo entenderás todo, como a su tiempo aprenderás todo lo que tienes que aprender. Ahora solo tienes que caminar».

Hubo un momento en que el viejo se detuvo. «Llegamos», indicó.

Domingo no veía adónde podían haber llegado, todo le parecía igual: ni una choza, ni una cueva, nada, solo árboles y bejucos, como en el resto del camino andado.

Una vez más, el viejo le habló como si estuviera al tanto de sus pensamientos:

«Eres negro criollo hijo de negros criollos, pero África sigue dentro de ti, un día de estos vas a aprender a ver lo que hoy no ves, no te preocupes».

«¿De dónde sacó él que soy criollo hijo de criollos?», se preguntaba Domingo mientras ayudaba al viejo a separar unos bejucos por entre los cuales pasaron con bastante dificultad para, después de atravesarlos, encontrar un pequeño claro donde a duras penas se descubría una choza. No obstante, no se atrevió a preguntar, si aquel hombre era capaz de adivinar lo que pensaba, no debía sorprenderse de que también adivinara su procedencia. Aunque se equivocaba al afirmar que llevaba dentro al África; él se sentía negro y esclavo, eso sí, pero no tenía nada de africano, salvo el color: Sus costumbres eran las de los blancos, sus creencias eran las de los blancos, conocía sus rezos y las vidas de sus santos, y hasta sabía de memoria muchos de los pasajes de la Biblia leídos por el padre Verdecia en misa. De la religión practicada por otros esclavos conocía muy poco, solo por lo que había oído decir, o había visto alguna vez, y con el padre Verdecia había aprendido a tenerle miedo y a verla como algo diabólico.

Llegados a la choza, el viejo se inclinó y golpeó tres veces en el suelo a la entrada, pasó y le indicó con un gesto que entrara él también. Sin hablar todavía, lo invitó a sentarse sobre un tronco. Le sirvió un poco de agua.

«Toma, refréscate. Tengo que salir ahora, pero enseguida regreso».

Lo dejó solo.

No había dentro de la choza nada que pudiera responder de alguna manera al concepto de mobiliario, salvo un saco de yute en un rincón, sin duda usado para dormir encima de él, y algunas vasijas de barro, de distintos tamaños, unas tapadas, otras sin tapa, algunas quebradas. En la pared opuesta a la entrada estaban amarrados muchos manojos de hierbas, gajos, bejucos, pedazos de madera, flores secas. Del conjunto emanaba un olor que lo embriagaba.

En la parte más oscura de la choza un bulto llamó su atención. Sobre un rústico trípode hecho con palos y bejucos, descansaba un objeto no muy alto, ancho en la boca y algo más estrecho en la porción inferior. No resistió el impulso de ir hacia él, era como si aquel objeto desconocido lo llamara, se apoderara de su voluntad, lo obligara a llegar hasta él. Al acercarse se percató de que se trataba de una pieza de cuero curado, quizás de cabra, toscamente convertido en vasija. En el interior se veían una piedra, restos de pequeños animales, insectos resecos, garras, plumas, hojas y palos. Y algo que parecía manchas de sangre seca.

Domingo había oído hablar de eso que ahora tenía ante los ojos, sabía su significado, aunque no recordaba haberlo visto antes: Aquel viejo era un brujo, y la vasija de cuero que veía debía de ser su prenda, el lugar donde radicaba toda la fuerza de su brujería. Aunque lo que veía lo impresionaba un poco, comprendió que no lo atemorizaba, sino sentía más bien la aprensión propia de quien se acerca a algo desconocido, sin saber si le puede hacer bien o mal, pero nada más. Y una gran curiosidad.

Se acercó un poco más.

De pronto le temblaron las rodillas: Detrás de aquel recipiente y oculta por él, semienterrada, lo miraba desde sus órbitas vacías una pequeña calavera humana, amarillenta por los años.

«Aléjate de ahí», oyó la voz del viejo, «Tú no puedes entender eso todavía».

Era un regaño, a no dudarlo, pero Domingo advirtió que al final el tono se endulzaba. «Vamos, tienes que conocer a alguien. Y conocer tu vida verdadera, que no es la que te enseñaron».

¿Su vida verdadera? ¿Qué vida suya era esa que no le enseñaron? Conocía muy bien su historia: Era el hijo de un negro bueno, criollo, que salió con unos rancheadores detrás de un grupo de negros que habían protagonizado una fuga colectiva y con ellos se habían llevado a su madre. Nunca volvieron, ni nunca encontraron sus cuerpos, se suponía que se habían extraviado en los pantanos y allí habían muerto, si no los habían matado los fugitivos, lo cual era más difícil de creer. Él era muy pequeño entonces, no recordaba nada, su historia comenzaba cuando la amita lo tomó para sí como un juguete.

«No sabes nada de tu historia, hijo, tú no eres quien crees que eres», interrumpió el viejo el flujo de sus pensamientos.

Luego de caminar un buen trecho, llegaron a una cueva cuya boca se disimulaba entre los matorrales. Arrastrándose por el suelo, pasaron a su interior. «Espérame un momento», dijo el viejo y desapareció deslizándose por una abertura algo estrecha que Domingo no había visto, oculta en la sombra. Poco tiempo después asomó por ese mismo lugar y le hizo seña de que lo siguiera. La abertura era en realidad un pasadizo no muy largo que comunicaba con otro espacio más amplio, como una especie de salón subterráneo. Domingo casi no veía por dónde iba, y caminaba muy pegado al viejo, quien lo precedía y le advertía cuando debía agachar la cabeza o rodear algún obstáculo del piso. Pronto descubrió, bien al fondo, una luz tenue y temblorosa, como la llama de una tea; hacia ella se dirigían.

«Tú no eres el hombre que conoces», expresó de sopetón el viejo. Se había detenido al llegar al punto luminoso. Domingo pudo advertir que la luz procedía, en efecto, de una tea situada en otro salón, para llegar al cual debían atravesar otro pasadizo.

«Antes de entrar debes saber que tu padre no era ningún negro bueno, ni lo mataron los cimarrones cuando eras un niño».

«¿Por qué me dice esas cosas taita, de dónde sabe usted todo eso?», preguntó Domingo, espantado por la insistencia del viejo en hablar como si conociera más de su vida que él mismo; sin darse cuenta, había usado por segunda vez el tratamiento afectivo que los esclavos jóvenes aplicaban cuando se dirigían a sus mayores. «¿Por qué usted dice eso de mi padre?... Él salió con una partida de rancheadores y todos murieron, ninguno regresó; eso lo sabe todo el mundo allá, donde yo vivía hasta ahora».

«Taita no; debes decirme tata. Yo soy Tata Shumba», le rectificó el viejo. «Y lo sé todo de ti. Naciste para ser un gran guerrero, por eso estás vivo, pero tu destino se torció en una vuelta del camino... Y tú no sabes nada de tu padre».

Hasta entonces lo que el viejo hablaba era como si hubiera estado viendo toda su vida en una lámina de un libro, pero esta vez se equivocaba. La historia de su padre era la conocida por todos, la que él escuchaba desde niño.

¿Cómo podía ser otra?

Un grupo de esclavos se había fugado y se habían llevado a su mujer. José estaba cumpliendo una encomienda de sus amos y al regresar, ese mismo día, se enteró de la noticia. Pidió a los amos permiso para servir de rastreador en la búsqueda de los fugitivos, quería encontrar a su mujer, traerla de regreso; ella no podía haberse ido por su propia voluntad, los demás la habían obligado.

Algunas historias contaban que también había pedido permiso para matar al que se la había llevado con él, cuando oyó que había órdenes de capturar vivo a todo el que se pudiera, el castigo que recibirían iba a ser peor que la muerte, iban a lamentar lo que habían hecho. También se comentaba que José habría dicho: «Si yo mismo no lo mato, después ningún negro va a respetarme», y que el jefe de la partida de rancheadores se había reído muchísimo al oír la pretensión del esclavo, «Como si fuera posible respetar a un negro, mira que uno tiene que oír cosas».

De todos modos, el blanco aceptó realizar una especie de trato con él, más como forma de divertirse que por otra razón, pues no tenía demasiadas intenciones de honrarlo cuando llegara la ocasión.

«Está bien, se hará como tú quieres. Por lo pronto, tú vas a ayudarnos a encontrarlos, después vemos cómo resolvemos tu problema, ¿te parece bien?», «Si, mi amo..., muchas gracias, señor amo».

Nunca volvieron, como todo el mundo sabía. Según unas leyendas, los fugitivos habían tomado rumbo al sur, como si se dirigieran a la ciénaga, y los perseguidores se habían extraviado entre los pantanos, donde los cocodrilos acabaron con ellos. Según otras historias, habían sido sorprendidos por un grupo de cimarrones asaltantes, los habían matado y los habían echado a los cocodrilos. Un elemento se repetía en todos los casos: José y la partida que acompañaba habían servido de alimento a los animales de la zona.

«La historia que te contaron no es la historia que pasó», volvió el viejo a lo mismo. «Tu padre es un gran guerrero, igual que vas a ser tú... Y no se lo comió ningún cocodrilo porque es amigo de los cocodrilos... Y está vivo».

Que no era cierto, porfió Domingo. No solo se lo habían contado los blancos, también las que lo cuidaban en el criadero, y los esclavos que, como él, pertenecían a la servidumbre. Su padre era José, el negro bueno que había encontrado la muerte tratando de servir a sus amos, como Dios manda. En todo su tiempo de vida, solo recordaba, cuando era un muchachito, a un esclavo viejo que algunas veces le hablaba de una manera extraña cuando él le llevaba la olla enviada por la cocinera. Le tocaba los brazos, le pasaba una mano por el pecho, lo empujaba con suavidad, como para ver si se caía o se mantenía en pie, y decía algo así como «Todavía te falta, todavía te falta». Pero ese esclavo era un hombre muy viejo, que ya ni podía atender el conuco que los amos le habían concedido cuando no pudo trabajar más y sobrevivía con los restos de comida que le traían de la cocina. Había ocasiones en que parecía ni ver a Domingo, otras veces le hablaba en una lengua que no entendía. Y un día dijo aquello de «El hijo del guerrero andará el camino de su padre» que no había podido olvidar nunca, no sabía por qué. No entendió a qué se refería, y en vano le preguntó, pues al viejo, a partir de ese momento y hasta su muerte, ocurrida poco después, nadie nunca más lo oyó hablar en la lengua de los blancos. La cocinera le explicó que el viejo era quien más conocía de las cosas de la tierra de donde habían venido, capaz hasta de adivinar y de hablar con los animales, pero ya su cabeza confundía las cosas.

«El hijo del guerrero andará el camino de su padre», repitió Tata Shumba las palabras que había recordado Domingo. «Aquel viejo era un sabio, él no confundía nada cuando te dijo eso», añadió al ver la expresión de asombro de Domingo, quien no podía entender cómo adivinaba lo que pasaba por su mente.

Lo que habían contado a Domingo era una bonita historia, le comentó Tata Shumba, útil para los blancos, buena para formarlo como un negro bueno más, siempre agradecido a sus amos por tratarlo con deferencia y casi nunca castigarlo, dispuesto a cumplir cualquier encargo de quienes lo mandaban como si fuera encargo divino. Como el negro que no podía aceptar las ideas de Juliana.

«Pero no es la verdad. La historia de tu padre no es la que te contaron, y la tuya empieza ahora, ahora el hijo del guerrero andará el camino de su padre».

José Dolores

Sucedió hacía mucho tiempo; tanto, que los viejos que lo contaban tampoco se acordaban. Pero pasó.

«Esta barriga no se puede perder», porfió Dolores.

«Dijimos que no íbamos a tener hijos esclavos, ¿no?, ¿ahora se te olvidó?», había declarado José de inmediato cuando la mujer le anunció el embarazo, «No veo por qué tienes que parir este». «Yo tampoco quiero hijos esclavos, pero alguien tiene que parir a los hombres que van a liberarnos de esta esclavitud…», respondió ella. «¿Y ahora te dio por pensar que esa mujer eres tú, que ese hombre es el que tienes en la barriga?», «No solo yo lo pienso», «Otro negro criollo para los amos, eso es lo que vas a parir, un esclavo gratis, como nosotros… Ya dije que no; él se va como se fueron los otros».

«Esta vez es distinto», volvió a la carga la mujer, «No soy yo la única que lo piensa».

En dos ocasiones anteriores la pareja había conversado sobre lo mismo, las dos veces que ella se había embarazado, pero entonces Dolores había concordado, la decisión siempre estuvo en el ánimo de los dos.

Desde la primera vez que se unieron habían decidido morir sin hijos, aunque no tener descendencia sería lo mismo que morir como si nunca hubieran vivido, «Ni que esto fuera vivir». Allá, en la tierra de donde los padres de Dolores habían sido arrancados muy jóvenes, el sueño de cada pareja era alcanzar a tener muchos hijos: Los hijos eran la mayor riqueza a que alguien podía aspirar, una bendición enviada por los dioses, y se recibían con regocijo y esperanza. Eran la continuación del espíritu de los antepasados y la prolongación de la propia vida más allá de la muerte y del tiempo.

Así era allá, donde habían nacido sus padres. Pero no aquí, en este lugar adonde los habían traído encadenados, perdida la libertad para siempre, con la muerte como única opción para ser libres otra vez. La muerte era la única esperanza de libertad para el esclavo; con la muerte el alma escapa de la prisión del cuerpo, vuela lejos y, burlando los líquidos barrotes del mar, se reúne con los espíritus de los antepasados. Por eso tantos esclavos se suicidaban. Sus padres no lo habían hecho, habían continuado esclavos, y en esa condición se habían amado y la habían procreado.

Los amos aprobaban de buena gana la relación permanente entre esclavos, los habían unido como matrimonio, y decidieron que en el barracón hubiera un espacio separado para ellos dos, como habían hecho en otros casos. Esa unión era una buena inversión, pues con el paso del tiempo verían aumentado, sin muchos gastos y sin exponerse a las vicisitudes de la trata, el número de sus esclavos.

Lo mismo ocurrió, andando el tiempo, con Dolores y José.

Gracias a la previsión de sus amos, ellos, aunque no fueran dueños de sus vidas, disfrutaron el uno del otro, se amaron, hasta hubieran podido procrear... Reproducirse, tener muchos hijos. El regalo de los dioses...

Pero, ¿sería un regalo de los dioses en este lugar donde reina la esclavitud, donde el negro no tiene derecho a ser persona?, ¿traer hijos al mundo a sufrir lo mismo que sus padres es un regalo?

No, parir hijos que después serían esclavos era un crimen, no había que hacerles ese regalo a los amos, ni ese daño al producto de un amor. Que muriera antes de nacer, que no alcanzara a ver la luz del sol ni se alimentara del pecho de una madre, para que no conociera más tarde lo que significa vivir dentro de una piel marcada para el látigo.

Dolores y José no eran los únicos en pensar así, otros hombres y otras mujeres habían decidido en su momento, o lo harían después, sacrificar, antes que obligarla a nacer esclava, a la criatura anunciada por la sangre mensual que no llegaba, por los vómitos matutinos, el entumecimiento de los pechos, el dolor en los pezones, los malestares indefinibles, los cambios de humor, a veces hasta el rechazo al varón.

La consulta a las más viejas era la confirmación cuando la portadora de los síntomas era primeriza: Un nuevo ser había comenzado a formarse en el interior de la mujer.

El amor entre dos ha producido fruto, qué noticia maravillosa en cualquier civilización.

En estado interesante se dice en lenguaje cursi que está la señora, cuando quien se encuentra en tal situación pertenece a la raza elegida por Dios para dominar el mundo. La blanca, desde luego, qué otra va a ser. De inmediato quienes la rodean pasan a darle un tratamiento especial, a mimarla, a satisfacerle los caprichos, ¡esta mujer es portadora de un nuevo miembro de la familia! Marido, familiares y amigos le hacen regalos para ella y para el niño que ha de venir; se redacta la relación de los nombres que el pequeño ha de llevar; se declaran padrinos para el próximo bautizo, si de antes no están comprometidos quienes han de recibir el honor; se pone a envejecer la bebida con que se ha de brindar por la salud del recién nacido y de la nueva mamá; se prepara la habitación donde el niño ha de vivir sus primeros años, se compra o se manda hacer la cuna donde ha de dormir; solo no se arma porque armar la cuna antes de tiempo, antes de hacerse realidad la promesa de un nuevo miembro en la familia, puede traer mala suerte y malograr la gestación, lo aseguran los más viejos.

Bien mirado, esto último no armoniza con la condición cristiana de la familia, son supersticiones no admitidas por la doctrina, pero quién se arriesga a desobedecer a la tradición, aunque sea pagana, más vale pecar por exceso que por defecto de cuidados.

Esa es la misma razón por la que hay quienes, en secreto y muy ocultos, acuden a peores paganismos que no se mencionan por respeto a los ilustres apellidos. En definitiva, todo es válido cuando de asegurar el buen fin de este embarazo que se anuncia se trata, pues quien está por nacer no es cualquier criatura, es una criatura blanca, y eso lo dice todo, pues blanco es el color preferido del Señor, de modo que es preciso acudir a lo que sea, incluso pecaminoso, para garantizar su llegada al mundo donde ha de reinar. Ningún patrocinio es excesivo, en definitiva, pues en estos tiempos la mortalidad infantil alcanza cifras que no se conocen, pero se sabe que son astronómicas también entre los blancos, incluso entre los pudientes, y si la ciencia médica blanca y el dios del mismo color no dan abasto, no hay razón para criticar si alguien se da una escapadita hacia diferentes ciencias y diferentes dioses con otras pigmentaciones para que les echen una mano.

A fin de cuentas es por una buena causa, una causa blanca.

Alguien pudiera observar grave imprecisión, mejor sería decir imperdonable omisión, en lo descrito hasta aquí, pues solo se menciona a señoras blancas con abundancia de posibilidades al hablar de embarazos, como si la capacidad de reproducirse, entre los blancos, estuviera limitada a esa parte de la sociedad; el narrador parece ignorar que existen blancos pobres, y habla como si las mujeres de ellos, los blancos pobres, no pudieran, incluso con exageración propia de negras, quedar embarazadas. Desconocedor es quien haya opinado así, con seguridad algún crítico literario o anónimo evaluador editorial, este último de fauna más temible, pues condena desde la oscuridad. La causa de la omisión, aclara el narrador, es que los blancos pobres no vienen a cuento aquí, pueden pasarse por alto, a quién pueden interesar los pobres, y, en definitiva, aunque pobres, son blancos, y eso establece la diferencia: Por más pobre que sea un blanco, no es negro, y mucho menos esclavo, que es bastante decir. Comparado con el negro esclavo, cualquier blanco es rico, porque al menos es dueño de su miseria y de su persona, tiene en la piel su mejor riqueza. El negro solo es dueño de su miseria, si es que de algo es dueño.

Y ni siquiera puede administrarla.

Las negras no se embarazan, volvamos al tema y aclaremos conceptos, ni menos entran en estado interesante, a quién se le ocurre, ellas se empreñan, las razas inferiores se caracterizan por eso, y tal es el verbo más adecuado en este caso. Claro está, si las empreñadas son las esclavas de uno, ello resulta una buena noticia, sobre todo en estos tiempos, en que conseguir nuevos esclavos se vuelve tarea ardua y, sobre ardua, costosa, muy costosa, por culpa de esos ingleses malnacidos que Dios confunda, que en 1820 obligaron a España a firmar el pacto que prohíbe la trata de negros. Razón por la cual, digamos de una buena vez, cuando un amo ve la barriga de sus negras aumentar de volumen, se frota las manos de gozo y sonríe complacido, es un regalo de Dios por sus buenas acciones.

«Tenemos cinco negras preñadas, don Miguel», anuncia el administrador al dueño de la finca, ilustre poseedor de muchos esclavos con cuyo sudor ha amasado una inabarcable fortuna —y con seguridad en el futuro será uno de los padres de la patria blanca que algún día se proclamará independiente de España, no olvidemos.

«Con dos que se me den ya es ganancia», hará sus cálculos el magnate, pensando en el precio actual, con tendencia al alza, de cada pieza.

Sí que es una buena noticia. Ojalá se le logren todas las barrigas para que se enriquezca más; merecido lo tiene, pues hablamos de los forjadores de una nación.

Descontado el hecho de que en algunos casos el amo en persona pudiera ser el responsable del engrosamiento de algunos de esos vientres negros, lo cual es un punto que se añade a su nombradía de macho poblador, como ocurrió en siglos pasados con el ilustre don Porcayo, esas barrigas anunciadoras de nuevas vidas representan una excelente inversión, si no la mejor de todas: Pasados nueve meses será dueño de otros tantos esclavos más, sin haber desembolsado un centavo para hacerse con ellos. Se hace la salvedad, claro está, de la pequeña cuota de semen que pudo haber invertido, si es de los seguidores del ejemplo del fundador de Remedios y gusta de diseminar su semilla por cuanto vientre de hembra está a su alcance, sin detenerse en consideraciones raciales o de condición social —se sabe que el sexo es la mayor democracia—, aunque también pudieron haber contribuido al incremento poblacional mayorales y otros empleados, cada cual según sus mañas y posibilidades. Para el caso todo viene a dar en lo mismo: El negro o el mulato por venir son fuerza de trabajo perteneciente por derecho propio al dueño de la esclava preñada.

Sin descuidar que, trascurridos seis o siete años, esa adquisición ya estará produciendo riquezas, ya se podrá convertir en fuerza de trabajo.

El problema es que los embarazos de las negras se logran muy poco, en particular los de padre también negro; por eso escuchamos a don Miguel conformarse con el logro de dos barrigas; dos de cinco parece poco, pero existen cifras peores, hay dotaciones en que se producen verdaderas epidemias de abortos, cinco barrigas, cinco partos malogrados, cero ganancia para el amo. Algunos mayorales aseguran que ellas lo hacen de propósito, se toman ciertos mejunjes venenosos o se dan golpes para que los niños se les mueran en la barriga; se conocen casos de algunas negras que hasta han muerto o enloquecido por el efecto de lo que han tomado para abortar, y se habla de otras que han matado a los hijos al nacer. Pruebas no hay, es cierto, pues no ha sido posible sorprenderlas en el acto, tan taimadas son, pero qué mayor prueba que los resultados de tanto niño muerto al nacer, uno se horroriza solo de oírlo, cómo puede haber en el mundo mujeres tan desnaturalizadas, capaces de cometer crímenes tan abominables para impedirles a sus amos hacerse con nuevos negritos.

Así habrá de castigarlas Dios, que la maternidad es sagrada.

De los negritos que llegan a nacer, muchos mueren antes de alcanzar el primer año de vida y pocos llegan a los cinco. Poniendo de lado la posibilidad, ya señalada, de que las propias madres los hayan matado, existe la antes mencionada mortalidad infantil por infinidad de enfermedades: Si entre la población blanca es alta la mortalidad, cómo no ha de serlo mucho más entre las negras, tan descuidadas en asuntos de higiene y salud.

Y tan malas madres, no olvidemos.

Considerando esas dificultades para la reproducción natural de la fuerza de trabajo —término aparecido aquí por puro anacronismo, hay que admitirlo—, y para que estén mejor protegidos y se logren estos frutos de los vientres negros una vez nacidos, los amos de dotaciones han puesto en funcionamiento en sus fincas una institución que uno está tentado a calificar de progresista, aunque por injusticias de la historia no se reconozca su carácter precursor, visto que es el antecedente, en el concepto y en la práctica, de lo que, en otras épocas y otros lugares, será conocido como guardería, jardín de infancia o kindergarten.

Por criadero de criollitos se ha de conocer este establecimiento de utilidad pública creado por los dueños de ingenios para contribuir al aumento en volumen de su mano de obra. Enrojecerían de envidia, si se enteraran, sus pares de otras latitudes, incapaces de tanta innovación, pues a ninguno se le ocurrió. La idea ha mostrado ser buena, ha gustado y se ha generalizado, al punto que, por derecho propio, se ha ganado un espacio en el Reglamento de

Esclavos puesto en circulación por las autoridades españolas en el año de gracia de 1842, para regular todo lo concerniente a la vida de esta parcela de la población sobre la cual se asienta el progreso de la colonia:

> Artículo 9°. Mientras las madres estuvieren en el trabajo, quedarán todos los chiquillos en una casa o habitación, que deberá haber en todos los ingenios o cafetales, la cual estará al cuidado de una o más negras, que el amo o mayordomo crea necesarias, según el número de aquellos.

De un criadero se habló en otro momento de esta narración, al tratar de hechos que más tarde habrán de ocurrir; tantas páginas pasadas y resulta que todavía faltan muchos años para el nacimiento de aquel Inocente que ya está muerto y enterrado, hay narradores así de torpes, que se la pasan saltando hacia delante y hacia atrás y uno se ve obligado a hilar muy fino para recordar el punto por donde va en la historia que le cuentan.

Criadero de criollitos hay también en este ingenio donde están José y Dolores, pues siempre hay negras que, a pesar de serlo, tienen temor de Dios y no se atreven a cometer el horrendo pecado del filicidio, pero ya vimos que esta mujer llamada Dolores en sus dos primeras preñeces no dio oportunidad de nacer al fruto albergado durante unos pocos meses en el vientre, ni se dio a sí misma la posibilidad de conocer las ventajas de la benéfica institución fundada por los blancos para los negros, por la cual, a la vuelta de poco más de siglo y medio, suspirarán muchas madres que no tendrán quién se ocupe de sus hijos mientras trabajan, ni guardería donde los cuiden.

Sin embargo, como se ha visto y por ahora no sabemos la motivación, en esta ocasión Dolores se mostraba decidida a modificar su anterior actitud, y la vimos dispuesta a regalar un esclavito a sus amos.

Tampoco habría que asombrarse, es fama que las mujeres son inconstantes.

El marido quería saber la razón del cambio de actitud en su mujer; tenía derecho, se dijo, también era hijo suyo, y se preguntaba por qué condenarlo a la vida.

Decidió averiguar.

«Ese niño que llevas ahí será un guerrero, lo dicen los que todo lo saben... No puede morir».

Las palabras habían sido de ña Teresa, la esclava más vieja de la dotación, que después Dolores repitió al marido. La vieja había adivinado el embarazo antes de ella misma saberlo.

«Pero si yo no estoy embarazada», había replicado, entre asustada y risueña al oírla, y pensando que la pobre mujer tal vez ya andaba medio desquiciada, tenía tantos años que hasta los esclavos más longevos decían que la habían conocido vieja... Además, ella no había sentido todavía ningún síntoma, no hacía tanto había tenido la última menstruación.

«Estás embarazada, niña, porque yo lo digo, y yo no estoy mala de la cabeza, no...».

«Perdone, ña Teresa», exclamó Dolores, asustada de que la anciana le hubiera adivinado el pensamiento.

Ña Teresa no pudo reprimir una sonrisa burlona al verle la cara, pero no hizo ningún comentario. «Recuerda lo que te dije... Ese niño no puede morir, tiene que seguir el camino de su padre. Ah, y me debes un tabaco».

«¿Un guerrero? ¿Mi hijo un guerrero?».

Cuando, al cabo de unos días, comenzaron las primeras náuseas, y la menstruación no llegó, las palabras de la vieja regresaron a su mente tal cual fueron pronunciadas. José quiso cerciorarse, no podía creer que su mujer fuera a arrepentirse de la decisión tomada cuando decidieron vivir juntos. ¿Se había equivocado con ella?

Imposible, la conocía bien, era firme, de carácter, incapaz de violar una promesa. ¿Habría entendido mal las palabras de la anciana? ¿Y cuál sería ese camino suyo que debería seguir su hijo?

Él no era más que un esclavo, sus tiempos de guerrero en ciernes habían quedado muy atrás, en su tierra, de donde lo arrancaron mediante engaño, haciéndole creer que lo enviaban a demostrar su fuerza y su habilidad como combatiente que aún esperaba por las grandes glorias para las que se había preparado desde niño.

Tras despedirse de sus padres, había partido alegre con el pequeño grupo de jovenzuelos que, como él, iban a demostrar con su denuedo que ya merecían el apelativo de hombres. Solo para encontrarse al cabo de pocos días atados unos a otros con una soga por el cuello y conducidos a un almacén junto a un río. Después, ver hombres blancos y mal encarados por primera vez en su vida, ser llevado al interior de una nave que le pareció inmensa, el viaje interminable casi sin poder moverse en el interior del barco que, a fin de cuentas, no era tan grande.

La sed, el hambre, la fetidez, el encierro.

Sentir en la piel la quemadura con un hierro al rojo vivo con que lo señalaban como propiedad de don Miguel.

La vida de esclavo. El odio. Ese había sido su camino.

«¿Seguir el camino de su padre?». Solo continuar como él, de esclavo que baja la cabeza porque no encuentra manera de acabar con quienes lo esclavizan.

«Está escrito, José, deja la vida seguir», dijo la vieja en cuanto lo vio venir hacia ella, sin darle oportunidad de decir a qué venía.

«Así que puedes volver por donde viniste... Sigue tu destino y deja a ese niño seguir el suyo», «¿Pero qué destino es el mío, ña Teresa?, yo no soy más que un esclavo», «Cuando se junten tu nombre y el de tu mujer», «Pero mi nombre y el de mi mujer ya están juntos, ña Teresa, desde hace tiempo...», «Hay un tiempo para la siembra y un tiempo para la cosecha, José, no quieras saberlo todo de una vez», «Pero, ña...», «Qué pero ni qué niño muerto, José... Tú, espera. Tú, mira dentro de ti. Cuando el tiempo de saberlo llegue, tú lo sabrás».

Y se cruzó de brazos, con lo que le daba a entender que no pensaba hablar más.

José quedó muy contrariado, la anciana no le dejaba la menor posibilidad de esgrimir argumentos. Tenía que ser como ella decía y nada más.

No se retiró de inmediato, hubiera sido una grosería; antes cumplió con las cortesías debidas y que debió haber ejecutado al inicio, pero ella no le había dado oportunidad: Le entregó el aguardiente, la miel y el tabaco que le llevaba, le preguntó por la salud, se ofreció a servirla si en algo lo necesitaba, y luego se marchó, sin inquirir por lo que, de todos modos, ella consideraba ya respondido.

«Así fue como naciste, Domingo», concluyó el viejo su relato. «Naciste para guerrero..., te criaron como negro bueno, pero el espíritu del negro libre está dentro de ti. Está dormido, pero va a despertar, vas a ver».

Iba a iniciarse, iba a leer el libro del monte, a alimentarse de él y a confundirse con él, a saber encontrarse con los espíritus que en él moraban.

A hacerse invencible.

Domingo no era capaz de discernir el tiempo que llevaban hablando allí, junto a la grieta que daba acceso al otro salón de la cueva. De vez en cuando, Tata Shumba se interrumpía, le decía «Espera un poco», se deslizaba hacia el salón y allá dentro desaparecía; Domingo no podía seguirlo con la vista desde donde se encontraba. Al poco rato regresaba y continuaba.

«¿Y qué pasó con mi padre?, ¿por qué me dijo que no se lo comieron los cocodrilos, que está vivo?».

«Está vivo y es un gran guerrero, nunca los blancos han podido con él… Pero ya llega el tiempo en que el hijo va a seguir los pasos del gran guerrero, para que el nombre del padre no muera con su cuerpo».

Era cierto que unos esclavos se habían escapado al monte, pero no para ser unos apalencados, ni unos cimarrones siempre en fuga, sino para cobrar a los amos los maltratos que los negros recibían. El día señalado, a José lo enviaron a cumplir un encargo, acompañando al mayoral, pero el plan no podía detenerse, así lo habían acordado. Aprovechó que los blancos lo tenían por negro bueno para unirse a la partida enviada en persecución de los fugitivos. Se ganó la confianza del jefe de la partida con la historia de que le habían robado a la mujer, de que él estaba seguro de saber quién lo había hecho, «Ese negro me envidiaba la mujer, mi amo, aprovechó y se la llevó». El hombre se burló de él hasta cansarse, pero jamás sospechó sus verdaderas intenciones.

Los fugitivos se habían ido retirando hasta la zona donde comenzaban los pantanos, la marcha cada vez se hacía más difícil, el jefe de la partida estaba a punto de dar por frustrada la operación, cuando se comenzaron a oír sonidos de tambor y algunas voces, más bien gritos.

«¿Qué están diciendo, negro?, no me digas que no entiendes», «Yo no entiendo, señor amo, yo soy criollo, no hablo lenguas de negro», «¿Seguro que no entiendes nada?», «Seguro, señor amo, se lo juro por Diosito, ellos hablan en lengua y así los otros negros no podemos saber lo que dicen».

«Hay que estar preparados», ordenó el jefe a los demás, «Eso puede ser que ya saben que estamos atrás de ellos. O se están dando valor o están dando instrucciones para atacarnos».

No eran exhortaciones para darse valor ni instrucciones para atacar. Eran instrucciones a José para que condujera a la partida hacia el lugar que le indicaban. Y él entendía la lengua y los tambores.

Pasaron semanas y meses y nunca se supo lo ocurrido con los integrantes de la partida, pues ninguno regresó. En el ingenio los dieron por desaparecidos, y surgieron las leyendas. Tiempo después, en un ataque a un palenque que lograron ocupar después de enconada resistencia, los rancheadores encontraron algunas ropas que identificaron como de miembros de la cuadrilla, y algunas armas similares a las que ellos portaban. Se reforzó la idea de que habían muerto a manos de negros alzados.

«Y un día de esos nació la partida de José Dolores, el gran guerrero que los blancos nunca han podido prender, el que nunca van a agarrar, el que nunca va a morir, el que se escurre como una serpiente y lo mismo está en los pantanos del sur que en las lomas del norte», concluyó Tata Shumba.

«No entiendo, Tata, usted me confunde. ¿Ese José...?».

«Es tu padre, Domingo. Tu padre, el gran guerrero José Dolores, el bandido famoso que los blancos persiguen pero nunca llegan a tiempo, siempre se les escapa... Él es el invencible, el agua que se desliza entre las manos y el león que nada teme».

El león debió dejar atrás a su cachorro cuando partió a su primera cacería. No podía llevarlo consigo porque moriría, era demasiado tierno todavía. Dejarlo en manos de los blancos podría ser abandonarlo a las hienas, pero no había opción, el que nació para guerrero tendría que quedar solo. Las consultas estaban hechas y las respuestas dadas: Él debía cumplir su destino, el hijo también, pero a su tiempo.

El león había combatido todos esos años, confiando en que un día padre e hijo habrían de encontrarse.

«Ese día ya llegó», anunció el viejo al final de su historia, «Vamos».

Hizo un gesto para que Domingo lo siguiera y atravesó una vez más el paso hasta el otro salón de la cueva.

Domingo no veía casi nada, la oscuridad era casi total más allá del círculo de la luz desplegada por la antorcha. Tata Shumba prendió otra y avanzó más hacia el interior de la cueva, mientras por gestos le indicaba que lo siguiera. Se detuvieron en un punto donde la cueva volvía a estrecharse, pero era profunda. El viejo colocó la antorcha en algún punto de la pared; en algún lugar cercano había una entrada de aire, pues la luz mostraba más movimiento. Ante Domingo estaba de nuevo, prácticamente, lo mismo que había visto en la choza de Tata Shumba: vasijas de barro y de hierro, hierbas… Y una olla de barro sobre tres patas, donde imaginó habría algo similar a lo visto antes en otra, aunque en esta, pudo advertirlo desde donde se encontraba, no había ningún cráneo humano.

En otro extremo, apenas iluminado, vio lo que parecía ser un lecho preparado en el suelo. Sobre él parecía dormir una figura humana.

«Es José Dolores», respondió el viejo a la pregunta que Domingo no llegó a formular.

A pesar de que no podía distinguir bien por la escasa luz que llegaba hasta el lecho, Domingo pudo advertir que la persona allí acostada no se parecía en nada al hombre que Tata Shumba le había descrito.

«Está muriendo», le explicó el viejo. Lo habían herido de gravedad cuando atacó a unos rancheadores que habían asaltado un palenque y se llevaban a varios prisioneros amarrados. «Los blancos nunca supieron que lo habían herido y nunca lo sabrán, porque ni sus compañeros más cercanos sabían la gravedad de las heridas». Les pidió esconderse por un tiempo, dejar de hacer acciones hasta su regreso, pues debía ver al Tata para consultarse con él. No mentía al decir que iba a ver al viejo, pero la verdad era que sabía que iba a morir, porque a las heridas se sumaron unas fiebres que lo mantenían casi en delirio, y no quería que nadie lo supiera, ni siquiera los suyos.

Nadie podría ver su cuerpo muerto. Tata Shumba se ocuparía de eso.

«Porque José Dolores no puede morir» expresó el viejo con convencimiento. Tenía que continuar vivo en las leyendas y en el recuerdo del negro esclavo. Tenía que seguir siendo el guerrero invencible ante cuyo nombre los amos tiemblen, el jefe al que habrían de seguir quienes prefirieran morir antes que continuar esclavos.

Todavía demoró unas semanas en morir José Dolores. Parecía como si haberse encontrado por fin con su hijo le hubiera renovado las fuerzas.

«El negro de los barracones puede ser muy valiente y muy inteligente, pero para luchar contra los blancos hay que saber pensar como los blancos», le dijo un día a Domingo. «Huir al monte y ser capturados por los rancheadores, sublevarse, matar a unos cuantos mayorales y después morir a manos de las tropas, eso no basta».

Además, la mayoría de los que escapaban solo buscaban ser libres ellos, se apalencaban y comenzaban a vivir una vida pacífica, hasta que los blancos descubrían el palenque; entonces tenían que escapar hasta otro lugar escondido, o eran capturados. Así nunca acabaría la esclavitud. Él había tenido la habilidad de no apalencarse, de no tener campamentos fijos adonde podrían llegar en algún momento sus perseguidores, sino mantenerse en constante movimiento, pelear en pequeños grupos que operaban en lugares a veces muy distantes unos de otros, y los esclavistas nunca podían saber en cuál de ellos él se encontraba.

Pero tampoco había sido suficiente, hacía falta hacer las cosas en grande, formar un inmenso ejército negro para no solo liberar a unos cuantos esclavos, como había hecho él, sino para acabar con la esclavitud.

El negro de barracón, obligado a trabajar desde que amanece hasta la puesta del sol, que solo pensaba en el momento de irse a la cama o de emborracharse para olvidar que era un esclavo, o en escapar para dejar de serlo o que lo mataran, ese negro no estaba preparado para hacer realidad un sueño tan grande. Y quizás ni siquiera lo soñara. Tendrían que nacer todavía los jefes negros que lo soñaran y lo realizaran.

Domingo había estado cerca de los blancos, había aprendido de ellos y sabía cómo pensaban; además, los augurios lo habían señalado desde antes de nacer.

Domingo pudiera ser uno de esos jefes.

«Eso dependerá ahora de ti, de la fuerza de tu brazo y de tu espíritu, con el favor de Nzambi».

Murió José Dolores una noche, pero su hijo no vio el cadáver: Tampoco él podía ver muerto a José Dolores, estaba dicho. Tata Shumba lo sabía desde el día anterior y envió a Domingo desde temprano a la choza, con el pretexto de que debía velar la prenda allí guardada, para que se fuera familiarizando con ella.

«Llegó mi hora», había dicho José Dolores a Tata Shumba por la mañana.

«Ya lo sé, ¿por qué tú lo sabes?». «Vi a mi negra Dolores anoche; hacía mucho tiempo que no me visitaba. Me dijo que ya tenía que ir con ella», «¿Sigue tan bonita?», «La negra más bonita que vi en mi vida», «Y has tenido muchas…», «Muchas, pero solo porque ella no estaba, ella hubiera sido la única, ninguna iba a caber en mi cuerpo mientras ella estuviera… Me dijo que estaba muy orgullosa de mí», «Yo también estoy orgulloso. Y si nuestra gente no es malagradecida en el futuro, todo el mundo hablará con admiración del negro José Dolores, que algunos llamaron Mayimbe, el que no quiso ser esclavo y luchó por hacer libres a sus hermanos», «Pero mi lucha fue en vano, Tata, no hice nada, ni siquiera logré que todos los hermanos se dieran cuenta de que era mejor morir que vivir como esclavos. Fue inútil», «Nada es inútil en el mundo, como no es inútil la hoja muerta que cae del árbol a la tierra, ni el bicho muerto que sobre ella se pudre: Todo sirve para algo. Tu esfuerzo servirá por lo menos para que un día, cuando el negro sea un hombre como cualquier otro, pueda decir con orgullo que es libre porque sus abuelos y sus padres lucharon por la libertad, que no le debe nada a nadie», «Si fuera así, sería como no morir», «Ese será tu no morir, tu continuar en la vida, porque tu cuerpo y el cuerpo de muchos como tú que luchan ahora y lucharán mañana no estarán más, pero tu espíritu, el que hiciste libre con la fuerza de tu brazo y con la sangre de tu cuerpo, encarnará en otros hombres negros que levantarán el machete contra sus amos una y otra vez, y no dejarán de hacerlo hasta que en esta tierra no haya más amos ni esclavos, solo personas. Ese día reposarás en paz, José Dolores», «Pero ahora no quiero reposar, Tata, no quiero paz para mi espíritu, yo quiero guerra», «Guerra tendrás, guerra vas a dar, porque tu espíritu entrará en tu hijo hoy, y mañana en otros guerreros, hasta que seamos libres. Quedarán tus puños cerrados cuando te ponga en la tierra, para que tus maldiciones persigan a los que maltratan a nuestra gente».

Tata fue joven de nuevo al cargar el cuerpo de José Dolores y no le sintió el peso cuando lo llevó hasta la ceiba donde iba a entregarlo a la tierra. Puso a su lado su prenda, le cruzó las manos con los puños cerrados como le prometió, y lo cubrió muy despacio con las hojas que comenzaron a caer del árbol. Rogó a los seres del monte que protegieran el cuerpo de José Dolores de las mordidas de los bichos y de las miradas de sus enemigos.

«Que nunca nadie sepa si está vivo o si está muerto, que por siempre esté vivo en el recuerdo de sus hermanos».

Una suave brisa hizo susurrar las hojas de la ceiba, y Tata Shumba comprendió que era una respuesta, su ruego había sido escuchado.

Hizo una nueva petición.

«Que su espíritu no se aleje de la tierra, que encarne una y otra vez en nuevos combatientes, hasta que habite un cuerpo que alcance la libertad».

Por segunda ocasión la ceiba le hizo llegar el mensaje de que su ruego había sido escuchado.

Cuando se alejaba, sintió de súbito que algo lo obligaba a volver la vista atrás. Entonces vio el árbol inmenso, mas no vio el cuerpo de José Dolores junto a él: En el lugar donde lo había dejado apenas estaba un pequeño montón de hojas, que se levantaron ante sus ojos con el paso del aire y se esparcieron por el bosque.

«Ahora José Dolores está por todas partes, buscando un nuevo hombre donde renacer. El poder del monte es grande».

Se arrodilló, se inclinó y besó el suelo. Murmuró un emocionado «gracias», se levantó nuevamente y tomó el camino de regreso.

«Ese cuerpo que él ocupaba ya no está sobre la tierra», contestó a Domingo cuando le preguntó por el padre. No le dijo qué había hecho con los restos.

«Hacía mucho tenía que irse, pero tú todavía no estabas preparado». No lo estaba todavía, le aclaró, pero ya había entrado en el camino que le habían pronosticado.

Domingo iba a dejar de ser Domingo para ser el guerrero que quienes todo lo saben habían anunciado.

«Tú ya no vas a ser tú, el negro manso que aceptaba ser esclavo y era feliz si el amo le daba una migaja. Tampoco vas a ser el hijo de José Dolores. Eso ya fue, pero ya no es más. Tú ahora vas a ser José Dolores, así está escrito en el libro de los montes, así está decidido por los que todo lo saben. No es que vas a ocupar su lugar, a hacer las cosas que hacía él... Es que vas a ser él. Al cuerpo viejo de José Dolores se le terminó el tiempo, pero su espíritu va a entrar en el tuyo, va a vivir dentro de ti contigo».

En Domingo iban a juntarse lo que al padre le enseñó la naturaleza y lo aprendido en la vida de barracón con lo que el hijo aprendió conviviendo con los blancos. Sería un José Dolores que nunca podría ser vencido, porque al espíritu de los negros libres nadie lo puede matar.

«Así está escrito en el libro del monte». Palabra de Tata Shumba.

TERCERA PARTE

José Manuel

José Manuel sintió un escalofrío cuando vio a los rebeldes capturados.

Había tratado de seguir las noticias sobre lo ocurrido después de la fuga de los esclavos. Por tanto, estaba más o menos informado de todo. Sabía que solo se les habían unido los esclavos del ingenio Concepción, que habían sido contenidos en su avance y no habían podido resistir el choque con las fuerzas de inmediato organizadas para contenerlos, bien armadas y acostumbradas a la disciplina militar. Que fueron dispersados con las primeras descargas de fusilería, los persiguieron por los potreros cercanos y solo unos pocos habían logrado escapar e internarse en los matorrales. El fracaso total de la sublevación.

Lo que era de esperar.

«Pobres infelices», se había dicho. Había ocurrido exactamente lo que temía, lo que en vano intentó evitar.

Le era fácil imaginar que el enfrentamiento entre fuerzas tan dispares habría constituido una carnicería, y muchos de los esclavos habrían muerto o estarían heridos. Pero no era lo mismo conjeturar sobre lo sucedido que ver a los prisioneros llegar, en fila, amarrados por el cuello, sucios, heridos casi todos, ensangrentados. No eran los balazos la principal causa de las heridas, sino los machetes, los látigos y los garrotes con que los habían golpeado sus captores.

Derrotados, maltratados, humillados, esos seres que pocos días antes se habían levantado contra sus amos confiando en que podrían ser libres regresaban al punto de partida arrastrando los pies y mirando al suelo…

Como pidiendo perdón a la tierra por continuar vivos y esclavos.

Lo había atraído la conversación entre los soldados y el mayoral. Por lo que hablaban, comprendió que habían traído a los capturados. Se acercó a pasos lentos a la ventana, en lugar de salir al portal donde se encontraban. Le interesaba escuchar lo que dijeran, pero no participar en la plática: Entre esos hombres y él no había ningún punto en común.

José Manuel pudo ver desde la ventana que, en la plazoleta frente a la casa, se encontraba un grupo de militares. Supuso que custodiaban a los rebeldes capturados y decidió salir para observar mejor. Saludó a los hombres que conversaban y, como si no estuviera enterado, preguntó el motivo de la presencia de los forasteros. Apoyado en la barandilla del portal, buscó con la mirada en el grupo de los prisioneros, por si conocía a alguno, aunque estaban casi irreconocibles. Todos le parecieron iguales, no los distinguía.

No era cierto que tratara de saber si había algún conocido: La verdad era que, entre todos los rostros posibles, buscaba uno en particular, no porque quisiera encontrarlo, sino con la esperanza de no verlo ahí, de que hubiera logrado escapar a sus perseguidores y estuviera a salvo, en algún lugar donde no pudieran llegar. Si lo hubiera logrado, con su resistencia fuera de lo común, sería capaz de sobrevivir en el monte, de continuar libre por el resto de su vida, en algún palenque recóndito.

Esperanza infundada: Encontró ese rostro en el grupo de prisioneros.

Fermina estaba allí también, entre los vencidos, junto a otras dos mujeres. En la cabeza llevaba un paño con una gran mancha de sangre.

No acababa de salir de la conmoción, cuando vio levantarse al mayoral de la silla donde había estado sentado, conversando. Empuñaba el látigo, y le pareció verle en el rostro una expresión desencajada, como si estuviera en un arrebato de furia. Se dirigía directamente hacia el grupo. Algo en su interior le avisó que iba contra Fermina, como si fuera a azotarla.

«Esa esclava me salvó la vida», exclamó, sin esperar a comprobar si lo pensado era cierto, y sin detenerse a medir las consecuencias de lo que pudieran opinar los demás al oír sus palabras.

Salió del portal y se dirigió también hacia Fermina, dispuesto a impedir un castigo adicional al ya recibido; iba a separarla del grupo y llevarla a la enfermería para curarle las heridas que tuviera.

«Yo me encargo de ella».

Blanco Gordo se interpuso en su camino y le estorbó el paso hacia los prisioneros. Era la primera vez que José Manuel lo veía tan seguro de sí, tan dueño de la situación; nunca antes le había visto tal expresión victoriosa en el rostro. Habló con una arrogancia que no le conocía, que le impidió realizar cualquier gesto o proferir cualquier palabra.

«Esto ahora es conmigo, señor administrador. Despreocúpese usted, que yo me ocupo».

Comprendió que no podía hacer nada. Ante él no se levantaba un simple mayoral, a quien él, si quisiera, podía dejar desempleado. Era la representación de un poder que lo sobrepasaba, que acababa de obtener una importante victoria y se sentía en la plenitud de sus fuerzas: Nada que dijera o intentara hacer en ese momento valdría para nada, el mayoral contaba con armas que él no podía enfrentar.

Ante él se hallaba un vencedor.

Miró hacia Fermina. Su mirada se cruzó por un instante con la de ella. Entonces comprendió algo que nunca olvidaría: Ella no estaba derrotada. Derrotado estaba él, que ni siquiera era capaz de defender a quien le había salvado la vida.

Bajó los ojos, avergonzado de su impotencia.

La llegada de los sublevados del Ácana capturados se convirtió en el impulso que le faltaba a José Manuel para no continuar viviendo en la Isla. No quería continuar siendo el espectador pasivo de tantos horrores, pero tampoco se sentía con fuerzas para enfrentarlos: Estaba de más en esa tierra. Debía dejarlo todo, regresar cuanto antes a España. Con él o sin él, sin importar el tiempo que pasara, la situación seguiría siendo la misma, o tal vez peor: Esclavos que huían al monte, se suicidaban o se rebelaban, que era casi lo mismo, porque no querían continuar siendo esclavos, porque querían ser dueños de sus vidas, como cualquier ser humano; mayorales que los obligaban a trabajar sin recibir nada a cambio de la riqueza producida; amos que vivían en la opulencia de grandes señores gracias al sudor y el sufrimiento de los negros que el látigo de sus empleados convertía en azúcar.

Hasta que un día nadie aguantara más, ni los esclavos ni los amos, y la Isla se hundiera en un mar de sangre.

Él no sería testigo de eso.

Y un día se marchó José Manuel; detrás quedaron el ingenio y los años de trabajo en que en vano intentó que la eficiencia en la producción no significara un aumento en la crueldad contra los esclavos.

Llevó con él a la vieja cocinera y a su marido.

«A quién se le ocurre gastar dinero en dos esclavos viejos», se burlaron sus colegas cuando se enteraron de la compra. Él no hizo caso; además, el costo fue mínimo, por un precio de liquidación, pues sus dueños no tenían mayor interés en dos esclavos ya poco aprovechables, a los que pronto deberían mantener sin que trabajaran. Pero sentía un cariño especial por los dos viejos, que lo trataban más como un hijo que como un amo, y lloraron y le suplicaron que los llevara con él, que lo seguirían a cualquier lugar, no se arrepentiría. En Galicia les daría la libertad y los dejaría vivir con él: No encontró otra forma de saldar su deuda con la esclava que le salvó la vida y él no había sido capaz de ayudar.

En un calabozo dentro del barracón quedó Fermina, condenada a andar con grillos de por vida y recibiendo cada cierto tiempo los azotes que Blanco Gordo le aplicaba, según afirmaba, cumpliendo el mandato del juez que juzgó la causa por la rebelión.

Nadie dudó que fuera cierto. Quién iba a preguntarle por el documento donde estaba escrito.

Fermina

La primera vez lo oyó y pensó que había sido una ilusión de los sentidos; acaso se había quedado dormida por un momento y confundió un sonido cualquiera con un toque de tambor. No cualquier toque, sino el que ella anhelaba oír. El deseo de que ocurriera, la espera de tantos meses, quizás le había hecho escuchar lo que no había sonado. Pero varias noches después, cuando volvió a oírlo, sin confusión posible, pues se encontraba bien despierta, estuvo segura: En algún lugar lejano, alguien había hecho un llamamiento. Y lo mejor: Alguien, en otro lugar, había contestado.

Era un nuevo comienzo, tenía que serlo. No podía aceptar que sus hermanos se conformaran o se dieran por vencidos; durante los meses pasados desde el fracaso del alzamiento del Ácana no se habían oído los tambores, pero eso no podía significar que no quedaran hombres dispuestos a luchar por la libertad. «En algún lugar tiene que haber gente preparándose para empezar de nuevo, el negro no nació para ser esclavo».

Estaba sola. Era la única entre los condenados por el alzamiento que permanecía en los calabozos; los demás, aunque continuarían con grilletes dobles de por vida como ella, por orden expresa de los militares que los juzgaron, habían sido enviados poco a poco a juntarse al resto de la dotación, cada cual con su familia, si la tenía. Eso comenzó cuando habían pasado unas pocas semanas de la sublevación, pues los brazos de esos esclavos hacían falta para el trabajo, y no tenía sentido mantenerlos en el calabozo cuando podían ir a los campos a ganarse el bocado que se les proporcionaba gratis.

Tener más de tres días a un negro en un calabozo era un desperdicio de dinero, si a esos los habían tenido tanto tiempo había sido para esperar a su recuperación de las heridas sin enviarlos a la enfermería que no se merecían.

Que su caso era diferente, le había dicho Blanco Gordo, ella se pudriría en ese lugar.

Dos días después de que soltaran a los últimos, él había ido a aplicarle la parte del castigo que ejecutaba en persona un par de veces a la semana. Se había ilusionado con la idea de que acaso la negra, viendo que los demás habían sido liberados de vivir en el calabozo, cuando menos le preguntara en qué momento le correspondería salir a ella, puesto que todos cumplían la misma condena. Ello hubiera sido un tácito reconocimiento de su superioridad sobre ella.

Solo con eso él hubiera estado satisfecho y, quién sabe, acaso en agradecimiento de ese acto de sometimiento, de admisión de que él era la fuerza, el poder, el dueño de todas las posibilidades, hasta se condoliera y la enviara con los demás al barracón.

Pero no. La negra sacó las manos por la reja para que un contramayoral se las atara, y soportó sin el menor quejido los seis latigazos que Blanco Gordo le asestó.

Como de costumbre.

Como de costumbre también, Blanco Gordo terminó de golpearla esa tarde con el sentimiento de frustración que le causaba no poder extraer de esa mujer el gemido —un simple gemido, para escucharlo él, que no aspiraba a más— necesitado por él para sentir que al fin la dominaba. Y para todo lo demás que golpear con el látigo las nalgas de una negra —en especial las de esa negra— significaba para él.

Por eso le dijo al terminar de castigarla, aunque ella no había preguntado:

«Lo tuyo es diferente, negra; tu caso lo decido yo, y no me da la gana de sacarte de aquí. Tú te pudres en este hueco».

Pero que no se hiciera ilusiones, que no iba a seguir comiendo sin ganarse la comida. «A partir de mañana vas a trabajar, como todo el mundo».

Tal vez con ese doble ablandamiento, del calabozo y el trabajo en el surco sin quitarse los grilletes, con el sol, los tropezones, la cadena que estaría obligada a cargar a cada momento para poder moverse, la negra al fin se ablandaba. Ni aunque fuera de verdad bruja, como se decía de ella, podría tener tanta resistencia.

Tendría que ceder. Se quejaría.

Pediría clemencia.

Haría cualquier cosa que indicara que se declaraba vencida.

Y él tendría al fin aquel enorme orgasmo que nunca en la vida había logrado alcanzar.

Sintió como un buen augurio la partida de José Manuel, un tiempo después. Ese gallego era un flojo, e hizo bien en largarse, le era un estorbo en su proyecto de dominar a la negra Fermina, por esa idea fija de protegerla solo porque cuando los esclavos se sublevaron impidió que lo degollaran. Por su culpa ella no sufría a plenitud todo el horror que Blanco Gordo quería que sintiera, pues se las arreglaba —dinero en abundancia tenía para ello— para que sus guardianes hicieran la vista gorda cuando los negros de la servidumbre le llevaban alimentos o una manta para que se cubriera durante la noche. Cuando, de manera indirecta, intentó reprochárselo, el administrador le repitió aquello de «Esa negra me salvó la vida» que le había oído cuando la trajeron presa, y agregó que «Y yo soy un hombre que sabe agradecer. Además, porque soy el que manda aquí cuando no está el dueño, no me da la gana de que se le aplique más castigo que el impuesto por la autoridad».

Blanco Gordo comprendió que, aunque fuera la misma persona, ese ya no era el mismo José Manuel a quien él se había encarado una vez y había logrado impresionar. De manera que no replicó. Aunque por dentro se concomía.

Le había salvado la vida al administrador…, muy bien, ¿y eso qué? No significaba nada. Y, si era tan buena, ¿por qué no impidió la muerte del boyero? Y a él…, ¿a él le habría salvado la vida también?

¿Lo hubiera salvado, o ella misma lo habría asesinado? Quien hubiera leído los pensamientos de Blanco Gordo en ese momento habría adivinado en ellos una pizca de celos, aunque él no fuera consciente de ello.

Blanco Gordo había considerado una buena idea enviar a Fermina a trabajar con los demás, aunque continuara en el calabozo, pero en realidad era la peor que se le podía haber ocurrido. Aunque cojeaba un poco por las llagas mal cerradas a pesar de los remedios que a diario le hacían llegar a la celda, y a pesar de que debía moverse cargando las cadenas de los grillos para avanzar, tener contacto con el resto de la dotación era justo lo que había deseado. Era preferible ese esfuerzo a permanecer encerrada día tras día, aislada de todos. Aunque con sumo sigilo, de manera que ni el mayoral ni los contramayorales se percataran, a sus oídos llegaban con profusión las informaciones que hasta ese momento, por estar encerrada y apartada, desconocía. Así pudo enterarse de quiénes habían muerto en el levantamiento y quiénes se suponía que andaban alzados o escondidos, y fue haciéndose una idea de lo que pensaban los demás. Aunque eso último no le gustó: El sentimiento general era de desánimo. Entre algunos, influidos por la prédica del cura los domingos, por el descalabro recién sufrido y por las noticias de lo ocurrido en otros ingenios, iba ganando nuevos adeptos la idea de que la esclavitud era un designio divino al que nadie podía oponerse.

Ella jamás lo aceptaría, pero, ¿podría ser cierto?, ¿tendría algo de razón ese enviado de todos los demonios vestido con sotana? ¿Su dios podía ser más fuerte que los de ella?

Ni aunque fuera cierto, ella no había nacido para ser esclava y no lo aceptaba.

Un día se enteró de que el administrador había partido para su tierra y se esperaba la llegada de uno nuevo. «Fue lo mejor que podía hacer», se dijo. Y se dio cuenta de que, en el fondo, se alegraba. «Él era diferente».

Se enteraba de todo, pero nada le llegaba que le hablara de lo que quería oír: Ni noticias de José Dolores, ni comentario alguno que le indicara que entre sus hermanos existía alguna inquietud como la de ella. Como si con las muertes de junio se hubiera sellado el destino de todos: Esclavos para siempre.

Resignación total había sido el resultado de aquella sangre.

El sonido de aquellos tambores lejanos, sin embargo, le daba el consuelo de que, al menos en otras fincas, todavía había quienes llamaban a rebelarse.

Si ella los oía, otros los oirían. Pero estaban tan lejos...

Una noche, oyó de nuevo el tambor. Y no era tan lejos.

No había sido ilusión: En algún lugar, no muy lejos de ella, quizás dentro del barracón, un tambor había sonado, como respondiendo al llamado de las noches anteriores. Calló de inmediato, pero era una señal.

Una señal que ella era capaz de entender: Los demonios blancos no tenían razón. Mientras hubiera un negro capaz de morir por alcanzar la libertad, no podrían tenerla.

Ya no dejaron de oírse los tambores en la noche. De nada valían las amenazas, incluso los latigazos de los blancos y sus servidores negros, que trataban de averiguar la razón de aquellos sonidos nocturnos. En una operación sorpresiva, Blanco Gordo, con varios ayudantes blancos y negros fuertemente armados, portando antorchas, penetró en el barracón en el mismo momento en que sonaba el tambor. Encontraron a cinco esclavos reunidos; uno tocaba, mientras otros ejecutaban una extraña danza alrededor de él, gesticulando y haciendo violentos movimientos con los brazos, en los que llevaban unos palos a modo de lanzas.

«Es una danza guerrera», se atrevió a rectificar un contramayoral negro a Blanco Gordo, que había comentado que el grupo estaba en una sesión de hechicería. «Es una danza guerrera, señor mayoral…, esos negros están locos o son gente muy mala». Blanco Gordo no le hizo caso. De cualquier modo, los cinco fueron llevados al calabozo. En el lugar quedó el tambor, destrozado.

Fermina vio el grupo llegar, sintió el ruido de la puerta de la celda vecina abrirse y oyó la voz de Blanco Gordo dando órdenes. Vio también cuando el mayoral se acercó a su celda y la observó con detenimiento. Fingió dormir.

«Fermina», la llamó uno de los prisioneros cuando había pasado suficiente tiempo para suponer que los otros hombres se habían marchado. Ella se acercó lo más que pudo, para poder hablar en voz baja, aunque la distancia era corta.

«¿Oíste?», «¿Qué, los tambores?», «Sí», «¿Todas las veces?», «Sí», «¿Entendiste?», «Claro, pero no estaba segura…, no quería ilusionarme», «Pues ilusiónate, cuando vuelvas a oírlos… Cuando vuelvas a oírlos es porque llegó el día, hermana».

Que no se preocupara, le aseguraron, había otro tambor escondido, ya todos los que tenían que hablar habían hablado, y solo faltaba la voz de comenzar. Esa se oiría desde el ingenio Triunvirato, por ahí comenzaría todo.

«Muchos hermanos se van a levantar ahora».

«Que no vaya a escapar el Blanco Gordo como la otra vez», encareció Fermina.

Que no se escaparía, le aseguraron, él no podría zafarse una segunda vez de su castigo.

«Pero no quiero que lo maten. Ese blanco es asunto mío».

Tampoco sería un problema si, como pensaban, a la mañana siguiente les ponían los grillos y los mandaban a trabajar con los demás; ellos correrían la voz. «Cuando vengan a soltarnos, seguramente ya lo agarraron... Y tú haces con él lo que te dé la gana».

Y en pocos días en el espacio se escuchó de nuevo el retumbar de los tambores del ingenio Triunvirato avisando a quienes entendieran su reclamo que los guerreros volvían a la carga.

Le hicieron eco los tambores de aquí y de allá. Y los de más allá.

Aquel tum-tum-tum, que los blancos tomaban por toque de tambor de negros que ofrendaban a sus dioses salvajes, hablaba la lengua que conocieron los guerreros cuyas hazañas habían sido traídas en la memoria de leyendas que navegaron en las bodegas de los barcos negreros, y fueron transmitidas de padre a hijo en noches de barracón. También, en sordina para que el blanco no la sorprendiera, en cocinas y patios de los señores.

Leyendas escondidas, pero no olvidadas, de cuando los negros construían y conquistaban imperios.

Esa lengua que en otro tiempo y en otra tierra hablaba de héroes y proezas ahora era expresión de cuerpos robados, maltratados, burlados, despreciados, envilecidos. Pero también de un espíritu indomable, espíritu rebelde del negro que jamás aceptaría ser uncido al yugo, y a quien no había cepo ni grillete que pudiera aprisionar.

Fermina la escuchaba, la entendía.

Era la noche del cinco de noviembre de 1843. Fermina sintió que el cuerpo se le llenaba del espíritu de sus muertos. Tomás, enterrado junto a una ceiba sagrada; Juan, acaso comido por los bichos del monte, que sirvió de escudo para que ella siguiera viva. Tantos otros...

En el momento en que, desde el ingenio Ácana, en el espacio se escuchó también el reclamo del tambor llamando a los guerreros, un grupo de hermanos entraba al calabozo donde se encontraba esperando Fermina, para liberarla. Ella los abrazó, emocionada, y les recordó:

«Ahora que no escape el mayoral, como la otra vez... Y no lo maten, ese blanco es mío».

Blanco Gordo

Al oír de modo sorpresivo la algarabía procedente del barracón, Blanco Gordo tuvo de inicio la intención de marchar en busca de los contramayorales para poner coto a lo que suponía alguna agitación entre los negros por cualquier tontería, no sería la primera vez que sucediera, y con soltar dos o tres disparos al aire y hacer restallar un par de veces el látigo los alborotadores se tranquilizarían, esos negros no tenían lo que tenían que tener para intentar algo más, el último escarmiento había sido muy oportuno. Pero al ver algunos incendios dentro y fuera del barracón comprendió que era algo mucho más grave.

Siendo, como era, el mayoral, le correspondía enfrentar lo que estuviera ocurriendo; en primer lugar, tomar sus armas y buscar a otros empleados para contener los impulsos de la negrada y proteger la casa de los amos.

En efecto, volvió a su rancho, tomó las armas y el látigo y salió a buscar a los demás.

Solo dio los primeros pasos en dirección adonde debía imponer su autoridad. En ese momento le vino a la memoria lo sucedido cinco meses antes, la muerte del boyero, su milagrosa salvación. Hizo una comparación con lo que suponía que estaba sucediendo, y se dio cuenta de que no tenía ninguna gana de hacerse el héroe. Ante todo, debía ser práctico, razonar, no lanzarse a una acción descabellada: Si la negrada se había sublevado, como todo hacía suponer, y se enfrentaba a ella, lo más probable era que lo mataran. Pero morir no entraba en sus planes inmediatos.

Ni en los mediatos, desde luego.

«Ya me zafé una vez, no tengo por qué jugármela ahora». No, si se quieren escapar, que lo hagan en buena hora y que quemen cuanto les venga en gana, cuando llegue la tropa habrá tiempo de cogerlos a todos y darles latigazos hasta que se olviden de querer sublevarse. Él no tenía ningún motivo para ir adonde hervían los problemas, lo suyo era esperar, protegerse. Pero tampoco podía permanecer donde estaba. «Yo soy de los primeros que van a querer matar, y van a venir a buscarme aquí», pensó. Con mucho tino, desde luego. Quizás, en comparación con el resto, no fuera el más violento o el más malvado entre los blancos que trataban en forma directa con los esclavos, los había peores. Conocía a otros que castigaban con verdadera sevicia, solo por el placer de hacerlo, algunos hasta habían sido reprendidos por los amos por el exceso de crueldad, y recordaba uno que había sido enviado a los tribunales por el propio administrador, pues había dejado incapacitados para el trabajo a varios negros, con lo que había afectado seriamente el patrimonio del dueño.

Pero sabía que él tampoco era un angelito y, sobre todo, era quien más castigaba a las mujeres, no había esclavo que no estuviera al tanto de que él siempre andaba buscando un pretexto para darles latigazos en las nalgas.

No, no había que engañarse, si lo agarraban no tenía salvación.

Se alejó del bohío, primero despacio, mirando hacia todos lados, no fuera a haber algún sublevado en las cercanías, y enseguida echó a correr en busca del matorral más cercano para refugiarse. Corrió con más fuerza de la que nadie hubiera imaginado, ni él mismo, en un cuerpo tan grueso como el suyo. Pero en su aturdimiento no se dio cuenta y tropezó y cayó en una pequeña hondonada donde la maleza era abundante y tupida. La escopeta se le escapó de las manos.

«Al menos aquí no es posible que me vean», se dijo para consolarse mientras rodaba por tierra.

Con la oscuridad reinante, tenía muchas posibilidades de pasar inadvertido.

Oscuridad era precisamente lo que se le plantó delante, en la forma de una mujer armada con un machete, en el momento en que, con mucho cuidado, se incorporaba un poco. Era una joven que había azotado hacía pocos días. A pesar de estar algo sofocado por el esfuerzo de la carrera, él tenía sobrada corpulencia para empujarla y dejar libre el camino, pero al intentarlo se dio cuenta de que no venía sola, junto a ella estaban otra mujer, algo vieja, y dos hombres, todos machete en mano. Uno de los hombres le puso el arma-herramienta a poca distancia del cuello.

Él no sabía, ni llegaría a saberlo nunca porque a nadie se le iba a ocurrir decírselo, que desde antes de que comenzara el alzamiento ya había varios pares de ojos cuyo objetivo principal era seguirlo donde estuviera sin que se percatara, por si intentaba escapar. Estos cuatro esclavos habían escapado del barracón antes que los demás, y se habían dirigido hasta su rancho. Había estado vigilado todo el tiempo, nunca hubiera podido zafarse.

Acaso hubiera podido usar el revólver que llevaba a la cintura, pero, de tan aterrorizado al ver el filo del machete cerca de su cuello, no alcanzó a hacer el menor gesto defensivo.

«Blanco Gordo está aquí», gritó su captora mientras apuntaba hacia él lo que había sido herramienta de trabajo y ahora era el arma mortífera con la cual lo asesinarían al momento. De seguro a continuación lo agarrarían entre los cuatro y saciarían todo su odio contra su cuerpo, lo despedazarían a machetazos como vio hacer con el boyero.

Ellos eran capaces de tales salvajadas, eran negros. Sintiendo por adelantado los golpes de machete que descargarían sobre su cuerpo, cerró los ojos con violencia, se encogió como un niño en el vientre de su madre y, en un esfuerzo supremo, intentó rezar, iniciar un diálogo con Dios, aunque acaso fuera tarde, tratando de impedir con un arrepentimiento de última hora el castigo que, a no dudarlo, lo estaría esperando en el otro mundo, pero la falta de costumbre le impidió hilvanar cualquier oración más allá de un «Dios mío, ten piedad de mí».

«No lo maten», oyó la voz de la mujer. Como un relámpago, la idea de que la súplica había sido escuchada colmó su espíritu. Abrió los ojos y vio que uno de los hombres se apartaba de él mientras bajaba poco a poco el machete que, era obvio, había levantado para descargarlo contra su cuerpo. Al mismo tiempo oyó otra vez a la mujer, «Él es de Fermina».

¿Él era de Fermina?, se preguntó. ¿Eso fue lo que dijeron? ¿Significaba que sería ella quien lo mataría; ellos lo dejaban vivo por el momento para que ella lo hiciera más tarde? ¿Y por qué? Bueno, él había estado castigándola durante esos meses, por la otra sublevación, podría suceder que ella hubiera reclamado algún derecho especial por eso, o que se lo quisieran conceder como una deferencia, por esa misma razón…

Tonterías, ¿acaso esos negros sabían de deferencias?

¿Y si fuera otra cosa? ¿Querría llevarlo con ellos para tomarlo de esclavo, allá en el palenque donde se instalaran?

¿Existiría esa posibilidad en la cabeza de esos salvajes, de un esclavo blanco de los negros cimarrones? ¿Esclavo él?

¿De Fermina?

No entendía nada.

«Ni tampoco hace falta entender», se dijo.

Lo importante era que no lo mataran, salir con vida del apuro, lo demás después se vería.

«Blanco Gordo es cosa de Fermina», se había advertido desde el principio.

De Fermina y las mujeres, se aclaraba, que ningún hombre le pusiera un dedo encima. «Nadie lo toca, es solo agarrarlo; de lo demás ellas se encargan».

Ningún sublevado debía lastimarlo, ellas se merecían esa venganza contra él. Había que buscarlo por todos los rincones y agarrarlo donde se escondiera, impedirle escapar, pero llevarlo vivo y sano ante Fermina. «Con el resto, a machetazo limpio si se resisten».

«¿A los negros también?».

«A los negros también…».

Amarrado con las manos a la espalda, y con una soga al cuello por donde lo halaban para obligarlo a caminar, lo condujeron hasta donde se encontraba Fermina. Cuando se lo mostraron, ella lo miró con indiferencia, sin hacer ningún comentario. Mediante gestos y casi sin palabras, indicó a dos hombres que lo amarraran de las ramas de un árbol. Al verla impartir órdenes casi en silencio, Blanco Gordo se dijo que nunca había oído su voz, ni siquiera cuando la castigaba. Ni un «ay», cuando más, algún leve rugido de fiera furiosa. Más de una vez se había preguntado si era muda. «Claro que no lo es», se respondió, y no era cierto que nunca oyera su voz, una vez la había oído, se acordó.

«Mira que ponerme a pensar estas mierdas ahora», se amonestó, en el momento en que dos esclavos lo agarraron por los brazos para cumplir la orden de Fermina.

Le ataron los brazos a ramas diferentes. Quedó de rodillas, los brazos abiertos en cruz. Vio que todos se retiraban, incluida Fermina, quien no había vuelto a mirarlo.

Quedó solo, pensando.

«¿Será nada más que esto?, ¿no van a hacerme nada más?, ¿solo van a dejarme aquí, abandonado?». Sintió cómo un minúsculo rayo de esperanza se iba abriendo paso en medio de su miedo. Los sublevados no irían a quedarse mucho tiempo en tierras del ingenio, tratarían de esconderse en lo más espeso del monte antes de la llegada de las tropas o de alguna partida formada para perseguirlos. Entonces no pasarían muchas horas antes de que lo encontraran, no se hallaba en ningún lugar intrincado, resistiría.

¿Estaría salvado?

Un ruido de pasos detrás de él hizo que el rayito de esperanza se apagara con tanta rapidez como se había encendido: Fermina se acercaba acompañada de un pequeño grupo de mujeres. Todas eran jóvenes; todas en algún momento habían sido castigadas con el látigo por él.

Todas habían sido suyas.

Las mujeres lo rodearon, algunas lo observaban con curiosidad y hacían comentarios entre ellas. Solo Fermina permanecía silenciosa, separada del grupo, mirándolo directamente a la cara, como si intentara penetrar en sus pensamientos. Pasados tres o cuatro minutos se acercó a él, despacio, con un cuchillo en la mano.

Blanco Gordo comenzó a temblar. «¿Irá a matarme…?, ¿a soltarme…?», se preguntaba. Ella le colocó la punta del arma debajo de la barbilla y presionó hasta obligarlo a ponerse en pie. Hizo una seña y las mujeres soltaron las sogas.

«¡Me van a soltar!», exclamó en su interior. Pero de inmediato volvieron a amarrarlas, esa vez mucho más tensas, de modo que quedaba obligado a mantenerse de pie.

Oyó la voz de Fermina. Por primera vez le oía una oración tan larga.

Habló firme, segura, señora de su espacio. Sin odio ni compasión en la voz; de hecho, sin inflexión alguna particular.

«Yo no voy a matarte».

Ella no iba a matarlo, se repitió Blanco Gordo, y por segunda ocasión sintió la esperanza de sustraerse a la muerte que había dado por segura. Agradeció en su interior a Dios que así se apiadaba de él. Pero la punta del arma continuaba oprimiéndole la piel y lo obligaba a tener la cabeza exageradamente echada hacia atrás; el punto donde se apoyaba el arma le dolía, estaba seguro de que tenía cuando menos una herida superficial, pero no podía saberlo. ¿Estaría sangrando? Sí, con certeza, pues sentía el cosquilleo de una gota de algún líquido avanzando poco a poco hacia el pecho.

Quería mirar, pero era imposible, si movía la cabeza se clavaría él mismo el cuchillo.

Como si le adivinara el pensamiento, Fermina dejó de presionar con el arma, y él logró averiguar que no era sangre lo que goteaba, era sudor. Sudor de su miedo.

«Yo no voy a matarte», repitió Fermina, los ojos clavados en los de Blanco Gordo. Eran unos ojos sin expresión alguna. Acaso por eso más horripilantes.

Rozándolo apenas, sin herirlo, pero haciendo que sintiera la agudeza de la punta, deslizó poco a poco el cuchillo por el cuerpo de Blanco Gordo, hasta llegar al cinturón. Se detuvo allí. Presionó sin excesiva fuerza; él, de manera instintiva, recogió el abdomen, en un reflejo defensivo. ¿Iría a cortarle... eso?

Como un rápido chispazo, la imagen de una antigua pesadilla lo embargó.

Una descarga eléctrica le corrió por el espinazo. Fermina hizo un gesto que él no logró descifrar, y de improviso tiró con fuerza hacia sí: Había cortado el cinturón. Repitió la operación y Blanco Gordo sintió que los pantalones le caían al suelo. No llevaba debajo alguna otra prenda, y enrojeció al saberse sin ropas delante de un grupo de mujeres, aunque fueran negras.

Ni que fueran hombres, su cuerpo nunca se había mostrado descubierto delante de nadie desde que era adulto. Y ahora estaba desnudo.

Desnudo y sin nada que mostrar, por cierto, salvo el diminuto aparato que, él sabía, apenas era visible, perdido entre los vellos rubios y los muslos huérfanos de sol. Si en situaciones normales resultaba pequeño, en demasía pequeño, en ese momento, como respuesta a la exhibición inesperada, casi había desaparecido.

Las mujeres rompieron a reír de manera desenfrenada al verlo sin nada de la cintura para abajo. Por un momento olvidó que se encontraba atado y a merced de un grupo de esclavos sublevados. No eran un grupo de esclavas quienes reían y se burlaban de su desnudez, sino una negrita de allá de sus primeros tiempos de pubertad, que se ha metido en su cuarto y le ha clavado un puñal que nunca se podrá arrancar de la memoria, era su risa la que resonaba en ese instante en sus oídos, esa primera y única mujer de su vida se reía de él y le preguntaba en qué estaba pensando, cómo era posible que él hubiera pretendido meter dentro de ella...

«Esa basurita que ni se ve».

Una de las mujeres se acercó para tocarlo, acaso curiosa de ver algo tan pequeño en un hombre tan corpulento, pero un simple carraspeo de Fermina detuvo el movimiento de la mano que avanzaba hacia el minúsculo órgano. Solo no alcanzó a detener la risa de todas. Era ella, Fermina, la única de las mujeres presentes que no se reía de Blanco Gordo; él lo sabía porque no podía separar los ojos de la cara de ella, tratando de adivinar qué se proponía hacer con él.

No reía como las otras, en efecto, pero su burla, la que él encontraba en su mirada en apariencia indiferente, era por eso más expresiva y aplastante que las carcajadas en la boca de las demás.

Blanco Gordo se daba cuenta de que esa burla de Fermina le dolía como ninguna otra, más quizás que aquella otra, la primera de todas, de que ahora se había acordado.

Sintió deseos de llorar. Llorar como aquella vez.

«Está bien, se acabó la fiesta», lo sacó de sus pensamientos la voz de Fermina.

Todas callaron al oírla, con tanta sincronización como si lo hubieran ensayado.

Blanco Gordo no se había percatado del momento en que Fermina tomó un látigo en las manos. No se trataba de un látigo cualquiera, era el mismo que él usaba para castigar a las esclavas.

«Es hora de trabajar, tenemos que irnos ya de aquí».

Tocó con la punta del látigo la cara del prisionero, repitiendo el gesto acostumbrado por él en sus castigos. A Blanco Gordo le pareció estar viéndose a sí mismo actuar. Recordó sus palabras de siempre: «Yo te voy a enseñar a ti lo que es bueno».

«¿Me irá a dar latigazos, como yo le hice a ella?», alcanzó a pensar mientras veía a Fermina situarse detrás de él. Si fuera solo eso…

Lo asustó darse cuenta de una sensación que lo asaltaba y jamás habría imaginado posible.

No era miedo al dolor.

No era el alivio de pensar que acaso no lo matarían… Era, casi imperceptible, el conocido cosquilleo en el pubis, pero esta vez sentido al momento de imaginarse, no los golpes de látigo que daría, sino los que recibiría. Advertir lo que sucedía dentro de él lo dejó desorientado por un momento.

Aquello no tenía sentido.

¿Estaría en medio de una pesadilla, una vez más?

«¿Cómo puede ser eso?».

Pero se encontraba despierto, no había duda.

Estaba despierto, y Fermina iba a azotarlo, como él le hizo a ella, como hizo a tantas, se dijo a sí mismo cuando sintió sobre la nalga derecha la ligera presión de la punta del látigo, avisando el comienzo del castigo, «Como acostumbro hacer yo». Ella lo había estudiado, había memorizado cada uno de sus movimientos y los repetía en ese momento. A continuación descargaría un primer fustazo sobre esa misma nalga que había tocado con el látigo. Él lo llamaba golpe de calentamiento, porque nunca era el más fuerte, era solo la preparación para lo que vendría después, ¿haría ella lo mismo? Ella parecía proceder con más lentitud, le dio la oportunidad de ser consciente de los movimientos que hacía, de imaginárselos.

Los imaginó todos: Fermina iba a hacer con él lo que él hacía con las negras. Iba a poseerlo.

Como en las pesadillas.

Lo ganó el desasosiego de percatarse de que deseaba ese primer golpe, de que, antes de que se hiciera realidad, estaba disfrutando el dolor que le produciría.

Ella no fue exacta en la copia de las costumbres de Blanco Gordo. No copió el golpe de calentamiento: Su primer latigazo fue seco, firme, muy violento, semejante a un estallido de odio concentrado en una línea rojiza, aunque él no podía verla, que de inmediato se destacó sobre la piel blanca, formada por una secuencia de puntos rojos por donde asomaba la sangre escapada de los pequeños vasos capilares quebrados. Ninguno de los golpes recibidos después lo igualó en fuerza y precisión.

Era el brazo de Fermina, la más fuerte de las mujeres, quien había descargado ese golpe, no podía resultar de otro modo.

El dolor lo hizo retorcerse; primero se arqueó hacia atrás, después hacia delante, por fin hacia un lado, y quedó así, torcido, el cuerpo contraído como en un espasmo. Fue tan penetrante y devastador que le trajo a la memoria, fugaz pero efectivo, como si hubiera vuelto a vivirlo, el recuerdo de aquel otro que creía olvidado, que le provocó su tío. Aunque aquel fue más intenso y hacia dentro.

Y no le provocó placer.

¡Este sí!

Sintió un estremecimiento. Que no era de dolor. Ninguna de las presentes lo advirtió, porque fue mínima, casi no se notaba la diferencia. Pero él sí, cómo no iba a darse cuenta, si era su propio cuerpo. Con susto y vergüenza, se percató de que aquel golpe asestado por Fermina contra su nalga le había provocado un gozo que no hubiera podido jamás imaginar; era ambiguo, porque llegaba mezclado con el sufrimiento, pero tan profundo que había experimentado un inicio de erección.

Peor todavía: Así, con el cuerpo doblado por el dolor, comprendió que esperaba ansioso el segundo golpe de látigo asestado por Fermina.

Que no acababa de llegar. Y que nunca llegó.

En cambio, vio a Fermina de nuevo delante de él, y se sintió avergonzado de que ella advirtiera lo sucedido, olvidado de que era una simple esclava; él era otra vez el niño que siempre fue, temeroso de ser visto desnudo, y el hombre que nunca había podido mostrar erección delante de una mujer. Pero ella lo miraba directo a la cara, sin expresión alguna, y no vio, o no aparentó ver, lo que le sucedía más abajo.

«Ahora tú», oyó Blanco Gordo, y vio el látigo en manos de otra muchacha, que repitió el ritual con la punta, que aplicó un único golpe. No igual, por cierto, porque no era igual la fuerza del brazo. Casi no lo sintió, prendidos sus ojos a la figura de Fermina, quien lo observaba todo sin mostrar emoción alguna.

Siguieron otras mujeres y otros azotes, y siempre Fermina sin dejar de mirar a los ojos de él, siempre él pendiente de la figura de ella. Y sintiendo que la erección se hacía mayor ante cada nuevo latigazo. La turgencia del órgano era tanta que se hacía dolorosa. Él nunca lo había visto alcanzar ese tamaño; ¿por qué le ocurría hoy, ahora, por qué nunca antes? En definitiva, era tan hombre como cualquier otro, si aquel día de su adolescencia hubiera sido como hoy, aquella negra desgraciada no se habría burlado de él y de su arma que ni cuchillito era, como le gritó, ni él hubiera servido de vaina para el machete de su tío cuando se aburría de las vainas negras.

Si al menos pudiera correr hacia su vivienda para allí, protegido de las miradas ajenas, aliviarse con las manos del dolor por la erección exagerada, desahogarse y calmar el gran desasosiego que lo embargaba.

Que lo soltaran, que le hicieran la caridad de permitirle encerrarse unos minutos, que hicieran después con él lo que les viniera en gana, que lo mataran después si querían, pero que no lo dejaran en esta tortura de sentir que aquello le crecía más con cada golpe recibido, como si quisiera estallar entre las piernas, hasta hacérsele insoportable.

Cada nuevo golpe era una sensación de placer indefinible en el punto donde lo recibía, que debía de estar sangrando en abundancia, el dolor era solo delante, por los tejidos estirados hasta donde nunca antes lo fueron.

«Blanco asqueroso», exclamó una de las mujeres al darse cuenta de lo que sucedía. Fermina miró hacia la mujer y enseguida al punto hacia donde señalaba; en efecto, no se había percatado porque solo miraba la cara del hombre, que no dejaba de mirarla a ella, y no podía imaginarse lo que le sucedía. Todas dirigieron los ojos a lo que les resultaba novedoso por completo: Un blanco desnudo delante de un montón de mujeres, y al que le están dando un montón de latigazos, todavía tiene la desvergüenza de mostrar aquella cosa como si estuviera preparándose para la mayor fiesta de su vida.

Comenzaron a cuchichear y se escucharon algunas risitas, pero no se decidían a soltar la gran carcajada, con seguridad coartadas por la expresión ceñuda de Fermina.

Blanco Gordo vio de nuevo el látigo en manos de Fermina. ¡Ella iba a volver a golpearlo! Pero de veras, con toda la fuerza, rasgándole la piel, haciéndolo sangrar, destrozándolo.

Haciéndole sentir el placer verdadero del golpe. No como esas mujercitas de brazo debilucho.

Y lo hizo.

Al retorcerse hacia delante por el dolor de un latigazo que, en efecto, le había causado una herida en la piel de donde brotó la sangre al momento, sintió que algo escapaba de él. No solo la sangre.

Claro que no era aquel chorro de relativa potencia que a veces se veía a sí mismo expulsar en la soledad de su habitación, sino apenas unas gotas de un líquido espeso y transparente que se asomaban al final del conducto, licor prostático acaso dictaminaran los expertos, no eyaculación en puridad. Tampoco sintió los espasmos del placer que acompaña ese estallido.

Pero sintió el alivio que produce.

Y lo mejor: Era la primera vez en su vida que alcanzaba tal cumbre sin acudir a sus propias manos.

Gracias a Fermina. Fermina…

Se dio cuenta entonces de que ya no sentía vergüenza de que las negras lo vieran desnudo. Aquella cosa no le había crecido tanto como para compararse con la de los negros, pero ellas podían ver que alcanzaba un tamaño decoroso, digno, y lo habían visto derramarse, aunque fueran una pocas gotas, sin siquiera tocarse. Era un hombre, todas podían comprobarlo.

A pesar de aquella primera negra, a pesar del machete de su tío.

Era potente.

No tenía nada que envidiar a los negros con que ellas se revolcaban, pero a partir de ahora él podría, si quisiera, poner su machete en la vaina de cualquiera de ellas y hacerlas sentir lo que es un hombre blanco cuando se encapricha con una mujer. Más todavía si es negra.

Se lo debía a Fermina. Ella era la clave.

Ahora lo comprendía y aceptaba, le encontraba sentido a tanta sensación equívoca e inexplicable que lo había atacado desde que la conoció: Deseaba a esa negra. Lo que veía en sus ojos y lo desconcertaba era el abismo al cual temía por lo mucho que lo atraía, era el vértigo que amenazaba lanzarlo al suelo desde el punto más alto del mundo. ¿Qué podría hacer con ese nuevo conocimiento? «Dios mío, ¿por qué has sido tan injusto conmigo, si no soy mejor ni peor que cualquier otro?».

Él no había inventado las razas, ni había decretado que unos fueran esclavos y otros fueran amos, eso era obra de Dios, que ordenaba a unos servir y a otros mandar.

Como fue obra de Dios que esta negra le sorbiera el seso desde el primer momento en que la tuvo cerca.

Él hubiera hecho cualquier cosa por ella, pero no había sabido cómo, tampoco Dios le dio la iluminación, una vez más lo dejó de la mano. Quizás la hubiera comprado para tenerla para sí, o acaso hubiera comprado su libertad para ser él el esclavo y ella la señora.

Pero no había podido ser.

Y todo su ser rogaba por Fermina. Por los latigazos de Fermina.

dame más duro fermina pégame pégame fuerte hazme sangrar hazme gozar hazme sentirme hombre haré cualquier cosa por ti compraré tu libertad con mis ahorros te llevaré conmigo trabajaré para ti te trataré como una reina seré tu esclavo y tú mi dueña pero pégame otra vez desángrame destrózame mátame...

Pero Fermina no volvió a golpearlo. Nadie más lo hizo.

¿Eso era todo? ¿Un castigo y lo dejaban libre? Ahora que él había conocido lo que nunca había sospechado, ¿qué iba a pasar con su vida? ¿Huirían, todos? Lo dejarían ahí, atado a un árbol, hasta que alguien llegara y lo encontrara así, desnudo y sangrante. ¿Y él quedaría para siempre con esa certeza y ese dolor de saber que nunca iba a realizarse a plenitud como hombre, porque la mujer que podía ayudarlo desaparecería en la marea de las sublevaciones y nunca más la vería? ¿O volvería, acaso, muerta por las tropas que de seguro lanzarían tras de ellos? ¿Le ordenarían a él unirse a los perseguidores, atacarla, matarla?

¿Podría él matar a Fermina? No, matarla no.

Tampoco ella había querido matarlo, le había demostrado que él era el esclavo y ella era la reina y lo dejaba vivir. A él, que hubiera muerto de felicidad bajo el látigo de ella. Y seguía rogando, en silencio:

otra vez fermina otra vez haz que me brote la sangre desángrame gózame mátame fermina mátame...

«Te dije que yo no iba a matarte...», afirmó por tercera vez Fermina, como si hubiera adivinado su pensamiento. Hizo un pequeño alto y completó la oración con el apelativo que solo esa noche él había conocido: «Blanco Gordo».

Juan, o José, o Manuel, o Antonio, o Pedro, o como quiera que se llamara el mayoral del ingenio Ácana, solo se había enterado esa noche de su verdadero nombre, el cual tenía un significado, el asignado por los negros.

Nadie más se lo diría.

«Acaben con esto», dijo Fermina dirigiéndose a las demás mujeres, ya de espaldas a él. Blanco Gordo alcanzó a verla mientras se alejaba.

Era un hombre de suerte.

Por eso solo sintió el impacto del primer machetazo, mal propinado por una mujer demasiado joven, que llevaba un niño a la espalda y apenas le rasgó la piel del hombro derecho. El segundo, en cambio, no le provocó dolor: Llevaba fuerza bastante para seccionar músculos, arterias y venas de una vez. Y lo hizo.

Por eso Blanco Gordo nunca se enteró de que ese día recibió diecinueve heridas de machete en total, todas causadas por mujeres.

Mas ninguna por Fermina. Ella era mujer de palabra.

La Habana, noviembre 23 de 2013

www.ingramcontent.com/pod-product-compliance
Lightning Source LLC
Chambersburg PA
CBHW030630020726
47493CB00006B/1650